中国现代文论史

国家出版基金项目
NATIONAL PUBLICATION FOUNDATION

第2卷 / 丛书主编　王一川

由过渡而树立

中国现代文论的发生

陈雪虎　著

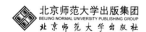
北京师范大学出版集团
BEIJING NORMAL UNIVERSITY PUBLISHING GROUP
北京师范大学出版社

总　序

　　晚清以来的中国文学界，曾先后出现过林林总总的新的文学观念、思想或思潮——它们在这里被统称为中国现代文学理论或简称中国现代文论。这些被视为中国现代文论的东西与同时期同样新的诗歌、小说、散文、剧本等现代文学作品一道，通过影响诸种不同读者的心灵，而在现代社会革命进程中扮演过重要的角色，甚至成为现代社会革命进程有力的推动力量。对这样的中国现代文论展开追溯、论析和评价，当然有其必要性和重要性，但问题在于，今天从事中国现代文论史编撰，首先需要辨明的是，当中国现代文论史著述已出现过若干种，而它们已从各自不同角度向人们重新打开中国现代文论历程中的多样景致时，现在再来着手编撰新的中国现代文论史，是否有必要？确实，现在来编撰一部新的中国现代文论史的起码前提就在于，必须确保能在中国现代文论史观上或多或少地呈现新东西，至少是有所出新。如此，在文论史观上出新就应是我们中国现代文论史编撰的唯一选择。但是，要在前人和时贤业已倾力创新的中国现代文论史编撰领域另觅新径，谈何容易？! 我们只能勉力为之。

一

　　中国现代文论，也可称为中国现代文学理论或中国现代文学理论批评，在这里大约是指相互交融而难以分割的四个层面的东西：第一层面是指那些明确表述出来的文学思想或理论，例如梁启超倡导的"诗界革命""文界革命"及"小说界革命"三大文学革命主张；第二层面是指在一定的文艺共同体（由一定数量的作家、文学批评家或文学理论家组成）内外标举或响应的那些相互关联的诸种文学思潮，例如，五四时期的"为人生而艺术"潮流、后来的"现实主义""浪漫主义"等思潮；第三层面是指其他人文社会科学论著中表述或蕴含的相关文艺或美学观念，例如冯友兰《新理学》中有关艺术的论述；第四层面是指文学作品中蕴含的或显或隐的文学观念、艺术观念或美学主张等，例如沈从文的《边城》等作品对湘西边远山乡中纯美情感的追求及其所呈现的深层文学与美学观念。这些层面的文学思想、思潮及观念共同编织成中国现代文论的多声部交响曲。

相对而言，本书固然会主要讨论上述第一、第二层面的文学理论，但在需要时也会对第三、第四层面有所涉及。

<h2 style="text-align:center">二</h2>

中国现代文论史可以被视为一个包含若干长时段的超长时段连续体。清末至 20 世纪 70 年代为第一个长时段，可称为现代Ⅰ时段，而20 世纪 80 年代至今可称为现代Ⅱ时段。本书将主要探讨中国现代文论史的现代Ⅰ时段，至于现代Ⅱ时段状况，则应另行研究。

就具体的时段或时间来说，中国现代文论史的论域由三个时段组成：直接的主要论述时期现代Ⅰ时段称为主时段，与此时段存在关联的那些时段为关联时段，而有所延伸的时段为延伸时段。中国现代文论史的主时段为 1899 年"诗界革命论"（梁启超）提出至 1978 年改革开放启动前；其关联时段为鸦片战争至庚子事变；其延伸时段为 20 世纪八九十年代。不过，现代Ⅰ时段本身可以进一步划分为前后两个中时段：清末至 20 世纪 40 年代为现代Ⅰ时段前期，20 世纪 40 年代至 70 年代为现代Ⅰ时段后期。这里将把中国现代文论史的现代Ⅰ时段前期状况作为直接论述对象，但同时也会适当涉及关联时段和延伸时段。

三

这部中国现代文论史著述的一个基本看法是，中国现代文论史是中国我者(或自我)与外来西方他者之间文化涵濡的结晶。涵濡，是一个中国词语。涵是指包容或包涵，即把外来的东西包容进自身躯体之中；也指沉或潜，即把外来者不仅包容进来，而且还能沉入自身躯体之中，直到潜入最基础的底层。濡则有沾湿或润泽、停留或迟滞及含忍之意。合起来看，涵濡的基本意思在于雨水对事物的包涵和滋润状态。可见，涵濡带有包涵和滋润之意，以及更持久而深入的濡染、熏陶或熏染之意。它可以同现代人类学的"濡化"(acculturation)概念形成中西思想的相互发明之势，共同把握中国我者与西方他者之间在 20 世纪实际经历的相互润泽情形。

应当看到，中国我者与西方他者各自的身份及内涵本身并非一成不变，而是历史地变化的，在不同的时段有其不同的呈现方式以及关系状况，正是这种身份及内涵变化会影响到现代文论本身的发展和演变。

同时，中国我者与西方他者之间发生关系的社会语境本身也是变化的，正是这种社会语境变化会对中国我者与西方他者的关系状况及其演变产生根本性影响。

由此，中国我者与西方他者之间的涵濡会导致中国我者发生微妙而又重要的变化，其结果是，让中国我者既不同于其原有状况，也不是西方他者的简单照搬或复制，而是一种自身前所未有、西方他者也从未有过的新形态。这种新形态正是我们今天所说的中国现代文论。

正是在如上意义可以说，中国现代文论史是现代中国我者与西方他者之间文化涵濡的产物。在中国现代文论界曾先后登上主流地位的"典型"与"意境"范畴，正是一对平常而又重要的范畴实例。应当讲，来自西方的"典型"范畴在西方 20 世纪文论界本身并没有像在中国现代这样主流过（尽管曾经在苏联文论中主流过）；同样，来自中国古代的"意境"范畴在中国古代文论界本身也没有像在中国现代这样主流过（尽管明清时代曾有人在一般意义上使用过）。实际上，它们之所以能盛行于中国现代文论界，恰恰应当归结于中国我者与西方他者之间的文化涵濡或濡化，也属于这两者之间文化涵濡的结晶。就"典型"来说，中国古代以金圣叹小说评点为代表的人物性格理论，已为西方"典型"范畴在中国的涵濡准备了合适的土壤、气候等文化条件，而亟需拯救的中国现代文化危机则成为"典型"登上中国现代文论主流宝座的有力推手。而来自西方的以尼采的"醉境"（或酒神状态）与"梦境"（或日神状态）等为代表的美学理论，以及以黑格尔的"时代精神"和斯宾格勒的"文化心灵"等为代表的哲学及文化理论，也为中国古代"意境"（或"境界"）理论在现代的复兴及大放异彩提供了强烈的比较发明诱因。尽管在论者因不满足于"典型"的独尊地位而倡导将"意境"作为与之平行的美学范畴提出之初（1957），"意境"概念并没有立即在中国热起来，但伴随着改革开放进程的推进和深化，"意境"作为中国文化与艺术在全球化时代当然的原创性和独特性标志，而逐渐与"典型"一道成为"美学中平行相等的两个基本范畴"①，乃至后来逐渐成为取代"典型"范畴而一枝独秀的美学范畴。由此看来，无论是人们已经论及的"典型"还是"意境"范畴，或者本书提出的"感兴"范畴，它们之所以能成为或可能成为中国现代文论的核心范畴，恰是由于中国我者与西方他者之间发生了持续的文化涵濡的缘故。如此，要想弄清中国现代文论这对重要范畴的兴衰，假如不从中国我者与西方他者之间的文化涵濡去把握（当然也应当同时从其他方面去把握），想必是难以全面完成的。

---

① 李泽厚：《"意境"杂谈》，《光明日报》"文化遗产"，1957 年 6 月 9 日、16 日，据李泽厚：《门外集》，138—139 页，武汉，长江文艺出版社，1957。

四

这部中国现代文论史著述属于笔者担任首席专家的教育部 2005 年度哲学社会科学重大课题攻关项目"西方文论中国化与中国文论建设"在结项后的一项延伸和扩展性成果，共由四卷组成，依次由笔者与陈雪虎、胡疆锋、胡继华协力承担。在与包括他们三人在内的众多同行朋友协力完成该项目的结项成果《西方文论中国化与中国文论建设》之后，我们再集中大约七年时间完成了这部四卷本著作的撰写工作。如此，这部著作的研究、写作及修改过程不知不觉中竟然已前后历时十多年。

这四卷除了第一卷为总论外，其余三卷都大体按照时间进程的推移或交替去安排，第二卷主要停留于清末至 20 世纪 20 年代之间，第三卷聚焦于民国初年至 20 世纪 40 年代末，第四卷着眼于五四时期至 20 世纪 40 年代。不过，与此同时，包括第一卷在内各卷的主要议题或任务诚然各不相同，各有侧重点，但它们之间又都存在复杂的关联性及其持续的缠绕，因而相互之间呈现交叉、回溯、照应或打通等态势，又实在是必要的和重要的。只有这种分工的相对性和交融互通的密切度，才更有利于进入中国现代文论史的进程之中。因此，当有的人物、事件、观念、命题或案例在各卷中数度重复出现或交叉，甚至被赋予不同的阐释任务时，都是必然的和不可避免的。

第一卷为中国现代文论传统。这属于全书的总论部分，概要地阐述中国现代文论若干方面的特征，由本人撰写。中国现代文论传统不是来自对西方文论的简单照搬，而是有着自身的现代性缘由。它也不是一蹴而就的，可以被视为"世界之中国"时代中国我者与西方他者之间持续的层累涵濡进程的产物。置身在持续的层累涵濡过程中的中国我者与西方他者之间的关系总是具有相对性和变化性，这导致异质他者总是不断地被涵濡进自我的机体中，转化为自我的一部分。中国现代文论传统可以由其知识型、核心范畴及其位移、我他关系模型及双重品格得到呈现。在心化美学与物化美学的对照及兴辞美学方案中，可见出中国现代美学Ⅰ时段与现代美学Ⅱ时段的分化与联系。中国现代文论传统的特点还可从与中国现代型文学传统的特征及其大海形象个案的比较中见出。

第二卷为中国现代文论的发生。探究清末中国现代文论的发生轨迹，由北京师范大学陈雪虎撰写。需要暂且搁置我们后人想当然的清晰概括，重返当时的文论发生现场（假如有的话），尽力窥见其时本来就有的多元选择中的困惑与执着、拒绝与对话、冲突与调和等不同面貌。从知名的章太炎、梁启超、王国维、陈独秀、胡适等以及未必知名的朱希祖等人物的选择可见，中国现代文论从其发生赋形时段起就呈现为多元取向中的张力式构造及历时与共时交互缠绕的复杂过程。无论是其顽强守护中国我者固有传统的方略，还是其果敢拿来西方他者的精心筹划，都呈现出多重方案或多种可能性，以及逐渐演变或寻找的复杂性。通过尽可能多地检视当时的不同陈述、查阅新近研究成果、引证时贤多种不同的论说，多方面地贴近中国现代文论发生期的内在的张力状貌和多重选择的困窘，构成该卷的自觉追求和特色。

第三卷为中国现代文论的构型。探讨中国现代文论如何以多层面的体制化方式进一步形塑自身的生存方式并发生演变，该卷由首都师范大学胡疆锋撰写。该卷的新意在于走出过去单一的思想辨析路径，尝试从学术体制与文论思想之间的关联性视角，也就是从知识制度的大众传媒、现代大学、文学社团、政党文艺政策的综合与交融视角，具体勾勒中国现代文论尽可能完整的制度化转型面貌及其具体的生成与演变轨迹，从而形成中国现代文论的制度转型过程中多层面之间的交汇以及历时与共时之间的交融图景。正是借助于这种综合与交融视角，通过大量的具体案例分析，该卷揭示了中国现代文论在其发生与发展过程中呈现的制度化转型状况，表明假如离开这种多层面制度转型，中国现代文论那些已经呈现或尚未完整地呈现的特质就是不可思议的或难以理解的。

　　第四卷为中国现代文论的多元取向。分析中国现代文论中的文化涵濡与多元文论思想秩序，由北京第二外国语学院胡继华撰写。该卷选取精神史与文化涵濡的视角，从纷纭繁复的现代文论观念、命题或思潮中，尽力梳理出几种具有一定代表性的文学理论主张或文艺思想，看看现代耳熟能详的或者暂且被遗忘的那些文艺思想，是如何在当时以自身面貌呈现出来的。人文主义、道德理想主义、社会主义和象征主义正体现出其时的多元思想景观。甚至其中的象征主义思潮内部，还可细分出诸如梁宗岱的象征诗学、李长之的理想人格论、宗白华的"中国艺术心灵"、冯至的浪漫主义、闻一多的古典主义、陈寅恪的史诗互通论和钱钟书的跨文化诗学等不同思想选择。当代人从这些不会被遗忘的多元思想取向及著者自己有关天文与人文汇通和中西诗学互化的构想中，可以得出怎样的反思？

　　需要说明的是，由于是四人合作的四卷本著作，除了各卷承担不同的分析任务，而在人物、思想、事件、社会文化语境及其他相关现象方面有时会略有重叠或交叉外，各位著者在学术上也各有其学术积累、治学专长和文论主张，因此，虽然彼此做过相互协调和统一的共同努力，但终究还是各有其特殊性或个性显露。这应当说也是合理的，因为笔者所设想的学术合作，不再是消除个别性或差异性的完全同一体，而是带入差异和体现个性的"和而不同"的共同体。不过，在关于中国现代文论的基本面貌、主线、分期、制度、知识型、核心范畴及品格等主要问题上，各位著者之间的相互协调立场仍然是接近的，尽管难免仍存有不同。

王一川

2019 年 1 月 22 日于北京大学

目　录

导　论　中国现代文论、起源问题与发生框架

　　本卷追踪的是中国现代文论的发生状况，考察中国文论从传统走来，由浑融而分明、由晦暗而昭晰，终告现代之树立的过程。在世界范围内看，这一进程的内在逻辑其实是从欧美兴起而风行世界的现代文化、文学及其文论在中国范围内以汉语方式推广开来。不过如果从本土的中国我者的主体角度看，现代文论的发生也是在内外压力的双重作用下，文学思想和文论话语从本土文化之母体中挣扎、震荡、风化和分析出来，经过数十年的他者影范、传统转化和现世利用而逐渐成长和塑形，最后在五四运动前后通过新一轮的文化变革运动和国族文教建设，而紧急创制终告树立的过程。现代文论既是现代文化各部门共时发生、现代性随时所在都有的话语见证，也是现代文论作为现代性的文化装置的生成树立的过程。理解中国现代文论之发生的具体状况，透视中国文论由传统至现代转型的复杂性、过渡性、混杂性甚至矛盾性，抉剔其间深层逻辑和内在动力，有利于更好把握百年来文论话语的整体性及其内在张力，为新的社会和文化情势进行思想重构提供进一步思考的基础。这样说来，追踪此间具体状况，清理历时共时进程，理解个中动力和逻辑，是本卷的任务。研究对象的时段主要集中在 19 世纪末到 20 世纪初。当然，在必要时研究范围和时限会有弹性，扩展或收缩，上溯或下延。

　　在历时展开和具体阐释之前，这里以导论的篇幅来说明和解释：理论为什么是现代的？理论有什么样的品性气质和面貌样态？然后简要说明中国现代文论的总体特点和大概脉络。在此基础上再结合既有研究的背景，交代一下本卷所谓"中国现代文论之发生"的研究框架。

一、理论的现代性及其样态

问题首先来自于现实中触动人心激发思考的现象：在当代中国，理论的需求一直受到质疑，依然存在着强大的"抵制理论"的话语。甚至有不少研究者有这样的观点：文学的阅读和感受本来显得很纯净、具体、感性，这些本来既已自足地存在着，"理论""批评"或"文论"是否完全是后设的？就阅读和理解而言，它难道不是完全外来的、异己的吗？无论如何，"理论"不是与经验和作品相"隔"吗？理论必要吗？古代人不是也没有这么多理论吗？为什么理论在现代世界这么发达、来劲而血脉贲张呢？近现代以来的理论、批评和文论重要吗？有必要吗？

对"理论"的诸多迷惑，很大程度上是对现代世界及其间人类活动越发突出的社会本性缺乏理解所致，也可以说是所谓古今问题没有解决好。这里尝试借助英国社会学者安东尼·吉登斯的现代社会理论和术语"脱域"，来解释理论在现代为什么是必要的。吉登斯认为，所谓现代社会，其实就是一个充分社会化、交往化的世界，而这个世界的内核或动力机制，就是以脱离具体时间性和在地性而抽象出来的"理论"、精神及其相应的运作机制。以理论及其机制作为中介（当然理论和机制也是不断反思并且普遍应用到现代世界中的），现代世界形成统一变革的框架，从而克服神话、迷信、传统和惯例，由此形成与传统社会的断裂，现代社会生活也由此得以生成。也就是说，区别于传统社会活动的具体性、个别性和在地性，现代社会生活（包括经济生活、政治斗争，乃至科学活动）具有一种超越特定场景和特定个人或团体的特点，即人们必须在认知和交往上进行脱离具体地域、摆脱时间的不确定性，而寻求抽象化的时空重建。

为此，吉登斯用了一个非常专业化但也很生动的术语——"脱域"（disembeding，意为拔起、重置），来指称这种资本主义社会以来强烈的社会化关联和追求抽象化时空重建的特点。他认为，现代社会之所以能够一步步生成，动力机制之一即在于这种脱域机制的形成。一方面，所谓现代世界（包括标准化的货币流通所支配的经济世界、标准化的语言交往方式构成的社会，以及采用普遍规范、标准化的计量手段和不断演进的科学体系）其实正有赖于这一以抽象化的"理论"为内核的脱域机制的内在驱动。如果没有脱域机制，现实世界的社会化交通和生产生活的联合根本就不能形成。另一方面，正是以这种现代的理论抽象概括不断地反省、不断地实验、不断地更新和及时地普遍应用，现代社会才能在既有的基础上不断变革，奋力向前。①

也就是说，从逻辑上看，现代社会和脱域机制与这种普遍抽象的理论以及这种理论能力息息相关，须臾不可离。由此，所谓理论能力，就是一种能"结构"一个普遍性时空的概括能力和抽象能力，是现代充分社会化的当代世界得以形成的基本内核和内在动力，是非常重要的。这种理论的能力一度被命名为科学的能力。理论能力和科学能力不仅是现代学术和文化发展的必然内在质素，也是现代社会得以良性运转和创新发展的重要条件和目标。

在不少人看来，现代文学活动似乎天然地与这些现代化进程无涉，甚至是一种反动。但其实现代文学活动与现代社会变革密切相关，甚至可以说是相互补充而配合以行，"理论"从一开始即已贯彻于据说个体感性的、具体自足的文学活动。虽然，作为一百年来资本主义社会中的主导性文学生产和消费方式，现代印刷文学必须落实到作为个体的读者身上，必须系挂在每位读者的肉身感性和思想活动中。但是，这种只见片片个体具体之叶的朴素理解，其实忘却或无视了作为社会活动的文学是棵大树，并且这棵大树时时刻刻又与作为其水土、气候等条件的社会、群体、阶级、民族和性别等社会构建和文化实践紧密关联，须臾而不可离。

首先，在现代社会，文学作品的语言和媒介是需要尽可能普遍化的，阅读欣赏和沟通交往活动也需要作为社会通货或象征符号的普通话来达成。现代汉语，作为类似现代货币一样的通行物，在现代中国

---

① ［英］安东尼·吉登斯：《现代性的后果》，田禾译，14－26页，南京，译林出版社，2000。

是至关重要的，说现代汉语，写现代白话文，方能为社会大多数人和居主导地位的民众共同体所接受，此间显然体现了一种迥异于传统的新型权力的操控和演练。这样说来，文学的阅读、理解和解释，正是必须要通过这种普通话和脱域机制来达成的。

其次，文学的阅读必须在沟通交往中才能获得生命，如果要追求创新性的、有现实意义并且具有未来向度的理解和解释，就必须具备结构新的普遍性时空的概括能力和抽象能力，而这正是"理论"的诉求。这样，在文学活动中，尤其是在对文学作品的阅读、理解和解释活动中，"理论"的参与就是必然的了，虽然这种参与是隐秘的，甚至是无意识的。也可以说，现代社会不同于传统社会，对作品的理解不能只有具体的、个别的、切己的、感同身受的"同情"，更要有方便交往的、可以沟通进而形成共识的抽象概括、分析辩证和理论把握，这其实是在每一位读者身心必然发生、不可避免的。

最后，更重要的是，传统文士在社会中的地位是相当固定的，而现代人更为自由，人的社会性、能动性和创造性也越发地加强。并且更进一步，人们或群众的身份是变化的，流行性大，主体竞争渐多，人群之间、人与人之间的文化交流需要超越传统的桎梏，形成相对的共识，这就需要必要的概括和抽象，形成有效的理论，用以促进思想沟通和人文理解，甚至进行非常时期的政治动员。也就是说，面对形形色色的文学作品、纷繁复杂的文学现象的迅速发展，变化多端的当代文艺生产，如果不想满足于一己的阅读欢愉和感性，就必须通过理论进行总体上的理解和把握，从而使文学以及对文学的认知转化为有价值的滋养，重新汇聚并参与到社会生活和文化交往的现实中。

因此，正像现代日益资本化了并占统治性地位的金钱货币一样，理论也越发具有流通的价值和能力，它是现代社会活动和文学实践必要的环节或元素，是现代社会话语的主要形态之一。

在当代，大凡有生命力的理论，抽离了原有的传统含义，而进入现代的某种变动不居、不断反省、奋力向前，因而具有属人的、类似生命的状态了。理论已经不是传统社会里的那种对既有事物和秩序的反映，也不是某种固定一统的世界观或宇宙观了。"理论"具有现代蕴含，不妨以名和实的状况来验证。这里先从"理论"一词的使用状况来考察。

西方这方面可以参考雷蒙·威廉斯的关键词考辨。在他看来，过去的"theory"主要指向景象、思想体系等，如今在近现代用法的影响下，其指向与生动活泼的社会实践紧密关联。比如柯勒律治所谓"虚假的 theory，有害的 praxis"，马克思的"具有 theory 精神的 practice"和"具有 practice 精神的 theory"等提法，这些措辞没有一个主张与实践内涵相脱离。①

在中国，情况虽然复杂些，但性质大体一致。古代"理论"二字多分用，如《说文》云："理，治玉也。"段玉裁据《战国策》"郑人谓玉之未理者为璞"推断："是理为剖析也。玉虽至坚，而治之得其鰓理以成器不难，谓之理。凡天下一事一物，必推其情至于无憾而后即安，是之谓天理，是之谓善治。此引申之义也。"②章太炎《国故论衡·论式》也详细辨析了"论"的本义："乐音有秩曰仑"，"于论鼓钟"是也，"言说有序亦曰仑"，"坐而论道"是也。即是说，"论"重在条理秩序。但章太炎坚持，"论"作为文体，其体式"本之名家"，与纵横家"率尔持辩"不同，关键在于既要逻辑严密，"分理明察"，又要"持礼议理"，切入思想和现实问题。③章氏之说在参详魏晋文章的时候，其实已渗入现实性的要求，其现代内涵已非传统的恒常一贯的思维所能笼罩。

近现代以来，汉语"理论"联为一词被频繁使用。通过西来样式的报章杂志、宣传手册、百科全书和教科书等，以思想学说、学术研究和主义论争为主要形式，"理论"话语及现代思想大面积传播开来。原先的传、注、笺、疏文体逐渐没落了，教材的体式，"……论"之类的文体开始大行其道，新兴的"理论""概论"之类的著述出场了，并日渐繁多起来。可以说，现代意义上"理论"的产生时段，大抵从咸同洋务、

---

① ［英］雷蒙·威廉斯：《关键词：文化与社会的词汇》，刘建基译，486—490 页，北京，生活·读书·新知三联书店，2005。

② 段玉裁：《说文解字注》第 2 版，15 页，上海，上海古籍出版社，1988。

③ 章太炎：《国故论衡疏证》，庞俊、郭诚永疏证，387—410 页，北京，中华书局，2008。

维新变法、晚清新政到民国初期，从自然科学到社会科学，再到人文学科。此后的百年，"理论"逐渐代替中国原有的"天道""天理"和"人情"，而与"公理""真理""规律"一起，成为现代读书人、舆论报章家、党派政治家和各层次教育工作者最为热衷的"词"与"物"，为他们使用，为他们利用。在现代文明主潮中，基于现代文化的理性分工，思想家和学者们不断地生产和消费着"理论"，比如文化、文学、国族、社会、现代、后现代、后殖民、全球化等。在这个过程中，中国人正在努力迎头赶上。

在普通民众那里使用"理论"这个词的情况，似乎并不多见。"理论"一词广为征用，往往是在主义论争、学院建制和广播传媒等形式和场合之中。与此同时，理论的意义和价值也越来越受到重视。在中国这个后发现代型国家，尤其是在百年革命传统中，"理论"也因有益于推动知识创新、文化动员和社会改造，而得到知识人的理解和青睐。理论不怕多，关键在它是否有利于思想、讨论和试验，进而在实践中被检验上升为科学原理或真理，为人们长期利用。所以，"理论"的字典义也多强调"在某一活动领域（如医学或音乐）中联系实际推演出来的概念或原理"，"理想的或假设的一系列事实、原理或环境"或"从对事实的推测、演绎、抽象或综合而得出的（对某一个或某几个现象的性质、作用、原因或起源的）评价、看法、提法或程式"。显然，正是这些不同理论，从不同角度或侧面架构着当代中国的普遍性时空，尽管各自普遍性的内容、深度和广度都不尽相同。

在现代社会，"理论"是一种新型话语或文化装置，体现了重大社会能力及相应的社会权力关系。然而，其具体样态却可以是多种多样，甚至变动不居的。这种情况，在认识论和形态学并非如西方学术那般发达的中国，尤其如此。它可能是具备反思精神的社会实践和文化斗争（"理论一经群众掌握，也会变成物质力量"），也可能是某些关键或强势术语（如"新民主主义"、阶级性、现实主义、浪漫主义、思想性与艺术性），可能是具有某种突破性的美学构造或批评著述（如《红楼梦评论》或《文艺心理学》），甚至也可能是某一著述里面体现出来的具有创新性的"眼光"。

比如，胡适进入北大讲课，"截断众流，从老子、孔子讲起"，引发学生不满，其实也差点被学生赶下台。还好学生们请当时国文门的学生傅斯年来鉴定："他听了几天以后，就告诉同学们说：'这个人书虽读得不多，但他走的一条路是对的，你们不能闹'。"①而胡适的讲义后来编成《中国哲学史大纲》(上卷)，蔡元培为该书作序指出"有四种特长"："证明的方法""扼要的手段""平等的眼光"和"系统的方法"，这些都是很高的评价。②由傅斯年和蔡元培彰明的所谓"路""眼光""手段"和"方法"，其根本即在认识到并充分肯定胡适著述中体现出来的新型史学眼光及其理论内蕴的新意识和新思维。在五四运动以前的中国，这些带有理论意味的话语和言说方式，不管是否如后人所识破的为"横断"还是"竖断"，显然发前人所未发，树立了理论新视野和学术新范式。③

以上大都基于理想状况而言，同样也值得注意的是在一般层面上。现实中的理论也因其假说和试验的面相或品质，往往受到不断地试验、质疑、批判乃至扬弃。在重大的政治斗争、主义论争的场合，许许多多的理论往往又因其与实践常有违和、不尽融洽而被警惕或扬弃。比如，马克思主义传统虽鼓励理论的创新，但也常常需要大张旗鼓、立场鲜明地展开理论论争、意识形态争斗、社会批判和文化变革。这其中有多少理论被淘洗清算！

另外，在资本主义日益体制化的学院建制和广播传媒中，理论不断被试错和使用，理论热潮中也会出现消费化、机械化的倾向。在革

---

①　余英时对傅斯年、顾颉刚等学生被胡适的学问争取过去的这种现象解释是：顾颉刚、傅斯年等人"虽有丰富的旧学知识，却苦于找不到一个系统可以把这些知识贯穿起来，以表现其现代的意义。胡适的新观点和新方法便恰好在这里发挥了决定性的转化作用"，胡适的思想及其内在理路在当代学人中是"截断众流的新典范"。这种解释可备一说，或可证明现代之强势及其胜出的必然性，但个中深层原因恐怕还得从当时的变革时代、世界形势和中国结构的背景上，新一代学人的文化抉择已与西方民族国家中的上层建筑和相类阶层的意识形态相当契合这一点上来研判和探索。从学理上进一步论证和探讨，自然需要大量的中介和阐释。参见罗志田：《再造文明的尝试：胡适传(1891—1929)》，156—162 页，北京，中华书局，2006。

②　蔡元培：《卷首》，载胡适：《中国哲学史大纲》(上卷)，上海，商务印书馆，1919。

③　参见罗志田：《再造文明的尝试：胡适传(1891—1929)》，112 页，北京，中华书局，2006。

命之后的日常凡俗生活中，理论原有的社会改造和文化革命的激进内涵会被逐渐侵蚀而掏空。理论也往往因虚玄复杂和晦涩而贬值，不为经验、实用生活中的人们所接纳。最突出的例子是讽刺漫画对这一现象的展示，沙龙派对女主人大惊小怪道："你是个恐怖分子？感谢上帝！我以为梅格说你是个理论家呢！"①这种情况在日益体制化的西方学界和八九十年代以来的中国学界，都有一定程度的反映。

20世纪中期以来，随着社会科学和后现代思潮对文学研究理论探讨的冲击，激发了西方批评和理论的大繁荣。这确实也是人们对理论感到迷惑的重要原因之一。在学院和科研机构里，通过体制化的学院教育、学术期刊和学会交流，形形色色的批评、理论和学说得到大量而深广的传播和发展。由此人们常说20世纪是个"理论的世纪"。乔纳森·卡勒说理论"很吓人"，尤其是在20世纪中期以来，"理论"已远远不满足于文学理论，"理论是由思想和作品汇集而成的一个整体"，并且"理论"已经使文学研究的本质发生了很大的变化，以至于当人们抱怨理论太多的时候，"他们可不是说关于文学本质的系统思考和评论太多了，也不是关于文学语言与众不同的特点的争辩太多了"，"而是指非文学的讨论太多了，关于综合性问题的争辩太多了（而这些问题与文学几乎没有任何关系），还要读太多很难懂的心理分析、政治和哲学方面的书籍。理论简直就是一大堆名字（而且大多是些外国名字），比如雅克·德里达、米歇尔·福柯、露丝·依利格瑞、雅克·拉康、朱迪思·巴特勒、路易·阿尔都塞、加亚特里·斯皮瓦克"。②

因此，从表面上看来，虽然理论是个宽泛而松散的概念，但自总体一端考量，现代文论其实有着诸多方面的内在规定性。这里要对"中国现代文论"这个名目作个初步的说明。

首先，简单而言，讲中国现代文论，就意味着这里所讨论的一批文论有自身的具体性或特点。比如，它与古典中国的经学话语和诗文评话语不同，中国文化传统中一度非常繁盛的诗话、词话和小说评点并不是现代意义上的文论，存在着一个"古"与"今"的区别。当然，也

---

① ［美］乔纳森·卡勒：《文学理论入门》，李平译，17页，南京，译林出版社，2008。
② 同上书，16、1—2页。

必须看到现代文论与古典文论之间必然存在的若隐若现的联系。再比如，现代文论既然紧扣中国主题而不以普遍意义为急务，那就势必与西方传统诗学或近现代的文论和批评也有所不同，它不会像亚里士多德的《诗学》那样注重于分类学和形态学研究，也不像西方近现代文论和批评那样在审美领域与商业意涵上得到充分的发育。

其次，这里所谓中国现代文论，虽然只是现代文学理论与批评的历史概貌，或者说仅仅是大体脉络，却不准备把"现代文论"根据学科畛域严格细密地孤立起来并狭隘化为现代学院化、学科化的"理论""批评"和诗论、小说论及各种"史"的专门领域。这里的现代文论，当然也包含一定的批评文字，但并不拘泥于对作品的批评，不是针对具体作家、作品、现象或问题的批评文字，而是注重其整体文化讨论、文学理论探微和文教体制创建的意味，看重的是这些文论乃至建制在近现代以来主要是 20 世纪以来的中国文化和文学发展中具有代表性的文化理路、历史意味和社会意蕴。

这样说来，本卷所谓"现代文论"主要有如下两个方面的内涵。其一，这些文论具有整体精神，是从中国现代性整体状况上加以考察的。它可以是对具体的作家作品的批评，也可以是对特定文学现象或思潮的主张，还可以是对文学批评和理论研究的自我理解，更可能是蕴含着对现代社会架构及其文学体制的安排和设计。中国现代文论是对中国文学发展和文化重建的理解和设计，其中洋溢着整体文化反思、改造或创制的激情。可以说，这里的"现代文论"其实熔理论与批评于一炉，而不准备如当代学术分工日趋强化般的壁垒森严。

其二，这种文论是在世的、斗争的，甚或是革命的，它是近现代条件下人们在大体上从普遍的角度对文学进行理解、对社会进行干预、对历史进行塑造的努力。毫无疑问，这种理解、干预和塑造本身渗透着突出的现代性内涵，在中国它具有革命性的内涵，因此，它们当然在历史上具有现实的社会价值，也发挥着某种必然的历史作用。

在百年后看来，中国现代文论的生成其实是在西方文化的刺激及西来学术样式的典范效应下，通过民族国家的文化重建和文学生产过程，而从传统文化、学术和文论话语中逐渐分化出来，并在世界潮流中内生分合而获得革命性的现代转型，逐步走向社会主义叙事的过程。这或许是"中国现代文论"本来的意思吧。

二、中国现代文论的特点和大概

中国现代文论自进入近现代社会以来，已历百年之久。那么，从整体上作一个宏观的把握，中国现代文论具有什么样的特点呢？不妨从中国百年现代文论所时时洋溢、一再涌动的中国现代性的诉求来透视和辨析。

中国现代文论意味着独特的中国现代性的内涵和追求。什么是中国现代性？现代性一词系西人创发，可先看看他们理解的现代性。这里仍然套用前面提到的安东尼·吉登斯的说法，现代性"指社会生活或组织模式，大约 17 世纪出现在欧洲，并且在后来的岁月里，程度不同地在世界范围内产生着影响"。[①]这个说法主要是指，现代性映现的是欧洲人从某一特定历史时段开始的一种认知和期待心理、价值、信仰、态度和行动风调，但它发生以来，已对欧洲以外地区产生重大影响，成为一股以全球性潮流出现的文化品质和历史表征形式，也就是说，现代性已不局限于欧美而成为一种难以抗拒的全球风调了。现代性多以"控制""效率""扩展"和"便利"等为优势价位，在社群中又以"发展""进步""繁荣""自由""平等""民主"或"富强"等迷人的憧憬和境界为其物饰。

按安东尼·吉登斯的说法，现代性的发生端在于西方经过数百年的努力，由此形成一股巨大的动能，发挥了广泛而深厚的影响力。抽象概括而言，现代西方树立起一种动力机制，这种动力机制以相对传统而言的时间分离、抽离化机制和制度性反思三大特点为著。这三大特点的名目显得很抽象，这里不妨通俗一点解释。

其一，所谓时空分离和重组，主要是指数百年来机械计时和世界地图的出现使原有的"时间"和"空间"模式得以分离和解体，社会生活

---

① ［英］安东尼·吉登斯：《现代性的后果》，田禾译，1 页，南京，译林出版社，2000。

逐渐脱离传统的束缚，原来相对封闭和自主的文化有可能更多的是必然地在同一种时空重组的新模式下统一起来。

其二，所谓抽离化机制，主要是说社会关系可以从地方性的场景"挖出来"并在新的无限的时空地带中实现再联结，比如现在的我们只消用"钱"去购物或是到"邮局"去寄信，而不必再如过去那样靠亲友、熟人或封闭地域中的风俗和传统来做事，只消信任"货币"这一象征系统，只消委托邮电事业及其专家系统即可，这为更大范围内乃至全球系统内的社会变革提供了有利的条件。

其三，所谓知识的制度化反思和社会应用，主要指现代社会在知识运作上的特点，即有意识地运用专门知识系统去反思社会生活状况并导致整体的现代生活的不断重组、建构或转型，这甚至已经成为一种必要的经常性制度创新或改革。

这是西方现代化以来的三四百年间逐渐形成的风貌。毫无疑问，当这种从西方生成的现代性逐渐成为一种典范并在全球扩展开来的时候，必然会使中国社会的器物生活、制度文化和心理状态发生重大变化，西方强权推动下的"现代性"引发所谓"全球化"的进程席卷天下，这已确乎使 20 世纪中国人的宇宙观、民族观念、政治思想、法律伦常、教育学术和文化艺术都发生了巨大的变化。

但是，以欧美社会生活和组织模式为格套的西来现代样貌，并非令中国人容易接受，有着数千年悠久文化的中国人在既本能地内外抗拒又不得不与时变迁中，迸发自己的"主体性"，走出了一条具有自己特色的中国现代性追求之路。作为一个过程，中国现代性及其追求具有哪些特点或具体性呢？首先是宇宙模式的巨大挪移。自 19 世纪末开始直至整个 20 世纪，中国人痛苦地接受了中国已不是"天下之中央"而是"地球上之一国"的观念，逐渐从古典中国模式挪移到更为开阔但又虚己的世界模式。其次是他者意识的在场。人们充分意识到一个强势的西方"他者"的存在，此"他者"已远非汉、唐、宋、明时代可同日而语，在现代，如果缺失了西方他者各种方式的介入、影响或典范，中国现代性就好像无从谈起而不能成就自身了，所以不得不从全球视野与他者打交道、求生存、抓发展，这是 20 世纪中国人的宿命和使命。

再次是古典之魂的不断复活和文明古国的复兴之梦。或者说，延续数千年的古典文化传统在无可挽回地衰败的过程中却时时渴望复活，现代性进程中的古典文化并没有完全绝迹而是作为古典残片生存下来。当然，同样值得注意的是，现代人在对古典文化的回瞥中又混合着一种旁观性的情愫，显然在回望中凝视什么和忽视什么，张扬什么和抑制什么都不再单纯取决于古典本身，而是从根本上取决于现代和当下的需要。文明古国的辉煌和风光已经成为国族的集体无意识，其子民仍然渴望着重返过去的中华文化和国富民强，这种文明古国的复兴之梦谈何容易！但明知谈何容易，也要梦下去，并时时求证，这就是现代的中国人。

由此可以感受，在世界化的进程和现代中国的进程中，中国文学理论及其发生和变化所必然遭遇的结构性位置。另外，中国现代文论必然意味着独特的中国现代性的内涵和追求。中国现代文论既有以西方现代性为样板的在逻辑上的一般性，更有自己随反抗与变迁而生成的独特性。

具体讲来，现代文论的进程可以用三个重要的独特性来概括，即他者影范、传统转化和现实精神。

第一是所谓他者影范。这里主要指现代文论往往受西方文化和学术思想的启发或影响，以致在文化体制与运行机制上、内在动力和外在品貌、内容和形式上，都与传统形成较大的差异。国家建制和文教体制依照现代西方资产阶级民族国家的样态实现了转型，文化、文学和文论在思想内容和精神气质方面往往超越传统，都有近现代通俗化、民众化乃至革命性的精神。现代文论在形式上与传统的差异更是触目可见。比如在清末民初梁启超、王国维、周树人、周作人、朱希祖等手上已经出现大量的评论体、论文体的文论著述。①五四新文化运动

① 理论、批评、评论、文论等批语术语和文章体制，都是以西学样式为基本范型的。一般而言，传统"诗文评"多采用诗话、词话、小说评点等松散自由的形式，偏重文人共同体内部的直觉与经验，往往以诗意简洁的文字作印象式或妙悟式的鉴赏，点悟与传达作品的精神或阅读体验，清朝人则多作纯粹实证式的考据、注疏和索引。王国维的《红楼梦评论》显然即是从西方引进的批评思维和方法而垦拓出来的"评论体"。

后，现代文论接受西方文化范式的影响也越发明显，当然此中不少都是经过日本中转的。不过，20年代以后这种他者影范又出现变化，即西方现代性叙事在20世纪分裂出了两个"他者"，它们在中国都影响强大：一个是资本主义叙事的西方继续发生影响，另一个则是苏联式的社会主义叙事的辐射逐渐加强，也为中国先进知识分子所接受，并在现实的社会文化和政治斗争中，逐步发挥更大的效应。

第二是所谓的传统转化。主要指现代文论在从传统向现代的转型过程及其发展过程中，基于文化的现代理性分化的大趋势和主体传统的内在回溯品格而显现出来的张力状态。具体而言，就是一方面因应世界文明的潮流，从胸怀家国天下之"士"走向学者、教授和专家，"知识"也出现日益专业化的趋向。就文论、批评和理论而言，这个趋向就是，以西方文化与文论为参照系，摒弃了传统经学笼罩下的文化浑融，采用西来的文化分化、思想分工和学科分科的体制，从而实现了文化的革新和现代性分化，在现实斗争和演变中获得了自己的新体制和新形态。但在另一方面或内在深层次上，现代文论和批评又自觉不自觉地、或显或隐地传承着作为主体背景的中国读书人和文化的传统。在近现代以来的一百年间，传统的读书行为和文学生活虽有巨大的断裂，但又因为与这片土地上的现实生活、人群社会和带有巨大空间差异性的文化群落有着千丝万缕的联系而若隐若现地延续和承沿。因此，现代文论在相当程度上呈现出总体上的现代性与深层次的传统浑融性的复杂品格，并且不时让人领悟到其合于传统文论的部分或方面。

人们时常发现，现代文论外在的品貌采取的是西来的文化分化体制和形态，文学独立的观念大体得到承认，文论的阐释性和反思性品质也为人们所理解，但是人们在思考文化和文学问题的时候，在价值取向上又不时回瞥着古典的风韵，在风情趣味上又不时回味着传统的蕴藉，在文化整体性的考量上又不时回溯文化浑融和政治一统的立场或精神。或者更具体一点说，现代文论虽然在现代文化理性大分化的趋势中从传统中分析出来，获得现代的形态，但在精神取向上往往苦恼于西方知识上的事实与社会承担之整体价值的卓然分立，不甘心文化上的分裂和西方价值的独尊，力图弥合分工治学的专业学者与承担社会责任澄清天下的良心读书人之间的裂痕。

无论是清末民初的梁启超、章太炎、王国维和周氏兄弟，还是五四新文化影响下的朱光潜、李健吾、沈从文、梁宗岱、废名、冯至等现代文论和批评的辛勤耕耘者，都存在着这种文化取向和文论思想上的张力，他们的文论在外在形态和基本思路上都有突出的现代特点，或多或少注重审美的倾向，但内在意绪都存在着传统文化某方面某线索的影响，因此其文论往往又在寻求自身传统灵魂的一鳞半爪，或是对古典碎片的想望。事实上，在不断演化的过程中，现代文论一直试图重审它与传统之间的关系，企望从社会传统和整体文化中获得前进的灵感。

第三是更值得注意和缅怀的、根植于在地土壤并且富于在世斗争的现实精神。虽然从传统文化中分化出来，又受到西方文化与理论范型的强力影响，但中国现代文学理论有着突出的现实社会的内容、文学革命的意味和思想创制的气质。在现代中国，与现代文化各部门的现代化进程一样，现代文学从 19 世纪末晚清维新运动时期的文学改良运动开始发动，经过 20 世纪初辛亥革命时期的革命宣传与学术、五四运动时期的新文化运动，到获得相应发展而发育多元竞争激烈的 20 年代和 30 年代文化和文学，以及其中从 20 年代中后期日渐勃兴、30 年代获得强劲发展的左翼文学运动，逐渐获主导地位的 40 年代抗战和解放战争时期的工农兵文学运动，至 70 年代获得定型的以社会主义为方向的文学体制，一路萌发、成长和斗争而来，各时期文论也都结合历史时势和社会发展而深入发展，构成中国现代文论变化的各个历史环节。[①]

百年来现代文论也正因伸张着这种现实精神，而推动了从古典向现代的全面转型、深入反思现实与文学，从而干预文化与文学，并在形势的发展和现实的斗争中，逐步确立以社会主义为方向。在这个过程中，现代文论深受现实中国的社会情势、阶级斗争、文学发展和具

---

① 直至现在，这个进程仍在继续。只不过，当代的理论进程因应时代的变化和全球化进程更趋复杂、细密，甚至出现非常体制化的学术分工和"惯习"化的理论生产，因而可能平庸机械一般，但也可能更显波诡云谲。

体政治文化的渗透和塑造。可以说，现代文论其实是植根于近百年来中国社会生活、文化发展和文艺活动的深厚土壤，汇入 20 世纪中国社会革命、现实斗争和文化发展的总体格局中的。书写现代文论的思想家、学者或批评家乃至政治家都有其非常重要的社会现实关怀，也有勇气推动社会变革和文化革新的进程，从而使其思想与书写具有创制的现实影响和时代魅力。

即以现代文论与现代文学之间的关系而言。现代意义上的"文学"其实是一个与现代中国的后发型现代民族国家建制，通过民族语文体现出来的文化共同体，大众化的印刷传媒工业，作为经济和法律制度的作者体系，作为编码方式和文类样式的小说、诗文、戏剧的世界，以及作为社会性的文化接受终端的内面自我一起共生互进的系统工程或巨型体制。而现代文论，作为民族国家文化的一个有机组成部分，它是与中国现代文学一起并生而发展的，甚至现代文论和批评的东西一度作为现代文学活动世界的土壤而存在，因而其影响力在现代中国是有目共睹的。比如梁启超的文学号召、胡适的改良刍议、鲁迅的文学思考、毛泽东的文学讲话，影响力都是非常巨大的。

综上所述，所谓中国现代文论的逻辑和内涵，主要有三个方面。首先，它是属于现代性范畴的概念。现代文论是中国社会和文化经过长期困苦的锁闭之后毅然转身融入现代世界过程中所出现的话语。其次，它突出指向了现代中国本土的状况，有着 20 世纪中国本土的精神气质和文化血脉。现代文论是一种从古典传统向现代世界转型、在现实斗争中又走向社会主义的话语。再次，它是关乎文化又推动文学生产的理论话语。现代文论密切了现代中国的知识精英与人民群众对现实生活和文学世界的理解，推动了现代中国的民族国家的文化重建，它们大都在当时或后来发挥了极为重要的影响力。总起来说，现代文论显然是深受西方现代文明冲击和影响，受到现代世界文化格局形塑的，但它同时又是与现代中国的本土文化状况及其文化传统紧密结合，并在现代中国和全世界的文学活动、文化格局与社会斗争中发挥相应作用的理论或批评话语。

理解中国现代文论，不仅要将之视为一个基于中国本土的文化与文学之整体性的现代性话语，而且也要把握其历史性。就是说，要把现代文论理解为一个历史的过程，追究它的来龙去脉。不仅仅是众多的、一代一代文论家及其著述之间的历史联系和思想脉络，而且就是每一篇文论著述本身，不在特定的历史背景之下，又怎么能够理解思想者的世界视野、天下胸怀、人类担当和政治决断的意志呢？因此，对中国现代文论的考察，要尽可能将其内在的逻辑与变迁的进程结合起来。

如何理解现代文论的变迁进程或发展轨迹呢？这其实是如何把握现代文论分期、历史地理解现代文论的问题。简言之，目前学界的各种处理中，最有影响力的有两种：一种在新中国成立后曾获全面认同，并且影响最为强大，是以"新民主主义论"为框架，形成一个强大的社会主义叙事。这一叙事以建构阶级认同为核心，突出了国际范围内社会主义运动中的中国政治革命、文化路线、文学斗争，抓住主导性的文学思想与相关表述的中国气派，具有宏大的气魄。这一叙事多格于新中国成立后文教体制中的"近代""现代"和"当代"的严格界分，往往起自五四新文化运动，迄至新民主主义时期结束即社会主义在中国建立的时期。80 年代以来这一叙事受到讨论，一般认为进化论气味过于强盛，目的论倾向太过明显，以人为本的方面和面向未来的取向被框定或僵化。另一种是受 80 年代以来现代化叙事和 90 年代以来现代性叙事的影响，转而技术性地把历史叙事规限为"20 世纪故事"，但力图打破过去的近代、现代、当代的分期，将过去的"近代"处理成古代文论向现代的"过渡"，经过五四运动时期及其后的发展视为"勃兴"，把马克思主义叙事和以社会主义为方向的文论视为"定位"，又把新时期以来的文论视为"繁荣"。这种处理去除过去的史述过度政治化的倾向，而试图打破人为分工，沟通古今中外，以技术性及其包容性见长。但细审之，其中隐含着建构个人认同的启蒙叙事，更多的是适应了八九十年代以来某种"去政治化"的趋势。由于无法处理好现代性叙事和社会主义导向之间的关系，审视历史的当代焦点容易失去，也一直引发多方争议，无法很好面对当代中国日益复杂化的现实。

本书同样有打破近代、现代与当代严格界分的诉求，但更多地试图在现代世界史进程的视野中，以一种复杂性思维，来统合和演绎近百年来中国文论的现代性追求和社会主义方向。我们认为，在"漫长的19世纪"所形成的西方强势的资本主义民族国家及其现代性文化的影响和推动下，中国在抗拒与变迁的艰难境地中，在"转意"与"回心"的张力中，逐渐地发动了在昔日足够伟大、在今天弥足珍贵的现代性追求。这种现代性追求，一度以建立西方资产阶级民族国家为范型的现代国家及其现代文化为主要目标，但是，这一后发的革命现代性进程，在20世纪中前期即又受到新的世界进程中的新型社会主义方向的典范作用，从而转入了具有中国特色的社会主义现代性进程。经过艰难困苦的革命斗争和急风暴雨般的社会运动，在新民主主义经济和政治的基础上，最终形成了社会主义文学生产体制及其文论话语。

具体而言，可以有如下大体脉络。首先是以19世纪末至20世纪20年代初为中国现代文论的赋形发生阶段。起自晚清文论中的现代性诉求，迄于五四新文化运动，需要考察文论话语如何在古今对话、中西互动以及传统与现代的张力中从中国文化母体中发生、崛起的状况及其种种形态和面相。此中的要点，既包括在传统与现代的艰难取向中现代思想家和文论家们对西方启蒙思想和文化体制的借镜问题，也有基于民族文化国情而在西方思想的激发下对本土文学问题的辨析以及如何确立文学使命以实现文化改造的种种尝试，更有在民族危亡的紧急关头希冀通过民族国家文教制度和语文体制的变革实施思想转型并达成新文化共同体的革命宣告。这一期文论的主题是"现代的赋形"，它所聚焦的是以西方民族国家及其文化为范型的、从文学思想层面到文教体制层面的全面转型，它引发了中国文论从传统文化中逐渐分化出来，逐渐形成既分化于传统文化又内合于总体性的民族文化的复杂态势。

其次是以20世纪20年代至40年代为中国现代文论的深化构型阶段。起自五四新文化运动所开辟和树立的文学思想和文学体制，迄于三四十年代文学的审美性和形式主义文论，此中结构性的问题是以西方文化为范型的现代文学进程在文学与人生、文学与政治、文学与审美诸维度上所开发和扩展出的空间、理致及其问题或困境。此中的要点，既有在五四新文化及其人学想象所召唤出来的人道主义和人文主义两种文化思路上的争论，也有基于日益复杂的政治革命和社会形势所引出的对文学与政治关系的引申性思考，更有在半殖民地半封建社会的中国对文学与审美的关系的可贵探讨及其深重困境。这一时期文论的主题是"构型"，是一种由转型的分化内合而引发的向着各个维度试验、拓展和深化，并达到某种极致的构型。但是，与西方现代文化的分化所带来的突出的文学审美性思潮不同的是，这些文论较为充分地讨论了文学内外的诸关系，虽然采用了现代西方资产阶级文学的概念，展现了相当的空间和理致，但由于立足于中国的现实国情和文化传统，这种讨论更深入而内在地介入中国社会斗争和文化生产的现实，从而迅速地触碰或突破到了中国现代性及其文学的极限，由此逐渐开始突破或超越资产阶级的文学概念及其范畴。

最后是以20世纪30年代至70年代为中国现代文论的执着定型阶段。此中的逻辑红线是原本从20年代大革命时期即已强劲发动、以社会主义为方向的革命文学思想，如何在30年代的国内革命战争和其后的抗日战争时期进一步推进和扩展，而在40年代整个中国引发进一步扩大的认同和体制化，同时把握社会主义民族国家的现代性文学体制在50年代至70年代占据绝对主导地位及其所带来的相应问题。这里的时间分期与构型阶段有犬牙交错般的重合，但各自侧重其实不同。因为有必要在新的时代基点上重新体认社会主义的现代性文学体制在中国国情和形势的必然性、合法性和正义性问题，整个中国现代文化在民主化、大众化和通俗化进程各层面上分层共进的问题，当然也要注意高度一体化和集中化可能带来的问题，以及不少文论家的积极应对和真诚思考。这一时期文论的主题是"定型"，即突出革命文学及其社会主义方向。这些方面的文学理论、文学思想和文学体制化都表现出日益突出的文学从个人化向着民主化的大发展，革命主体从思想到机构的同一和大扩张，当然其中也蕴含着众多思想者面对如何在新的时代条件下闯出一条社会主义现代性的文学之路这一绝大难题的焦虑。

相对过去而言，需要采取的这一框架对百年来的文论和批评显然也是一种折中的工作性立场，其中立意也只是尽可能地注意到近百年文化、文学与文论的革命性传统，社会主义民族国家树立后国内外日益复杂化、博弈化的当代基点，以及思想研究向着未来的必要的开放性的问题。①

三、现代文论的起源问题和发生框架

百年现代文论的整体逻辑和大体概貌如上所述。史学家蒙文通有言："衡论学术，应该着眼于那一时代为什么某种学术得势，原因在哪里？起了什么作用？这才是重要的。"②这其实是强调要历史地看待学术、思想和理论，真正把握学术、思想和理论的历史性。只有这样，一方面追索学术、思想和理论自身的内在理路、动力逻辑及其创发效应，另一方面又理解学术、思想和理论自身与其社会氛围和历史进程之间的互动与阐释关系，才可谓对历史川流中的学术、思想和理论形成现实的整体把握。③本卷试图依这个道理，处理中国现代文论在其发生阶段的整体内容及其发生状况。现在看来，这个整体内容和发生状况并非清晰可见。事实上就是关于中国现代文论的发生或起源问题，目前学界亦存在许多争议。从根本上讲，这一问题其实关乎对起源问

---

① 本卷在文学和文论的现代性理解上倾向于选择王一川教授的现代性分期观点。王一川认为，当代中国自我正置身在中国文化现代Ⅱ进程中，而此前近百年的进程可以理解为中国文化现代Ⅰ进程，二者区别即主要在：现代Ⅰ更多的在于民族文化在受到"漫长的 19 世纪"的刺激时所表现出来的反应剧烈性和策略革命性，而现代Ⅱ则意味着：有了新中国建立后的前 30 年的成就为底气，而以社会主义为基点和大方向的现代民族国家的新中国，在新一轮的现代性进程中所可能逐渐表现出的"走在世界上"、与他者打交道时，立足于空间交往化思维的主体的从容，以及沟通文明古国、现代传统和当代自我的自信。参见王一川：《中国现代学引论：现代文学的文化维度》，42—51 页，北京，北京大学出版社，2009。

② 蒙文通：《治学杂语》，载蒙默编：《蒙文通学记》，17 页，北京，生活・读书・新知三联书店，1993。

③ 詹姆逊亦言及对理论本身的研究，主张"不仅是理解理论，衡量其真理性与启发意义，而且同时思考作为症状的用途所在"。也就是说，"同时坚持两个不同的角度看待理论文本……一是内层解读，这正像旧式哲学一样，目标是发现并建立其内在创新和校验；一是外层解读，视其为更深层的社会和历史进程的外在标志或症状。"参见［美］詹明信：《后现代主义与文化理论・台湾版序》，5 页，台北，合志文化事业公司，1989。

题的理解，更与对中国社会的"现代性"或"近代性"等基础性问题的判定紧密相关。因此，毋宁说，中国现代文学和文论的"发生"仍然笼罩在种种"起源"说的重重迷雾之中，人们对中国现代文论发生的动力、脉络和主要环节依然不甚了然。

这里有必要先简要梳理过去种种起源假说。1940 年毛泽东发表《新民主主义论》，指出五四运动是中国"旧民主主义"与"新民主主义"的分水岭，五四运动以前 80 年的特征是旧民主主义，而五四运动以后 20 年的特征是新民主主义，五四运动前中国资产阶级民主革命的政治指导者是中国的小资产阶级和资产阶级，而五四运动之后，中国资产阶级民主革命的政治指导者已经属于中国无产阶级了。与之对应，"在中国文化战线或思想战线上，五四以前和五四以后，构成了两个不同的历史时期"。① 新中国成立后的大陆学界主要奉行这一观点，"新民主主义"文化史观内蕴含着非常浓烈的革命意味，所以也有人称之"革命史观"。在学界，这种史观进一步明确划定以鸦片战争和五四运动为界，将这两个时间界点以前的中国称为古代史，之间的中国称为近代史，而以后的中国则尊为现代史。文学和文论研究也遵照这个框架分别标以近代文学和近代文论的名目，无视复杂性、贬抑过程性而独尊革命主潮造成的结果是，直至八九十年代，近代文学和近代文论的研究成果相对于之前的古代研究和之后 30 年的现代研究相当薄弱，与古今远近的比例殊不相称。

八九十年代以来，文学、文化和文论研究提出了一些新概念和新思路，开拓了学术的新视野和新路径。关于现代文学及文论的整体把握和研究分期，在八九十年代出现的数种提法中，最有名的是 80 年代中期陈平原、黄子平、钱理群三人提出的"二十世纪中国文学"说。这种提法将中国文学现代化的起点提前到 1898 年，在新时期以来影响颇为深远，突出体现了 80 年代以来的"现代化"诉求，在其影响下的文学史写作主要导向到一个回归"五四精神"的表述。在此表述中，革命史观所蕴蓄的民主科学乃至爱国进步的内涵被稀释，五四运动被强调为

---

① 《毛泽东选集》第 2 卷，696 页，北京，人民出版社，1991。

中国现代化进程的开始，五四文学革命并不是无产阶级所领导的，五四运动恰恰被强调为使我们发现了"个人"这块现代的基石。也就是说，此中的革命史观重新被启蒙史观或现代史观所取代了。启蒙史观在总体上偏向于人道主义和人学话语，这与当代中国国内的经济、政治和文化新变的总趋势相适应，也跟笼罩全球的新自由主义思潮相应和。这一思路在 20、21 世纪之交虽有一定程度的反思，但其影响在社会各层面扩展开来，在普通民众教育和传播层面后果尤烈。

严家炎主编的《二十世纪中国文学史》，可以视为这种思路近 30 年的深化和总结。该书紧紧抓住"二十世纪中国文学"这个工作性概念，但为了统摄百年文学，突出强调"现代性特征"。至于什么是现代性，按照这种理解，主要强调社会结构转换上的统一性或普适性："由宗教或者宗法主导的传统等级制社会，经过市场化、契约化、法制化、世俗化的途径，逐步转变成以个体为本位的现代社会，原有的传统观念也逐步为现代意识所替代。"在这里，现代意识成为文学现代性的根本所在。文学的现代意识究竟是什么？文学现代性又体现在哪里？编者突出"具有现代性的文学"的社会现实基础和文化条件，如 19、20 世纪之交的"传播媒体的变革""主要体现在报刊与平装书成为主要传播媒体"，这些都是对以作家和作品为核心的既有文学研究的突破。而对前五四和五四变革时期的文学的整体概括是"对真、善、美的追求"，"启蒙与关心现实的文学，是'为人生'而且'改良这人生'的文学"。在编者看来，"这些文学当然也可以说是传统的'经世致用'态度的一种继承"，但这种"为人生的文学"是一种"具有强烈现代性的文学"，因为它"与传统文学很不相同"："用来启蒙的思想具有现代人文关怀，与封建的'道'及'三纲'观念根本对立"，"肯定文学具有自己的独立价值，反对简单地将文学只当做'载'某种观念的工具"。该书较为充分地总结和吸收近十数年来相关成果的新提法。编者强调文学现代化与现代民族国家建设互为表里的性质，"从甲午战争前后起，中国知识界中已出现了'人的觉醒'与'文的觉醒'的最初倾向。随着五四新文学运动的到来，中国文学发生全方位的变化：语言从文言转为白话，文学形态、文学内涵以及文学观念都出现了史无前例的新的更迭。'国语的文学，文学的国语'以及'人的文学''平民文学''思想革命'等口号的提出，尤其显示了这场文学革命与建立现代民族国家目标的一致性。"① 也就是说，通过现代性视角，新编的文学史一方面强调近代世界以来资本主义文化理性化的进程，另一方面突出精神领域中的个人化内涵。由此，前五四和五四文学转型脉络的呈现，彰显了在五四运动前后铺设的一条绕开其后数十年的革命历程，并与之大异其趣的新轨，同时也隐隐然与八九十年代以来在新时期所逐渐达成的人性论共识和美学情趣相接续。

"二十世纪文学"的提法突显了新时期所张扬的"开放性"，从而将现代文学的时间节点和空间上的不少领域大大向前推进。由此，现代文学及其相关研究的范围拓展到晚清和民初的文学、文论和文化。《二十世纪中国文学史》将中国现代文学的发端和起源，从戊戌变法时期向前推进10年，即从19世纪80年代末90年代初算起。全书第一章突出了作为中国现代文学发端的三个标志。第一个标志是五四运动倡导白话文学所依据的"言文一致"说，强调早在黄遵宪1887年定稿的《日本国志》中就已提出，它比胡适的《文学改良刍议》《建设的文学革命论》等同类论述"足足早了三十年"。第二个标志是光绪年间清朝驻法公使陈季同被推举为中国现代文学的先驱，他于1890年用法文出版"第一部现代意义上的中长篇小说《黄衫客传奇》"。第三个标志是韩邦庆用吴语苏白写就的《海上花列传》，该长篇小说1892年开始在上海《申报》附出的刊物《海上奇书》上连载，作为"中国近代最为杰出的小说"，"代表了当时中国纯文学的艺术水平"。（第7、12、23页）这些提法和标志都具有相当的突破性，甚或引发诸多争议，但影响力相当大，也反映了时代的某些逻辑。

在这种背景下，晚清文学隐隐然成为"二十世纪文学"或现代文学研究的起点或起源。晚清作为一个重要的时间节点或起源笼入视野后，过去的近代文学概念和内涵被取消，逐渐成为现代文学和文论研究的富矿。比如，有学者在论述晚清文学进入现代文学和文化研究的好处

---

① 严家炎：《二十世纪中国文学史》，1—3页，北京，高等教育出版社，2010。

时说："'文学'作为一个现代意义上的学科，是逐渐建构起来的。从晚清入手，很容易理解，每一个新的概念，都是在跟传统，跟西方，跟精英，跟大众的纠葛与不断对话中，逐渐浮现出来的。所以关注概念，关注文类，关注思想的形成，关注学科的建构，包括文学史学科的建立，意识到一切都在成长，一切都未定型，在如此错综复杂而又生机勃勃的状态中，中国的'现代性'才得以呈现。"①从大体而言，"二十世纪文学"命题的政治无意识其实是新时期以来的主流趋势，其核心是倡导"现代性"和"文学的现代性"视角，它很具启发性，但其内部也存在着结构性的张力，即一般在讲现代和现代性的时候，总是自觉不自觉地指向他人的东西，或者他人制定的指标。这样，无论如何言说或申辩，自己的文化似乎总是一个不成熟的、不断赶超而又无法企及那个东西或其指标的主体，而自身总存在着被动性、受限制的先天缺陷，而无法成长。

如果不想妄自菲薄这一百年的努力，总应该把握到自身的主体性或主动性，寻求到自己的理解或话语，才更贴合自我，才更具有意义。上述思路往往容易注重 80 年代以来与西方接轨的普遍价值，突出强调文学的自治性，而在摒弃阶级绝对性的同时，抽掉了过去对人性论的历史和辩证的批判，从而减除了当代文化自我的历史合理性和主体辩证性。在伸张主体的时候往往取消自身主体的立足点，这往往也让人感到为难。同时，在另一方面，由于 90 年代以来现代性研究日益向广义的文化研究开放，晚清研究内涵的多元化及其存在的诸种意义间的张力，使得晚清似乎越发成为多元现代性的标杆。在历史意识逐渐多元化的今天，起源内在的复杂性被呈现出来。相应地，现代性的故事也就越发地不好讲了。由此，"二十世纪文学"不免成为纯然的工作性概念。

与上述"二十世纪文学"提法不同，但又在某种程度上遥相呼应的，是以海外学者王德威为代表的"没有晚清，何来'五四'？"的提法。在王

① 陈平原、李杨：《"以晚清为方法"——与陈平原先生谈现代文学研究中的晚清文学问题》，见陈平原主编：《红楼钟声及其回响：重新审读"五四"新文化》，427 页，北京，北京大学出版社，2009。

德威这里，晚清文学正是中国现代文学的起源，不过更为重要的是，作为起源的晚清文学具有独特的内涵："中国作家将文学现代化的努力，未尝较西方为迟。这股跃跃欲试的冲动不始自五四，而发端于晚清。"在《被压抑的现代性——没有晚清，何来五四》这篇极具影响力的宏文中，王德威梳理和分析了四种类型的晚清小说，包括狭邪小说、公案侠义小说、谴责小说、科幻小说，他指出，以晚清小说为代表的晚清文学"其实已预告了 20 世纪中国'正宗'现代文学的四个方向：对欲望、正义、价值、知识范畴的批判性思考，以及对如何叙述欲望、正义、价值、知识的形式性琢磨"。经过他的研究，中国文学的现代性似乎不是来源于五四新文化对晚清文学的克服，相比较而言，晚清小说众声喧哗，多音复义，不仅在形形色色畸轻畸重的文学实验中充满了种种试验的冲动，显现出丰沛的创造力，而且文学生产的诸方面都透露出现代性的多重可能。按照王德威的叙述，较为遗憾的是后来"五四精英的文学品位其实远较晚清为窄。他们延续了'新小说'的感时忧国，却摒除，或压抑其他已然成型的实验"，"五四以来的作者或许暗受这些作品的启发，却终要挟洋自重。他（她）们视狭邪小说为欲望的污染，侠义公案小说为正义的堕落，谴责小说为价值的浪费，科幻小说为知识的扭曲。从为人生而文学到为革命而文学，五四的作家别有怀抱，但却将前此五花八门的题材及风格，逐渐化约为'写实与现实主义的金科玉律'。"① 标举"晚清文学的现代性"，引晚清文学为起源，并悬为多元现代性健康样板的说法，在 90 年代后期以来进入大陆汉语学界，令人惊艳，一时间影响很大。

　　为什么会这样呢？有学者的分析抓住了当代中国的脉搏："……另一种现代性，另一种现代的可能，当然也是另一种文学和另一种'文学史'的可能。王德威为这种'被压抑的现代性'辩护，认为它其实比启蒙的现代性更有价值，沈从文、张爱玲比鲁迅更有价值，称沈从文的贡献是砍下了鲁迅的'巨头'，而且他对'革命文学'全无好感。这样的思路，能在 20 世纪 80 年代之后的中国引起持久的回响，显然是因为它

_____

　　① 王德威：《想象中国的方法：历史·小说·叙事》，10、16、16 页，北京，生活·读书·新知三联书店，1998。

契合了 80 年代后中国大陆的'去革命化'浪潮。'文化大革命'后的中国思想力图摆脱民族、国家、社会、传统、荣誉等'大叙述'的束缚，追求以小市民朴素需求（'小叙述'）为依托的民主、自由生活方式，赋予与'政治生活'相对立的'日常生活'以绝对正当性，重建自由主义信仰……"在他看来，王德威聚焦晚清大做文章，为文摇曳多姿容易令人眼花缭乱，只有深挖其思想框架，方能在史观和立场上扣住要害："在某种意义上可以说，王德威对'晚清现代性'的论述不仅超越了我们在 80 年代就已经'告别'，但深深进入我们无意识的左翼文学史观的底线，同时也超越了到 80 年代以后又再度成为主流知识——信仰的启蒙主义——自由主义文学史观的底线。"也就是说，表面上是挑战五四起源论，其实歪打正着地挑战"起源论"本身，"从这一意义上，'晚清的现代性'不是一个建构的命题，而是一个'解构'的命题——它不是一种与启蒙文学史观与左翼文学史观并列的'另一种文学史'。也就是它的目的并不在于以'晚清'取代'五四'，再造一个历史的新纪元，而是通过建构'晚清'与'五四'的二元对立来进一步解构'传统'与'现代'的二元对立，并进而质疑历史的进化论、发展论和方向感。"①

"二十世纪文学"的思路将现代文学的研究范围移前，其初衷大抵是将起源锚定在 19、20 世纪之交。王德威"从晚清谈起"的提法则从"另一种现代性"的角度，突破五四运动以来所树立的正统文学的红线，把市民文学与通俗文学、张爱玲和苏青、沈从文和钱锺书，还有"新感觉派"和鸳鸯蝴蝶派，甚至这些脉络上的文学父辈和祖辈即"晚清文学"的价值突显出来。这无疑是大大拓展了新文学的疆域。毕竟，时间太短一直是现代文学的学科焦虑，现在把"自太平天国前后至宣统逊位的六十年间中国文学"放进来，中国现代文学的版图就扩大了许多，有了近一个世纪的时间，有人略带讽谑地称以"也更符合'新文学的整体观'"。由此可见，无怪乎寻找时间节点，标举现代文学"起源"，实乃文学研究的一桩使命。

不过以这样的标准，"从晚清谈起"似乎还不够大胆。早在 20 世纪

---

① 李杨：《"没有晚清，何来'五四'"的两种读法》，见陈平原主编：《红楼钟声及其回响：重新审读"五四"新文化》，309、306 页，北京，北京大学出版社，2009。

30 年代，周作人就主张中国新文学应该"从晚明谈起"，在《中国新文学的源流》中，他将晚明的"公安派"和"竟陵派"追认为新文学的前驱。对于在这个思路上进一步寻找近现代文学起源的做法，八九十年代以来的学界已经重现。近年来，随着对西方现代性的进一步反思，海内外出现了"非西方的现代性""全球现代性"或"另一种现代性"等思潮，日渐成为这种起源追踪的理论动力。这些思潮或思路主要从整体的文化、社会研究和历史学领域内生发，对于过去在《新民主主义论》论述影响下的历史分期提出质疑，认为只从政治的单一视角截断众流，将历史脉络中的鸦片战争提为中外交往和社会变革的重大转折点，未免过于强调西来冲击和外力作用对于中国百年来变革的启动力，无视对中国内生性动力及因素的把握。由此，有不少研究将近现代的历史进程起始点上溯至晚明。

这样，故事从晚明讲起，强调以"世界的中国"来理解中国自身及其在世界结构中的位置。海上活动的频繁将早来的西方国家融入东亚的朝贡贸易体制中，明末清初的中外交往和世界观的碰撞具有立足平等地位的开放性态度。明清易代导致 17 世纪中国在东亚世界中的地位及其所保持的世界发生巨变，清朝的建立与巩固使中国成为更大范围的世界秩序构建的旁观者，中国恢复了专制统治，重复了农业文明王朝循环的历史。与此同时，欧美世界异军突起并强劲扩张，包举宇内，拓殖全球，至 19 世纪后期乃至 20 世纪初期，欧美列强以其巨大强权和声势冲击全球格局，在权力结构层面上改写并强化了在几个世纪以来业已改变了的东亚国际关系结构。这种研究强调，长期以来"近代""封建"等许多历史时期划分争议纷纭，其实是忘却晚清时期中国历史内在发展逻辑的延续性和整体性，而机械地套用从欧洲学来的历史阶段论和生产关系论。也就是说，这方面的思路强调，要看到中国的近代或现代既没有超越欧洲，也没有落后于欧洲，中国的近代或现代从一开始走的就是一条与欧洲、日本不同的独立的历史道路，一直到今天。①

　　按照这种思路，广义的全球化或世界史进程是从中国晚明时代开始的，中国与世界开始大规模接触至少源自晚明。②此类研究的出发点即在于力图在更大历史变迁的格局内重审中国文化和社会的变革历程。他们反对目前的强调鸦片战争和清末维新为起点的史学表述，认为这些史学表述其实更多的是属于"冲击—反应"等史学模型的影响，体现

---

　　①　基于这种思维，过去的时间区分和历史阶段的节点都遭到了质疑。比如，日本学者沟口雄三追问："以往近代和'封建'一样，被所谓的近代主义者、马克思主义者限定在了历史发展论和生产关系论上，特别是马克思主义者把近代化等同于资本主义化，中国史学界在20世纪60年代展开的资本主义萌芽论争就是其中一例……令人不可思议的是，一般都把亚洲和欧洲近代相遇的时间看作是亚洲近代开始，所以中国的近代从鸦片战争、日本的近代从明治维新开始。至于日本，的确是经历了幕藩体制的终结和天皇制中央集权国家的建立这一巨大转折，把其看作是划时代的历史事件也未尝不可，而且无论从制度、时代区分，还是从历史发展阶段、生产关系的变化来看，彼此相互对应；但在中国，为什么鸦片战争会成为划时代的标志呢？如果和欧洲相遇便是亚洲近代的开始，那么越南的殖民化过程不就成了近代化过程了吗？按照这一逻辑，并不是我故意咬文嚼字，中国的近代化过程也就成为了半殖民化的过程。我并不是反对把鸦片战争作为划分时代的标志，但至少需要探讨一下，从中国的'内部''过去'的哪一方面来看得上是一个新阶段，把鸦片战争看作划时代标志的内在理由到底是什么？要探讨这些问题就需要对近代化的过程下一个定义……亚洲的近代应该从自生的近代和外来的近代两个方面来把握，而自生的近代往往走的都是一条当事国独自的道路，如果硬要找出共通之处的话，那么以下几点可看作是共同标志：(1)摆脱至高无上的宗教权威或以宗教为掩护的政治权威的内在支配；(2)大众对政治体制的参与；(3)废除非契约性的、固定的身份等级制度；(4)保障民众拥有均等的经济活动机会；(5)享有平等接受医疗扶助等维持生命的保障和教育的机会。如果从政治、经济、社会、文化四个方面来分析近代化过程的话，那么(1)是文化和政治、(2)是政治、(3)是社会、(4)是经济、(5)是文化的近代化过程。根据这一观点，中国的近代化'萌芽于明末清初，经过辛亥革命和毛泽东革命，至今仍在进行之中'的看法也能够成立。"参见［日］沟口雄三：《作为方法的中国》，孙军悦译，111—113页，北京，生活·读书·新知三联书店，2011。

　　②　还有学者提出更早的近现代起源假说，认为宋代以来的社会、国家和思想即已开始了某种重要的、可以被称为"早期现代"的转变。这方面研究可参见汪晖：《现代中国思想的兴起》第2版，北京，生活·读书·新知三联书店，2008。这些研究是在日本学者的一些有关中国历史"唐宋转变"假设基础上提出的。所谓"唐宋转变"，是日本京都学派学者内藤湖南在20世纪20年代提出的概念，其后宫崎市定等学者发展了"东洋的近世""宋朝资本主义"的论题。这些学者从贵族制度的衰败、郡县制国家的成熟、长途贸易的发展、科举制度的正规化等方面讨论这个"早期现代"问题，宫崎市定还将理学明确地视为"国民主义"（即民族主义）的意识形态。

西学中心主义世界观的影响，理论视野狭小，不仅丧失了本土学者研究的主体性，而且也完全忽略了全球性的世界化进程中的晚明时期中外经济交往的对等性，以及汉语文化圈与外来文化交往上的平等性和开放性。从整体上看，这种观点有利于冲破过去仅仅一国一朝或传统与现代简单对立的思路，而将中国的历史放置在"亚洲的中国"乃至"世界的中国"框架下经营运思。在这个中长时段的范围内考察中国社会和文化的演变历程，有利于理解中国从传统王朝更替的格局演化参与到更大范围内世界格局所呈现的整体进程，以及其间结构性的环节和相应的曲折。

近年来也有不少学者提及，与此思路相类的是在一百年前梁启超提出的"世界之中国"说。1901 年梁启超撰《中国史叙论》，讨论"中国"观念的内涵及其演变，提出"三个中国"说："自乾隆末年以至于今日，是为世界之中国，即中国民族合同全亚洲民族与西人交涉竞争之时代也；又君主专制政体渐就湮灭，而数千年未经发达之国民立宪政体，将嬗代兴起之时代也。"①该文讨论时代的区分，有所谓"中国之中国"而"亚洲之中国"再而"世界之中国"，以中国为本位，而其间的世界历史意识、空间化和结构化的观点，至今显然仍具有相当的启发性。

以上是从既有研究思路和格局看百年来研究中的现代起源诸说。从另一方面看，更重要的是，理论上的"起源"问题其实也并未廓清。从逻辑上讲，所谓"起源"，并不是毫无疑义的。如果说，目的论思想及其主导下的分析叙事模式其实是"认为堕落和现在向秩序井然的未来进展"，有可能以"历史的终结"的名义，用救世主、人文主义等种种欺骗性的意象导向某种僵化或宗教思维模式，那么，起源论与本原论及其主导下的分析叙事模式同样也是形迹可疑的。对本原论的着迷及其叙事，更多地在西方"18 世纪对社会起源、语言起源、创世，或前达尔文进化论的讨论中"出现，并且其思维其实是把目的论中的"未来"移到了"过去"，"建构了具有历史实质的进化论的一个想象的过去"，从而突出地表现出对某种绝对事实的迷恋和偏执。而 19 世纪以来，起源

---

① 梁启超：《饮冰室合集》专集第三册（总第 3 册），472 页，北京，中华书局，2015。

论及其叙事似乎更多地沾染了历史主义的气息，它并不对绝对的源头（origins）感兴趣，而是对初始（beginnings）更感兴趣。起源论及其叙事力图"建构出一个由事实组成的世界"。与本原论相比，起源论似乎并不那么绝对、极端和固执所谓大写的理解和历史命运。但是，起源论的问题仍然在于它往往执着的历史主义模式和所谓"事实的世界"，在这里，它有可能忽略掉，我们作为研究主体对于过去的考察和把握其实是基于当代的视点而形成的，这个视点如果缺乏结构的或理论的制高点，其实，所谓事实和起源都是难以确定坐实或令人满意的。①通俗一点讲，如果非得讲个起头，那么，哪儿又是个头呢？关于中国现代文论的起源，这个故事该从何讲起呢？哪个算是最具标志性的事实呢？从人情世理的角度讲也不容易确定，因为历史并不存在跟故事一样的起点，并不存在一个绝对的事实重要到可以作为一切的开始。并且，还可以追问，讲起源的故事是为了什么呢？

　　这样说来，我们其实需要的是把起源的问题从一开始就排除在外，领悟和学会采用发生学的结构视角。起源论的事实视角需要构筑的仅仅是一个假设的事实或术语，而发生的结构视角则与起源论的事实视角不同，它要求我们不做本原的推测，而是"对结构转变的调查"，或者说，是要"建立一个从一个形式到另一个形式之间过渡的模式"。这方面，詹姆逊在"结构历史编纂学"和"本原历史主义"的区别问题上所

---

① 本雅明在《德意志悲苦剧的起源》中说："起源（Ursprung），尽管是一个完全历史的范畴，却与创始（Entsehung）无关。起源这个术语不是要描述存在开始的过程，而是要描述那从生成和消失的过程中浮现的东西。起源是生成之流中的一个漩涡，用它的涡流吞没卷入创始过程的质料。所谓起源永远不会在事实性的东西的赤裸而明显存在中显露；它的韵律显然只为一种双重的洞见所见。一方面，必须把它辨识为一个恢复和重建的过程；另一方面，正因此，我们也必须把它辨识为某种不完美的、未完成的东西。在一切起源现象中都有一种形式的限定发生，其中，一个理念将持续地遭遇历史的世界，直到它在历史的总体性中完整地显露。因此，起源不会被对实际发现的考察所发掘，相反，它与实际发现的历史及其后续发展相关……不可以由此推论说，每一个早先的'事实'都应当毫不犹豫地看作铸造本质的时刻。毋宁说，研究者的任务正是从这里开始的，只有在该事实的最内部结构如此显示出本质性，以至于该结构透露出一种起源时，研究者才必须将该事实看作可靠的……"译文参照［德］本雅明《德意志悲苦剧的起源》（李双志、苏伟译，25—27页，北京，北京师范大学出版社，2013）和［意］阿甘本《潜能》（王立秋、严和来等译，245页，桂林，漓江出版社，2014）中转引本雅明的段落。

做的辨析，是很有启发意义的：

> 我们必须同索绪尔一道承认马克思的《资本论》不是这种本原
> 建构，而是一个共时模式。尽管对进化论的责备往往也伴随着对
> 本原主义的责备，我们还是应该注意到达尔文——与比他早些时
> 候的进化论或较他晚些的达尔文主义相对照——在这种意义上也
> 是主张共时性的。作为"无意义"和非目的论的过程的自然竞争的
> 共时运作力量一旦被纳入某些神圣主宰的宏伟计划并成为基石时
> 便丧失了意义。需要对本原历史主义和共时性模式这两个论断进
> 行补充的是共时性模式并不绝对地怀疑作为研究和表述对象的历
> 史，而是找寻出一个崭新和独创的历史编纂学的模式，在历史编
> 纂学的叙事模式或换喻中找出结构的置换。这种新式反本原模式
> 被尼采在自己的理论中称为"系谱学"（genealogy），福柯称为考古
> 学（archaeology），即对产生任何完全共时模式的可能性的条件进
> 行叙事重构。让我们返回《资本论》，马克思对商品和商业资本的
> 分析，以及对原始积累的阶段的分析是重构资本产生之前的预备
> 期条件。同时我们知道在封建主义之内这些现象并不预示任何事
> 物，因为在那个共时系统中如此的资本尚未存在。①

历史叙述必须具备整体高度及其统摄性，这要求我们决断出阿尔都塞
式"总是已经预先存在的事实"（toujours-déjà-données）。这样看来，马
克思、尼采和福柯等人的思想模式，及其所启沃的发生学的结构视角，
有利于我们对历史的巨大变革及其相关环节或条件的理解。

从某种程度上说，也是为人们所熟知的，发生学是从自然科学的
生物物种学"嫁接"到人文科学的，它在相当程度上标志着人文科学学
术范式的转变。这一转变对人文科学的要求是很高的。一般而言，发
生学要求从静态的现象描述，转为动态的历史—发生学的分析，这使
从过去注重外在形式要素的研究，转换到注重整体内容与功能的研究，

---

① ［美］詹姆森：《马克思主义与历史主义》，载张京媛主编：《新历史主义与文学批
评》，25—26页，北京，北京大学出版社，1993。

从对主客体相互作用结果的研究，转换到主客体相互作用过程的研究，从事件与现象的历史性研究，转换到观念与认识逻辑性的研究。这在中国文学和文论研究上的意义是显而易见的。这里所能做的，只不过是最初步的轮廓意义上的一个初步的尝试。

在这里存在的一个根本问题是，就所谓晚清民初这个大体的范围和时段而言，作为我们研究对象的东西，其实亦即我们决断过的"已经预先在的事实"，这个事实是什么呢？马克思在《共产党宣言》中论述资产阶级推动历史进化的伟大进程时，曾强调说："资产阶级……它迫使一切民族在唯恐灭亡的忧虑下采用资产阶级生活方式。简言之，它按照自己的形象，为自己创造了一个世界……它使乡村依赖城市，使野蛮和半开化国家依赖于文明国家，使农民的民族依赖于资产阶级的民族，使东方依赖于西方。"对于我们的议题而言，所谓已经预先在的巨大事实就是作为一个族群的、从传统中国的帝国子民到后来觉醒中的中华民族，在"唯恐灭亡的忧虑下采用资产阶级生活方式"。更具体一点，所谓中国现代文化、现代文学和现代文论的发生，其实是"采用资产阶级生活方式"这一宏大进程和历史洪流中的一个方面，是一个与这一宏大进程和历史洪流同步启动、紧密缠绕、互动相生的(子)结构。

这样，所谓晚清民初时代的现代性内涵，即如前所述的中国社会及其文化，在内外因相互叠加、复杂而诡异的历史动能的驱迫下，卷入世界资本主义的进程。当然，也不完全是消极被动的，中国也时而反转成为不完整的带有一定强迫性的主体，开始逐渐主动地融入这一近乎不可抗拒的世界化进程，甚至激烈地、革命地寻求自己的道路。在 20 世纪 20 年代以前，在资本主义塑造全球这个整体结构的框架中，中国既被动而又主动地抗拒与变迁的进程，仍然是属于"唯恐灭亡的忧虑下采用资产阶级生活方式"的范畴。而且，从基本面上看，在 20 世纪上半叶，尤其是 20 世纪 20 年代以前的中国，总体上就是被笼罩在半殖民地半封建整体架构的影响和压迫之下。当然，在 20 年代这个时间点前后的中国，也逐渐地开始露出一点在苏俄革命影响下的革命幼芽。

从思想学术自主性角度考虑相关分期问题，有学者认为，"1927

年以后的中国学界，新的学术范式已经确立，基本学科及重要命题已经勘定，本世纪影响深远的众多大学者也已登场；另一方面，随着舆论一律、党化教育的推行，晚清开创的众声喧哗、思想多元的局面也不复存在，取而代之的是立场坚定、旗帜鲜明的党派与主义之争，20世纪中国学术从此进入了一个新的时代。"①也有学者认为，长期以来历史书写的框架过多地强调20世纪中期兴起的革命政治是五四新文化运动的断裂式发展，而忽略了五四新文化运动所开辟的一系列实践方式在五四运动高潮过后都陆续遭遇内外危机的事实，所以"与其说外来政治力量的介入改变了新文化运动的方向，使文化运动变为社会革命，不如说新文化运动中已孕育了由思想革命进入社会革命的基因"，这一提法彰显了五四新文化运动落潮期所存在的结构性困境和问题，"新文化动力的衰退，新文化实践走向反面"。而此后从1924年社会革命的冲击开始形成，直至1930年"左联"成立，基本确立左翼文学在体制缝隙中生存而又对抗现有政权，接受革命政党领导但依托于现代都市空间进行资本主义文化生产方式创作的形态。这一时段是两个时代交替、新旧因素混杂而挣扎的"枢纽"时期。②另外也有年轻学者从近代中国历史发展的大势立论，认为整个中国史的"平铺的下沉的历史趋势"即"社会变革的主体力量从'上等社会'逐步下沉到'中等社会'，最后下沉到'下等社会'"。在他看来，所谓"中等社会"的变革力量即指身处皇权结构之外也并不以维护皇权为志向，而是围绕以改造乃至颠覆皇权专制这个目的而出现的社会力量，"其代表人物有康有为、梁启超、严复、黄遵宪、章太炎、邹容、孙中山等。或者说，它同时包括了俗称的改良派和革命派"，而"五四新文化运动也分享了'中等社会'的逻辑，其对辛亥革命和共和政制的反思不是外部性的，而是在'新知识'的延长线上也即'中等社会'内部所发生的"。也就是说，直至新文化运动的后期，乃至：

---

① 陈平原：《中国现代学术之建立——以章太炎、胡适之为中心》，6—7页，北京，北京大学出版社，1998。

② 程凯：《革命的张力："大革命"前后新文学知识分子的历史处境与思想探求（1924—1930）》，4—14页，北京，北京大学出版社，2014。

　　……经过五卅运动，特别是经过大革命的失败，在 1930 年前后，一个新的转折逐渐成熟。这就是"中等社会"渐渐淡出，而"下等社会"越来越趋近于历史舞台的中心。整个 20 世纪 20 年代就是这一转折的现场。大革命失败是这个转折的最重要的界标，在思想上这个转折表现为"从人生问题到社会问题"这样的构图。连带着是社会性质问题论战、社会史性质问题论战、中国农村社会性质问题论争的接连展开，是注重调查研究之风的展开。连带着是对于整个中国认识的变化，即通常在体用、东西、科玄等对立格局中摆放的文化的、伦理的中国，一转而凸显为经济的中国、实存的中国、世界产业格局大变动中被极大损害的中国、被逼至绝境而不得不能动的中国。一句话，一个以工农群众、特别是农民为内容的"下等社会"所支撑的中国凸显出来了。①

所谓"中等社会"的逻辑，其实是在传统中国向现代中国过渡的时刻，各种政治力量推进社会变革的内在问题、各种理据及其自我意识，其中当以从传统士子文人转化而来的晚清民初经世文人、清流名士乃至报章文家的文化言说和政治论述为代表。这些学者们的论述在大体上都指向这一点，其中包含着以五四运动作为近代社会终结的意涵，也指出了相应政治力量所遭遇的结构性困境的内容。这样看来，五四新文化运动的革命意义及其政治能量，大抵在 20 年代中期即已耗尽，中国革命的近代形态已让位于党派政治为主导的资产阶级民主革命，并且中国革命的主力也由沿海城市的市民大众及其知识分子转换为占中国人口绝大多数的农民。

　　具体结合到中国现代文论的发生问题，可将"发生"时期的下限定在五四新文化运动落潮期，而新的政治形态开始孕育和兴起于 1924、1925 年左右。这里的考虑主要是在这一时间点上，五四新文化运动可以视为现代文学孕育和发生之集大成，其成就是明显而突出的：经过 20 世纪初一度强势崛起，并且确立民主科学、文学革命以及"人的文

---

　　①　参见周展安：《马克思主义理论在中国扎根的逻辑与特质——从中国近代史的内在趋势出发的视角》，《毛泽东邓小平理论研究》2015 年第 3 期。

学"的口号和方向，大体树立了以西方资本主义文化为榜样、与资产阶级生活方式适配的新文化基型、文学想象和知觉形态。不过，与此同时，盛极而衰，新近树立的五四新文化和新文学从一开始即已内在地存在着许多问题，很快暴露出其与 20 世纪初世界资本主义世界相应和，本身也作为资本主义文化所包含的诸多结构性问题，张力弥漫，矛盾尽显，困境重重。①在新文化运动时期，前沿思想界已经近乎自发地突出这种困境，也正因此，新文化运动在后期尽显疲态。本卷暂以1924 年为中国现代文论发生期的收束点。②

表 0-1　中国文学与文论进程

大致时限	对中国进程的命名	中国文学与文论进程	
—1840 年	亚洲卷入近代化进程	传统文学穷尽其可能，传统文论集大成	
1840—1900 年	世界卷入近代化进程	传统的结构性越发压抑和强制，内在张力越发显现	现代文学与文论的孕育、发生与树立（广义时段）
1900—1924 年	资本主义现代性进程	现代文学与文论的发生与树立（狭义时段）	

---

① 当然这样讲，并不意味着在中国新兴崛起并大抵树立的现代文化及其主导性即已山穷水尽毫无生命力。毋宁说，由于中国广大纵深而又极不平衡的空间和场域，以西方为范型的资本主义文化现代性仍有其发展变化的空间。如前所述，事实上，在 20 世纪二三十年代乃至 40 年代的中国现代文化文论的构型和深化阶段，五四新文化运动所开辟和树立的文学思想和文学体制，仍在市民阶级的努力争取下打开了一定的空间，并且在半殖民地半封建社会的中国情境中，向着文化、文学和文论的各个维度试验、拓展和深化，尽其所能拓展了对文学与审美关系的可贵探讨，并达到某种极致的构型。但是，同样也必须承认，被世界整体结构所规定和制约的市民阶级文化迅速触碰到了以西方现代为影范的中国现代性的底线，而民族危亡的紧急情势和世界格局的迅速变换，也渐次突破或超越了民族资产阶级所能开拓的文化空间。

② 殊有意味的是，大抵五四运动发生不久，即出现老派人物从另一方面彰显传统文化及其抽象智慧对西方现实及其形象的补充欲求。比如，1920 年梁启超发表《欧游心影录》，表明对曾经向往过的欧洲文明大失所望。梁启超告诉人们，世界大战的炮声给人类精神上一个"莫大的刺激"，自己的人生观也因此发生"大变化"。他确认西方物质文明是"制造社会险象的种子"，"倒不如这世外桃源的中国，还有办法"，世界文明的希望在中国。参见梁启超：《饮冰室合集》专集第五册（总第 31 册），5706、5701 页，北京，中华书局，2015。

续表

大致时限	对中国进程的命名	中国文学与文论进程
1925—1976 年	社会主义现代性进程	现代文学发展到极致，穷尽可能，革命文论逐渐发生发展，并占据主导地位
1976 年—	后革命时代的社会主义现代性进程	后革命时代的文学与文论

　　所谓现代文化、文学和文论诸事象的发生状况，就属于上述这个基本面，并以此立意的。对所谓中国现代文论发生状况的研究，其实是对当时中国历尽艰难、屡经反复而获致的新"结构"，或新"共时模式"的"可能性的条件"，进行历时和共时两层面相结合的梳理。就中国现代文论的起始阶段而言，宁可采用发生学意义上的、对新"结构"新"共时模式"的"可能性的条件"，因为从发生学角度对中国现代文论发生的动力问题进行符合总体视野的理解，对发生时期的中国现代文论的若干新条件、新因素、新问题进行辨析，对中国现代文论若干形态的发生空间和相应脉络进行描摹，或许会胜过一些主观认定的现代文论的文本、现象或事件的起源叙事。

　　把中国现代文论理解为一种新的结构、一种新的共时模式，并且由此探讨这个结构的发生状况是一个艰难的任务。因为这个任务意味着，要将中国现代文论的结构化和历史化这对看似对立而不相融的工作结合起来。这不仅意味着一方面要将这一阶段的文学和文论理解为活生生的文论言说和话语实践（事件），还要在相当程度上抽象化，将相关叙事抽离出来，置放到整个"已经预先在的事实"和结构框架中去透视它，阐释和把握其在纷纭复杂的历史情境中所具有的意义和地位。另一方面又要穿越悠远而深邃的历史隧道，扬弃诸多纷纭复杂的具体事项，而把诸多文论言说与文化语境之间的相互阐释，和诸多相关的而又真正具备新的结构的"可能性的条件"，熔铸为某种新的"结构"和"完全共时模式"，并且在此基础上较为充分地说明这一新的结构诸种因素、动力，以及这一结构内在的紧张乃至问题。

　　本卷更多地准备把中国现代文论的发生这一缠绕而复杂的历史过

程，放置到转型进程中的发生框架里来演绎，来生发。强调这个发生框架，意欲彰显的乃是经过阐释和描述而形成的一个文化现代性的装置。在历史河川的持续流淌和变迁中，尤其是在那个文化变局、思想脱序、风雨如晦、鸡鸣不已的时代里，作为文化精英的文学思想者、文论言说者和文化实践者都试图以自身的方式，以自己的话语把握命运，树立自性，推进文化。这是历史的具体性，是相关发生研究的基础和准备。但是，所谓装置主要是化具体为抽象，化时间为空间，而非把所谓"中国现代文论的发生"看成一个类似从鸦片战争到维新变法乃至五四运动的一条线，把现代文论的发生写成某种"……发生史"，也不是拘泥于纷繁杂多的人物、话语和事件去精心描摹和细细铺叙。这里要求的，是更多地呈现经过时空压缩和抽象概括出来的、在中国现代文论诸多话语和人事背后、后设地形塑而成的结构。也就是说，统摄诸多思想言说和文论话语的那个整体结构、发生逻辑和内在张力，或许才是我们在追踪中国现代文论发生状况时值得把握和阐释的东西。

在这转型进程中的发生框架里，要求把握的是作为结构之条件的若干要素的反复呈现、缠绕转义以及它们的内在紧张和深层问题，而不是通过绝对的起源故事来敷衍。这里初步探索到的要素有：人心躁动及其对传统结构的钝性冲撞，面对西方而变革自我的强烈欲求，本体追问时对汉语文字的执着，语体文的崛起和文化的民主下移，学术与文教体制的国族转型，以及五四新人的启蒙话语和知觉构型，等等。正是它们构成本卷的主要章节，形成了中国现代文论的发生框架。从总体上看，对这些要素和条件的整体梳理和历史阐释，揭示了文化和文学从传统向现代的转型，文学思想与批评也实现了由浑融而分析、由晦暗而昭晰的现代树立过程。由此，中国文论也由本土而自主的局域，融入了现代世界之多元变幻的场域，并且与20世纪激烈变化的世界文化与文论一起俯仰、沉浮、变革和蜕变。

虽然中国文化、文学和文论在整个19世纪和20世纪初前十数年的状态、蕴意和问题，都仍然呈现为现代发生时刻的晦暗不明和多义缠绕，但只有经过这个长期的混沌、过渡和演化，中国文学和文论才得以在国族文教建设的大潮流和大机遇时代，与生动活泼、新兴爆发的文学一起，凭借民国文教体制和以五四新文化为代表的多元思想、文论话语、感觉结构和知觉形态，而形塑面世并迅速树立。当然，中国文化由传统转型至现代文学和文论之日，也就是其自身的矛盾和张力尽显之时。毕竟，世纪之交以来，由清末民初直到二三十年代，此间中国变化太大太快了，三十年间不啻中国文化的大革命。整个中国的革命进程，已经更体现为一种社会结构的变化或者变化中的结构。虽然其间短时段的和细部的变革往往并不能直接呈现出这个结构的变化或变化的结构，但文论恰恰正是文化的大革命的表征。至于中国现代文论以西方现代为影范所确立的机制构型，所臻及的思想辉煌，以及在困境中转以更激进的革命话语寻求新方向和解决之道的挣扎，都已是渡越了发生期，而进入后五四时代的议题了。

第一章　从内伤到溃散：传统的结构性、逆变与突围

　　故事开头难，难就难在开端的状态从来都幽微隐曲，更何况又要从整体上作结构观。想要在千头万绪的中长时段里，从混沌初开之处抽绎出若干线索并突出故事的起首，又照应到其后若干要紧关节，危乎殆哉。所谓"近现代"，有从明末说起的，其中主要有两种讲法。一者从五四运动以后即已存在，突出如周作人等一再追溯和发挥的"人性"发扬说，一者如日本沟口雄三等强调中国社会自身的乡治运动和思维世界的"近代化"说。"近现代"也有从鸦片战争讲起的，主要也有两种说法。一者如四五十年代以来形成正统的新民主主义论的讲法，一者如朱维铮等清代晚期"自改革"运动的讲法。但这里所取并非新锐讲法，而是作为研究初步的工作性方案。仍以清代后期社会长期的氛围变化和士子精神的屈伸腾挪为主要线索，辅以鸦片战争以来内外形势的迅猛变化。从文人士子或知识阶层心力开合张缩的角度，来论述从清代中晚期主要是鸦片战争以至戊戌维新时期，突出经学、文学和文化风潮所体现出来若干端倪，彰显此间过渡和转型的状态。这个任务非常繁难，这里所能做的大抵也就是最简单的地图示意。

　　时代分期是需要拿捏的关键。大体而言，在 19 世纪中国，整个社会和一般民众的反应都是通过士大夫及其话语来呈现的。对此间大转折的把握要参照人心变化以为依据，而整体上士人阶层的身心大震荡可算是标志性转折。甲午战败以至维新运动，可说是对晚清士人产生整体性震动的第一等重要的一大波事件，透过士大夫阶层心态和思想之变化，或可切入对晚清局势及其文化变迁的理解。历史地看，在甲午之前早已有潜隐以行趋向世界的变化，而之后则一泻千里了。所以，

如果说现代中国之发生主要启动在 19、20 世纪之交，即 19 世纪的后十年和 20 世纪的前二十年，那么启动之前的准备则已蕴蓄了近大半个世纪。也就是说，在处理上可以从嘉道年间开始，或者也可以干脆找脓疮开始溃败的鸦片战争做标记。

同样的逻辑需要进一步落实到文学话语文论言说。近三十年来的潮流倾向将之聚焦于清末民初的一二十年，即由五四所在的 20 世纪一二十年代之交向前追溯，而约略引至 19 世纪末十年如甲午战争以至戊戌维新时期。这样，所谓现代文论之发生，主要着意在清末民初时期接引西学政学思想以求维新变法而带来的文化冲击，导致从传统中的震醒和更化：各类新式文化事业得以发生，文学活动由古典逐渐向现代转化，文学思想和文论也相应或同时发生转型和更化。比如，人们常以梁启超及其效仿西学而鼓吹的包括诗、文和小说等诸界在内的各种"革命"为代表，而文学观念变化背后的文化变迁指针，比如以 1896 年 8 月在上海发刊的《时务报》为代表。不过，也有学者更看重晚清在华西方人士主办中文报刊所从事的西学普及的影响，"晚清的学术……它的资源……更多的是取自异域，当然是经过欧美在华传教士和明治维新后日本学者稗贩的西方古近学说"，"无可否认，在十九世纪的八九十年代，《万国公报》和广学会出版物，曾经是晚清文士认识世界的媒介，特别是了解近代西方世界的媒介"，以此确认西学及其影响在晚清自改革思潮中的先导作用。①这种思路作为工作性方案颇为经济，在纷繁变化中抓住指标分明的近景，自有相当的理由。

不过，一个时代的文化、文学和文学思想的变迁，固然受外来刺激和相关风潮的影响，但其实更系乎主体对逐渐变化中的具体现实、文化压力乃至传统氛围的感应和应对。对于时代中的文化和文学的最积极最活跃的感应者来说，社会的人心风物及其背后的历史纵深或文化痼疾，给时代中的主体带来的影响、感应和暗示，才是根本性和全局性的。由此看来，在不起眼的时光流逝中，发现历史中的主体对现

---

① 参见朱维铮：《求索真文明：晚清学术史论》，6 页，上海，上海古籍出版社，1996；《西学的普及：〈万国公报〉与晚清"自改革"思潮》，见朱维铮：《近代学术导论》，上海，中西书局，2013。

实的感应与互动，理解其中发生对结构性问题的触碰或冲撞，才能真正领悟其中历史变幻的契机。只有这样，才能真正把握历史的发展和文化的变迁，才能扼住文化的未来和方向所在。

一、文化、古文及文论：作为结构的旧传统

1803年，长期以手抄本流传的《儒林外史》得以正式刊行，此即所谓"卧闲草堂本"。其最后一回(第56回)是一首词《沁园春》：

> 记得当时，我爱秦淮，偶离故乡。向梅根冶后，几番啸傲；杏花村里，几度徜徉。凤止高梧，虫吟小榭，也共时人较短长。今已矣！把衣冠蝉蜕，濯足沧浪。 无聊且酌霞觞，唤几个新知醉一场。共百年易过，底须愁闷？千秋事大，也费商量。江左烟霞，淮南耆旧，写入残编总断肠！从今后，伴药炉经卷，自礼空王。

这是一首自传性的词，突出了吴敬梓的乡愁和追寻。有学者认为，在小说中这首词突出了个体，极具象征意味："《儒林外史》在历史的名义下展开了一次精神寻求的叙述之旅，却以如此引人注目的个人语调结束，不仅显露出其自传暗流，也昭示了它内部相互对抗的冲动：一方面是义无反顾的自我放逐，另一方面则是对家园的怀恋、向往和徒劳无益的追寻。"[①]诚哉斯言。

吴敬梓(1701—1754)允当18世纪中国最具有代表性的文人之一。为什么说最具代表性？此时的清王朝号称雍乾盛世，国力甚强。而吴敬梓，身不居庙堂高位，亦非粹然儒宗，更不是师心使气的文人。其为人清醒而落拓，身居基层，按鲁迅先生《中国小说史略》中的说法，"作者生清初，又束身名教之内，而能心有依违，托稗说以寄慨，殆亦

---

① 商伟：《礼与十八世纪的文化转折：〈儒林外史〉研究》，382页，北京，生活·读书·新知三联书店，2012。

深有会于此矣"，其《儒林外史》实乃"秉持公心，指摘时弊，机锋所向，尤在士林。其文戚而能谐，婉而多讽"。就是说，以敏锐的观察领悟和细腻的反讽笔法，展现了士林的众生百态，更反映了文人阶层中先进分子的境况和心声。那么，文人为何愁闷断肠，以至要"伴药炉经卷，自礼空王"？何故又栖皇如斯，沦落至此？就故事而言，有其具体的原因，但如果从当时整体时代和文人面貌而言，大抵讲来，却也有很强的普遍性。具体说来，有两方面的原因。

其一是外在的压迫，主要指清代统治者的文人政策，就是全国士民都深受"帝皇私心"的"羁縻玩弄"。本来在明末清初，尤其是明清鼎革天崩地坼的社会变化，迫使一大批思想家深刻反思并反躬内省自己的社会责任和历史使命问题，但改弦易辙、拒斥理学的汉学，却也容易导向一种路径依赖。一方面固然回归原点，去却了空谈心性的哲学化，但另一方面也是自觉不自觉地失却了思想的想象力、批判力和创造性，日益琐碎化的学问也容易成为顺应历史环境和统治者禁锢政策的共谋。诚如钱穆先生所言："满洲人最高明的政策，是存心压迫中国知识分子，而讨好下层民众，来分解中国社会之抵抗力。"清朝统治者一面怀柔藩属，压迫中国，一面羁縻中国知识分子来减轻抵抗，又一面是压迫知识分子而讨好下层民众。钱穆认为，这个统治策略效果非常突出，深入骨髓，他甚至指出，从"太平天国"这个名字是如此的粗浅荒陋，就可以看到经过清朝统治者的长期经营，搞得连造反集团里都"太没有读书人"："这是满清政权存心分开中国知识分子和下层民众之成功"。①钱穆举这个例子很有意味。

不妨来进一步比较。洪秀全宣传的是"拜上帝教"，而明末利玛窦在南京进行佛耶论辩，找到的是诗僧雪浪。有学者据此考察认为："明朝末年虽临衰世，中国文人仍然有博大的胸怀和决然的勇气和西方文明进行完全平等的对话。雪浪捍卫了大明王朝的智慧。而到了清末，同样的衰世，中国文人已经分崩离析，偃旗息鼓，再也没有胸怀和勇气与西洋文明进行平等交锋了，他们集体处于失语状态。从明末中国

---

① 钱穆：《中国历代政治得失》，159—163、164 页，北京，生活·读书·新知三联书店，2001。

学术的大量繁荣到清末中国学人的集体失语，证明清朝统治前 200 年对中国文化的摧残是非常厉害的。当开启智慧可能掉脑袋，当智慧不能当饭吃，当智慧不能开启出强大的所谓现代国力的时候，人性中的弱点再也掩饰不住了，中国学人学乖了，乖乖地听话，乖乖地从事考据研究，这是东方文明的悲哀。"①

其二是内在的精神之伤。时至清代，文人士子不仅不可避免地受制于官方体制的种种压迫和宗法制的血缘地缘关系的束缚，而且在儒家伦理、礼仪世界和日常生活之间无法建立内在的统一性，连试图遁退的文人文化和艺术审美之后路或世界也日渐腐化无处逃遁。文人的精神世界可以《儒林外史》为代表。商伟指出："正如夏志清所说，小说第 55 回对四位市井人物的描写，令人印象深刻地表述了儒家'礼失而求诸野'的观念，吴敬梓小说的伟大正在于设置了从官方世界遁入文人的世界而后又退到市井的精神历程及其仍旧存在的根本困境，揭示了当时先进文人士子的精神问题。"②小说在展映理想的同时更反映现实，当时中国社会在表面的盛世之下，隐藏着幽微而深重的内忧外患，士子文人又经受着交相的煎迫。商伟的论著《礼与十八世纪的文化转折：〈儒林外史〉研究》正是据此紧扣小说文本，阐扬其叙述机理，从而把当时整体文化中精英政治的破产、文人的生存危机、道德沦丧和价值阙失等方面剖析得淋漓尽致，触及儒家精英社会的一些核心问题及其困境。

换言之，对当时社会中的先进分子而言，其时的文化，为了人与人之间交往和社会的秩序，虽然圆熟精致，充满不少道德智慧和思想训诫，但太多的"发乎情止于礼义"，勉强人们习惯于恪守礼节规矩，迫使人们抑制自己的情感，掩饰自己的感受。整个社会的文化及其文学，具有一种根深蒂固的结构性。如同一个巨大的牢笼和阴影，罩压在最为敏感者的先进分子的心灵上而无法摆脱。中华传统文化，缘何

① 参见李扬帆：《涌动的天下：中国世界观变迁史论（1500—1911）》，669 页，北京，知识产权出版社，2012。
② 参见商伟：《礼与十八世纪的文化转折：〈儒林外史〉研究》一书专辟章节"从坍塌的祠庙到想象的市井：精英文化的救赎"。

成为一个无时无刻、无所不在的"结构"，而令一般人沉睡，令先进者憎恶呢？这里试以文学和文学观念为窗口，透视传统文化作为结构所内蕴的张力和问题。

在近现代以前的传统社会，"文"和"文学"的内容比较宽泛，但却具有制订法则、执行文明并推行教化的属性和功能。以儒家宇宙本体学说及其伦理纲常为指导思想，主流及其流风余韵往往贯穿于文化的各个领域。文学观念和文论的发展，也随时代的发展而不断变化，逐渐累积，并形成以正统思想为内核而多元文学思想共存的格局。作为整个中国社会基本价值观之一部分的，就是最为正统也最具涵括力的原道、征圣、宗经和"修辞立诚"的文学观。这方面可以刘勰和章学诚的文学思想为代表。虽然刘勰其实有独到精深的佛理和思维，但其《文心雕龙·原道》所表达的却是中国社会和文化最为基本的文学观念。这种文学观念强调，世界的本原、道理和秩序是通过圣人及其圣典而表现、阐明和弘扬的，"道沿圣以垂文，圣因文而明道"。在内涵上，这些圣典"原道心以敷章，研神理而设教，取象乎河洛，问数乎蓍龟，观天文以极变，察人文以成化"，所以在功能上，一方面它们自然就能"旁通而无滞，日用而不匮"，其文辞能鼓动天下，使"道"本身能得到显现和延展；另一方面如正统儒家强调"过去活在当下"的，圣人的微言大义通过"文"而流播传衍，至今影响深远，余音不绝，当然也有待文士知音或"为往圣继绝学"者的领会、生发和宏阐。

章学诚《文史通义》推尊官师合一的礼乐文化，并且强调其在中国文化中的基础性地位，突出强调文史写作应当是文化共同体中的写作，其《文德》篇尤其强调为文须据"文德"而行。在近世文史之学中，章氏独标"文德"，颇不同于王充着意于形文情文相称，也不同于杨遵彦鼓吹道德文章并重，其实在于突出临文态度的"必敬以恕"。今人程千帆阐发云：

> 《中庸》曰："诚者，天之道也；诚之者，人之道也。诚者不勉而足，不思而得，从容中道，圣人也。诚之者，择善而固执之者也。"又曰："唯天下至诚为能尽其性；能尽其性，则能尽人之性；能尽人之性，则能尽物之性。"又曰："诚者，物之终始，不诚无

物，是故君子诚之为贵。诚者，非自成己而已也，所以成物也。"
凡此皆言哲理，而其道通乎艺事。夫从容中道，则文质彬彬，而
无过与不及之病矣。诚而有物，则言行如一，而无巧言乱德之失
矣。尽人成物，则临文必恕矣；择善固执，则临文必敬矣。此余
杭先生论文，所以标斯语为宗也。①

程千帆认为，如章太炎所概括，章实斋的宗旨即在"修辞立其诚"。用
现代话转译，就是强调在奉孔子为圣人的文化共同体中，当代写作要
尽心尽力，诚心诚意，以融入文化传统，实现社会沟通。儒学在宋明
时期即融合释道，而形成理学和心学，其在文学方面的推论也往往着
意于此，文学的根本用意往往在于扶持名教，砥砺气节。②

中国文化传统结构及其推尊的礼义道德，并不意味着中国文化在
近现代社会发展和全球竞争中拥有比较优势。法国汉学家沙畹（1865—
1918）在其名篇《中国文学的社会角色》（1893）中，即小心翼翼地指出延
至晚清中国文学的压迫性：

> 学习不能激励中国人自由运用自己的理性，同样也不能引导
> 他们发展个人性格品质。在礼仪的束缚下，他们只能生活在狭小
> 的规矩网里。中国人在任何情况下都注意本分，不依据自己的意
> 识行事，而是屈从于外界强加的规则。然而，不要一味强调这种
> 体制的缺陷……中国的社会结构建立在教育的基础之上，尽管我
> 们从中发现了一些陈旧的迹象，但是可以肯定，这种建筑能够适
> 应当地居地的需要，使他们感到自在，而我们设计的新式房屋也
> 许对他们并不合适。但是，这种契合不是一个充分的理由。中国
> 可以有自己钟爱的文化，然而其内容过于陈腐，会在短时间内消
> 失……③

文学正是文化结构性的显影。在沙畹看来，中国文学造就了一种压抑

---

① 程千帆：《文论十笺》，135—136页，哈尔滨，黑龙江人民出版社，1983。
② 参见莫砺锋：《朱熹文学研究》，南京，南京大学出版社，2000。
③ 参见《沙畹汉学论著选译》，邢克超、杨金平、乔雪梅译，147—148页，北京，中华
书局，2014。

的陈腐的文化，无论是在体制和品貌方面，还是在功能方面，都将会过时。摒除彼时汉学家的欧洲中心主义和沙文主义因素，这些论述其实切中当时中国文学文化之弊病。

可以"古文"作为传统文化文学之代表而阐释之。古文在古典文化中具有某种结构性的地位，可算是古代文人群体的整体性生活方式的代表和象征。其文论即在伸张正统文化传统卵翼下随唐宋以降文化日益庶族平民化趋势并时刻受科举制度影响的"古文"统绪。一般认为，有清一代逐渐形成了桐城文统，这个古文学脉主要面向一般文人士子，影响很大。

自唐宋迄清一代的古文运动之所以获得绝大的影响力，有其多方面的原因。首先，唐宋古文家虽在主观上力图辟六朝而复兴古典文化，但在不经意间一心经营古文，却形成了唐宋以降"以文辞设教"的传统。如韩愈本人，表面上一再推脱，自己却是好为人师；表面上辨明自己无非"文以明道"，却一直津津乐道如何欲求其文之工。自韩愈、柳宗元开始，中国文化衍生出所谓"文学"传统，并且日渐形成"文学教授"的传统。其次，历代古文家往往竭力于古文编选，整理和总结历代文章，文选传统进一步开拓扩大，形成了各种范文读本。比如清代，最著名者以方苞的《古文约选》、刘大櫆的《评选唐宋八家文钞》和姚鼐的《古文辞类纂》为代表。到晚清又有曾国藩在《古文辞类纂》的基础上，编定《经史百家杂钞》并传刊天下。古文文选给从学者提供了范文读本，同时也有效地贯彻其文论和文化思想。再次，古文家的文学教授们注意整理和总结古文理论，其中最突出的是"因声求气"的理论。在古文家们看来，所谓辞就是语言和意义相摄，而其根本则是运"气"作文的道理。不少人误解桐城文人执着于写作的所谓"义法"，其实他们最为重视的是"气"，简直把文气或气势看作文章的生命，如姚鼐《答翁学士书》云：

> 夫道有是非而技有美恶。诗文皆技也，技之精者必近道。故诗文美者，命意必善。文字者，犹人之言语也。有气以充之，则观其文也，虽百世而后，如立其人而与言于此，无气则积字焉而已。意与气相御而为辞，然后有声音节奏高下抗坠之度，反复进

退之态，彩色之华。故声色之美，因乎意与气而时变者也。是安得有定法哉？①

姚鼐强调"意与气相御而为辞"，在他看来，所谓"辞"，就是语言和意义相摄，而其根本则是运"气"作文。所谓"气"，主要是指一种包孕着酝酿已久的思想感情、道德理想的精神气息。其中的思想感情因蓄积已久，有迫切发表的欲望，一旦找到恰当的、有生命力的语言抒发出来，就显得很有势。现代人读古文，可以发现古文中往往有一种义正词严的语调，容易撼动人。②直至今天，人们在论文的时候，往往还有"气充词沛""气盛言宜""浩荡磅礴""条达酣畅"等评语。古文成功的秘诀在于因其立场而带来的"辞气"，这种"辞气"就个人而言，是诵读与吟味，就群体而言，是仿传灯而形成的道统内部的庶族地主的"通俗"或"化俗为雅"。③古文统绪在近现代虽遭严厉批判，但其影响和作文秘诀仍不可忽视。

古文"文统"的建构在唐宋即已萌芽，却在明清突显。桐城文章一派，自方苞始创，刘大櫆继之益振，姚鼐加以确立，延续二百余年，与清朝国运相始终，造就知名文士数百余人。古文一派的气数可谓长盛不衰。桐城派以孔孟韩欧程朱以来的道统自任，宗奉理学而与朴学对峙。桐城诸公自比"学行继程朱之后，文章介韩欧之间"，从文化变与不变的大趋势上讲，其取向总体上是保守的。此派古文家多诵法曾巩、归有光，造立古文"义法"，认为只要做到"义理、考据与辞章合一"，那么就可以做到"明志达道"，而且文章雅洁。姚鼐在《述庵文钞序》中，斥朴学考证之文为"繁碎缴绕而语不可了当"，强调"义理""考据"与"文辞"鼎足而三，所谓"异趋而同为不可废"，三者都是学问。由

①　贾文昭编著：《桐城派文论选》，99—100页，北京，中华书局，2008。
②　许多论者认为，这是由于古文作者往往自恃周公孔孟圣贤之道，得了世间真理的面孔似的。包括近代"五四"以来的鲁迅、周作人、唐弢等人都这么认为，并且终生于此大加挞伐。徐梵澄先生于此中道理有极好阐释，参见《澄庐文议》，载《徐梵澄集》，88—94页，北京，中国社会科学出版社，2001。
③　关于唐宋以降文学之转型及其间发生的"以俗为雅"和"随俗雅化"双向相反相成的文化运动，可参见朱自清：《论雅俗共赏》，1—9页，北京，生活·读书·新知三联书店，1998。

此，桐城诸老多总结历代文论精华，大讲文辞的"神理、气味、格律、声色"，往往能奠定初学写作者的规范意识和文章基础，对于文章的近世化和通俗化有一定的过渡作用。这里的微妙和根本其实在桐城文派好讲文章，其结果大抵是以文辞设教。

在清代，古文作为事业，其本身存在着的结构性矛盾并没有得到解决，而且越来越突出，越来越表面化。本来方苞鼓吹古文，其主要意旨在于针对晚明以来的文风，甚至隐隐有以时文规范矫正当代文章的意味。《史记·十二诸侯年表》载："孔子西观周室，论史记旧闻，兴于鲁而次《春秋》。上记隐，下至哀之获麟，约其辞文，去其烦重，以制义法。"方苞《又书货殖传后》把太史公所谓"义法"一词拆开，强调其义指向"言有物"和"言有序"："《春秋》之制义法，自太史公发之，而后之深于文者亦具焉。义即《易》之所谓言有物也；法即《易》之所谓言有序也。义以为经，而法纬之，然后为成体之文。"[1]把史家书写规范的"春秋笔法"转化为文章创作法度的义法，这实在是对《春秋》和《史记》的创造性解读。方苞标举"义法说"，其旨在强调文章行简，注重"言有物"和"言有序"这些为文的基本面。这可以使中智为学者和一般文人的文章得到锤炼，能获得平易通顺的基本水平。桐城"义法"讲究向古人学习，为文注重减省而扼守文章中心和气脉。应当说，这些基本讲究是很得文章一些深意的，但暗以"学行继程朱之后，文章在韩欧之间"自许，标榜"文统"，其实争议很大。

方苞借史论文，模仿经典创立作文之法。这在清代中后期的汉学家和朴学家看来，实在狂悖。譬如钱大昕即批评：

> 古者左史记言，右史记事，言为《尚书》，事为《春秋》。史之职，据事直书，惩恶劝善而已，曷尝规规焉若后世论文者之说哉。昭明太子不以《春秋》内外传、《史记》入《文选》，真西山《文章正宗》始采《左氏传》为古文之首。近世宁都魏氏、桐城方氏，各以作文之法评《左传》，谓字句繁简皆有义例，其说甚辨，二君世所称

---

① 贾文昭编著：《桐城派文论选》，37页，北京，中华书局，2008。

工为古文者。①

　　方氏……所谓曲弥高则和弥寡，读者熟与不熟，非文之有优劣也。以此论文，其与孙鑛、林云铭、金人瑞之徒何异！②

　　取方氏文读之，其波澜意度，颇有韩、欧阳、王之规橅，视近世冗蔓猥杂之作，固不可同日语。惜乎未喻古文之义法尔。夫古文之体，奇正、浓淡、详略，本无定法。要其为文之旨有四：曰明道，曰经世，曰阐幽，曰正俗。有是四者，而后以法律约之，夫然后可以羽翼经史，而传之天下后世。至于亲戚故旧，聚散存殁之感，一时有所寄托，而宣之于文，使其姓名附见集中者，此其人事迹原无足传，故一切阙而不载，非本有可纪而略之，以为文之义法如此也。方氏以世人诵欧公《王恭武》《杜祁公》诸志，不若《黄梦升》《张子野》诸志之熟，遂谓功德之崇，不若情辞之动人心目。然则使方氏援笔而为王、杜之志，亦将舍其勋业之大者而徒以应酬空言了之乎？

作为朴学家的代表，钱大昕是博识闳通的硕儒，颇不以古文为然，认为情辞并不必然比功德更可贵。同时，钱大昕认为文章的根本在学问，他认为应该看重读书：

　　盖方所谓古文义法者，特世俗选本之古文，未尝博观而求其法也。法且不知，而义于何有？昔刘原父讥欧阳公不读书，原父博闻诚胜于欧阳，然其言未免太过。若方氏乃真不读书之甚者。吾兄特以其文波澜意度近于古而喜之，予以为方所得者，古文之糟粕，非古文之神理也。王若霖言：灵皋以古文为时文，却以时文为古文。方终身病之……

钱大昕以经史之学为重，坚持以学衡文，强调文章的考据工夫。在这样的立场上，方苞之文仅仅算作徒工词翰的"文人之文"，而非钱大昕

---

① 转引自陈鸿森：《钱大昕潜研堂遗文辑存》，《经学研究论丛》第 6 辑，189—266 页，台北，学生书局，1999。

② 钱大昕：《与友人书》，《嘉定钱大昕全集》第 9 卷，576 页，南京，江苏古籍出版社，1997，下引出处分别为第 575—576、576 页。

所心仪沉潜经史、学殖深醇的学者之文。也正因为钱大昕立足于文章和文化的根本，所以自然反对文人士子一味"以文辞设教"，追求雅洁摇曳之风姿，而不以整体文教为考量的做派。

即便如此，清代中叶不少文士仍然形成了迷恋文辞，相信从文辞一路而达致整体文教的思路。比如，作为桐城文派思想的代言人，姚鼐在相当程度上是有整体文化的高度、立意和策略的，但仍然倡言对古文辞的酷爱与追求。其《复汪进士辉祖书》云：

> 鼐性鲁知暗，不识人情向背之变，时务进退之宜，与物乖忤，坐守穷约，独仰慕古人之谊，而窃好其文辞。夫古人之文，岂第文焉而已，明道义、维风俗以诏世者，君子之志；而辞足以尽其志者，君子之文也。达其辞则道以明，昧于文则志以晦。鼐之求此数十年矣，瞻于目，诵于口，而书于手，较其离合而量剂其轻重多寡，朝为而夕复，捐嗜舍欲，虽蒙流俗讪笑而不耻者，以为古人之志远矣，苟吾得之，若坐阶席而接其音貌，安得不乐而愿日与为徒也。①

许是出自真诚的表白，其实更是自卫性的辩词。

从清代中后期的整体文化上看，古文在当时文化整体格局中占有相当重要的位置。桐城派及其古文意味着当时文人士子具有的某种普遍性的精神风貌，桐城文章所流露出来的气脉和意态，都突出代表着晚清社会一般水平层面以上文人士子的文化追求和生活方式。也就是说，嘉道以降以至咸同年间的晚清文人士子，在思想探求上有先行者，但在社会文化上的基本面，则是相当多的文人士子趋向于所谓"文学"，引古文及其探讨作为他们所追求的文化理想。虽然存在着宋学与汉学之争、桐城家文与朴学家文之争，但从基本面而言，古文及其思想仍然主导一般晚清文人士子的写作。当然，这种文辞设教的结果，必然导致末流之作，内容空洞，清而无物，桐城文派在其盛期即已呈现内里的空洞。时日一长，衰败的迹象也更加显露。

---

① 贾文昭编著：《桐城派文论选》，95—96 页，北京，中华书局，2008。

当桐城派所鼓吹的古文无法用来适应表现时代和社会批判的要求时，古文和古文派理论内在的结构性问题就成为时人攻击的对象。比如经世学者包世臣即有《与杨季子论文书》，痛斥桐城人好言"义法"之可笑：

> 窃谓自唐氏有为古文之学，上者好言道，其次则言法。说者曰：言道者，言之有物者也；言法者，言之有序者也。然道附于事，而统于礼。子思叹圣道之大，曰："礼仪三百，威仪三千。"孟子明王道，而所言要于不缓民事，以养以教；至养民之制，教民之法，则亦无不本于礼。其离事与礼而虚言道以张其军者，自退之始，而子厚和之。至明允、永叔迺用力于推究世事，而子瞻尤为达者。然门面言道之语，涤除未尽，以致近世治古文者，一若非言道则无以自尊其文。是非世臣所敢知也。天下之事，莫不有法。法之于文也，尤精而严。夫具五官，备四体，而后成为人。其形质配合乖互，则贵贱妍丑分焉。然未有能一一指其成式者也。夫孟、荀，文之祖也；子政、子云，文之盛也。典型具在，辙迹各殊。然则所谓法者，精而至博，严而至通者也。又有言为文不可落入窠臼，托于退之尚异之旨者。夫窠臼之说，即《记》所讥之剿说雷同也。比如有人焉，五官端正，四体调均，遍视数千万人，而莫有能同之者，得不谓之真异人乎哉？而戾者乃欲颠倒条理，删节助字，务取诘屈，以眩读者。是何异自憾状貌之无以过人，而抉目截耳，折筋刲胁，瞒行于市，而矜诩其有异于人人也耶？至于退之诸文，序为至劣，本供酬酢，情文无自，是以别寻端绪，仿于策士讽谕之遗，偶著新奇，旋成恶札。而论者不察，推为功宗。其有持绎前人名作，摘其微疵，抑扬生议，以尊已见，所谓蠹生于木而反食其木。又或寻常小文，强推大义。二者之蔽，王、曾尤多。夫事无大小，苟能明其始卒，究其义类，皆足以成至文，固不必悉本忠孝，攸关家国也。凡是陋习，染人为易，而熙甫、顺甫乃欲指以为法，岂不谬哉！[1]

① 包世臣：《艺舟双楫》，8—9页，北京，中国书店，1983。

包世臣从"道附于事而统于礼"的高度指出桐城文空言"道"的鄙陋，从"典型具在，辙迹各殊"的角度强调文章从来没有"固定成式"。这些都犀利地抨击了"义法"说。

鸦片战争前后，一些桐城派学者如梅曾亮、管同、方东树、姚莹等能注意因应形势，补充桐城文章清空之不足。比如，对自古以来文学从属于德行，而德行可取代文学的观点，梅曾亮就以文人自居，明确指出这两门学问"自古大贤不能兼"，对"有德者必有言，有言者不必有德"的圣人学说提出了异议。方东树以卫道自居，写《汉学商兑》抨击汉学，但他也强化了桐城文派的"有物"说，强调义理气节在于适时用世，为改变世道衰蔽而建功立业。姚莹《与吴岳卿书》则强调读书作文的"要端有四：曰义理也，经济也，文章也，多闻也"，强调经济对文章的作用及其在文学中的地位。他本人推崇"发愤读书"的传统和"沉郁顿挫"的风格，与龚自珍、魏源等交好，肯定他们对社会现实的关心及作品振聋发聩的作用。但从总体看，桐城派无法面对现实社会，开始走下坡路。再加上晚清内乱，太平天国在东南一带的活动，上海殖民都市及其经济和文化的逐渐崛起，使桐城派在全国的社会影响和思想基础都受到猛烈冲击。

总体而言，及至晚清，由于相应文化传统和生活方式的局限，传统文学面对现实的反应力或者生产力，已被千百年来的文人墨客们掏空了。由于沿袭既久，相应文化的体制日益固化，包括古文在内的文学的形式业已沦为一个日见虚伪的空壳了。一方面，因为文学的方方面面与生命现实之间联系长时间失落了，后来的精英分子痛切地感受到这个文学传统和文化结构的虚伪、空洞，及其日复一日的对生命的压迫和强制；另一方面作为时代的先感、先觉、先知，他们又多少激发和弘扬起生命力，力图重新阐释和振起文化和文学的运动，以为救赎。正是在晚清末造文化与文学界中出现了不少畸人、正人与名士，他们以自身的奋斗和履践发起了一轮又一轮冲撞、摆脱这个文学结构的运动。这当然是一个历史地展开过程。

二、经学统绪、"逆"运动与畸人的"畅情"心声

19世纪摆脱传统文化之结构束缚的努力，可从龚自珍、魏源的文学和文化的"逆"运动讲起。魏源在好友龚自珍身后给《定盦文录》作"叙"，其中点破龚自珍文学之道在于冲决，在于"逆"：

> 其道常主于逆，小者逆谣俗，逆风土，大者逆运会，所逆愈甚，则所复越大，大则复于古，古则复于本。若君之学，谓能复于本乎，所不敢知，要其复于古也决矣。

这说明，在嘉道年间，只有少数能够体悟"忽忽中原暮霭生"之形势、逆社会主流而动的一群人。这群人就是"经世派"，其"经世"情怀有两种形态。其一是道光年间显而易见的经世派及其文章，其二则是从乾隆晚期至嘉庆年间逐渐萌发，但仍亭蓄于传统经学的今文经学，不过这今文经学是新兴的异类。这两种形态合而为一之翘楚当以龚自珍（1792—1841）为代表，包世臣、魏源、林则徐等也是核心人物，其后又有经世派第二波、第三波等。①包世臣（1775—1855），批判宋学和汉学，讲求学以致用，注重调查研究，探讨包括漕运、盐法、河工、币制和农政等"实政之学"，对兵农刑名等各科学问都有精湛研究，对当时江苏巡抚和两江总督陶澍等东南大吏都有影响。魏源（1794—1857）的影响主要在包世臣、龚自珍之后，鸦片战争后他睁眼看世界，提出"师夷长技以制夷"这一向西方学习的思想。在论学方面，魏源强调应以"经世致用"为宗旨，提出"变古愈尽，便民愈甚"，其晚年《海国图志·原叙》即指陈："此凡有血气者所宜愤悱，凡有耳目心智者所以宜讲画也。去伪、去饰、去畏难、去养痈、去营窟，则人心之寐患祛其一；以实事程实功，以实功程实事，艾三年而蓄之，网临渊而结之，毋冯

---

① 关于经世思潮的若干波运动，可参见陈振江：《近代经世思潮的演变》，《历史研究》1991年第3期。

河，毋画饼，则人材之虚患祛共二。寐患去而天日昌，虚患去而风雷行。"①实学求用的主旨非常鲜明。

　　梁启超的《清代学术概论》说："晚清思想之解放，自珍确与有功焉；光绪间所谓新学家者，大率人人皆经过崇拜龚氏之一时期；初读《定盦文集》若受电然。"②在晚清历史与文化中，龚自珍的地位和影响非常突出，其经学思想和文论言说更值得关注。龚自珍生活于嘉道年间，此时吴敬梓的时代已过去近半个世纪。与吴敬梓相比，龚自珍更是一位满腹经纶、思想出位的士子文人。龚自珍生于乾隆五十七年，卒于道光二十一年，享年仅五十岁。他死前一年鸦片战争爆发，死后一年破天荒的不平等条约《南京条约》被订立，再后九年洪秀全即发动太平天国起义。龚自珍生前和死后的这数十年，其实是个内外形势晦暗不明、社会危机深重入髓、时代风云波诡云谲的时代。龚自珍家学渊源深厚，作为清代乾嘉学者、著名古文家、小学家段玉裁的外孙，自幼从外祖父学，二十一岁时"慨然有经世之志"，赋诗述志曰："屠狗功名，雕龙文卷，岂是平生意？"他一生思想敏锐，文字鸷桀，出入诸子，其实更多来自对严酷的社会现实和千疮百孔的世界的感受、把握和批判。他深感"衰世"已经来临，发愤著书，二十三岁作《明良论》四篇，二十四五岁作乙丙之际诸论，都超逸出家学传统，自出心裁，透视世道病根，探求救世良方，鼓吹社会变革。龚自珍的好友张维屏认为："近数十年来，士大夫诵史鉴，考掌故，慷慨论天下事，其风气实定公开之。"

　　龚自珍主张道、学、治三者不可分割，他批判现实尖锐激烈，鼓吹历史进化，要求与民更始，推进"自改革"的思想。其《乙丙之际箸议之七》即云：

　　　　夏之既夷，豫假夫商所以兴，夏不假六百年矣乎？商之既夷，豫假夫周所以兴，商不假八百年矣乎？无八百年不夷之天下，天

① 魏源：《海国图志·原叙》，引自翦伯赞、郑天挺：《中国通史参考资料》近代部分上册，78—79页，北京，中华书局，1980。
② 梁启超：《清代学术概论》，见《饮冰室合集》专集第九册（总第25册），6820页，北京，中华书局，2015。

下有万亿年不夷之道。然而十年而夷，五十年而夷，则以拘一祖之法，惮千夫之议，听其自夯，以俟踵兴者之改图尔。一祖之法无不敝，千夫之议无不靡，与其赠来者以劲改革，孰若自改革？抑思我祖所以兴，岂非革前代之败耶？前代所以兴，又非革前代之败耶？何莽莽然其不一姓也？天何必不乐一姓耶？鬼何必不享一姓耶？奋之，奋之！将败则豫师来姓，又将败则豫师来姓。《易》曰：穷则变，变则通，通则久。非为黄帝以来六七姓括言之也，为一姓劝豫也。①

此间，对当时的社会黑暗、吏治腐败作了深刻揭露，倡导社会变革的呼吁更是振聋发聩。

才华横溢的龚自珍将近四十岁才考中进士，这是人生大挫折，此后十余年任职于礼部、宗人府等衙门，不过是一员六品主事，浮沉于下僚，境遇更是不堪。朝廷昏庸无能，只求安稳混世，对于天下大势一概不知。当时鸦片走私，白银外流，国计民生日益削弱，农民的反抗和起义越发迫近，而海上有西方资本主义国家战舰大炮，西北有帝俄的眈眈虎视，天朝大国已经四面楚歌，大的动乱已经无法避免。眼看天就要塌下来，但对龚自珍而言，有心无力，一筹莫展，有志之士感到的是沉痛和愤懑。对时代气氛的感受和理解，使龚自珍超越了当时或埋首经史汉学或诵习理学的一般士子。《乙丙之际箸议第九》运用春秋公羊学大义，大胆指斥清政专制罗网之下，束缚得社会没有黑白是非，戕杀得人心且死，最后有才者求其"一便"，"乱亦不远矣"。一有人才出现，就有"百不才督之缚之，以至于戮之"，并且"徒戮其心，戮其能忧心，能愤心，能思虑心，能作为心，能有廉耻心，能无渣滓心。又非一日而戮之，乃以渐"。这种统治造成的局面就是一大帮奴才和庸人，丧失自我和主见，朝廷中朝士们看皇帝的脸色行事，"朝见长跪，夕见长跪"，整个京师犹如"鼠壤"。龚自珍指责清朝贵族的霸道及其专制政治"摧锄天之廉耻"，养成无耻的仆从与狎容，如《古史钩沉论

---

① 《龚自珍全集》，王佩诤校，5页，上海，上海人民出版社，1999。以下凡龚自珍文章皆引此书，不再作注。

一》云：

> 昔者霸天下之氏，称祖之庙，其力疆，其志武，其聪明上，其财多，未尝不仇天下之士，去人之廉，以快号令，去人之耻，以嵩高其身。一人为刚，万夫为柔，以大便其有力疆武，而允逊乃不可长，乃诽，乃怨，乃责问，其臣乃辱。荣之亢，辱之始也；辨之亢，诽之始也；使之便，任法之便，责问之始也……积百年之力，以震荡摧锄天下之廉耻，既矜、既狁、既夷，顾乃席虎视之余荫，一旦责有气之臣，不亦暮乎？

而清代政界的"资格"，更是压制才俊英雄，以致人才尽在无尽年岁中变得世故阅历，奄然一息，其《明良论三》分析道：

> 凡满洲、汉人之仕宦者，大抵由其始宦之日，凡三十五年而至一品，极速亦三十年。贤智者终不得越，而愚不肖者亦得以驯而到。此今日用人论资格之大略也。夫自三十进身，以至于为宰辅、为三品大臣，其齿发固已老矣，精神固已惫矣。虽有耆寿之德，老成之典型，亦足以示新进；然而因阅历而审顾，因审顾而退葸，因退葸而尸玩，仕久而恋其籍，年高而顾其子孙，儽然终日，不肯自请去……其资浅者曰：我积俸以俟时，安静以守格……冀得尚书侍郎，奈何资格未至，哓哓然以自丧其官为？其资格深者曰：我既积俸以俟之，安静以守之，久久而危致乎是。奈何忘其积累之苦，而哓然以自负其岁月为……此士大夫所以尽奄然而无生气者也。当今之弊，亦或出此于此，此亦不可不为变通者也。

侯外庐认为这种深刻的揭露和议论，多"从心理学上研究起"，虽然不是人类学和历史学的研究，"但近代的理论过程是有步骤的，初期要求人文主义或个人主义的思想，大都爱从心理学的分析入手，卢梭的天赋人权说即其一例。定庵的明耻论……不是一般的知耻论，而是近代意义的批判，他的最后目的是存于不可不变革。由奄然无生气的无耻社会，改革为跃然欲生的有耻社会，人民有耻，于是便无国耻了。"①

　　龚自珍二十七岁时自毁功令文两千余篇，同年开始对今文经学发生兴趣，次年应恩科会试落第滞留京师，向礼部主事刘逢禄"问公羊家言"。自此，今文经学成了他借用五经微言来发挥经世大义的工具。龚自珍力图通过"通经致用"之学抓住时代的根本问题。在他看来只有去迎取和测度大大小小的时势风云，才能真正博古通今，参透根本，正所谓"何敢自矜医国手？药方还贩古时丹"，这正是龚自珍超逸家学传统和考证之学而倡扬今文经学的原因。

　　清代中后期的所谓今文经学，无论是庄存与、刘逢禄、宋翔凤，还是魏源、龚自珍以及后来的廖平、康有为，他们所谓今古经学之分别，其实都是在追究什么才是最好的和最真的儒学，并以此回应社会现实。比如龚自珍的《五经大义终始答问》，其实就是力图透过圣人之言和五经经典彰显经学义理，追求五经所体现的儒家一以贯之有始有终之道，这就打破了宋儒空谈性命天道的一隅之偏，也抛弃了饾饤考据、破碎大道的小儒之陋。五经体现出的是什么样的儒家整全之道呢？在龚自珍看来，就是"圣人之道，本天人之际，胪幽明之序，始乎饮食，中乎制作，终乎闻性与天道。民事终，天事始，鬼神假，福禔应，圣迹备，若庖羲、尧、舜、禹、稷、契、皋陶、公刘、箕子、文王、周公是也。"龚自珍用三世说来解释五经大义之终始，由"食货"到"祀、司空、司徒、司寇"再到"宾师"的三世，就是由"据乱"到"升平"再到"太平"的三世。这就使大义终始具有了"始乎天人，中乎制作，终乎天人"的逻辑一贯性。按照这种阐发，《春秋》所引申出来的"三世"说和《洪范》的"八政"配合起来，从而贯穿五经。因此，五经大义所体现的政治至境乃是圣王合一之伟人政制的建立，而握有权柄者能否吸纳和容蓄圣贤之士，推行"宾、师"二政，就成了王运兴衰的关键。至于五经、六经等经典本身，在龚自珍看来，其实是先王的政典。那些灾异符命之说最多可追溯为周史之小宗，而孔子"述作"六经、阐扬周公，才是深得周史大宗之家法，是对周史大宗传统的一个延续。《春秋》应

---

① 侯外庐：《近代中国思想学说史》，615页，上海，生活书店，1947。

当被视为先王的"政典记述"而不是孔子的"革命法典"。①　这样，在龚自珍那里，孔子不是鼓吹激进革命、倒腾"革命微言"的圣人，而是一位超越王朝而又温良节制的圣王、伟大政教的保存者和传承者。

龚自珍的经学思想突出地投射出对宾师的重视，以及对宾与时王之间理想关系的想望。然而现实是残酷而具体的，在五经大义所体现的政治至境及其历史演进中，这种理想关系也是金贵而脆弱的，"宾"正是"圣王合一""有德有位"的王道至境破碎和断裂的关节。在据乱世，固然或有时王依赖异姓的"魁杰寿耄"，有所谓"宾宾"场景的出现，但宾"有德无位"，"古者开国之年，异姓未附，据乱而作，故外臣之未可以共。天位也，在人主则不暇，在宾则当避疑忌"。宾与时王之章的裂缝在升平世依然存在，即使到太平世，三统已存，宾表面上有师儒之位，宾师之政修明，但宾与时王之间仍不是同一的，如《古史钩沉论四》所指："祖宗之兵谋，有不尽欲宾知者；燕私之禄，有不尽欲与宾共者矣；宿卫之勇，有不欲受宾之节制者矣；一姓之家法，有不受宾者之论议者矣。四者，三代之异姓所深自审也……且夫史聃之训曰：知足不辱，知止不殆……孔子曰：非天子不议礼，不制度，不考文，吾从周。从周，宾法也。又曰：出则事公卿。事公卿，宾分也。"也就是说，宾与时王之间其实也是高度不稳定的紧张关系，无论是据乱、升平还是太平之世。在某种意义上，宾对道的担当使宾的身份必须超越时代，他深入历史而又超越历史。

透过警觉紧张的经学话语及其对现实社会的沉痛批判，可见龚自珍在叙述和想望着一种"时势中的主体"，或者说，他在呼唤一种新型主体的诞生。龚自珍在天人之辨的高度上把握这种新型主体，其《壬癸之际胎观第一》称："天地，人所造，众人自造，非圣人所造。圣人也者，与人对立，与众人为无尽。众人之宰，非道非极，自名曰我。我光造日月，我力造山川，我变造毛羽肖翘，我理造文字言语，我气造天地，我天地又造人，我分别造伦纪。"在这里，有四个重要的概念，即世界、创造、群众和自我，强调世界是由人创造的，"我"与天相沟

---

①　参见张广生：《经学、政治与历史：龚自珍的儒学之思》，《中国人民大学学报》，2009 年第 6 期。

通，创造世界的是一般群众而非圣人，自我意识是每个人的主宰，每个人各有其自我意识。龚氏认为，世界是由有自我意识的群众创造的。"我"创造世界，同时也为世界立法，"我"的力量源于"心力"，通过主体意志力的发挥和运作，我对世界的认知框架得以建立起来，世界万物也才呈现出活力和生机来，人的战斗力和创造性力量也得以彰显，只有发挥主观精神力量，才能成就大事业。作为其富含张力的经学学术的延伸，虽然相对驳杂模糊，但"众人之宰，自名曰我"这类话语业已展现出一种近世化的自我或主体，主体推崇自我，"自尊其心"，精力弥满和心力激昂，具有健全的人格、非凡的主动性以及历史的智慧。①

所谓健全的人格，即解除外在束缚而获得自然生长，具有自然本性、人格、个性的自我和人才。龚自珍《病梅馆记》讲述一个解放自我的故事：由于文人画士以"梅之欹、之疏、之曲"为美，鬻梅者便"斫其正，养其旁条，删其密，夭其稚枝，锄其直，遏其生气，以求重价，而江、浙之梅皆病"，所以主人公买了三百盆病梅，为之哀泣三日，决心"疗之、纵之、顺之，毁其盆，悉埋于地，解其棕缚，以五年为期，必复之全之"。梅要解除外来的束缚，在泥土中自然地生长，人也要挣脱枷锁，在自由的天地中发展个性，成长自我。龚自珍表示欣赏那种自然中有个性的人，高山密林育虎豹，深渊大川生蛟龙，只有自然的条件才能生成健全的人格。新的自我虽然不一定是圣贤全才，但他们不同于空讲道德的伪君子或庸才，而是有真才实学的人。真正的人才必须是自尊而有所偏胜，各有所长的，就像自然万物之存在而各有姿态和长短，其《与人笺五》描摹："高者成峰陵，污者成川流，娴者在阡陌，幽者成溪径，骏者成泷湍，险者成峒谷，平者成原陆，纯者成人民，驳者成鳞角，怪者成精魅，和者成参苓，华者成梅芝，戾者成棘刺，朴者成稻桑，毒者成砒附，重者成钟彝，英者成珠玉，润者成云霞，闲者成丘垤，拙者成巉嵲，皆天地国家之所养也，日月之所煦也，山川之所咻也。"

① 龚自珍的新型主体思想，可参见冯契：《中国近代哲学的革命进程》，34—39页，上海，上海人民出版社，1989。

在龚自珍这里，这个"众人之宰，自名曰我"的主体，也是一个具有种种欲望而不断追求，因而具有非凡的主动性的自我。自处万马齐喑的衰世，他希望"不拘一格降人才"，期望能够出现视"京师如鼠壤"的想象中的豪杰。在《尊隐》中，龚自珍指出"山中之民"的崛起："俄焉寂然，灯烛无光，不闻余言，但闻鼾声，夜之漫漫，鹖旦不鸣，则山中之民，有大音声起，天地为之钟鼓，神人为之波涛矣。"在这里，豪杰作为"山中之民"是与"京师之民"相对立的"时势中的主体"。承平之际，京师繁荣，人民狃野，到了衰世"夕时"，则阴惨之相毕露，一切失道。而山中或野鄙活动起来了，虽然祖宗神灵亦悲观于京师的大清王朝而瞩望于山中之民，但仍然鼾声其睡意，粉饰其太平，一直临到天明，"山中之民"忽然大声响起，起来革命了。按照侯外庐的说法，所谓"天地为之钟鼓"即指另为一朝天地，所谓"神人为之波涛"，即指当朝贵人的没落。①

龚自珍所重视的"时势中的主体"又注重历史维度上的开放性，追求豪杰之士的"完"美和智慧。龚自珍曾作《尊史》强调，作为自尊其心的重要维度，尊史就是要"善入"而又"善出"：

> 心何如而尊？善入。何者善入？天下山川形势，人心风气，土所宜，姓所贵，皆知之；国之祖宗之令，下逮吏胥之所□（阙文——引者注）守，皆知之。其于言礼、言兵、言政、言狱、言掌故、言文体、言人贤否，如其言家事，可为入矣。又如何而尊？善出。何者善出？天下山川形势，人心风气，土所宜，姓所贵，国之祖宗之令，下逮吏胥之所守，皆有联事焉，皆非所专官。其于言礼、言兵、言政、言狱、言掌故、言文体、言人贤否，如优人在堂下，号咷舞歌，哀乐万千，堂上观者，肃然踞坐，盷睐而指点焉，可谓出矣。

所谓善入善出，其实就是强调要最大限度地熟悉和理解广阔世界的事

① 侯外庐赞曰："文章极其瑰玮，而意思不能豁达，然这亦可谓大胆的言论。作者以为这篇文章埋没了一百余年，现在才让我们读懂。"参见侯外庐：《近代中国思想学说史》，617—618页，沈阳，辽宁教育出版社，1998。

物，而又从主体的角度给予批判性把握，并形成自己的话语。在《送徐铁孙序》中，龚自珍重复了类似的看法：

> 于是乃放之乎三千年青史氏之言，放之乎八儒、三墨、兵、刑、星气、五行，以及古人不欲明言，不忍卒言，而姑猖狂恢诡以言之之言，乃亦掫证之以并世见闻，当代故事，官牍地志，计簿客籍之言，合而以昌其诗，而诗之境乃极。

只有熟悉历史，理解现实，才能把握现在，只有在创作中"综百氏之所谭"，"百物为我隶用"，才能发表自己独到的见解，发出自己独到的声音。

龚自珍对社会现实的把握深刻洞微，对历史的理解既深入又超越，同时对时代主体及其境遇的把握也颇为独到，所以他在文学艺术上形成了迥异于世俗的理解。魏源《定盦文录叙》的概括仍然最是探本："火日外景则内阇，金水内景则外阇，外阇斯内照愈专。君惯于外事，而文字窔奥洞辟，自成宇宙，其金水内景者欤？"因为龚自珍之道常主于"逆"，由今而逆于古，由古而逆于"本"，甚至"废外景向内专"。所谓"本"，即"心声"，点出了龚自珍文学的特点，也是龚自珍文论的根本所在。这就是旗帜鲜明地倡导对情感心声的表现，为此不惜剑出偏锋，形成对主流或正统的疏离和反叛。

所谓剑走偏锋，就是社会上风气习俗和一般标准与自身的格格不入。《歌筵有乞书扇者》无视或卑视当时占统治性地位的文学及其风气，而指斥之为"伪体"："天教伪体领风花，一代人材有岁差。我论文章恕中晚，略工感慨是名家。"不少诗文评家评论诗文或重教化，讲究"温柔敦厚"，或重学问，以考据为诗，这里偏偏认为这些都是一代不如一代，没有生命力。相比之下，应该"恕中晚"，因为往往是那些中晚唐的诗人文章有水准，他们能写出感慨，诗文都是有感而发。龚自珍故意抬高中晚唐诗文的价值，这其实意味深长。他对自己的评价标准及其与社会的不协其实有清醒的认识。《四先生功令文序》指出，文学应该与时代和环境密切相关，随时代而推移：

> 其为人也惇博而愈夷，其文从容而清明，使枯臞之士，习之

而知体裁，望之而有不敢易视先达之志。盛世之盛，唐之开元、元和，宋之庆历、元祐，明之成化、弘治，尚近似之哉！尚近似之哉！其人多深沉恻悱，其文叫啸自恣，芳逸以为宗，则陵迟之徵已。夫庄周、屈平、宋玉之文，别为初祖，而要其羡周任、史佚、尹吉甫之生，而愿游其世，居可知也。自珍尝之五都之廛，市诸物，见有内外完好不訾瘠者，必五十岁前物，曷尝不想见时运之康阜，民生之闲暇，虽形下之器，与夫专道艺者等。又况学士大夫，生赐书之家，而泽躬于尔雅之林者歟？

龚自珍想象盛世"如日炎炎"，甚至市场上的货物都"内外完好"，文章自然"从容而清明"，"使枯腒之士，习之而知体裁，望之而有不敢易视先达之志"，而处陵迟衰世，则其文章必然"叫啸自恣，芳逸以为宗"。而今之世，则盛世已去，衰世已临，如"日之将夕，悲风骤至，人思灯烛，惨惨目光，吸饮暮气，与梦为邻"，所以自己有所感应，只能引阴气而畅悲情。

龚自珍对自己的文章风格和艺术感觉是颇多省察也甚为自负，他更为欣赏那些心胸开阔而又深有忧患之作。其《王仲瞿墓表铭》评好友云："其为人也中身，沈沈芳逸，怀思恻悱；其为文也，一往三复，情繁而声长；其为学也，溺于史，人所不经意，纍纍心口间；其为文也，喜胪史；其为人也，幽如闭如，寒夜屏人语，絮絮如老妪，匪但平易近人而已。其一切奇怪不可迩之状，皆贫病怨恨，不得已诈而遁焉者也。"《袁通长短言序》则云："今夫闺房之思，裙裾之言，以阴气为倪，以怨为轨，以恨为箍，以无如何为归墟，吾方知之矣。"在《送徐铁孙序》中，他更是提出了"受天下之瑰丽而泄天下之拗怒"的美学极则，鼓吹泄衰世之哀怨拗怒之情。

当时文人士子戮力于科举之外，或专注于学术，皓首穷经，锱铢必较，或以诗文酬唱，温柔敦厚，清真蕴藉。龚自珍这种伤时骂世，以怨恨、悲愤和拗怒为风格的诗文，及其内蕴的社会批判，自然引士林侧目，遭时人批评。当时有前辈学者王芑孙，学问宏博，肆力于诗，文章名震一时，被称为"吴中尊宿"。据张祖献《定庵先生年谱外纪》载，龚自珍早年编有文集《疗泣亭文》，请王品评，结果受到指斥："愚始不

晓'龁泣'所出，及观自记，不过取义于《诗》之'龁立以泣'。此'泣'字
碍目，宁不知之……天下之字多矣，又奚取于至不祥者而以名之哉！
……足下病一世人乐为乡愿，夫乡愿不可为，怪魁亦不可为也。乡愿
犹足以自存，怪魁将何所自处？"①很显然，龚自珍这种诗文风格和个
性解放的思想是很不容易找到同道的。读龚自珍诗文也可以深切地感
受到其人的孤独和寂寞，不见容于世。

龚自珍还有"宥情""尊情""畅情"的各种说法著名于世，更加突显
张扬尊重与抒发生命哀情的诗学主张。龚自珍早年就写有《宥情》
(1827)一文，即已突破程朱理学以来对情与欲的禁绝和压抑的态度。
文章假设甲、乙、丙、丁、戊五人就甲提出的"有士于此，其于哀乐
也，沉沉然，言之而不厌"这种沉溺于情并且津津乐道的现象进行讨
论。乙以儒家圣人为例，判耽情之人轻薄不庄重，为"媟嫚之民"。丙
引佛学"欲有三种，情欲为上"的观点，认为不应以耽情为鄙。丁则认
为乙"以情隶欲"、丙"以欲隶情"的说法都不对，认为佛家"析言"情的
作法好。戊则认为佛家对情其实是"概而诃之"，"不得言情"。由于儒
释各种说法莫衷一是，龚自珍又探本溯源，就正于友人和自己的体验。
通过体证和反思，文章最后得出无论儒学圣人还是佛家说法，不妨执
着于自身体验，对这种"阴气沉沉而来袭心"的生命体验和情绪"姑自宥
也，以待夫覆鞠之者"的结论。

《宥情》强调，既然这种基于自身体验与生俱来的生命情绪真实存
在，不可压抑，那么就不妨采取原宥的态度，承认其存在，不采取压
抑的态度。至《长短言自序》(1839)，龚自珍的态度则进一步明朗化，
将"宥情"提高到"尊情"乃至"畅情"的高度：

> 情之为物也，亦尝有意乎锄之矣；锄之不能，而反宥之；宥
> 之不已，而反尊之。龚子之为《长短言》何为者耶？其殆尊情者耶？
> 情孰为尊？无住为尊，无寄为尊，无境而有境为尊，无指而有指
> 为尊，无哀乐而有哀乐为尊。情孰为畅？畅于声音。声音如何？
> 消瞀以终之。如之何其消瞀以终之？曰：先小咽之，乃小飞之，

---

① 事件来龙去脉参见：《龚自珍全集》，648 页，上海，上海古籍出版社，1999。

又大挫之，乃大飞之，始孤盘之，冈冈以柔之，空阔以纵游之，而极于哀，哀而极于瞀，则散矣毕矣。人之闲居也，泊然以和，顽然以无恩仇；闻是声也，忽然而起，非乐非怨，上九天，下九渊，将使巫求之，而卒不自喻其所以然。畴昔之年，凡予求为声音之妙盖如是。是非欲尊情者耶？且惟其尊之，是以为《宥情》之书一通；且惟其宥之，是以十五年锄之而卒不克。请问之，是声音之所引如何？则曰：悲哉！予岂不自知？凡声音之性，引而上者为道，引而下者非道；引而之于旦阳者为道，引而之于暮夜者非道；道则有出离之乐，非道则有沈沦陷溺之患。虽曰无住，予之住也大矣；虽曰无寄，予之寄也将不出矣。然则昔之年，为此长短言也何为？今之年，序之又何为？曰：爱书而已矣。

龚自珍勇敢而真诚地展示了自己对于"情"的心路历程：从"锄情"，到"宥情"，再到"尊情"，到最后追求"畅情"。他超越时局的主体感情和表现模式，实乃对数千年来传统权威和文化惯习的突破。

为什么出现从"宥情"到"尊情"的突破？龚自珍至晚年精研佛法，借助《维摩诘经》，对"情"有了更深远的理解，对"情"的合法性也给出了更好的辩护。这里他提出"无住为尊，无寄为尊，无境而有境为尊，无指而有指为尊，无哀乐而有哀乐为尊"的说法。"无住""无寄"这些说法见诸鸠摩罗什译《维摩诘所说经·观众生品》，强调世间事物和现象都是"法"，万法为识，法无自性，缘感而起。世间事物和现象尚未在因缘和合中产生之前，是不能用俗谛所说的"有"和"无"来规定，只可称为真谛上的"无法"状态。这个"无法"是一切法之"本"、之"源"，且因其作为本源，"无法"是无法"住""寄""寓"在一般的事物和现象之中，但又是最为重要和根本的，所以龚自珍用以描述自己所以执着之"情""无住为尊，无寄为尊"，这种"情"超越于一切外在的对象、知性、功利和语言，因为"无住""无寄"，所以是要害，是根本，能"立一切法"。紧接着龚自珍所谓"无境而有境为尊，无指而有指为尊，无哀乐而有哀乐为尊"，强调自己所以执着之"情"是缘感而起，在因缘和合之前即已存在，因缘和合产生之后又迥异世俗哀乐，这种生命之情"无境而有境""无指而有指""无哀乐而有哀乐"，所以值得也必须"为尊"。这种看似矛盾实则臻于某种本体状态的"情"，是龚自珍一直执着的，与《宥情》篇中所描摹的"一切境未起时，一切哀乐未中时，一切语言未造时，当彼之时，亦尝阴气沉沉而来袭心，如今闲居时"的状态，也是吻合相契的。

本于生命而起的"情"，如果不取传统"以理节情"或佛教纵情"纯情而坠"，现实和"时势中的主体"又该如何面对？龚自珍的提法是"情孰为畅？畅于声音。"具体即"声音如何？消瞀以终之。如之何其消瞀以终之？曰：先小咽之，乃小飞之，又大挫之，乃大飞之，始孤盘之，闷闷以柔之，空阔以纵游之，而极于哀，哀而极于瞀，则散矣毕矣"。这种"畅情"说颇近于宣泄的意思，但更有超越和升华的意涵。生命之情如果过度压抑得不到宣泄，就会导致心绪纷乱，昏暗郁闷。好的做法是"消瞀"，即让饱含深情的声音透过程度不同的压抑而由小到大地畅发而出，最后达到"极于哀""极于瞀"的状态，也就是达到凄清尖利的顶点的时候，与生俱来的郁闷和纷乱也就消散了。欣赏接受者也会有所震惊从而感受到人生的本原状态："人之闲居也，泊然以和，顽然以无恩仇；闻是声也，忽然而起，非乐非怨，上九天，下九渊，将使巫求之，而卒不自喻其所以然。"

"宥情""尊情""畅情"突出地疏离于主流，对此龚自珍有清醒的认识："请问之，是声音之所引如何？则曰：悲哉！予岂不自知？凡声音之性，引而上者为道，引而下者非道；引而之于旦阳者为道，引而之于暮夜者非道；道则有出离之乐，非道则有沈沦陷溺之患。虽曰无住，予之住也大矣；虽曰无寄，予之寄也将不出矣。"诗文其实传达的是一种心声，但这种声音将把人心引向何处？按照正统观念，无论是儒家还是佛家，只有引人向上、向"旦阳"的声音，才符合"道"，引人向下、向"暮夜"的声音则是"非道"。合道的声音使人有出离即涅槃之乐，非道的声音则使人有"沈沦陷溺之患"。龚自珍推崇"无住""无寄"的生命情绪和感受，可这是否符合儒佛之道呢？龚自珍自己则既矛盾又清醒地指出，"悲哉！予岂不自知？"他以近乎抗争的态度顽强宣布："然则昔之年，为此长短言也何为？今之年，序之又何为？曰：爱书而已矣。"所谓"爱书"，并非仅仅"于是写下"的意思。"爱书"一词典出《史记·酷吏列传》："（张汤）劾鼠掠治，传爰书，讯鞫论报。"司马贞索引书昭曰："爰，换也。古者重刑，嫌有爱恶，故移换狱书，使他官考实之。故曰传爰书也。"也就是说，自己的长短言也算是一种狱书吧，"一个为'无住无寄'之'情'所'囚'，甘作此'情'之'囚'的人真实心声的记录而已！"[①]龚自珍不愿被传统观念束缚，维护自身真实体验的顽强和执着，由斯可见。

从总体上看，激越的社会文化批判，整体立意上的经学辩证，以史为鉴的史学思考，并且由此带来主体意识的觉醒和对情感心声的倡扬，这是龚自珍经学成就和文论思想的根本特色。有学者曾描摹在京士子名流的诗酒雅集和修禊，在陶然亭文酒之会上，在宣南诗社的雅集中，乃至稍后桐城文人在虎坊桥私宅中，文人士子都有诗酒流连中骚人墨客的雅趣，但也有沉吟视听和翰墨因缘中迥异的趣味和取向。而此中最经风骚的是龚自珍，如《己亥杂诗》所自承的"少年击剑更吹箫，剑气箫心一例消，谁分苍凉归棹后，万千哀乐集今朝"。他迥异于一般文人士子，而兼得慷慨的剑气和幽婉的箫心两端之美："亦剑亦箫，亦壮亦优。慷慨中有苍茫，狂愤中有凄切，奋进中有颓唐。就是这样，他在感情的极度矛盾和错综中度过了他的一生。"[②]这个描摹是信实允当的，龚自珍的心路历程和审美趣味确实就是这样"兼得于亦剑亦箫之美者"，其中诸多元素之间相互矛盾而又富于张力，外化到行止、学术和思想上，则是个性解放的气象远为阔大和森严，蕴蓄着曲折而复杂的时代内涵。

作为奇人名士的龚自珍，其胸中对一个有自性有追求的主体的想望，其体量和气势已经快要撑破当时笼罩一切的文化结构了。他在文论方面的言说，可算是横绝千年传统的独特"心声"的最激越表达。虽然其心声不可避免地遭到传统势力莫可言状的压抑和排斥，但毕竟在

---

①　龚氏诗学与文论的研究，参见孙静：《略论龚自珍的文学思想及其时代意义》，见《中国近代文学论集》，北京，北京大学出版社，2012；程亚林：《龚自珍"尊情说"新探》，《文艺理论研究》2000 年第 1 期。

②　吴调公：《兼得于亦剑亦箫之美者——论龚自珍的审美情趣与意象内涵》，《文学评论》1984 年第 5 期。

顽强地表现自己，在暧昧和晦涩中，昭示着旧时代的即将过去和未名的新时代的即将来临。[1]

三、古文的自赎：从"有所变"到"因声求气"

从世界范围来看，道咸到同光年间的中国已逐步卷入当时世界的资本主义格局，先后受到两次鸦片战争、中法战争、甲午战争、八国联军侵华等打击，而在帝国内部，又先后经历太平天国农民起义、洋务派发动的自强运动，以及后来维新派的维新改革诉求，以至于清末的新政改革。王朝形势可谓内忧外患，摇摇欲坠。但文人的基本生活形态和文化主流是什么呢？这里再以古文在晚清的命运，考察此间文人精英对社会变化的感触和应对。

桐城古文以文辞设教，又坚持正统理学，这对传统文人士子而言，其格局确实显小。对日渐感受到世局浮沉，睁眼看世界的文化精英而言，尤属不能忍受。比如，文章以情意活动为发抒线索，与道统宣教作为意志灌输，两者之间毕竟无法达成全面的弥合。再比如，儒家知识分子在内向修养与经世济世两方面都要兼涉，而面对清代内外交困的局面，精英士子又如何能躲到古文这个看来独立其实已到处漏洞的小世界里去呢？古文至清末，终于有代表者如曾国藩（1811—1872），来直面内向修养与经世济世这个矛盾现实，并在这个问题上试图加以救济和调整：他指出前一个问题在根本上的矛盾性，又以其自身的文学实践和思想主张撑破了古文原有的结构性，算是对现实的因应和古文自身的救赎。曾国藩在这方面影响很大，民国学者钱基博著《中国文

---

[1]　讨论龚自珍，拈出"心声"问题的关键在于，相关论述是否只是应和了丸山真男所说的"通过儒教思想的自我分解过程实现的近代意识的成长"？也就是说，只是把"心声"张大为西化的"近代意识"而已？或者是岛田虔次所谓的"中国近代思维的挫折"中的一环？怎样摒弃西来思想意识和哲学形态，找到符合中国现代性发生自己的语言，进行分析并自圆其说，以避免"外在性"的价值趋向的指责？这方面研究还有待深入掘进和探讨。本注引语皆参见［日］沟口雄三：《中国的思维世界》，刁榴等译，315—316、319—320 页，北京，生活·读书·新知三联书店，2013。

学史》附录《清代文学纲要》云：

> 厥后湘乡曾国藩以雄直之气，宏通之识，发为文章，而又据高位，自称私淑于桐城，而欲少矫其懦缓之失；故其持论以光气为主，以音响为辅，探源扬马，专宗退之，奇偶错综，而偶多于奇，复字单词，杂厕相间，厚集其气，传声彩炳焕而夏焉有声。此又异军突起而自为一派，可名为湘乡派。一时流风所被，桐城而后，罕有抗颜行者。门弟子著籍甚众，独武昌张裕钊、桐城吴汝纶号称能传其学。吴之才雄，而张则以意度胜；故所为文章，宏中肆外，无有桐城家言寒涩枯窘之病。夫桐城诸老，气清体洁，海内所宗。徒以一宗欧归，而雄奇瑰玮之境尚少；盖韩愈得扬马之长，字字造出奇崛。至欧阳修变为平易，而奇崛乃在平易之中。桐城诸老汲其流，乃能平易而不能奇崛；则才气薄弱，势不能复自振起，此其失也。曾国藩出而矫之，以汉赋之气运之，故能卓然为一大家，由桐城而恢广之，此自为开宗一祖。殆桐城刘氏所谓"有所变而后大"者耶？①

钱基博强调曾国藩以其雄才突破桐城文章而又维护古文传统，"有所变而后大"，带出湘乡一派，振起桐城文章，其推崇和赞赏不可谓不高。

曾国藩早年科场顺利，并无家学渊源和特殊师承。适逢湖南名儒唐鉴内调进京，所以很快即师从精研程朱理学。据黎庶昌著《曾国藩年谱》记载，道光二十一年(1841)曾国藩三十一岁："善化唐公鉴由江宁藩司入官太常寺卿，公从讲求为学之方。时方详览前史，求经世之学，兼治诗古文词，分门记录。唐公专以义理之学相勖，公遂以朱子之书为日课，始肆力于宋学矣。"照理宋明理学追求道理探求和道德履践，唐鉴也早就告诫过诗文词曲皆可不必用功，但曾国藩于古文辞却一再忘情，其日记即记载自己管不住自己，依然"日日耽著诗文"，有时甚至"名心大动，忽思构一巨著以震炫举世之耳目"。这其实也表明曾国藩对理学重道贬文的传统并未完全服膺，长期揣摩制作古文辞的经验

---

① 钱基博：《中国文学史》，75页，上海，东方出版中心，2008。

使他形成了一定之见。正是在这里，曾国藩对桐城古文表现出相当的信任和敬意。道光二十三年(1843)《致刘蓉》即云：

> 盖仆早不自立，自庚子以来，稍事学问，涉猎于前明本朝诸大儒之书，而不克辨其得失。闻此间有工为古文诗者，就而审之，乃桐城姚郎中鼐之绪论，其言诚有可取。于是取司马迁、班固、杜甫、韩愈、欧阳修、曾巩、王安石及方苞之作悉心而读之，其他六代之能诗者及李白、苏轼、黄庭坚之徒，亦皆泛其流而究其归，然后知古之知道者，未有不明于文字者。能文而不能知道者或有矣，乌有知道而不明文者乎？……周濂溪氏称文以载道，而以虚车讥俗儒。夫虚车诚不可，无车又可以行远乎？孔孟没而道至今存者，赖有此行远之车也。吾辈今日苟有所见，而欲为行远之计，又可不早见具坚车乎哉？故凡仆之鄙愿，苟于道有所见，不特见之，必实体行之，不特身行之，必求以文字传之后世。虽曰不逮，志则如斯。[1]

虚车诚不可，但无车不可行远，道也必须"具坚车"而行远，所以文字和文辞是值得立志修持的。由此，曾国藩表示很看重姚鼐的观点并向朋友竭力陈达，这表现出其对理学家与文学家两种追求之间矛盾的体会，但也可理解这是对此间两造所努力达成的平衡。

在清代整体氛围，学者之文的位置比较高，而对与八股文藕断丝连的古文本身有一种从整体上的批评，认为古文往往清通无物，且"只是作好文章"。比如明末清初王夫之《夕堂永日绪论外编》批评归有光："熙甫但能摆落纤弱，以亢爽居胜地耳；其实外腴中枯，静扣之，无一语出自赤心。"直接点出这种八股文家兼小品文家的问题和境界。王夫之论明末抗清义士黄淳耀"蕴生言皆有意，非熙甫所可匹敌"，认为其文在于"有意"："蕴生当天步将倾之日，外则辽左祸逼，内则流寇蜂起，黄扉则有温、周、杨、薛之奸，中涓则有张彝宪、曹化淳之蠹，

---

[1] 《曾国藩全集》，第 22 册，6—9 页，长沙，岳麓书社，2011。后引文多出此全集，不再作注。

忧愤填胸，一寓之经义，抒其忠悃。传之异代，论世者所不必不能废也。"①

然而曾国藩对古文却抱有同情，有自己的看法。如同治十年（1871）《〈湖南文征〉序》中，他对古文兴起本身的理解：

> 自东汉至隋，文人秀士，大抵义不孤行，辞多俪语。即议大政，考大礼，亦每缀以排比之句，间以婀娜之声。历唐代而不改。虽韩、李锐志复古，而不能革举世骈体之风。此皆习于情韵者也。宋兴既久，欧、苏、曾、王之徒崇奉韩公，以为不迁之宗。适会其时，大儒迭起，相与上探邹鲁，研讨微言。群士慕效，类皆法韩氏之气体，以阐明性道。自元明至圣朝康雍之间，风会略同，非是不足与于斯文之末。此皆习于义理者类也。

从文化风会与士子思想消长的角度去理解古文兴起的时代性，这种看法有如史学家的平正和宽容。在在都为古文张目。

曾国藩立于宋学门庭，精研理学，但也能开放心胸，且与当时实学、朴学相沟通，从而修正和充实学术基础。并且通过精研古文，琢磨辞章，所以眼界开阔，对各家学问和路数都形成自己的观察。所以《致刘蓉》即有论述："能深且博而属文，复不失古圣之谊者，孟、毛而下，惟周子之《通书》、张子之《正蒙》，醇厚正大邈焉。寡传许、郑亦能深博，而训诂之文或失则碎。程、朱亦且深博，而指示之语或失则隘，其他若杜佑、郑樵、马贵与、王应麟之徒，能博而不能深，则文流于蔓矣。游、杨、金、许、薛、胡之俦，能深而不能博，则文伤于易矣。"对诸儒文采的观察和比较，也体现出自身对古文表达的揣摩和营求。咸丰四年（1854）《欧阳生文集序》说："姚先生独排众议，以为义理、考据、词章，三者不可偏废。必义理为质，而后文有所附，考据有所归。"1858 年曾国藩作《圣哲画像记》，将姚鼐与韩、柳、李、杜同置于古今三十二圣哲之列，又称姚鼐"持论闳通，国藩之初解文章，由姚先生启之"，并尊姚鼐于历代孔、孟、程、朱等三十二位圣哲之列。

---

① 《四溟诗话　薑斋诗话》，172 页，北京，人民文学出版社，1961。

这些都可以见出曾国藩对古文的敬重。桐城派古文理论，以方苞的"义法"说奠定基础，标榜雅洁，突出简练朴质的文风，刘大櫆提倡"神气"，讲究文章气势，起伏跌宕，而姚鼐提出"神、理、气、味、格、律、声、色"说，强调学习古文从形式到精神最后达到更高境界的路径和过程。曾国藩对此都表示过有看重的地方，但这些不是他的全部评价。

由于有较深的体会，曾国藩对桐城派文论也有批评。比如对方苞的批评，认为方苞其实强行捏合道与文，竟致以道害文。曾国藩《鸣原堂论文》选录《方苞请矫除积习兴起人材札子》，其评语亦言："望溪先生古文辞为国家二百余年之冠，学者久无异词，即其经术之湛深，八股文之雄厚，亦不愧为一代大儒。虽乾嘉以来汉学诸家百方攻击，曾无损于毫末。惟其经世之学，持论太高，当时同志诸老，自朱文端、杨文定数人外，多见谓迂阔而不近人情。"在充分肯定之余，亦有委婉的批评。又比如对姚鼐的批评，咸丰九年（1859）《复吴敏树》中说："至姚惜抱氏虽不可遽语于古之作者，尊兄至比之吕居仁，则亦未为明允。惜抱于刘才甫不无阿私，而辨文章之源流，识古书之正伪，亦实有突过归、方之处。……至尊缄有曰：'果以宗桐城为派，则侍郎之心殊未必然。'斯实搔着痒处。"这些话自然是针对吴敏树不以姚鼐为然而为姚鼐所作的辩护，但其中赞赏吴敏树"搔着痒处"一语，也确实透露出曾国藩并不以姚鼐为自己治古文辞的宗师，认为姚鼐并不能够与他心目中崇高的"古之作者"相提并论。归根结底，他也是不肯将自己列入桐城派门墙，引以为荣的。

曾国藩后学弟子黎庶昌在其《续古文辞类纂·序》中，对曾国藩和姚鼐区别多有辨析：

> 余今所论纂，其品藻次第，一以昔闻诸曾氏者，述而录之。曾氏之学，盖出于桐城，固知其与姚先生之旨合，而非广己于不可畔岸也。循姚氏之说，屏弃六朝骈丽之习，以求所谓神、理、气、味、格、律、声、色者，法愈严而体愈尊；循曾氏之说，将尽取儒者之多识、格物、博辨、训诂，一内诸雄奇万变之中，以

矫桐城末流虚车之饰，其道相资，无可偏废。①

如果说姚鼐是立法者，那么曾国藩则是变法者。诚如一些学者所概括的，曾国藩"沿着道问学、经世学的路径，寻求'雄奇万变'的气度，这样的开拓是拘谨滞碍的姚鼐无法比拟的"。②

曾国藩对桐城派的文学主张有很多变化和发展。曾国藩论文重张桐城文章的旗号，但正如其弟子吴汝纶在《与姚仲实》中所记载，曾国藩认为"桐城诸老，气清体洁"，"雄奇瑰玮之境尚少"，所以要因应现实，兼以"汉赋之气运之"。在这方面，曾国藩最重要的开拓在于，强调古文当以义理之学为体，以经济之学为用。仍然宗奉理学，但曾国藩要求扩大散文范围，在姚鼐"义理、考据、辞章"说之外又添上"经济"，企图藉"经济"以求应当时之实用。一方面，他继承桐城先辈刘大櫆、姚鼐兼顾世用的传统，其《求阙斋日记类钞·问学》指出"有义理之学，有词章之学，有经济之学，有考据之学"，"此四者缺一不可"；另一方面，他又进一步将之与孔门德行、文学、言语、政事四科相联系，以增加权威性。同治八年(1869)《劝学篇示直隶士子》解释说：

> 义理者，在孔门为德行之科，今世目为宋学者也。考据者，在孔门为文学之科，今世目为汉学者也。辞章者，在孔门为言语之科，从古艺文及今世制义诗赋皆是也。经济者，在孔门为政事之科，前代典礼、政书及当世掌故皆是也。

这样，四者兼顾并重，但是义理为体，统帅经济；经济为用，落实义理。再加以考据多闻，文章内容不但显得充实，而且更能发挥社会作用。曾国藩对桐城文论的发展，使桐城文士找到了补救空疏之弊的良策。

将"经济"置于治学和文章的根本，在曾国藩并不是一句空洞的口号。这至少可证诸曾国藩一生的两个方面：其一是曾国藩的杂著，其

---

① 贾文昭编著：《桐城派文论选》，376页，北京，中华书局，2008。

② 钱竞：《曾国藩、王夫之文论思想异同》，《文学遗产》1996年第1期。这里思路得益于钱竞的论文，特此注明。

内容多为实务应用之属，从淮盐运行章程、房产告示到军制、营规，包括用方言白话撰写的《陆军得胜歌》《水师得胜歌》《爱民歌》《解散歌》等，无不亲自创制，刻意求俗。其二是他编纂《鸣原堂论文》，收集了古代著名奏议，详加批评，几乎视为经世文的一种典范。

古文是否能行远经世，则或当别有能事。《〈湖南文征〉序》认为，人心各具自然之文，而陈于简策，缀辞成篇，则其浅深工拙，又往往相去甚远：

> 人心各具自然之文，约有二端：曰理，曰情。二者人人之所固有。就吾所知之理，而笔之书而传诸世。称吾爱恶悲愉之情，而缀辞以达之，若剖肺肝而陈简策，斯皆自然之文。性情敦厚者，类能为之。而浅深工拙，则相去十百千万而未始有极。

古文能不能行远，其实又取决于个人不同的襟度气象、学识才力和艺术旨趣。因为正是这些决定了其辞能否达意，其气能否举体，其文能否襟度远大，其句能否珠圆玉润，其意能否精微细密，气象能否光明俊伟。要达坚车行远之境，需要锻炼说理叙事、表情达意的本领，而这些又离不开读书识理，蕴藉深厚的功夫。这一切确实不是雕饰字句、巧言取悦所能达到的。

然而，道理有其另一方面，就是阐明义理，讲解性道，是不是古文之擅场呢？曾国藩明断"学行程朱，文章韩欧"的说法存在着顾此失彼的隐患。古文之道，由先秦两汉文脱胎而来，奇句单行，往往长于叙写而短于持论。由于自承程朱圣人儒学，古文追求渊懿，而不能过多取用那议论辩驳纵横捭阖之辞，自律以雅洁，就不足以显示恢宏博奥抑扬抗坠之节。《〈湖南文征〉序》云：

> 窃闻古之文，初无所谓法也。《易》《书》《诗》《仪礼》《春秋》诸经，其体势声色，曾无一字相袭。即周秦诸子，亦各自成体。持此衡彼，画然若金玉与卉木之不同类，是乌有所谓法者。后人本不能文，强取古人所造而摹拟之，于是有合有离，而法不法名焉。……自群经而外，百家著述，率有偏胜。以理胜者，多阐幽造极之语，而其弊或激宕失中；以情胜者，多悱恻感人之言，而其弊

常非缛而寡实。

"法"不在模拟，而在于真实地表达自己的思想和感情，真实地叙事，恰当地用词，从而成为"自然之文"。这样讲，"义法"其实已无可自立。

古文家讲求义法，欲达到"道与文兼至交尽"的地步，其实是强行将"道"与"文"糅合在一起，这十分困难。如果说姚鼐之时尚只以义理、考据与辞章各为文化和学问之一境，个人才有偏胜而或可各治一隅，小心翼翼举擢而出，那么，到曾国藩这里，则以其堂皇气魄而明言断之。《复吴敏树》谈及吴氏本人文字云：

> 中如《书〈西铭讲义〉后》，鄙见约略相同。然此等处，颇难于著文。虽以退之著论，日光玉洁，后贤犹不免有微辞。故仆尝称古文之道，无施不可，但不宜说理耳。

古文家已悬文章为德行和事功以外人生别一盛事，其中多可别求文境与情致。长期以来的事实也是，宋代以来文士大举宏道而好谈义理，但文气往往不盛。体道而文不昌，能文而道不凝，鲜有文与道而并至者，这是桐城古文家面对的绝大困境。咸丰八年（1858）《致刘蓉》更大力鼓吹：

> 大著游记二首，以义理言则多精当，以文字言终少强劲之气。自孔孟以后，惟濂溪《通书》、横渠《正蒙》，道与文可谓兼至交尽。其次如昌黎《原道》、子固《学记》、朱子《大学序》，寥寥数篇而已，此外则道与文竟不能不离而为二。鄙意欲发明义理，则当法《经说》《理窟》及各语录、札记（原注：如《读书录》《居业录》《困知记》《思辨录》之属）。欲学为文，则当扫荡一副旧习，赤地新立，将前此家当业，荡然若丧其所有，乃始别有一番文境。望溪所以不得入古人之闻奥者，正为两下兼顾，以致无可怡悦……

义理与古文各有渊源和途径，与其以高就低，兼取而相害，无可怡悦，失措乖张如方苞，不如"道""文"分开，从一而择，义理归义理，而文章归文章，做一回堂堂正正的文章家，体验赤地新立、扫荡旧习的淋漓与酣畅。在这里，曾国藩大胆提出"道与文竟不能不相离为二"，并标出"怡悦"二字，指明古文是不同于理学语录而"别有一番文境"，其功用之一在于怡情娱乐。这表明曾国藩对文章特点的深入认识，更展露出一种去门面、求廓大的大胆观点和改革气魄。

正因为曾国藩有粗犷雄放的见解，所以他对于当时文坛上的骈散门户之见往往能采取调和折中的态度。比如，他不计较当时文坛上的骈散门户之争，而站在古文的立场上，融合选学的长处，奇偶互用，主张"古文之道与骈散相通"。道光二十五年（1845）《送周荇农南归序》即详细阐明"奇偶互用之道"云：

> 一奇一偶者，天地之用也。文字之道，何独不然？六籍尚已。自汉以来，为文者莫善于司马迁。迁之文，其积句也皆奇，而义必相辅，气不孤伸，彼有偶焉者存焉。其他善者，班固则毗于用偶，韩愈则毗于用奇。蔡邕、范蔚宗以下，如潘、陆、沈、任等比者，皆师班氏也。茅坤所称八家，皆师韩氏者也。传相祖述，源远而流益分，判然若白黑之不类。于是刺议互兴，尊丹者非素。而六朝隋唐以来，骈偶之文亦已久王而将厌。宋代诸子乃承其敝，而倡为韩氏之文，而苏轼遂称曰"文起八代之衰"。非直其才之足以相胜，物穷则变，理固然也。豪杰之士所见类不甚远。韩氏有言："孔子必用墨子，墨子必用孔子，不相用不足为孔墨。"由是言之，彼其于班氏相师而不相非明矣。耳食者不察，遂附此而抹杀一切。

其《经史百家杂钞》也直接选录若干骈赋。曾国藩治古文而济以选学，也是为了补救桐城古文的弊病。桐城前辈强调文字清澄雅洁，不许将"魏晋六朝人藻丽俳语，汉赋中板重字法"入古文，结果使桐城文往往"淡远简朴"，空疏乏美。不满于方苞"不用华丽非常字眼"的规矩，曾国藩吸收当时文坛"骈散相通"的观点，希望古文家学习骈文，重视小学训诂，音节神气，博采众长，兼收并蓄，以加强行文气势和文章的华彩。

也因为曾国藩气象包容，视野开阔，所以他对各体文章的欣赏和理解也在桐城派的基础上有所深化和开拓。《求阙斋日记类钞·文艺》

"庚申三月"条集成姚鼐的观点，探讨文章风格与不同体裁之间的关系：

> 吾尝取姚姬传先生之说，文章之道，分阳刚之美，阴柔之美。大抵阳刚者气势浩瀚；阴柔者，韵味深美。浩瀚者，喷薄而出之；深美者，吞吐而出之。就吾所分十一类而言之，论著类、词赋类宜喷薄，序跋类宜吞吐，奏议类、哀祭类宜喷薄，诏令类、书牍类宜吞吐，传志类、叙记类宜喷薄，典志类、杂志类宜吞吐。其一类中微有区别，如哀祭类虽宜喷薄，而祭郊社祖宗则宜吞吐；诏令类虽宜吞吐，而檄文则宜喷薄；书牍类虽宜吞吐，而论事则宜喷薄；此外各类，皆可以是意推之。

这体现对文章规律的深厚理解。曾国藩还尝试进一步将古文之境分为八种，《求阙斋日记类钞·文艺》"乙丑正月"条载：

> 尝慕古文境之美者，约有八言：阳刚之美曰雄、直、怪、丽；阴柔之美曰茹、远、洁、适。（小注：蓄之数年，而余未能发为文章，略得八美之一，以副斯志。是夜将此八言，各作十六字赞之，至次日辰刻作毕，附录如左。）
>
> 雄：划然轩昂，尽弃故常，跌宕顿挫，扪之有芒。
>
> 直：黄河千曲，其体仍直，山势如龙，转换无迹。
>
> 怪：奇趣横生，人骇鬼眩，《易》《玄》《山经》，张、韩互见。
>
> 丽：青春大泽，万卉初葩，《诗》《骚》之韵，班、扬之华。
>
> 茹：众义辐凑，吞多吐少，幽独咀含，不求共晓。
>
> 远：九天俯视，下界聚蚊，寤寐周、孔，落落寡群。
>
> 洁：冗意陈言，类字尽芟，慎尔褒贬，神人共监。
>
> 适：心境两闲，无营无待，柳记欧跋，得大自在。

这种分法，概括了曾国藩所理解和欣赏的八种风格或境界，对于历代文章精华，有相当的借鉴意义。

据薛福成《叙曾文正公幕府宾僚》一文所录，曾国藩幕僚前后共有83人之多，其中大多数颇有文声，而古文辞方面尤以张裕钊、吴汝纶、薛福成和黎庶昌声名为著，世称"曾门四弟子"。曾国藩与弟子等人"扩姚氏而大之"，"并功德于一途"，坚持古文，扩大堂庑，而古文再现一时之盛，直至清末民初。胡适1922年作《五十年来的中国文学》称曾国藩是"桐城古文的中兴大将"，梁启超1923年作《国学入门书要目及其读法》，赞曾国藩集"桐城派之大成"，都有相当的道理。

晚清重臣中，曾国藩在征伐事功、洋务经营和文章风气方面多有建树，在士人群体中也以服膺纲常名教、注重德行修养为著。在后人那里甚至被称为"古今完人"，有些人号称"独服曾文正"。但从总体上看，从晚清社会变革尤其是中外文化交流的趋势中看，他到底算是保守之士。①他虽然时常感悟到文化的结构性牢笼，对其间矛盾和张力也有所冲决和调停，但作为地主阶级其上附庸的文人阶层无法超越自身的阶级立场和时代视野，更无法接引西来政学，开拓新兴思想。在文学思想和文论上，他强调经济，虽然有所突破和折中，但在总体上其实仍然是维护一个逐渐衰微而越发丧失生命力的古文文化。

其后曾门张、吴、薛、黎等诸弟子坚守这种传统，也思图以经济和实学而兼济文学，取得不少成就。但从整体上看，古文成就其实更多地来自对新生事物的接纳和涵濡，而对古文自身的突破和创革并无大的成就。比如，张裕钊和吴汝纶等试图推进"因声求气"理论以承传古文文统。张裕钊《答吴挚甫书》云："吾所求于古人者，由气而通其意，以及其辞与法，而喻乎其深。及吾所自为文，则一以意为主，而辞、气与法胥从之矣。"吴汝纶《答张廉卿》则曰："……窃尝以意求之，才无论刚柔，苟其气之既昌，则所为抗坠、诎折、断续、敛侈、缓急、长短、伸缩、抑扬、顿挫之节，一皆循乎机势之自然，非必有意于其

---

① 列文森将曾国藩定位为中西文化抉择中的"折中主义者"，意指曾是"一个准备将西方文明的某些东西赋予中国文明的人"，"也理解在中国本土范围内的选择，并且谋求与传统中国的敌人和平相处"。虽然在某种程度上"将西方作为一个价值中心来看待"，但他到底"仍然保留了中国最基本的优越地位"。列文森这样描述："有一次，曾国藩以一种十分愉快的心情注意到了基督教历史上的新教分裂，他将儒教历史作了简略的概括后认为，与西方基督教比较，儒教像一块永远竖立的磐石，既无断裂，也不会腐朽。对于像曾国藩这样的人来说，当西方的各种观念被看成是异端时，中国的思想则成了一个整体。"参见[美]列文森：《儒教中国及其现代命运》，郑大华等译，44—46页，北京，中国社会科学出版社，2000。"异端"的英文原为"alternative"，或可译为"另类"。

间，而故无之而不合；其不合者，必其气之未充者也……"此间真相是：其始在因声以求气，最后则不得不"因意以摄气"矣。①个中缘故，即在古文深植于传统的根髓，而使士子文人连同其整个的文化教养而具有一种结构性的惰性，作为写作者主体的士子文人，又无法超越所在阶层的生活方式，并注入新的生活素材和时代内容。

从总体上看，古文更多的是对世界形势和国内趋势的回避，但仍可看作一种针对作为传统象征的古文结构的自我救赎和平衡。这种消极应对多的是折中调和，也算是一种去中心化的摆脱和自适应的努力，但坚持"古文"这一文统的结局到底是，沉沦。

四、传统的溃散：从经世文到洋务文到报章文

到 19 世纪后半叶和 20 世纪初，传统文化与文学的声誉和信用已日益凋敝。经学研究和古文写作貌似占据统治性地位，但其在文化中的整体结构性已受致命冲击，创伤是深入肌理乃至骨髓的。因此，无论是埋首于名物训诂烦琐考证的经学或朴学，还是逃逸于声气扬抑和义法经营的古文写作，都越来越遭到强烈的质疑、消解或反抗。

文章经世和新民救亡的呼声已成为时代主潮。如果说由嘉道而咸同，古文还通过自身救赎一度振兴而试图维护传统文化的内在品质，经世文潮却已越发声势浩大，并且日益占据主流，那么，此后随着中国社会面临越发深重的危机，千余年士人文化也越发快速地经历着前所未见的解体。纵深解体的同时，又发生着巨大的转型，新兴生产方式和生活方式从边缘而愈发强劲地冲刷和影响着中央，并深层改写着既有文化样式的编码。

---

① 参见柳春蕊：《晚清古文研究：以陈用光、梅曾亮、曾国藩、吴汝纶四大古文圈子为中心》，南昌，百花洲文艺出版社，2007；柳春蕊：《论晚清古文理论中的声音现象》，《文艺理论研究》2008 年第 3 期；陆胤：《文脉传承与知识重建——清末"中学"之争及古文家的应对》，见《众声喧哗的中国文学——首届两岸三地博士生中文论坛》，北京大学中文系主办，2010 年 10 月，未刊稿。

　　文化整体中最为突出的新兴因素是在中国社会出现的报章文，正是报章文崛起及其传播的日益民众化，传统文化的整体及其内在结构由此被突破，传统文化的基础被日益动摇了。由经世文而报章文的文化转型，既是对文化传统的摆脱，也是文化新局的开创。这种因革转换的进程，在咸同年间因外患内忧即已逐渐开启，经同光年间在洋务的氛围中日渐汹涌而扩大，至甲午至戊戌年间，而演化为新型名士文人思图以启蒙干政的惊涛骇浪，最后经过清季新政十年间已演变为全面的转型，可谓王纲解纽，江山变色，而仅欠最后政体更迭、文教变革以及新文化运动的最后一击了。约略而言，经世文人、清流名士乃至报章文家是晚清文学格局的主导者，他们各自的文学活动是这个时代的文化空间里最为重要的动向。可以从两个面相上概要论述。

　　第一个面相，是经世思潮、洋务运动及其对中国固有传统的初步突破。经过太平天国运动和第二次鸦片战争，从 19 世纪六七十年代起，以曾国藩、李鸿章、左宗棠为代表的洋务派开展了引进西方军事和工业的洋务运动。这一运动给中国社会带来物质层面的现代化因素。与此相配合的是鼓吹自强的经世文章大行其道，出现了以冯桂芬、薛福成、马建忠、何启、胡礼垣、郑观应等为代表的早期维新派，他们的思想主张可用"中体西用"来概括。

　　如曾国藩所遭遇和面对的，正因为古文面对现实的能力受到怀疑，所以不得不转以经济而补救之。在这方面，曾国藩等洋务派领袖受到许多经世学者和文士的影响，影响最突出者当属冯桂芬。冯桂芬（1809—1874），江苏吴县人，曾师从林则徐。道光二十年进士，授编修，咸丰初在籍办团练，同治初入李鸿章幕府。先后主讲金陵、上海、苏州诸书院。少工骈文，中年后肆力古文，尤重经世致用之学。其《复庄卫生书》主要讨论当时文风，要求改革：

> 蒙读书为文三四十年，所作实不少，而才力苶靡不能振，天实限之，亦何敢侈口论文？顾独不信义法之说。窃谓文者，所以载道也。道非必"天命""率性"之谓，举凡典章、制度、名物、象数，无一非道之所寄，即无不可著之于文。有能理而董之，阐而明之，探其奥赜，发其精英，斯谓之佳文。故长于经济者，论事

之文必佳，宣公奏议，未必不胜韩、柳，长于考据者，论古之文必佳，贵于《考》序，未必不胜欧、苏。文之佳者，随其平奇浓淡，短长高下，而无不佳。自然有节奏，有步骤，反正相得，左右咸宜，不烦绳削而自合，称心而言，不必有义法也；文成法立，不必无义法也。①

强调文章不应限于程朱理学和性命之谈，形式和风格也应当由内容决定，"称心而言"，"文成法立"，不必拘泥于某一法式和格局。这种看法强调文章为现实服务，击中桐城派义法的要害。然而，攻击义法并非全部，文章不过是时代内容的要求及其迫切性的体现。在冯桂芬这里，更重要的正是推动文学面对现实需要，因应时代发展，做经世和时务的事业。作为改良主义之先驱人物，其著作《校邠庐抗议》一书影响实大，其书稿对洋务权臣曾国藩、李鸿章的影响不可低估。

《校邠庐抗议》是一部洋务运动时期非常重要的书，著作传抄于19世纪60年代，部分刊行于70年代，完整刊刻于80年代，被朝廷官员广泛讨论签注于90年代，其影响在数十年间源源不断，非凡少见。《校邠庐抗议》初稿收入议论文40篇，据冯桂芬自述，系咸丰十年避难上海后所撰。稿成后即抄送曾国藩乞序，也请友人审正。咸丰十一年冬(1861)，又增添"旧作"七篇辑结成书，并写"自序"，不过未能付印。从内容看，后增七篇也有序稿写成后的新作，如《上海设同文馆议》即为同治元年(1862)夏清廷决定设定"京师同文馆"后所写。冯桂芬去世后，其子编选著成《显志堂稿》十卷，光绪二年(1876)刊，其中收《校邠庐抗议》40篇中的15篇，估计是防止时议的牵制，多年后在1885年《校邠庐抗议》才正式刊印。书名"抗议"，其"自序"中说明即"位卑而言高之意"。当时"郭嵩焘的洋务思想尚未成熟，王韬则在英国人办的墨海书馆中做编译，也未及大发议论，因而《校邠庐抗议》就成为最早问世的洋务思潮的唯一代表作"，因而实在可谓新兴的"学西方，谋自强"的时代精神的论纲。②正是在冯桂芬的著述中，"自强"口号率先提出，

---

① 郭绍虞主编：《中国历代文论选》第4册，51页，上海，上海古籍出版社，1980。

② 参见丁伟志：《〈校邠庐抗议〉与中国文化近代化》，《历史研究》1993年第5期。

标志着晚清士子在严酷形势下稍稍清醒起来，开始突破自欺欺人的"天朝上国"的观念，开始从世界范围内观察中国所处的地位与前景，具有了国家民族处于危难关头的危机感。

当时的形势是中国人一败再败于泰西。冯桂芬在《制洋器议》篇开头即谓之"有天地开辟以来未有之奇愤，凡有心知血气莫不冲冠发上指者，则今日之以广运万里，地球中第一大国而受制于小夷也"。因此，当时恰值中国"自强之时"，而且必须找到"自强之道"。林则徐、魏源老师辈"以夷攻夷，以夷款夷"的策略，其实为"喜自居于纵横家"旧习所蔽，"欲以战国视诸夷，而不知其情势大不侔也"。现在的策略要继承并突破师辈的传统思维和策略，主要应该是发展"师夷长技以制夷"那个方向上的"师长"之法："始则师而法之，继则比而齐之，终则驾而上之。自强之道，实在乎是。"冯桂芬对当时愚蠢排外的保守观念给予了严厉驳斥："夫世变代嬗，质趋文，拙趋巧，其势然也。时宪之历，钟表枪炮之器，皆西法也。居今日而据六历以颁朔，修刻漏稽计时，挟弩矢以临戎，曰：'吾不用夷礼也'，可乎？"[1]这些议论其实表明，关系应否"师夷"的论辩，此时已经深入到文化观念冲突的深微层次。《收贫民议》篇曰："法苟不善，虽古先吾斥之；法苟善，虽蛮貊吾师之。"此中断然主张已对传统文化及其深层次结构提出挑战，其骨子里的"唯善是从"逻辑相当震撼。晚清时代应不应当办洋务求自强的文化论争，正是由此而开启。如果从冯桂芬写《制洋器议》篇的60年代初算起，至甲午和戊戌，那么，整整打了三十余年的笔墨口舌之战。

有学者总结，冯桂芬提出全面系统地改造传统、变法自强的主张。可以归纳为：在经济方面，涉及漕运、盐政、土贡、农桑、采矿、赋税、水利、河道、关征；在社会方面，涉及户口管理、贫民救助、惩治盗贼、崇尚节俭、基层社会建设（复宗法）；在教育方面，提出办外语学校，提高教师地位（重儒官），变科举、改会试等；在政治方面，提出改善官僚升降机制（公黜陟），改善民意上达机制（复陈诗），压缩官僚编制（汰冗员），以省则例、免回避提高行政效率，以广取士、许

---

① 李天纲编：《海上文学百家·冯桂芬　郑观应　黄遵宪卷》，52—54页，上海，上海文艺出版社，2010。后引文同出此书，不再一一作注。

自陈、变捐例、易胥吏提高官吏素质，以厚养廉遏制官吏贪污，以复乡职加强基层建设；在军事方面，提出停武试、制洋器；在外交方面，提出善驭夷和重专对。①对每一问题，冯桂芬都指其症结，考其演变，开出方案，说明利弊得失。不仅如此，冯桂芬从"制洋器"起步，更进一步提出了"采西学"的主张，其着眼处从器技层次，进到学理层次即自然科学层次。魏源的"师夷之长技以制夷"，主要是学习西方的坚船利炮，冯桂芬则将学习内容大加扩展，包括学术层面的算学、重学、视学、光学、化学；技术层面的坚船利炮、龙尾车、虹吸、采矿机器、浚河机器；制度层面的贫民救助、人才教育、人才选拔、民情上达、君民不隔，甚至依稀涉及精神层面的"名实必符"问题。顺着"采西学"的思路，冯桂芬提出了"鉴诸国"的变法主张。在传统文化中，鼓吹变化常可资利用的说法是"法后王"，冯桂芬主张在"法后王"的同时也要"鉴诸国"。"法后王"着眼的是时间维度，"鉴诸国"着眼的是空间维度，"法后王"体现的是历史眼光，"鉴诸国"突显的是世界意识，"冯桂芬的较为全面的采西学主张，特别是其六不如夷说，即人无弃材不如夷，地无遗利不如夷，君民不隔不如夷，名实必符不如夷，船坚炮利不如夷，有进无退不如夷，在近代中国学习西方的思想史上，具有里程碑的意义。"这样看来，《校邠庐抗议》篇篇都透露出改造传统的意愿和努力，而其中的《复陈诗议》《改科举议》《采西学议》《重专对议》诸篇或多或少也都体现出进一步学习西方制度乃至文化的思路。这些自强变革的思路在当时洋务派的强力推进下，一步步地、顽强地在中国文化及其结构中撕开一条条口子，尽管每一步都遭遇到传统势力的攻击，甚至出现整体格局失衡而紊乱和文化不适应。

对整体格局失衡所带来的紊乱和文化不适应，在当时中国并不是可以简单视之、用意志可以克服的东西。这种不稳定状态带来当时晚清社会和文化在中西文化碰撞面前的困扰、挣扎和重新定位。由此乃有晚清文化动态进程的另一面相，即文人士子阶层的清浊有别、道势之争，以及由此形成的"中体西用"思潮。

---

① 参见熊月之：《略论冯桂芬在中国近代思想史上的地位》，《上海行政学院学报》2004年第1期。后引同出此文。

　　相对而言，第二个面相更多地集中体现在文化与文学上，而其重心其实是变革和转型中的文人士子，面对中国文化正统遭受重创之后的紊乱乃至失范，需要对自身经验和文化认同的再定位。因为对西方先进技术的引进，逐渐扩充到当时中国社会的方方面面，同时，工业、商业、矿业、铁路、电报等部门都出现新技术、新思路和新思维，这些逐渐地影响到传统文化所固有的世界观。新兴事物及其道理，与传统伦理和思维之间发生了冲突，感受到了不协调和紊乱。如美国汉学家列文森所描摹的：

　　　　中国文化之"体"几乎被应该用来保护此"体"的西方技术所掩盖。冯桂芬建议将中国的"举人"和"进士"学位授予外国工匠。薛福成是那些在物质层面上主张革新，但在精神层面上理想万古不变的代表人物之一，作为国家富强的倡导者，他表现出对商业的极大热情，而这是与旧儒家官僚的绅士气质不相符合的。同治年间，薛福成写了三篇有关清朝海关的文章，认为税额的多少像一面镜子，能反映出国家是封闭还是开放，人民是贫穷还是富裕，物质是丰富还是短缺，岁入是增长还是减少。[1]

也就是说，为自强而借来的西法，必然的后果之一就是造成对中国人自身的冲击，而后，借西法的中国人遂因冲击而催生出改变自己的意识。

　　在这个面相上，中国文化最初的反应是士林间的清浊争议。有学者曾以晚清重臣李鸿章为例，讲述其间思想变迁的过程及其内在逻辑，颇得其理。[2]先入洋务的李鸿章曾以"中国文武制度，事事远出西人之上，独火器万不能及"作中西之比，而等到借法稍久习染渐深，则议论一变而为"内须变法""及早变法""今日情势不同，岂可狃于祖宗之成法"。这显然已是"文武制度"亦须变的味道了。这些提法使得原先所谓

---

　　① ［美］列文森：《儒教中国及其现代命运》，郑大华等译，51 页，北京，中国社会科学出版社，2000。

　　② 此间引文皆参见或转引自杨国强：《晚清的士人与世相》，166—172、176—191 页，北京，生活·读书·新知三联书店，2008。

"富强之术"，已经逐渐扩展为"中体"之道了。从当时大多数的眼光来看，这不能不归于"用夷变夏"，与传统大相冲突。原来大抵是"借法"，后来竟演为"变法"，也没有总体目标形成概括，一步步地与传统和士林形成冲突。以此晚清有所谓清浊之争，如吴汝纶曾概括的："近来世议，以骂洋务为清流，以办洋务为浊流。"洋务骂清议，着眼的是士大夫整体颠顶无识，不了解天下形势和缓急，议谏大抵不能中肯，而清议骂洋务，则多"用夷变夏"和传统伦常，来圈定忠奸循佞，着眼常在具体做事的个体。

　　大体而言，自传统而来的千年清议大抵皆以义理为依据，而不讲利害，只论是非。在一个以利害造世变的时代里，不会讲利害的清议适足体现出不尚因应时变的儒学固性，因而不能不走向式微。然而与洋务相比较，式微中的清议仍是剧变之世里代表伸张儒学刚性的东西，因为此中包含着中国社会守护是非和价值的意义。比如，就洋务而言，洋务为富强而借西法，其初心本在与彼族相竞逐。然而借来的西法以侵食为本性，从一开始便不能不在撕破旧经济的过程中实现自己并逐渐形成一种新的经济样式。在旧经济被摧折而趋于分崩离析的地方，附着于旧经济的万千人口便成了失其本业的落难者。被摧折的旧经济当然是一种落后的东西，但洋务用国家的名义营造富强，而后是自成本位和主体的国家因致富强而层层扩张，这也不能不引发始终执民本以哀民生的儒学清议的严厉批判。由此，在办理洋务过程中，效法西法所带来的没有限度的实用至上和功利主义四处漫溢，实事实功与道德衰颓深相胶结，反照出其间做事和做人的脱节，因重事而尚才，因尚才而轻德，甚而在节节滋蔓里，"生造出一个没有君子人格的世界"。尽管争议纷扰，清议从洋务伊始即始终伴随，"中国社会的近代化过程因时势逼拶而倾斜失衡，又在倾斜失衡里漠漠然碾过清议的道德忧愤。实事实功一次一次地碾过义理和道德，两千年的清议和光绪朝的清流便不能不再而衰三而竭"。

　　晚清士子面对世局，逐渐感受中西文化冲突，进一步深化到自身思想体系上的龃龉和平衡，可以从清流派转变成洋务派的张之洞为例。张之洞（1837—1909），自四岁发蒙，十岁成秀才，十五岁登解元，二十六岁题名探花，历任教习、侍读、侍讲、内阁学士。其后身系朝局疆寄之重者达四十年，先后任山西巡抚、两广总督、湖广总督、两江总督、军机大臣等职。张之洞早年是清流派首领，有言责而无职守，但外放封疆大吏后，在错综复杂的日常经营中，逐渐发现积重难返、弊病丛生的现实远非固守祖宗章法可维持。和英国传教士李提摩太等人的接触，使他对"西艺""西技"有逐渐深入的了解，从而认识到"西人之说"中"确有实用者亦不能不普遍收博采，以济时需"。参与中法战局，移节湖广之后，又认识到"今欲强中国，存中学，则不得不讲西学"，他逐渐成为洋务派后期的代表人物。甲午战争失败后上《吁请修备储才折》，希望总结教训，变法图治。由于他慷慨激昂讨论国家振作，主张反抗侵略，又办洋务企业，一度被维新派以为"有天下之望"，对这位封疆大吏抱以很大的希望。写作于1895年而于1898年刊行的《劝学篇》也明确认可"中体西用"的说法，表明清朝统治者对这一处理中西关系的模式的现实承认。但此中暗藏的紧张和裂缝，时时刻刻威胁着中国文人士子自古而来的传统文化的自足感。如辜鸿铭所分析的："洎甲申马江一败，天下大局一变，而文襄之宗旨亦一变，其意以为非效西法、图富强，无以保中国，无以保中国，即无以保名教。"①在这里可见，张之洞的中体西用思想已远远突破过去，对"西用""西法"的选择，已由过去的器物层面扩大到不伤及"名教"根本的文教制度层面。杨国强谓以"清流始旧而继新，洋务本新反趋旧"，确实概括出了当时士子的文化感应、经验确认、思想变迁，及其在矛盾上再定位和再平衡的过程。

关键是企图通过外在形式的变通来保全传统文化的核心。这条思路行得通吗？对晚清自洋务重臣曾国藩、李鸿章以至张之洞手中确认的"中体西用"思想，列文森指出：

> 什么是中国的"新世界"呢？它不是已成为过去的对西方技术感兴趣的儒学世界，而是经过西学转换，其经典只具有功用性意义的儒家世界。这是我们从社会的角度所看到的其思想的方

---

① 辜鸿铭：《张文襄幕府纪闻》，17—18页，太原，山西古籍出版社，1996。

面——在西方的庇护下，兴起的商业已发展到能与儒家官僚竞争的程度。已为士大夫所接受的西"用"，腐蚀着士大夫的思想，并最终使他们失去对儒学之不可或缺的完整性信仰。被西方人所使用的西"用"，通过鼓励一种新的社会选择，即选择商业—工业生活方式，对中国士大夫的生活方式提出了挑战。这种生活方式不仅使儒学越来越变得不合时宜，并且使儒家的约束力（像家族背后的那些约束力）也越来越受到削弱……"体用"模式之赞同改革的理由表明：只在西方人占优势地位的实际生活领域中进行的"自强"运动，将使中国文明的精神价值受到保护，而不会使其受到伤害。然而，这个在心理学上颇有感染力的模式并没有产生出其希望的效果。因为人们根本就不可能在文化的物质部分与文化的精神部分之间划分出一条明显的界限来，而且对于所有传统的儒家思想派别来说，现代"体用"二分法只能是传统发生根本上的变化与衰落的一种掩饰……①

清王朝衰败之时，更是中国数千年农业宗法社会逐渐崩溃的时代，张之洞一生迈越道光、咸丰、同治、光绪、宣统诸朝，作为信仰的儒家文化正遭遇不可避免的衰落。中国不得不接受"西用"和"西法"，实施一系列经济、军事乃至政治的制度变更，势必引发其后果，即新的"商业—工业生活方式"的出现。而这意味着中国社会必定会涌现新的社会势力和文化形态。这些新的社会势力和文化形态，经过时间的培育和政治形势的激荡，在适当的时机，足以爆破传统文化的结构，以至带来更大的文化转型、政体变迁和思想变革。

甲午战争的战败和《马关条约》的签订，给整个中国社会造成前所

---

① 列文森援引的理论是英国政治思想家奥克肖特"知识的整体性"的提法："我们所具有的知识，都是我们整个经验的一部分……知识积累的过程不仅仅是知识增加的过程。说'增加知识'是错误的。因为知识的获得总是整个观念世界的转换和创新的过程。通过转换一个已知的世界来创造一个新的世界。如果知识存在于一连串的观念中，那么其新增加的知识只能触及未经验的末端……但是，因为知识是一个系统，所以知识的每一点增加都会影响到知识的整体，这就是新世界的创造。"参见［美］列文森：《儒教中国及其现代命运》，郑大华等译，52—53页，北京，中国社会科学出版社，2000。

未有的冲击。强烈的民族危机感促成革新自强、变法图存的维新思潮，人多势众，声势浩大，言论激烈，但维新派对中体西用问题所包蕴的紧张和矛盾其实较为忽略或无视。唯有对西方世界有亲身体验的严复，在其《与外交报主人书》中对"中体西用"提出了严厉批评：

> 体用者，即一物而言之也。有牛之体，则有负重之用；有马之体，则有致远之用。未闻以牛为体，以马为用者也。中西学之为异也，如其种人之面目然，不可强谓似也。故中学有中学之体用，西学有西学之体用，分之则并立，合之则两亡。议者必欲合之而以为一物。且一体而一用之，斯其文义违舛，固已名之不可言矣，乌望言之而可行乎？①

过去的时候中体西用，中体可以驾驭西用，可到了现在，中体不仅不能驾驭西用，而且发现如果不把中体扬弃，西用在中国就是非驴非马。严复"牛体马用"的讽刺，明确表明他向"中体西用"模式的告别。严复对当时中西各国的历史和现状作了深入研究，认为近代西方在文艺复兴以来，学运昌明，民智日开，思想和学术空前活跃，成为民族国家富强的根源。而反观中国，则学术空疏、政治专制、道德沦丧、贪欲横行。在《与张元济书》中，严复明确而尖锐地指出："民智不开，则守旧维新两无一可。"②为此他严厉批判传统学术"侈谈礼乐，广说性理"，介绍西来学术。其《〈法意〉按语》批判传统学术思想的方法和逻辑："凛天下事理之无穷，知成心之不可用。"③又翻译《穆勒名学》和《名家按语》进入中土，鼓吹用西方逻辑科学和思维方法来认识和把握世界。但是，严复"鼓民力""开民智""新民德"的呼吁在19世纪末的晚清士林，仍然不是主流。

晚清以迄民初不过十余年，在维新派和革命派启蒙人士的感召与鼓舞下，士子文人愈加推进和强化了解体中学、改造中学、强化西学、融会西学的进程。此后，直到五四时代，整体性变革的思维逐渐占据

---

① 王栻主编：《严复集》，558—559页，北京，中华书局，1986。
② 王栻主编：《严复集》，525页，北京，中华书局，1986。
③ 同上书，1024页。

上风，由此才成就了新文化派对传统的彻底清算、攻击和摧毁。

※　　　　　※　　　　　※

概括而言，需要属意的是从历史和传统中来的内生性因素，因为其对社会和文化的整体走向和变化往往具有更为主导性的作用。挑选两三个有代表性的人物和现象回溯过去，为的是把相关场景推进到纵深处，透过文化格局的变换和历史现象的纷纭，感受晚清时代由继承而来的文化氛围，体会不同角度上展露出的文人士子对人心世道和时代的反应，他们或抗争，或迂曲，或持正守成，或与时迁变。透过其文化行止、恢宏想象、思想表述或文化总结乃至文论言说，或许可以同情并感到现代大变革前夜里有相关背景和文化纵深的代表或主体之遭遇与心声，理解其挣脱传统文化之结构的不断努力，领会他们化解主体自身紧张的诸种救济之道。

清代中晚期，从鸦片战争前后，直至康梁维新变法，是一个一步步地直面传统文化的禁锢，思图缓解其中结构性紧张，继而力图挣脱固有结构和困境的过程，并且到世纪之交，志士精英的思考已经转换族群的出路问题。按照学者说法：

> 自 1890 年代中期开始，上至朝廷重臣，下至乡镇布衣，越来越多的人用"三千年未遇之变局"式的断语，给自己的文章和谈话开头，龚自珍时代基本只属于京城一小批精英文人的深刻的危机感，此时差不多稍有头脑的读书人都能感觉到。这就是清楚的印迹了：一个新的思想主题已经形成，并且得到普遍的确认，"中国向何处去？"成了多数思想家心中的头等大事。①

从士子文人到现代名士和知识分子的精神历程，结结实实体现了中国社会和文化的秩序从以前的结构稳固甚至僵化的牢笼，逐渐发生动摇、

---

① 王晓明、周展安编：《中国现代思想文选·序》，4 页，上海，上海书店出版社，2013。

解体，最后达至崩溃的过程。

在这个过程中，新兴个性思想的夺路冲撞、传统多方因素的自行调整，以及在具体事务中的诸种思路之间的平衡，相对于过去千百年的传统而言都是根本性变化。这就是从传统向现代的转型。有的学者概括婉曲深刻：

> 几十年间，从降节学习"夷狄"之"长技"，到倾慕"泰西"的学问、蜂拥出洋游学，更进而自认野蛮，退居世界文化的边缘。由此可知中国文化在这场竞争中的失败有多彻底……大致从 19 世纪最后几年起，虽然"商品的低廉价格"尚在长城之外徘徊，可以说西方已用其他的方式迫使中国人在文化上按照西方的面貌来改变中国的世界。[1]

换个角度说，从"西学为用"，到"中学不能为体"，再到"西潮成了中国之一部"，这一渐变的进程，已越发成为近世文人和精英阶层最为真切的感受。正是在这样的背景中，当代人才有可能深切体会青年鲁迅在 1903 年对文明古国前途及个人担当的伟大忧思、心愿和承诺："灵台无计逃神矢，风雨如磐暗故园。寄意寒星荃不察，我以我血荐轩辕。"而中国现代文论，也正是在这样的文化结构的变化和重构、士子文人的新型心声和诉求，以及相关文学思想题域、文学变革手段、学术体制转型和文化心性重塑的情势中，一步步、一点点地孕育和发生起来的。

---

　　[1]　罗志田：《西潮与中国近代思想演变再思》，见罗志田：《变动时代的文化履迹》，23—24 页，上海，复旦大学出版社，2010。

第二章　启蒙与革命：文化变局中的激活与顺应

　　经过 1840 年鸦片战争，中国开始遭遇一种前所未有的挑战，数十年而至甲午战争，这种挑战所包含的意味也日益为广大知识界所体会。对此急剧变化感受最强烈的有两种人。第一种是郭嵩焘这样的出使西洋的人和严复这样的留学生，他们在两种文化边缘处感受着两种社会体制及其价值观念之间的冲突。第二种是李鸿章这样处理洋务和外交事务的朝廷重臣，在与国内外各种势力打交道的过程中，深切体悟到千年变局的出现及艰难面对："历代备边多在西北，其强弱之势主客之形，皆适相埒，且犹有中外界限。今则东南海疆万余里，各国通商传教，来往自如，麋集京师，及各省腹地，阳托和好之名，阴怀吞噬之计，一国生事，数国构煽，实惟数千年未有之变局！"[1]

　　但真正的大变局开启在清末的十余年。以甲午战争及其后国内外形势为大局和前导，中国固有文化传统日趋衰微，既有的文化结构也逐渐解体。与之相应，也因受到戊戌维新运动失败乃至新世纪初国内外形势急转直下的影响，中国社会志士和文化精英又一次意识到重新正视西来势力，整顿自我推进改革的必要和急迫。这就是在屡战屡败后带着恐惧、屈辱和艳羡等复杂情感的"向西方学习"。从另一方面看，由于新型生产生活方式的逐步孕育，国族文化事业和生产也逐渐兴起，各种新兴势力顺势浮出历史的地表。中国文化变局由此全面启动，应时崛起的各种思想革命萌芽、成长并发力。这些日益呈现为世纪交替中国文化转型和思想变革之一体两面。

---

　　[1]　李鸿章：《因台湾事变筹画海防折》(1875)，转引自梁启超：《中国四十年来大事记》，见《饮冰室合集》专集第三册(总第 18 册)，4930 页，北京，中华书局，2015。

这是印刷资本主义之报章杂志大发威力的时代，也是中国前所未有之全新文论的现代出场时刻。新一代文化名士或知识精英，如康有为、梁启超、严复、章太炎、章士钊、吴稚晖、王国维等，借着新兴文化设施和印刷传媒，兴发骚动，倡言发声，各种文论喧哗，各种文教思路竞逐。乃至年轻一代，如青年周树人、周作人等，摩拳擦掌，跃跃欲试，他们要求学习西方文化，全面变革自我。作为新世纪的思想前驱，他们力图主动积极面对世界，改变观念，重塑国族。在文学、文化和文论方面，作为先进者的他们，或者挪用西来的主张和口号，或者希冀真正顺应西方之路和文化合理化进程。从总体上看，他们其实都是对西方的审视和想象，不过有的是以我为主地挪用西方，激活传统，有的则以顺应为主，变革旧章，消化新义。

一、古今变局：报章的崛起及其文化后果

不妨从报章宣传、名士的政治化与言论界的崛起，来透视甲午战争之后"千年变局"逐渐为广大士子文人所感受和体会，并引发观念转型与文化变革的因缘脉络。从报章媒介的角度看问题，在这里主要是强调，正是书写活动所以借重的文化传媒发生了变革，相应地，书写状态和文化体制发生变化，印刷资本主义强劲崛起，极大地开拓了文化生产的空间，从而形成了对晚清世局和传统文化的致命冲击，也培育了新兴阶层和政治势力，并使之成为历史舞台上不可忽视的力量。

晚清士林及清流世议至八九十年代已趋衰微。正当传统文化日益失去其固有魅力和威信之时，社会上已然出现一批新型名士，他们蓬蓬然崛起于动荡人心和纷扰世路之中，尤其在甲午至戊戌年间。有学者的描摹入木三分："名士成群，其志愿显然也是在干预国政……他们先后接踵于甲午战争前后，正预示了行将到来的时代里，名士会重于公卿"，"与旧日的名士相比，他们之能够得名全都源自于他们之直入时务和标张时务，其间的嬗蜕正显示了一种名士的政治化"，"与之相牵连而且成因果的，是成群的士人都在纷纷舔笔墨热衷于作'撰述'。

其间韩文举、徐勤、何树龄、康广仁、欧榘甲、陈炽、林旭、严复、王修植、夏曾佑、唐才常、罗振玉、谭嗣同、陈虬、章太炎、宋恕、陈季同、陈衍、宋育仁、廖平、裴廷梁等，多是当时的名士和后来的名士。"① 这里列举的名单，确实有利于理解晚清名士及其政治化。

　　甲午战前，先后在香港、广州、上海、汉口等出版的传媒报刊总共不过十余家，且影响很小。中国人自办报刊之盛行，始于戊戌维新运动时期的康有为和梁启超。他们是当时国人中最早一批开发学会和报章的影响力，并从平民中崛起而成为当世名士影响最为盛大者。1895 年甲午战败，康有为发动"公车上书"不达，"日以开会之义号之于同志"，先办《万国公报》②，"遍送士夫党人"。11 月中旬强学会成立，又称译书局或强学书局，列名会籍者有康有为、梁启超、沈曾植、文廷式、陈炽、丁立钧、杨锐等，权臣李鸿藻、翁同龢等也予支持。强学会成立后"先以报事为主"，改《万国公报》为《中外纪闻》，有阁抄、新闻及"译印西国格致有用之书"诸栏，译印后有附论，专论不多。康有为又南下游说两江总督张之洞，11 月上海强学会成立，拟定章程说明"专为中国自强而立"，以通声气，聚图书，讲专门，成人才，成"圣教"。当时列名会籍的有康有为、梁鼎芬、汪康年、张謇、黄遵宪等。1896 年 1 月 12 日创刊《强学报》，以孔子纪年，"托古以改今制"，倡导维新变法，提出开议院的政治主张。正是康有为、张謇、汤寿潜这些标张时务的名士，突破程式，放言时事，声气相接，肯用功夫于大题目，其社会化和政治化活动日渐而为世人注目，从而立起于庙堂之外。康有为七次作上皇帝书，终于受光绪帝召见——所谓久作名士之

---

　　① 　杨国强：《晚清的士人与世相》，199，191—196 页，北京，生活·读书·新知三联书店，2008。

　　② 　此《万国公报》于 1895 年 8 月 17 日创刊，非西人所办《万国公报》。后者原名《教会新报》(CHURCH NEWS)，1868 年 9 月 5 日由传教士林乐知在上海创刊，早期为周刊，起初为宗教性质刊物。1874 年出至 301 期时改名为《万国公报》，仍为周刊，内容开始变为非宗教性质。1883 年出至 750 期时因经济原因停刊。1889 年《万国公报》复刊，成为广学会的机关报，同时改为月刊，仍由林乐知主编，李提摩太和丁韪良等外籍传教士也参与过编撰。1907 年林乐知在上海去世后，《万国公报》也在 7 月终刊。康有为创办的《万国公报》是双日刊，每册有编号，无出版年月。因广学会反对袭用"万国公报"名称，12 月 16 日自 46 期起改名为《中外纪闻》，梁启超、汪大燮为主笔。《中外纪闻》发刊一个月零五天，即遭封禁。

后，成了能用文字影响皇帝的人。这在当时堪称榜样。

1896 年 8 月，梁启超等人在上海再创《时务报》，获得更大成功。此后各地竞相效尤，一时兴起办报热，短短三年间新增报刊数十家，全国报刊总数较 1895 年增加了三倍。著名的有南方的《知新报》，北方的《国闻报》以及《湘学报》《农学报》《富强报》《经世报》《实学报》《蜀学报》《无锡白话报》《东亚报》《昌言报》等，大半都以立说为宗旨。到 20 世纪初革命风潮兴起，海内外鼓吹革命的报刊随之激增。1900 年 1 月孙中山在香港出版兴中会机关刊物《中国日报》，其后革命派在东京、中国香港、中国澳门、南洋、美洲和上海等地相继创办报刊 120 余种，著名的如《民报》《复报》《浙江潮》《江苏》《警钟日报》等。辛亥革命后，全国报刊增至 500 种，总销量达 4200 万份，盛极一时。"二次革命"失败后，由于袁世凯的独裁统治，全国报刊一度降至 139 种。据统计，至 1921 年又恢复到 1134 种。[1]

清末名士是现代中国社会第一代知识分子，他们的出现，实乃甲午战争后中国社会出现的迥新现象。由于时处清末民初从传统文化向现代转型的历史时刻，他们大多学识超凡，古今中外无所不窥，政学之间纵横捭阖，往往集现代文人、学者、政治家和宣传家于一身。历史地看，这第一代名士大都伴随报章杂志这一现代传媒在中国的发育而成长起来，他们在晚清文化变局中的活动和影响也大都是透过报章议论而展现出来。

近代报章是整个晚清和民初文化变革的重要基石之一。作为一种传播媒介，报章并不是简单、透明的中介物或媒质，它本身就带有信息，更意味着新的信息方式和生活形态。从传统版刻到近代报章，这一转折不仅仅是技术问题，而且还牵涉传播形式、写作技能、接受者的心态、写作者的趣味等，实在关系重大。自晚清以来，人们逐渐发觉文人著述不再是"藏之名山，传之后世"，也不再追求"十年磨一剑"，而是"朝甫脱稿，夕即排印，十日之内，遍天下矣"。近代报纸和杂志出来以后，报章文的勃兴促成文章体式、文章体用和文学观念从传统

---

① 参见方汉奇：《中国近代报刊史》，上册第 87、153 页，下册第 676、711 页，太原，山西人民出版社，1981。

向近现代的深刻转型。1901 年《清议报》第 100 期《中国各报存佚表》上有一段话很有象征意味："自报章兴，吾国之文体，为之一变。"报馆文讲究"文以通俗"，要求在最大限度最大范围内普及文化，教育群众。精英文人逐步认识到过去的文章过于古雅，"文集文"不过是文人的积习。近代文化和文学的事实证明，报章出现不仅是传播方式的重大变化，传播信息随着变型，而且语言、文类、文体、风格和趣味及其在社会生活中的地位也出现了较大升降和变化。

借助传媒和舆论，名士逐渐政治化，在社会上形成气候，并开始左右时局。这有力地推动中国社会的转型和文化的更生。从甲午战争直至清亡乃至五四新文化运动，新兴一两代文人名士，从游走于台谏与公卿之间的谋士幕客，一变为游刃于言论界与官场政治之间的报界贤达，再变为政治界、言论界、思想界、文化界和教育界之间的新老知识分子，成为政事变幻、文化激荡的清末民初时刻最为诡异的文化图景。

晚清末造报章的崛起，以《时务报》为其荦荦大端之代表者，在当时即有直接反应，不少公卿名流关注、支持和盛赞。安徽巡抚郑华熙谓："现中国关心时势之人，于上海创立《时务报》《商务报》，修辞有要，陈义甚高，并从各国报中，译登一切新事，慎选博纪，皆关中外机宜，足以浚发灵明，考镜得失。"张之洞一度也评价甚高："该报识见正大，议论切要，足以增广见闻，激发志气。凡所采皆系有关宏纲，无取琐闻。"晚清鸿儒王先谦也有较好评誉："查近今上海刻有《时务报》，议论精审，体裁雅饬，并随时恭录谕旨，暨奏疏西报，尤切要者，洵足开广见闻，启发志意，为目前不可不看之书。"①这些统治精英无不表彰其开广见闻的影响力。虽然谓之以"书"名，评以"体裁雅饬"，不过是以古目观新制的老派眼光。

报章文日渐盛行，对新的文化空间有打开之功，这在维新人士以及后来的革命党人都有强烈的自我意识。1895 年梁启超《致汪穰卿书》即提及："非有报馆不可，报馆之议论，既浸渍于人心，则风气之成不远矣。"不久梁启超主持《中外纪闻》《时务报》笔政，开始其报馆生涯。

---

① 以上转引自常恒畅：《近代报刊的文体学意义》，《安徽师范大学学报》，2013 年第 2 期。

《时务报》创刊号载梁启超《报馆有益于国事》一文指出："觇国之强弱，则于其通塞而已……去塞求通，厥道非一，而报馆其导端也……阅报愈多者，其人愈智；报馆愈来愈多者，其国愈强。"在他看来，报纸是鼓吹维新、动员群众最理想的工具。

谭嗣同也非常推崇"报章文体"，1897年6月《时务报》连载其《报章文体说》，针对"居今之世，吾辈力量所能为者，要无能过撰文登报之善矣。而遇乡党拘墟之士，辄谓报章体裁，古所无有，时时以例绳之"的现象，强调："若夫皋牢百代，卢牟六合，贯穴古今，笼罩中外，宏史官之益而昭其义法，都选家之长而匡其阙漏，求之斯今，其惟报章乎？"为此，他重新疏别古今文章体例，"去其词赋诸不切民用者，区体为十，括以三类：曰名类，曰形类，曰法类。名类得四体：一曰纪……二曰志……三曰论说……四曰子注……形类得三体：五曰图……六曰表……七曰谱……法类得三体：八曰叙例……九曰章程……十曰计"，并进一步指出：

> 乃若一编之中，可以具此三类十体，而犁然各当，无患陵躐者，抑又穷天地而无有也。有之，厥惟报章，则其体裁之博硕，纲领之汇萃，断可识已……上下四方曰宇，往古来今曰宙，罔不兼容并包，同条共贯，高挹遐揽，广收毕蓄，识大识小，用宏取多。信乎经国之大业，不朽之盛事，人文之渊薮，词林之苑囿，典章之穹海，著作之广庭，名实之舟楫，象数之修途。总群书，奏《七略》，谢其淹洽；甄七流，综百家，慙其懿铄。自生民发来，书契所纪，文献所徵，参之于史既如彼，伍之于选又如此。其文则选，其事则史；亦史亦选，史全选全。文、武之道，未坠于地；知知觉觉，亦何尝师？斯事体大，未有如报章之备载灿烂者也。[①]

只有在报章之中，才能备载如此众多文体，而有功于社会。谭嗣同的感觉是敏锐的，他道出现代社会报章具有古代文章体制所没有的"百科全书"功能，也强调了现代报章之于现代民众的密切关联。维新派对报

---

① 蔡尚思、方行编：《谭嗣同全集》（增订本），375—377页，北京，中华书局，1981。

章文的新型文化功能的深切体会和认识，在当时社会中逐渐成为共识。至 1902 年 2 月梁启超在日本横滨创办《新民丛报》，其报章文的现实功用得到较大发挥，而"新民体"一词应运而出，成为对经世报章之文的概括。

百年之后来看，对报章文崛起之于中国文化的转型、中国文学的发展，乃至于文论之发生，其实怎么高度评价都不为过。一般来说，报章的后果就是形形色色的新兴知识分子得以崛起，到后来，他们分别从自身的阶级或阶层的利益，与相关政治高度和文化立场，推进并主导了 20 世纪的政治文化、思想启蒙和革命进程。对此，有学者认为："中国知识者大量介入新兴的报刊事业，是戊戌变法前后方才开始的。《新青年》的作者群及编辑思路，与《清议报》《新民丛报》《民报》《甲寅》等清末民初著名报刊，有着千丝万缕的联系。"①李欧梵也指出："晚清的报业和原来的官方报纸（如《邸报》）不同，其基本的差异是：它不再是朝廷法令或官场消息的传达工具，而逐渐演变成一种官场以外的'社会'声音。"②另有学者强调："对于身份立场，他们的自我认识，是有几项原则的条件认为必然属于知识分子行为的表征。也就是他们身份责行的自省。其一，有开拓并延续民族文化的使命。所谓'为往圣继绝学，为万世开太平'。其二，有担负国家政治的责任和过问政治的兴趣。所谓'学而优则仕'。其三，有谋至全民幸福乐利的抱负，所谓'穷则独善其身，达则兼善天下'。其四，有悲天悯人之情怀，淑世之热肠，所谓'先天下之忧而忧，后天下之乐而乐'。"③这些说法都是得见。概括地说，漫长的传统社会及其文化的制约未能从整体上生成新时代的文化民主化潜能，未能充分激发起士子文人的公共性、思想性、批判性等热情。晚清报章一旦兴起，这种局面即得以改变，20 世纪新一代知识分子亦即从传统士子和名士转换而来，整个社会因这些思想和文化的鼓动而越发具有活力，也逐渐具备了某种文化自觉和社会变革的要求。报章之功岂可轻视。

---

① 陈平原、［日］山口守编：《大众传媒与现代文学》，188 页，北京，新世界出版社，2003。

② 李欧梵：《中国现代文学与现代性十讲》，129 页，上海，复旦大学出版社，2002。

③ 王尔敏：《中国近代思想史论》，82 页，北京，社会科学文献出版社，2003。

　　不仅如此。报章崛起之后，社会文化的重心也发生民主化的挪移。这是晚清报章崛起后其功能的具体展现。传统士大夫据有议论并以为天职，其影响的体现一般都将其议论化为奏折而进入庙堂之后。也就是说，传统士夫议论的重心一般都在庙堂。但在甲午戊戌之后，新一代名士取法《万国公报》，按时立论，畅所欲言，却前所未有地别开了一种立说和言论的空间，名士群体的议论变成报章文字而后周行四达，引出交流、激荡、共鸣，乃至回响。杨国强的分析和概括相当精准到位：

　　　　与奏折体例相比，后起的报章文字更少顾忌，因此更多恢宏洞达和词艳气雄，援此以入论说，则皆能用作感染与牵引，换来跟从和附和。而后是名士报纸与清流的奏折相代谢，与之对应，天下士议的重心也由庙堂之内移到了庙堂之外⋯⋯从甲午前后辛亥前后，脱胎于清流的名士群起于时世艰难之中，锲而不舍地在中国造出了一个前所未有的"言论界"。于是思想、学理、意见、愿望都能借助于文字而化作横议⋯⋯累积了半个世纪的东西洋的压力便非常容易地转化为言论界独有的压迫性。随后，晚清末期的历史遂变成了"世局原随士议迁，眼前推倒三千年"的过程。这是一个用思想和言论改造了中国的过程。①

可以说，报章、言论、出版以及背后的报人、宣传家和学会，显然代表了日益壮大的民间力量。这些势力以其新型资本主义化的文化生产方式极大地扩展了清末民初士子和民众的表达空间，成为思想界、文化界和政治界新兴的政治力量，影响极为震撼。

　　报章的崛起意味着近现代社会的民主化潮流。维新宣传、戊戌运动乃至其后改良派与革命派之间的论争，都突显了新型报章传媒所开拓出来的庙堂之外的言论界空间。正是在这种世界大形势和具体的中国背景下，一代名士逐渐转化成为影响晚清民初数十年文化变迁的现代知识分子。他们围绕报刊文章所进行的启蒙宣传及其他种种文教努

---

　　① 杨国强：《晚清的士人与世相》，197—207页，北京，生活·读书·新知三联书店，2008。

力，为整个 20 世纪的文化空间和思想论说树立了基本的范型。

譬如后来从老革命党转型成为新文化运动主将的陈独秀。作为《新青年》的创办者，他非常看重报刊文章对于社会和人生的价值。《独秀文存》的《自序》这样表述："我这几十篇，原没有什么文学的价值，也没有古人所谓著书传世的价值。但是如今出版界的意思，只要于读者有点益处，有印行的价值便印行，不一定要是传世的作品；著书人的意思，只要有点心得或有点意见贡献于现社会，便可以印行。至于著书传世藏之名山以待后人这种昏乱思想，渐渐变成过去的笑话了。我这几十篇文章，不但不是文学的作品，而且没有什么有系统的论证，不过直述我的种种直觉罢了；但都是我的直觉，把我自己心里要说的话痛痛快快的说将出来，不曾抄袭人家的说话，也没有无病而呻的说话，在这一点，或者有出版的价值。"[①]从 19 世纪 90 年代到 20 世纪初，新兴的报章事业及其文化的崛起，标志着一代新型名士，或曰中国现代以来第一代知识分子的跃然而上，登上了中国文化斗争与建设的历史舞台，成为社会变革和文化风习的引领者。

晚清文化变局中新兴事物的代表，不止于这里所说的报章。与之相关联并相类的还有学会、书局，乃至受西方传教士和一代政治化的名士引领，而带动起来的整体士人心态和新兴知识分子"向西看"的风尚潮流。处处新兴文化设施的兴起，种种向西方学习的风习，使古老中国的民心士气得以逐渐腾跃跌宕，也越发生动活泼起来。这样看，报章文化崛起，引导百年文化的震荡与变幻，文化生态也发生整体性的变化，文学活动和文学发展也随之具有了崭新的形态。所以，报章文崛起的后果，其实就造成古今变局的文化革命。相对于千百年文化、政教和传统而言，这种伴随清末维新运动之后的社会变迁和文化思潮数十年的社会转型，影响实在深远。

文化革命一开始就发生，虽似静水流深，润物无声，然而不经意间，乾坤已然大挪移。只待朝日喷薄而出，婴儿跃跃欲试。在文论方面，它们是以一些"革命"之口号现身的。

---

① 参见《独秀文存》，上海，亚东书局，1922。

二、"革命"开端：中学变迁与西学激荡

在细审梁启超在文化变革方面的革命诸口号之前，有必要再理解一下"革命"一词在晚清时代的蕴意，以及康梁维新派和晚清革命派等诸方面文化宣传和学术语言的基本内容。

"革命"一词古代即有，但从来很多忌讳很少有用。可是，至 19 世纪末晚清时局中经一二名士腾说，不出十年竟成为最成气候、影响最为深远的号召。从此，"革命"一词主导中国 20 世纪，也确实是百年社会生活变化的真正写照。然而，自现代以来人们对"革命"的理解也大有不同。"革命"是什么？怎样才算革命？"革命"是好，还是坏？这在近几十年来也似乎成为问题了。对革命的理解、定位和评判，其实意味着对于从传统向现代转变的基本认识和把握。对文学思想和理论的整体评判也包蕴在这个大问题的逻辑之中。据说近数十年来在近代史研究中存在着一种从"肯定革命"到"推崇改良"的"范式转换"，这使学者们可以从一个过去不曾有的角度去重新检讨清末以来的许多历史。

比如对梁启超的"革命"思想的研究和评价。有学者认为这一新角度和观点的社会背景十分复杂："一个很值得思索的问题就是张朋园所说的：'要是中国这动乱的一个世纪能在安定中求改进，说不定今天我们已经摆脱了贫穷。'换言之，我们是否能说，近代中国悲剧的原因之一正是因为人们放弃了梁启超那种调适性的现代化取向，而采取了革命论的转化思想？当然作者承认，思想不是决定历史的唯一因素，其他社会、经济与国际环境等因素和思想因素同等重要，但从思想史的角度来看，梁启超的调适性的现代化取向，以及当时人们对此取向的反应，无疑是中国近代思想史上的一个关键课题。我们不得不问：在20 世纪初年，当中国面临着思想抉择时，为何人们排斥渐进改革的路子，而选择了革命？换言之，是何种思想模式促使了这一种选择？"①

---

① 黄克武：《一个被放弃的选择：梁启超调适思想之研究》，14 页，北京，新星出版社，2006。

正是在这种问题意识的牵引下，历史的解释框架被调整为：近代中国就是一个悲剧，悲剧的结果还是悲剧，那么当初为什么要革命而不取改良？于是，西方学者对这个方向上问题的探讨和回答就显得更有参考价值：中国民主思想中缺乏西方自由民主传统中所强调的一些特点，而正是这些关键性观念的缺乏，使得英美式自由民主制度在中国的建立充满了困难。清末民初的思想启蒙者们偏向于一种过度乐观的乌托邦精神，而忽略了民主思想的可行性。①由此，历史的提问方式和探讨题域集中到狭义政治领域，暴力革命在中国社会和文化进程中的主导性被突显出来。

不过，就百年中国而言，"革命"其实远不止限于政治层面和暴力行动。也有学者提议对中国百年革命的再思考："我们研究中国怎样从帝国主义统治中解放出来，农民和工人怎样从地主的剥削和雇主的盘剥中获得自由，妇女怎样从父权制的奴役中逃脱出来。"②这正可与上

---

① 其一如史华慈的讨论，认为严复在理解西方自由民主传统时，强调以民主制度作为追求国家富强的方法，而忽略了民主作为保障个人自由的终极目的。因此这种手段性的民主思想是相当脆弱的，因为一旦有人证明可以找到一个比民主更有效的制度来达成国家富强时，人们便会放弃民主，而另外追寻这种更有效的方法。第二种解释则强调在中国由于历史经验的缺乏，使得清末民初的知识分子在引进西方民主制度时忽略了"民间社会"（civil society）与"公共领域"（public sphere）的观念。而在西方，由于近代发展中出现了国家（state）和社会（society）的分离，在政府直接控制之外有一个自由的活动空间，以此空间为基础人们可以施加压力强迫政府顺从民意。第三种解释更为具体，主要彰显中国近代的民主思想忽略了西方自由民主传统中的可行性，"比如一元论的历史观，以后验性的历史经验为行事的标准，幽暗意识，西方学者对民主制度的负面批判，追求平实可行的目标，以及三个市场与怀疑主义的认识论"。相关概括与讨论，参见黄克武：《一个被放弃的选择：梁启超调适思想之研究》，15—21 页，北京，新星出版社，2006。

② 参见周锡瑞：《关于中国革命的十个议题》，载董玥：《走出区域研究：西方中国近代史论集粹》，185—187、210 页，北京，社会科学文献出版社，2013。在这篇文章中，周瑞锡进一步指出："我们不能否认革命是由无数中国人为了逃脱某些形式而进行的努力；我们同样也应该承认革命是一种形式的统治取代另外一种形式的统治的过程。革命的成功与中国共产党的执政给老百姓最主要的东西并不是个人自由。这是一个新世界，对多数人来说，在许多方面是一个更好的世界。但是中华人民共和国展示一个更好的世界，部分是因为中国共产党给它带来了新的秩序和规范，这对于许多人来说可能与任何意义上的自由同样重要。""西方关于近代中国史的研究已经被一种革命的目的论所主导和扭曲了，所有的近代史研究最后都指向 1949 年（或者指向一个以'文化大革命'为顶点的广义的革命）。"在周锡瑞看来，这种对革命的政治偏见显然是过时的，并且对史学是有害的。

一种思考形成参照。或者可以说，百年来的革命，意味着整体社会各层面，包括经济、社会和文化在内各层面的行动、运动和变化，以及各种新的政治建构、制度建构和文化建构的过程。相对于 20 世纪以前的传统而言，这些行动和运动在相当程度上改变了也正在改变着原先社会因循不变的社会面貌和现实状态，也正因此，20 世纪中国被称为"革命的世纪"。甚至直到今天，当代中国仍然处于一个充满变化，既有好处也多风险的时代。比如 30 年来的改革开放及其市场经济，已经、正在而且也将显现更为广泛而深刻的效应，可以说是在继续着一个世纪前以来的"三千年未有的大变局"。我们的社会和文化其实一直处在革命之中，在革命中生活着。

就梁启超言，大抵以 1902 年 12 月他写作《释革》为标志，确实出现了对革命的"调适性"理解，认为中国的现代化要采取改良的方向。并且在后来民国建立乃至五四运动以后，梁启超一直在不断变化的各种主张，也都确实存在着激进与渐进相调和的特点。不过，梁启超终其一生并不是"实行的政务家"，而是一个"理论的政谭家"，其政治上的主张大体而言主要还是以文化革命的鼓吹者和社会舆论的制造者影响社会的。也就是说，梁启超本人对"革命"的理解有着相当清醒而自觉的意识。固然其时受制于师命，也认同光有破坏没有建设于事业不为圆足，他对政治革命部分的立场采取与革命派相反对的态度，但是，从总体上看，广泛的文化取"变革"和"革命"的态度，仍然是坚持的。

《释革》认为，"革"含有"reform"与"revolution"两种意义，前者是指改良，后者是指革命；前者是"因其所固有而损益之迁于善"，后者是"从根柢处掀翻之而别造一新世界"；"事物本善，则体未完法未备，或行之久而失其本真，或经验少而未甚发达"，即可改良，"其事物本不善，有害于群，有窒于化，非芟夷蕴崇之，则不足以绝其患，非改弦更张之，则不足以致其理"，则须革命，但总体而言：

> 夫淘汰也，变革也，岂惟政治为然耳。凡群治中一切万事万物莫不有焉。以日人之译名言之，则宗教有宗教之革命，道德有道德之革命，学术有学术之革命，文学有文学之革命，风俗有风俗之革命，产业有产业之革命，即今日中国新学小生之恒言，固

有所谓经学革命、史学革命、文界革命、诗界革命、曲界革命、小说界革命、音乐界革命、文字革命等种种名词矣。若此者，岂尝与朝廷政府有豪发之关系？而皆不得不谓之革命。其本义实变革而已。①

这里讲得很清楚，革命即变革，而且是非常广泛的而又相关的事业、过程和行动。

又据学者考辨，就梁启超言，在很多场合其所言的"革命"都是广义的，他几乎把"进化""淘汰""变革""革命"都看作同义语。这一点确实构成了现代"革命"观念演变的关键。因此对"革命"的理解不能拘泥于某一细部的而后又不断变动的说法。梁启超虽有短暂反复，只不过在政治层面上不再轻易使用"革命"这个词，但在更广泛的层面上，他仍然认同"革命"的大趋势，并且有意控制这种革命的情势，力图保持一个张力。②

比如，1904 年 2 月梁启超著《中国历史上的革命之研究》，不得不承认"近数年来中国之言论，复杂不可殚数。若革命论者，可谓其最有力之一种也已矣"。所以他不再坚持把"革命"同"revolution"分开，而是区分出广义和狭义："革命之义有广狭。其最广义，则社会上一切无形有形之事物所生之大变动者皆是也。其次广义，则政治上之异动与前此划然成一新时代者，无论以平和得之以铁血得之皆是也。其狭义则专以武力向于中央政府者是也。"他只不过认为中国的大敌是那个狭义的革命，所谓"吾中国数千年来，惟有狭义的革命，今之持极端革命论者，惟心醉狭义的革命"。

在当时的风潮中，中国革命话语已成为主流，并且传统与现代相混融搅扰。这意味着，过去或传统不再视为当然，而且包含着相关族群之民主和民族内容的社会变革的种种承诺，引领或裹挟着精英和群众，直面现实，走向未来。由此，正如陈建华所概括的，革命不仅与

---

① 梁启超：《饮冰室合集》专集第四册（总第 4 册），792 页，北京，中华书局，2015。

② 参见陈建华：《"革命"的现代性：中国革命话语考论》，16—17 页，上海，上海古籍出版社，2000；罗志田：《近代读书人的思想世界与治学取向》，115—116 页，北京，北京大学出版社，2009。

近现代西来的"天演之公例""世界之公理"相接轨，而且由此通向或被接纳到黑格尔、马克思所描述的世界革命的进程之中。

当然这里存在比较的问题。长期以来的说法是，改良派以梁启超为代表，总是承认现存国体，谋求改良政体，在文化启蒙方面非常活跃，其着眼也在渐进地"化民成智"，而革命派在政治上鼓吹革命，以此推进政治变革，但在文化上贡献不大。这样的比较有其道理，以显现出当时团体和派别的主张在文化与政治上的特点，及其当时社会各派人士在思想观念上的差异。但重要的是，或许也需要从整体上理解20世纪前十数年间的文化言说，不只是拘泥于舆论的多和寡来进行辨认。从根本上讲，维新人士和辛亥志士所推动的都是一种革命。虽然梁启超后来对"革命"字眼提得少，但其政治上、经济上和文化上的各种鼓吹，以及思想上的启蒙和政治上的活动，仍然与晚清的政治和文化剧变的大方向是协同的。近年对立宪派的重新认识也表明，辛亥革命的成功在很大程度上是借助了立宪派在各省谘议局的力量，张朋园也将梁启超与清季革命的关系界定为"异曲与同工"，"避革命之名行革命之实"。①在这种情形中，所谓古今变局，其实正是对整体的历史形势进行描述，无非是为一种广义的"革命"进行铺垫，此"革命"即已包涵文化变革和思想内容上的"革命"，这些"革命"与西方现代意义上纯粹的"政治革命"还是有较大差异的。

这种整体意义上的"革命"，其实早在清末传统机体和文化结构中发生、发育，它着眼于国家建制和国族塑造，包蕴着政治斗争、文教

---

① 参见张朋园：《梁启超与清季革命》之第五章第二节，130—150页，台北，"中央"研究院近代史研究所，1999；夏晓虹：《梁启超：在政治与学术之间》，10页，北京，东方出版社，2014。另，总体上看梁启超后来的一生，他在推动文化变革以新民救国方面，塑造适合时代潮流的新人格的努力，也都是一直坚持的。在这一领域，其贡献确实最为巨大，影响最为深远。所以说，析言保皇革命之异，不能忽略浑言之同。执着于西方式政治思想框架，局限于梁启超清末宣传的具体文献，孤立地概括其"调适性的现代化取向"，容易模糊掉对世纪初诸方面所推动的在文化上的革命及其宏大图景的理解。

变革和思想运动，一体而行，泥沙俱下，一直及至五四新文化运动时期。①数十年间，这是一场席卷一切而笼盖器物、制度和文化诸层面的"革命"。最后，在传统和中央权威一步步失陷，而地方军阀割据和混战一步步加剧，民族生存出现危机，民众生活秩序处于崩溃前的将死未生之际，终于出现五四新文化运动在思想方向或主体性意决上之一击，最终在 20 世纪一二十年代之际中产阶级群体意识中确证以西方政治、经济和文化亦即"资产阶级生活方式"为范型和取向的整体要求。当然值得注意的是，这一西方范型和取向并未维持很长时间。因为整个资本主义世界数十年来的挤压和欺凌，帝国主义国家之间的内部矛盾和世界大战，以及新兴的俄苏社会主义革命势力，在一二十年代之交其后不过数年间，政治、经济和文化形势瞬息万变，中国的新思想和新团体已然出现，乃至孙中山领导的国民党也很快在 1924 年确立了"联俄、联共、扶助农工"的新政策。中国社会和革命的形势越发迅猛和激烈了。

就清末民初而言，广义的"文化革命"有两个直接的维面和内容：一者曰解经风潮引发的中学变迁，二者曰文化交流中的西潮激荡。所谓解经，就是在经学和国学的名义下将传统学术的僵化因素逐渐破除，从而消解之，转化之。此即在一般社会层面上所言的"王纲解纽"。在清末民初这方面的"文化革命"进程，主要是透过经学的瓦解体现出来的。清末经学的瓦解引发传统学术思想的大崩塌、大怀疑，从而形成对传统的变革和"革命"。这个过程其实由 19 世纪的八九十年代即已发生，大抵可以廖平为代表；经由甲午战争前后和戊戌变法时期的今文经学及其政治化的大冲击，可以康有为为代表；而至世纪之交维新思想和革命学术的反复辩难和整体动荡，又经辛亥政治鼎革带来法理上的政教转换；最终直抵五四时期的新文化运动和"整理国故"，长期以来的经学及其意识形态终告崩解，在整体社会结合和文化结构中的基

---

① 　马克思和恩格斯指出："市民社会包括各个个人在生产力发展的一定阶段上的一切物质交往。它包括该阶段上的整个商业和工业生活，因此它超出了国家和民族的范围，尽管另一方面它对外仍然需要以民族的姿态出现，对内仍然需要组成国家的形式。"参见《德意志意识形态》，《马克思恩格斯选集》第 1 卷，41 页，北京，人民出版社，1972。

核作用解散而消失。①有必要澄清的是，此间文化革命其实也是一种文化变迁，它的机理其实是社会整体在思想意识形态方面及其宇宙观、世界观和政教思想的学术表达，逐渐而终于失去信用，不再为社会主流所崇奉，乃至有国家文教政策的调整与转型，如废除科举和学制改革。

这里单说晚清民初经学崩解。此中环节很多，但就其主流而言至为关键处，可以康有为和章太炎这一代学人的经学对峙及其后果为代表来说明。1891 年起康有为在万木草堂讲学，学生最盛时达一百多人。讲学的主要内容是发挥《春秋公羊传》的"三世说"、变易观和以经议政的特点，指陈国家形势的危险，变法的急迫需要，攻古文经学之伪，讲孔子改制之说，以及西学知识。梁启超曾描摹康有为讲学其时为救亡图存而忧愤不已的情景："（先生）每语及国事杌陧，民生憔悴，外侮凭陵，辄慷慨欷歔，或至流涕。吾侪受其教，则振荡怵惕，憬然于匹夫之责而不敢自放弃，自暇逸。每出则举所闻以语亲戚朋旧，强聒而舍，流俗骇怪，指目之谯曰'康党'，吾侪亦居之不疑也。"② 1891 年康有为在广州刊行其《新学伪经考》，形成"思想界之大飓风"，上海及各省曾翻印五版。1897 年康有为又撰成《孔子改制考》，次年刊行。其影响如梁启超比喻"火山大喷火、大地震"，其《清代学术概论》谓《孔子改制考》：

> 一、教人读古书，不当求诸章句训诂名物制度之末，当求其义理。所谓义理者，又非言心性，乃在古人创法立志之精意。于是汉学、宋学，皆所吐弃，为学界别辟一新殖民地。

---

① 此间的故事其实不可简单以传统与反传统、正统与异端、古学与新潮等二元对立的结论来概括，但大体而言，几乎在有意无意之间，清末学术出现对"传统"的怀疑，因此而有反复辩难，以至思想越发昌明，又兼为国族复兴的潜在意图，而逐渐至民初，而把传统"讲坏"，以至形成从负面解读传统的取向。参见王汎森：《从传统到反传统——两个思想脉络的分析》，载氏著《中国近代思想与学术的系谱》，91—116 页，石家庄，河北教育出版社，2001；罗志田：《裂变中的传承：20 世纪前期的中国文化与学术》，9—10 页，北京，中华书局，2009。

② 梁启超：《南海先生七十寿言》，见《饮冰室合集》专集第十五册（总第 15 册），4280 页，北京，中华书局，2015。

二、语孔子之所以为大，在于建设新学派（创教），鼓舞人创作精神。

三、《伪经考》既以诸经中一大部分为刘歆所伪托，《改制考》复以真经之全部分为孔子托古之作，则数千年来共认为神圣不可侵犯之经典，根本发生疑问，引起学者怀疑批评的态度。

四、虽极力推抷孔子，然既谓孔子之创学派与诸子之创学派，同一动机，同一目的，同一手段，则以异孔子于诸子之列。所谓"别黑白定一尊"之观念，全然解放，导人以比较研究。①

《新学伪经考》是把古文经典赖以成立的《左传》和《周官》都说成是刘歆伪造的，而《孔子改制考》则把《春秋》经视为孔子立法的集中表达。不仅如此，康氏还因应形势，进一步将儒家经典中的公羊"三世说"、《礼运》中的小康和大同思想，与西方政治中君主专制—君主立宪—民主共和思想糅合起来，构成了解释社会历史进程的新三世说，即据乱世（君主专制）—升平世（君主立宪）—太平世（民主共和）的过程。这一新鲜而又系统的历史演进论，给人们理解历史进程和社会方向带来新鲜视角，在社会上产生极大震动。

康有为今文经学的最大问题在于，在乾嘉以来学术正统和政教结构中它显得极为诡异。虽有维新救世一面，但其中神道设教的取向相当严重。并且最为致命的是，就经学学术本身而言，康有为直谓古文经皆刘歆蓄意伪造，孔子学说不过是"托古改制"，实际上提出了经典文献不过是作者根据己意而制作的认识思路，这其实极大地破坏了经典的可信度。

世纪之交即有古文经学出身的章太炎回应康有为经学。甲午战争至戊戌变法时期，青年章太炎也一度追随康有为维新变法的思路，拥护其爱国救亡的事业。但对康有为透过学术搞"托古改制"而神化孔子乃至鼓吹孔教，章太炎一直颇不以为然。他一开始用朴学征信之学与之对抗，到后来干脆挑明了逐条反驳，从而针锋相对地批判康有为以

---

① 梁启超：《清代学术概论》，见《饮冰室合集》专集第九册（总第 25 册），6824 页，北京，中华书局，2015。

今文经学缘饰政治，将儒学宗教化的种种做法。譬如在新世纪初年的《訄书》重订本中，章太炎通过学术史检视，梳理出孔子、左丘明、司马氏父子以至刘氏父子等一系列春秋古文学的学术脉络，从而将《春秋》定位为历史和历史之学。《訄书》重订本有《订孔》篇引日本人话语，称孔子出于中国，是中国之祸；又将孔子从不容置疑的"大圣先师"定名为"古之良史"，并非"圣贤"或素王。此间取舍褒贬其实意在"订康"，对当时甚嚣尘上的今文公羊学的诸种妄说怪论给予严正回应。

从古文经学传统的辩难，到鼓吹发扬国粹以"激动种姓，增进爱国热肠"，以及乃至建设现代史学以求"征信"等诸多角度，章太炎对龚自珍、魏源、廖平和康有为的经学进行了严正批驳，同时也形成对经学的改造和"现代化"。其突出贡献就是在不期然的中西学术互格中把"经学"改造成"史学"。章太炎一直重提"六艺皆史"，其根柢实在循学术史路径而将经学"史学化"。在章学诚那里，所谓"六经"之"史"实是周朝"官师合一"背景下对先王之道的"撰述"，亦即对实际典章教化及其现实的历史记录。章学诚重视政典，为的是呼应清代中期朴学"经世致用"的观点，力图以史为器而存道载道，既补救汉学脱离实际和宋学游谈不定的弊病，又切于民生日用，经邦治世。因此，章学诚所谓"六经皆史"其实把经史又等同于官书，阐释之权全操于官府之手，不为庶士染指。而在章太炎的阐释，"六经皆史"内涵是"六经都是古史"，除了针对康有为等今文学家以孔子为改制素王和"新学伪经"的论调之外，其意义更在于对经学和作为经学之附庸的史学的改造。至1910年，章太炎发表《国故论衡》，《原经》篇指出："经之名广矣"，"仲尼作《孝经》，汉《七略》始傅六艺，其始则师友雠对之辞，不在邦典；墨子有《墨经》，贾谊有《容经》，韩非《内储》《外储》，亦自署经名；老子书至汉称《道经》"，诸子皆经而"非徒官书称经"，"人言六经皆史，未知古史皆经也"，这就在深层次上否定了官学，并且将其转化为私学，从而使民众也获得阐释和创造经典的权力。章太炎的这些解释，在相当程度上对所谓尊奉不移的经典和亘古不变之教条的神性，都是莫大的消解和冲击。后来在五四时期吴虞"打倒孔家店"，五四时期以后整理国故的顾颉刚搞"古史辨"，发动批孔疑古之潮流，相当部分思路都是由此而来的。

从晚清至民初，西潮激荡汹涌，冲击甚大。在开民智的名义下，对西来文化思想有意识的引介、挪用和消化，是晚清维新运动以降报章崛起，而催发文化变革的另一重人文学术景观，势头非常强劲，直到 20 世纪中期。与打破传统相比，西学更是清末民初新兴思想的主潮，因此号称西潮。在 19 世纪后期，在中国带着传统精神的尊王攘夷、洋务自强，乃至变法图强思路都还是主流，但是到 20 世纪初以降，士人和知识分子则已相当激越躁进，不仅仅是器物层面上的洋务，而且是制度层面的立宪和革命，甚至文化层面上的革命。而这些思路都是从西方来，或者想象中强大的西方，一定是如此而来的，"每悚夫欧美革新之隆"，而"欲规摹仿效，谓彼一法一制一俗一惯一条一文，若移之而殖之我，将旦暮可以强吾国"。①并且，从清末起，"时务"和"西学"从上到下，群起效从，已成为风起云涌的大势。有学者描摹云：

> 　　然而鼓荡不息的士议一路远播，其间的理路、论说、词汇、事例同时又正在经奏议而传入庙堂。光绪三十三年度支部官员"条陈开馆编定法规"折中所用的"民智""人格""法典""法规""组合""法政""科学""义务""程度""主义""权利""宪法"等显然都是从各色报纸里学来的。而前一年的上谕已在"晓谕士庶人等，发愤为学，各明忠君爱国之义，合群进化之理"。这是进化论入圣旨，其源头也应当来自报纸。此外一见再见于庙堂文字之中的还有"文明""野蛮""尚武""军国主义"，以及"德智体"等。②

又，杨国强曾描述当时清末西学和士议鼓荡的"浅"和"讹"：

> 　　……晚清最后十年的士议鼓荡，最能引人注目的地方是因"稍涉其樊，便加论论列"而见思想之多；因"模糊影响笼统之谈"而见思想之浅；因"前后矛盾"而见思想之驳杂。是以与鼓荡相伴随的，

---

① 《辛亥革命时期期刊介绍》第 5 辑，432 页，北京，人民出版社，1987；转引自杨国强：《晚清的士人与世相》，201 页，北京，生活·读书·新知三联书店，2008。

② 杨国强：《晚清的士人与世相》，202 页，北京，生活·读书·新知三联书店，2008。

常常是浮嚣……由变法而破坏，由破坏而立宪，由立宪而革命排满，由革命排满而无政府主义，一程与一程之间虽然壁垒分明并常相攻伐，而许多人都是可以出入无阻，来去自如的……主义和宗旨多变，说明立言的人自己还没有想明白。但时当万言竞发之日，这种自己还没想明白的东西又常常被急匆匆地变成报端的文字，用来吹动社会而影响别人……读报纸能获得新学和新知；读报也能获得支离破碎和目迷五色。而支离破碎的新学是一种片面；目迷五色的新知是一种混沌。因此，比梁启超更懂西学的严复极不喜欢梁启超的西学，他说："英人摩理有言：'政治为物，常择于两过之间。'法哲韦陀虎哥有言：'革命时代最险恶物，莫如直线。'任公理想中人，欲以无过律一切之政法，而一往不回，常行于最险直线也。故其立言多可悔，迨悔而天下之灾已不可救矣。"①

对时代风气和思想的批判，彼时如严复。而后世之学者常怀不平静之心，即梁启超本人在后来也曾多有自责和愧疚。百年后学人的语气颇为同情似又无奈，但在 19、20 世纪之交，这股风潮却是席卷一切，不可遏止的。维新变法前，梁启超在《湖南时务学堂学约》(1897)中即指："居今日而言经世，与唐宋以来之言经世又稍异。必深通六经制作之精意，证以周秦诸子及西人公理公法之书以为之经，以求天下之理；必博观历朝掌故沿革得失，证以泰西希腊罗马诸古史以为之纬，以求古人治天下之法；必细察今日天下郡国利病，知其积弱之由，及其可以图强之道，证以西国近史宪法章程之书及各国报章以为之用，以求治今日之天下所当有事，夫然后可以言经世。"维新变法以后很长一段时间，梁启超对西方文化非常崇拜，如他后来在《亡友夏穗卿先生》中自承的："我们当时认为中国自汉以后的学问全是要不得的，外来的学问都是好的。"② 1902 年梁启超曾一度追随附议谈论保存国粹，当时黄遵

---

① 杨国强：《晚清的士人与世相》，209—210 页，北京，生活·读书·新知三联书店，2008。

② 梁启超：《亡友夏穗卿先生》(1924)，见《饮冰室合集》专集第十五册(总第 15 册)，4274 页，北京，中华书局，2015。

宪即写信给梁启超，批评其思想之不合时宜：

> 公谓养成国民性，当以保国粹为主义，取旧学磨洗而光大之。至哉斯言，恃此足以立国矣。虽然，持中国与日本较，规模稍有不同。日本无日本学，中古之慕隋唐，举国趋而东，近世之称欧美，举国又趋而西。当其东奔西逐，神影并驰，如醉如梦，及立足稍稳，乃自觉己身在亡何有之乡，于是乎保国粹之说起。若中国旧习，病在尊大，病在固蔽，非病在不能保守也。今且大开门户，容纳新学，俟新学盛行，真道理乃益明，届时而发挥之，彼新学者或弃或取，或招或拒，或调和或并行，固在我不在人也。国力弱到此极，吾非不虑他人之挫而夺之也。吾有所恃，恃四千年之历史，恃四百兆人之语言风俗，恃一圣人及十数明达之学识也。公之所志，略迟数年再为之，未为不可。①

黄遵宪是梁启超在西学方面导师一般的人物，他因参与维新变法而遭朝廷"放归"原籍，仍坚持"大开门户，容纳新学"的主张，他对梁启超的指引和督促，对当时"向西方学习"的文化近代化、西方化有很大的影响。

综上所述，甲午战后世纪之交的晚清十余年间，是孕育其后百年中国不断启蒙和革命进程的历史起点。虽然头绪繁复多端，诸方意见纷纭，通过此间新兴的印刷品、各类宣传及图文媒介，新兴生成和不断蜕变中的文化精英共同建构了对现代国族的想象。

三、梁启超："新民""革命"与传统的馈赠

维新变法的失败，志士流血的现实，使新一代学人和思想者认识到，在文化方面有必要进行更广泛、更全面、更深层次的"革命"。虽

---

① 郑海麟、张伟雄编校：《黄遵宪文集》，199—200 页，日本京都，中文出版社，1991；转引自陈其泰：《黄遵宪文化思想的特点及其历史地位》，载陈其泰：《学术史与当代史学的思考》，49—57 页，北京，北京师范大学出版社，2011。

然在部分先驱志士那里，华夏中心、天朝至上的传统思想受到冲击，自我封闭、妄自尊大的文化体系被打破，中国人开始重新认识世界，审视自身，寻求自强新生之路，但就足以推动中国社会变革的民众基础而言，社会变革的土壤并没有发育充分，文化变革的主体并没有生成，思想启蒙方面的风气并没有形成，推动社会变革亟须在文化风气、思想启蒙和主体塑造方面进一步培育基础和条件。

正是传统知识架构失去效力和新的文化启蒙的压力极为强大的条件下，中国文化要求重新接引各方面的新知识、新思路乃至新框架来进行自我调整，实现自我适应。由此，一场以"鼓民力、开民智、新民德"为主要内容的文化新民和救国运动，在 20 世纪前十年迅猛发展，掀起高潮。

晚清文化启蒙至少有两方面的政治势力在推动，也有比较平静的文化势力在做各种具体细致的工作。一方面有梁启超这样本来就极具影响力的职业宣传家在鼓吹，虽然在海外，政治上游离于激进革命和立宪保皇之间，但他们在西方和日本的政治文化方面译介发挥其力，影响很大；另一方面也有与立宪派争夺民众，力图抢占革命制高点的反清革命派，他们在政治革命及文化变革方面进行鼓吹，与之隐隐然而相配合的是企图鼓吹国粹激发国民自信心和充满战斗力的国粹派。这两大方面的势力，在清末十余年的文化思想领域影响很大，主要集中在政治启蒙和文化宣传中。在党派宣传和文化论战之外，还有很多平和蕴蓄但追求改变的文化人士，他们更多的是接引西方学术文化的研究和主张，不以政治宣传为主要事业，而以在具体学术各领域推进文化的理性分化为总体指向。作为文化新民的基本面，这方面的人士往往并非处于时代浪尖之上，但足可称为静水流深，而对后世文化和学术的发展影响深巨。比如王国维的文化和学术鼓吹，黄人、徐念慈等人的小说主张，各出版机构的百科辞书建设，等等。从清末文化形势和基本格局中看，这三个方面都可称为文化新民的救国运动。

晚清文化启蒙确实当以梁启超的文化新民的努力最为直接，其中的政治内涵和诉求最为直接，文化宣传上的爆发力最为浩大，而在效果上影响最为广泛。从文化角度讨论维新派所鼓吹的各种"革命"，须把握其主旨在于"新民"。关于"新民"的思想，其内涵相当激进，不妨从梁启超所著《新民说》来把握其鼓吹启蒙、推进文化变革的思路。

《新民说》的主要部分作于清光绪二十八、二十九年（1902—1903），其中第 1 至第 17 节作于访美之前，第 18 至第 20 节作于访美之后。梁启超这一鼓吹，与其 1898 年到 1902 年的个人经验和形势把握有很大关系。戊戌政变使依靠当朝推动维新的变法失败，梁启超本人不得不逃亡日本，开始海外救国生涯。1898 年筹办《清议报》，设馆于横滨，主张"主持清议，开发民智"，并以抨击清廷为目的，至 1901 年因报馆被焚而停刊。东渡后除办报外，梁启超又组织保皇会，联合革命党，筹划武力革命。后者如 1900 年以勤王为名的"庚子自立军之役"，终告失败。体制内和平改革的失败，体制外武力革命的失败，使梁启超深刻认识到改造中国之困难，也使他更加认识到以"宣传"来启发民智的重要性，开始专以宣传为业。1901 年《清议报》停刊后，梁启超立即筹办《新民丛报》，并于次年初在横滨发刊。《新民说》是此报初期最重要的文章之一，《新民说》在中国思想界产生了极大的影响。据张朋园《梁启超与清季革命》，在 1903 年时《新民丛报》的发行量约有一万份，销售地区遍布国内各地及日本、朝鲜、东南亚、澳洲、美国与加拿大，它的读者包括了学生、知识分子和海外华人，甚至通过读报、宣讲与演说等渠道影响到一部分庶民。该文不但在发行之初为人喜爱，后来屡经翻刻，以其他形式出版，在 20 年代至 30 年代，还有不少读者酷爱《新民说》。

《新民说》的主要内容就是运用西来学问中的"优胜劣败""适者生存"和"自然淘汰"的观念，解释西方民族帝国主义的成功与东方屈从西方的失败，进而提出一个竞争世界的"铁律"，即西方进步国家成功的关键，在于其国民具有一种源自于国家主义的"动"的精神。因此，拯救中国的良方就是让国人了解并实现这种源于国家主义的"动"力。而为了实现这一精神，中国需要"新民"。在梁启超看来，所谓新民的过程，就是需要修改固有文化，其工作一方面要"淬厉其所本有而新之"，另一方面要"采补其所本无而新之"。除"淬厉"和"采补"之外，梁启超还一度鼓吹"破坏"主义，即在"淬厉""采补"等建设性工作之前，要先行破坏，破除所有阻碍进步的障碍。"破坏"是"古今万国求进步者独一无二不可逃避之公例"，有"有血的破坏"与"无血的破坏"，前者如法国大革命，后者如日本明治维新。能行无血的破坏最好，但如不得已，只好采取流血的暴力革命。

所谓"新民"，不只是要求在知识上向西方学习，而且希望能提升民德、民智和民力，其中最重要的是民德，包括私德和公德。私德包括自尊、毅力等传统儒家所肯定的修身，以及私人交往的德行如孝悌与朋友之义等。私德向外推展而涉及群体以后则有公德，公德范围包括结合权利与义务思想而有的自由、自治、合群观念和国家思想，以及进取冒险与尚武精神，并在经济方面能努力生产而自食其力，因而能在各方面有所进步。梁启超的这些鼓吹其实有其现实针对性，其中主要的，比如张之洞等人所提倡的"中体西用"论。梁启超认为，张之洞对西学了解过于肤浅，片面地模仿西方科技是不够的，还应从事制度和思想的改革。梁启超针对的也有当时流行于世的"迷信"、重私德而无公德心和爱国心、"心醉西风流蔑弃吾数千年之道德学术风俗"，和高谈"天国"或"大同"哲理而乖实用学问，以及坚持党派之见，鼓吹激烈斗争而无视良性竞争的倾向。在梁启超思想中，一个理想的个人，不但要结合私德与公德，也应有正确的知识，例如放弃迷信，采用合乎中庸之道的政治改革和文化修养的方法，重视实际，以及从事良性的党派竞争等。此外，更要有健康的身体。①

与整体上的文化新民运动相配合，晚清文学改良运动的主调就是趋新求变，学习西方，面向民众，以新的文学形式和方法表达变革的意图，以期达到为急欲建构的"国族"进行启蒙和新民的功效。在这个过程中，梁启超的地位和作用是突出而关键的。最为著名的是在"文界""诗界"和"小说界"的诸种"革命"鼓吹。

首先是"文界革命"。1899 年梁启超自横滨赴美游历，作《夏威夷游记》，12 月 28 日记述自己读日本政论家德富苏峰著作的感想：

---

① 参见梁启超：《新民党》，见《饮冰室合集》专集第三册（总第 19 册），4983—5144 页，北京，中华书局，2015。以下凡引梁启超文皆见合集本，不再注。

其文雄隽放，善以欧西文思入日本文，实为文界别开一生面者。余甚爱之。中国若有文界革命，当亦不可不起点于是也。

"文界革命"说由此提出，这里透露不少重要信息。一者是文章的立意与目标，梁启超主张和鼓吹做"觉世之文"。早在甲午战争前后和戊戌变法时期，他就力主改革旧文体，严厉批判八股文体。1897年梁启超撰《湖南时务学堂学约》称："学者以觉天下为己任，则文未能舍弃也。传世之文，或务渊懿古茂，或务沉博绝丽，或务瑰奇奥诡，无之不可。觉世之文，则词达而已，当以条理细备、词笔锐达为上，不必求工也。"传世与觉世的区别，道出一代文人名士在转型期间对文章兴替的感觉，更是新兴一代知识分子的自我期许。

再者是文章的内容和精神，梁启超强调要以"欧西文思"启蒙国民。他看重的是德富苏峰著作中的"欧西文思"，赞赏他能在用日文写成的文章中流畅自如地表达西方文化的内容和精神。在梁启超看来，中国"文界革命"的起点，就应该是改造和充实文章内容，使之成为输导和传播西学的得力工具。

三者更主要的是文章的形式问题。为与表达崭新的"欧西文思"内容相统一，梁启超非常看重俗语文体的形式。他认为，报章文出现后文学写作当以通俗化为方向。梁启超在《小说丛话》中即指出，采用俗语是文学进步的表现："俗语文体之流行，实文学进步之最大关键也"，由"古语"变"俗语"是世界潮流之所向。反观中国文学，则"自宋以后，实祖国文学之大进化"，原因即在于"俗语文学大发达"。由此他呼吁扩大"俗语"的使用范围，使之成为文坛的通用语言："苟欲思想之普及，则此体（指俗语文体——引者注）非徒小说家当采用而已，凡百文章，莫不有然。"梁启超倡"文界革命"，在形式上企图长期以"言文分离"为变革对象，高度肯定俗语文学的发展方向，这在当时引起很大的反响。

引发更多争议的是新文体和"新名词"问题。通过编办报纸与报章写作的实践，梁启超创造了一种通俗易懂的报章"新文体"，风靡报界和学界。后来他在《清代学术概论》中自承为文：

务为平易畅达，时杂以俚语韵语及外国语法，纵笔所至不检束；学者竞效之，号新文体；老辈则痛恨，诋为野狐；然其文条理明晰，笔锋常带感情，对于读者，别有一种魔力焉。

"杂以外国语法"即"新文体"的重要特征。梁启超所谓外国语法，其实与"日本语句"同义，主要指借自日文的"新名词"。当时日本为了翻译西方学术书籍，往往用汉语构词法自造汉字新词。梁启超在《新民说·论进步》中明确指出，"新名词"的出现是社会变迁的必然：

> 社会之变迁日繁，其新现象、新名词必日出，或从积累而得，或从交换而来。故千年前一乡一国之文字，必不有举数千年后万流汇沓、群族纷挐时代之名物、意境，而尽载之、尽描之，此无可如何者也。言文合，则言增而文与之俱增。一新名物、新意境出，而即有一新文字以应之。新新相引，而日进焉。

为了传播新思想、新知识，必定要大量输入和使用"新名词"。在当时还没有引进许多新名词、突破传统文体格局的新文体尚未出现的情况下，梁启超勇于创新，采用一种介乎文白之间的新文体和新语文，以便使文言词汇特别是抽象名词白话化，从而使新名词逐渐为人们所熟悉。从某种意义上看，文界革命最有价值且影响后世的贡献正在于新名词和新语文，它使民族语文超越自身进化而迅速完成向现代汉语的转换。

维新变法开始晚清政府允创报馆，1902 年又废八股改试策论，作惯八股文的读书人骤然失去依傍。于是梁启超带有"策士文学"特点的报章"新文体"，便成为应考者的枕中之秘："朝旨废八股改试经义策论，士子多自濯磨，虽在穷乡僻壤，亦订结数人合阅沪报一份。而所谓时务策论，主试者以报纸为蓝本，而命题不外乎是。应试者以报纸为兔园册子，而服习不外乎是。书贾坊刻，亦间就各报分类摘抄刊售以侔利。盖巨剪之业，在今日用之办报以与名山分席者，而在昔日则名山事业且无过于剪报学问也。"①风气一开，官场中人也受到浸染，黄遵宪的《与梁启超书》即称梁文中的"新译之名词、杜撰之语言，大吏

---

①　姚公鹤：《上海报业小史》，《东方杂志》第 14 卷第 6 号，1917。

之奏折、试官之题目，亦剿袭而用之"。虽然影响所及，许多士人文章生吞活剥，笑话百出，但梁启超对文界革命的倡导与身体力行，毕竟使得半文不白的"新文体"推行开来，有力地推动后来五四时期的文学白话化运动。

其次是"诗界革命"。倡导"诗界革命"之前新型名士们已有许多诗歌改革的尝试。比如与"诗界革命"关系最密切的是夏曾佑、谭嗣同、梁启超三人一度热衷于创造"新学之诗"。由于生硬堆砌新名词及冷僻典故，创作并不成功且影响较小。据目前所知文献，"诗界革命"这一口号最早见于1899年梁启超《夏威夷游记》12月15日载：

> 予虽不能诗，然尝好论诗。以为诗之境界，被千年来鹦鹉名士（小注：予尝戏名辞章家为鹦鹉名士，自觉过于尖刻）占尽矣。虽有佳句佳章，一读之，似在某集中曾相见者，是最可恨也。故今日不作诗则已，若作诗，必为诗界之哥伦布、玛赛郎然后可……欲为诗界之哥伦布、玛赛郎，不可不备三长。第一要新意境，第二要新语句，而又须以古人之风格入之，然后成其为诗……若三者具备，则可以为二十世纪支那之诗王矣！……要之，支那非有诗界革命，则诗运殆将绝。虽然，诗运无绝之时也。今日者革命之机渐熟，而哥仑布、玛赛郎之出世，必不远矣。

梁启超相信"今日者革命之机渐熟"，于是大倡"诗界革命"旗帜。诗界革命有三项具体的要求，即"新意境""新语句"和"古风格"，三者具备则可以为"二十世纪支那之诗王"。梁启超称赞黄遵宪的诗开拓了"新意境"，为"时彦中能为诗人之诗而锐意欲造新国者"，但批评黄遵宪"新语句尚少"，以其人为"重风格者"。他也集中检讨戊戌变法以前的"新学之诗"，既肯定谭嗣同、夏曾佑"善选新语句"，"颇错落可喜"，"其意语皆非寻常诗所有"，又指出这些诗因过多使用"新语句"而破坏了"古风格"，失去了诗歌特质。

在1902年开始连载的《饮冰室诗话》中，梁启超又对"诗界革命"说做了进一步的阐发，强调诗歌创作要"以旧风格含新意境"：

> 过渡时代，必有革命，然革命者，当革其精神，非革其形式。

> 吾党近好言诗界革命。虽然，若以堆积满纸新名词为革命，是又满洲政府变法维新之类也。能以旧风格含新意境，斯可以举革命之实矣。苟能尔尔，则虽间杂一二新名词，亦不为病。不尔，徒示人以俭而已。

梁启超去掉了"新名词"，而认为"近世诗人能熔铸新理想以入旧风格者，当推黄公度"。由于《饮冰室诗话》影响很大，"新意境"与"旧风格"的统一便成为"诗界革命"的理论基础。

诗界革命论所提倡的"新意境""新理想"，主要指西方的新思想、新事物和新知识，也包括运用这些新诗料及新视角所产生的诗歌新境界。这体现了文人志士要求以西方文明启蒙中土民众的思路。黄遵宪《与邱炜菱书》言："诗虽小道，然欧洲诗人，出其鼓吹文明之笔，竟有左右世界之力。"诗界革命所肯定的"旧风格""古风格"，主要指中国古典诗歌特有的格律以及由此产生的特殊韵味与风格。出于对"新学之诗"的反思，"新语句"最终被"诗界革命"领袖们抛弃。新思想的阐发离不开新名词，新语句的减少，诗歌中的新思想明显削弱，但就诗歌艺术而言，不再突出思想的宣传，而注重表现意象与情感，或许更切合诗歌特质。抛开"新语句"的"新意境"往往与"古风格"相融而无法突现创新意识，从而也在某种程度上减弱了"诗界革命"的革新意义。

"诗界革命"在当时的知识阶层中具有近乎普遍的号召力。许多国内作者给《清议报》中的"诗文辞随录"专栏和《新小说》特设的"杂歌谣"栏目冒风险投稿，而海外华人界也应者如云。大量诗作由初期喜用新名词而变为注重新意象。诗中所录所咏者从潜艇、飞艇、汽艇、气球、汽车、电话、电灯、无线电、留声机、报纸，到蜡人、西餐、勋章，以及对潮汐、月食、下雨等自然现象的科学解释，皆得自西方新事物和新知识，而出之以相思曲或游仙诗旧格。这些诗作往往颇为别致，有启蒙开化之功，但也仍然带有浮浅、格套，难以深入到新理致的层面。①从整体上看，"诗界革命"使诗歌创作重新贴近现实生活，以流俗

---

① 参见夏晓虹：《晚清文学改良运动》，见陈平原、陈国球主编：《文学史》第 2 辑，230 页，北京，北京大学出版社，1995。

语入诗，对民歌、弹词、粤讴等通俗文艺形式的借用，都体现出时代
精神，突出了思想情感内容与语言文体形式之间的矛盾，从而为古典
诗歌向现代白话诗的革命激变打下了基础。

　　最后是"小说界革命"。"小说界革命"的提法虽然迟至 1902 年才在
梁启超的论文《论小说与群治之关系》中正式出现，但其实际出现涌动
也与"诗界革命"和"文界革命"大致同时。戊戌变法前后，出于政治改
良的需要，又受到域外文学的启发，对传统小说题材感到不满的维新
人士已开始关注小说革新的问题。1897 年天津《国闻报》发表严复、夏
曾佑撰写的《本馆附印说部缘起》一文，纵论古今中外、历史演化，强
调"且闻欧、美、东瀛，其开化之时，往往得小说之助"，认为可以运
用小说"使民开化"。康有为、梁启超寄望于政治变革，为此积极奔走
呼号，但也看到小说在启发民智方面有非凡的作用。在 1897 年大同译
书局刊印的《日本书目志》中，康有为专设"小说门"，并在"识语"中
提到：

　　　　六经不能教，当以小说教之；正史不能入，当以小说入之；
　　语录不能喻，当以小说喻之；律例不能治，当以小说治之……今
　　中国识字人寡，深通文学之人尤寡，经义史故，亟宜译小说而讲
　　通之。泰西尤隆小说学哉！

维新变法失败后，康有为流亡日本，1900 年得知友人欲效梁启超撰写
以戊戌变法为题材的小说，遂赠诗催促《闻菽园居士欲为政变说部诗以
速之》，充分肯定小说发展的势头，认为小说发展之盛足以与六经
争衡：

　　　　我游上海考书肆，群书何者销流多？经书不如八股盛，八股
　　无如小说何……方今大地此学盛，欲争六艺为七岑。

　　1898 年戊戌变法失败，梁启超出走日本，决定借鉴明治时期"小
说改良"的范例，从而正式揭开"小说界革命"之帷幕，提倡与创作"政
治小说"是"小说界革命"开端的标志。梁启超创办《清议报》，专门开辟
"政治小说"专栏，先后连载日本著名的"政治小说"《佳人奇遇》与《经国

美谈》。作为开场白，梁启超撰"译印政治小说序"，大力鼓吹"政治小说"：

> 在昔欧洲各国变革之始，其魁儒硕学，仁人志士，往往以其身之经历，及胸中所怀，政治之议论，一寄之于小说。于是彼中辍学之子，黉塾之暇，手之口之，下而兵丁、而市侩、而农氓、而工匠、而车夫马卒、而妇女、而童孺，靡不手之口之。往往每一书出，而全国之议论为之一变。彼美、英、德、法、奥、意、日本各国政界之日进，则政治小说为功最高焉。

梁启超想象西方小说"每一书出，而全国之议论为之一变"，强调政治小说在影响普通百姓精神中的作用，认可小说如西人所言可视为"国民之灵魂"。

《新民丛报》第十四号（光绪二十八年七月十五日，即 1902 年 7 月 18 日）刊出《新小说》即将发刊的广告，其辞曰：

> 中国唯一之文学报《新小说》
>
> 每月一回，十五日发行，洋装百八十叶
>
> 小说之道，感人深矣。泰西论文学者，必以小说首屈一指，岂不以此种文体曲折透达，淋漓尽致，描人群之情状，批天地之窾窍，有非寻常文家所能及者耶。中国自先秦以前，斯道既郁，《汉书·艺文志》已列小说家于九流。但汉唐以后，学者拘文牵义，困于破碎之训诂，骛于玄渺之心性，而于人情事理切实之迹，毫不措意，于是反鄙小说为不足道。夫人之好读小说，过于他书，性使然矣。

于是在同年，《新小说》正式创刊，开始连载梁启超的《新中国未来记》。"政治小说"由翻译转变为创作。在创刊号，梁启超撰有《论小说与群治之关系》，着重论证"中国小说界革命之必要"，由此该文被视为"小说界革命"的宣言书。这篇文章最为正经堂皇地提出前人所未发的小说"新民论"：

> 欲新一国之民，不可不新一国之小说。故欲新道德必新小说，

> 欲新宗教必新小说，欲新政治必新小说，欲新风格必新小说，欲新学艺必新小说，乃至欲新人心，欲新人格，必新小说。何以故？小说有不可思议之力支配人道故。

作为政治宣传家的梁启超呼吁小说要进行"革命"，并承担起改良社会政治的重任，承担起救国的责任，因为他发现小说"有不可思议之力支配人道"，正好可以为政治家们的入手处。正是在这种历史情势和政治需要中，梁启超认定"小说为文学之最上乘"：

> ……实文章之真谛，笔舌之能事。苟能批此窾，导此窍，则无论为何等之文，皆足以移人；而诸文之中能极其妙而神其技者，莫小说若。故曰：小说为文学之最上乘也。

据说"小说为国民之魂"，而今小说又被论证为"文学之最上乘"，所以"小说界革命"便成为文学改良运动的中心，社会影响力也最大。晚清小说界基本上是在同一意义上接受了这一观点。于是在传统中从未入流的小说"小道"，一跃而成身价百倍，甚至超过一直属于正统中心文类的诗文。小说地位的迅速提高，最终导致了传统小说观念的崩溃和近代文学观念的转型。

在梁启超看来，小说确实有"易感人"的力量，"小说有不可思议之力支配人道"，因为借助佛教术语的通俗化演绎和一般阅读体验的解释，小说果然有"熏"（熏陶）、"浸"（浸染）、"刺"（刺激）和"提"（提升）四种感染力，而其中，"提"是小说种种影响力的最高境界。借助小说的艺术感染力达到发挥小说的社会教育功能的启蒙思路，在此也得到充分体现。小说既有如此伟力，所以在梁启超看来，"中国群治腐败之总根源，可以识矣"，中国社会上盛行的迷信相命，卜筮祈禳，风水械斗，迎神赛会，轻弃信义，权谋诡诈，苛刻凉薄，轻薄无行，沉溺声色，缱绻床笫，和帮会门派，巧取豪夺，伤风败俗，陷溺人群等社会现象，都统统算到传统小说身上。这显然从革命宣传和政治教化的角度观察小说的社会效果，其偏颇也是明显的。

梁启超提倡"小说界革命"，对当时舆论起到了振聋发聩的作用，促成了一场真正的小说革命。其实，明清两代就有很多学者注意到小说的影响和威力。比如乾嘉时期钱大昕就曾将小说与儒、释、道三教并提："古有儒、释、道三教，自明以来，又多一教曰小说。小说演义之书，未尝自以为教也，而士大夫农工商贾无不习闻之，以至儿童妇女不识字者，亦皆闻而如见之，是其教较之儒释道而更广也。"①这说明至少在清朝中期，通俗小说已流传甚广，读者众多，其影响之大之深已令一些学思湛深之人有所注意，甚至用心再三。然而只是到了1902年《新小说》杂志创刊，梁启超登高一呼之后，小说的地位才在包括精英在内的各界真正得到提升。由此，晚清小说批评和理论研究也相应地活跃起来，出现了一批比较知名的小说评论家，比如夏曾佑、狄葆贤、陶佑曾等，以及一些小说家兼评论家，有吴趼人、徐念慈、黄小配等。更为重要的是，小说工业由此渐次孕育并壮大。随着小说地位和影响因现代报刊出版业的迅速发展而提高和扩大，写小说赚稿费也成为可以谋生的手段，中国第一批以小说创作或翻译为职业的专业小说家产生，标志着近现代大众文化在中国的出现。

王德威认为，梁启超的小说新民论在百年文学思潮中占有非常重要的地位："他的理论看来四平八稳，却有激进之处。梁启超的预设是，如果传统的诗是高尚的、纯净的、无所不包的文类，小说则是堕落的、颓废的、诲淫诲盗的文类。然而小说的渲染力不容忽视。在革命时代来临的前夕，梁启超恰恰希望利用小说这样驳杂的力量，以'以毒攻毒'的方式，先'复健'小说，再以小说提振民心。这个观点对文学本身的纯粹性而言，其实有许多让步或游移。'以毒攻毒'不是传统文论会碰触的话题，而作者和读者是否能遂梁启超所愿，也一样引人疑窦。但梁启超反其道而行，扭转了文类秩序的高下，也投射了一种新的文与人—'新民'—的伦理关系。这是他对现代文学的贡献。"②这个评断是合适的。梁启超的文艺思想模型更重要，是因为其意味深长地以文艺促进政教的整体思路：小说有不可思议的改变世道民心的力量，

---

①　钱大昕：《潜研堂文集》卷十七《正俗》，《嘉定钱大昕全集》第 9 卷，272 页，南京，江苏古籍出版社，1997。

②　王德威：《现当代文学新论：义理·伦理·地理》，187 页，北京，生活·读书·新知三联书店，2014。

可以作为"新民"的起点。为此，梁启超竭力论证小说与群治的关系，所谓"群治"最突出地体现了一种新型国家和社会的思想。正如汪晖所说，"近代中国的变革涉及的不仅是现代国家的创造，而且是现代社会的创造，而这两者的关系是互相依赖的"，并且"在晚清中国的语境中，'群'或'社会'的范畴是和创造民族国家的历史任务直接相关的。"①

这样看，文化新民论和文学诸界"革命"说的最大特色即在于其服务于"新民"，服务于"群治"，就是要将文学的现代政治化的维度与传统儒家文统诗教沟通起来。梁启超认为，中国古来"诗教""乐教"的传统很发达，但到了清代，这个传统却已衰竭。关于诗乐分途，文教传统的衰竭，梁启超在《饮冰室诗话》第77则提出四个原因。其一是由于唐宋以来科举取士的制度造成的。唐宋以诗取士，没有乐的内容，"乐教"从此不被重视。到明清则以八股取士，诗乐全部排除在外。其二是理学泛滥，宋代程朱理学强调"正衣冠，尊瞻视，以坚苦刻厉绝欲节性为教"，排除以文化调节名教礼义和欲望享乐之间压抑紧张关系的可能。其三，有清一代学术风气受统治者节制而丕变，因而注重"考证笺注之学"兴起，高才之士皆趋之，而在文化艺术和娱乐教化方面无所作为。其四，清代自雍正年间起，"改教坊之名，除乐户之籍，复无所谓官伎"，而私家也不许"自蓄乐户"，导致精英士子和平民大众的文化娱乐没有正当性。梁启超认为，"综此诸原因，故其退化之程度，每况愈下。""至于今日，而诗、词、曲三者皆成为陈设之古玩，而词章家真社会之蠹矣。"他慨叹："举国无一人能谱新乐，实社会之羞也。"而在他对远方异邦强国的想象中却颇有我中土之古风，这岂能不引其感慨："读泰西文明史，无论何代，无论何国，无不食文学之赐；其国民于诸文豪，亦顶礼而尸祝之。若中国之词章家，岂于国民有丝毫之影响耶？推其原故，不得不谓诗与乐之所致也。"因此他提出要恢复词乐合流，亦诗亦歌，使"诗教""乐教"的传统重回我中华大地："盖欲改造国民之品质，则诗歌音乐为精神教育之一要件，此稍有知识者所能知也。"这样看，梁启超的三界革命其实是赓续久已失传的"诗教""乐教"传统，

① 参见汪晖：《现代中国思想的兴起》，840 页，北京，生活·读书·新知三联书店，2008。

以期在新的时代里让诗、文和小说发挥古即有之的兼娱乐和教育为一体的文教功能。

梁氏学说其实以西方及其西学为意识框架，在想象中对传统诗文小说的内容进行全面政治化的替换，对尊诗文轻小说的旧有文类格局进行调整，使之更适应时代气息。这其实上承龚自珍、魏源经世致用的文学传统，又吸收从欧洲和日本的"群学"新思想和新思路，既摒弃了传统"臣民"思想，而对西来新兴的"个人""国民"思想进行正面阐扬，又将民族主义和个性主义捆绑到其"群学""群治"思想上，"从而激活了许多攻击中国之旧的灵感"。① 也就是说，梁启超求新逐变地追求西方式政教文化，在对西学经日本中转之一鳞半爪的想象和阐扬中，将文学、学术、文化和启蒙混搭融合起来。梁启超的文学"革命"从根本上说是一种政治的启蒙和诉求，它既是以西方学术和思想为主要资源的引进，也是在经世群学思路主导下兼收并蓄、泥沙俱下的复古更新。② 其结果是，在当时文学和小说被当成开启民智、改造国民性的强大武器，对一般士子文人和普通民众的社会动员力极强。尤其在当时政教的变动和传媒的发展形势中，梁启超的"新文体"传播了各种"革命"的口号和主张，开启了民智，凝聚了士子文人和下层民众。在当时走向近现代化的中国，极大地引发了民众对国家、社会和民族的理解和认同。

四、王国维："天职"的合理化及其现代内蕴

如果说，梁启超激于时变，在 20 世纪初推出文学各界"革命"的说法，好似一种四处出击、处处开花、大小不一的爆破，引发广泛的偃

---

① 许道明：《插图本中国新文学史》，5 页，上海，上海古籍出版社，2005。
② 研究梁启超文学新民思想当与现代国族文化和国民教育思想的总体框架联系起来。当梁氏思想在后来明确从国民性角度上升到国家兴亡高度时，就显示出古今一贯而融浃无间的文教正统和政教高度。比如在 1911 年给流亡中国的朝鲜文学家金泽荣的《丽韩十家文钞》作序时即称："国民性以何道而嗣续？以何道而传播？以何道而发扬？则文学实传其薪火而筦其枢机。明乎此义，然后知古人所谓文章为经国大业不朽盛事者，殊非夸也。"

仰反应，那么，在同一时期，年岁相若的王国维（1877—1927），也积极措意于文艺变革，他早年钻研西方哲学及美学，对德国尼采、叔本华的学说尤有心得，先后著述有《红楼梦评论》《人间词话》和《宋元戏曲考》一系列文化和教育小言。虽然在晚清民初，其文论的社会影响绝不可与梁启超相提并论，但其文论开放的思想架构、中西会通的贡献以及内在的现代性问题，却自有其汲引异文化上的深度，其影响潜在地呼应于现代百年来精英学子，由此也被尊为现代文学思想的源头之一。

　　19 世纪末，从浙江到上海之前，王国维仍是一个晚清秀才。到 20世纪初，他先后在上海和日本求学，后一度以编译谋生，转而任教多所新式学堂，还曾担任学部所属图书馆编译等。辛亥革命后长期以遗老自居，晚年为清华研究院教授。陈寅恪曾在《王静安先生遗书序》中指出："然详绎遗书，其学术内容及治学方法，殆可举三目以概之者：一曰取地下之实物与纸上之遗文互相释证……二曰取异族之故书与吾国之旧籍互相补正……三曰取外来之观念与固有之材料互相参证。凡属于文艺批评及小说戏曲之作，如《红楼梦》及《宋元戏曲考》等是也。此三类著作，其学术性质固有异同，所用方法亦不尽符会，要皆足以转移一时之气，而示来者以轨则。"①这些说法在相当程度上印证了王国维的成就，表明其开拓的学术领域、取得的学术成果和运用的治学方法在近现代都具有重要的典范意义。

　　可从王国维的学术观和对新学语的认识考察其学术见识。青年王国维在上海时接触到德国哲学，十分迷恋康德、叔本华、尼采的思想，一度从事哲学研究，后转至文学、美学方面。因而其学术思想具有针对传统的、前所未有的叛逆性和超越性。这一点突出表现在他对近代学术的估计上。其《论近年之学术界》（1905）指出，旧时儒家抱残守缺，无创造之思想，学术停滞，而佛教东传，激活了我国思想界，学者见之，如饥者得食，渴者得饮，"担簦访道者，接武于葱岭之道，翻经译论者，云集于南北之都，自六朝至于唐室，而佛陀之教极千古之盛矣。此为吾国思想受动之时代。然当是时，吾国固有之思想与印度之思想

---

　　①　陈寅恪：《王静安先生遗书序》，见《金明馆丛稿二编》，247 页，北京，生活·读书·新知三联书店，2001。

互相并行而不相化合，至宋儒出而一调和之，此又由受动之时代出而稍带能动之性质者也。自宋以后以至本朝，思想之停滞略同于两汉，至今日而第二之佛教又见告矣，西洋之思想是也"。王国维把近世以来尤其是晚清时代的西学东渐比作佛学东传，激活了本国文化创造。这种开放的见识，在晚清相当可贵。

王国维对西来哲学建制和学术自主性有充分的肯定。他认为，过去传入的西学，多为形而下之学而少有形而上学。张之洞主导下的学制改革，新设大学里分科却不设哲学，这在王国维看来很不正常。《论近年之学术界》又指出，哲学、文艺、思想和学术都应有自身的地位，国家虽然有别，但知力人人同有，宇宙人生问题，人人之所不得解，唯有通过哲学学术之探索而求解决。学术争论，只有是非真伪之别，所以应把学术视为目的，而非手段："故欲学术之发达，必视学术为目的，而不视为手段而后可"，"学术之发达，存于其独立而已"，所以"一面当破中外之见，而一面毋以为政论之手段"。他批判中国自古以来以及当时之文学"亦不重文学自己的价值，而唯视为政治教育之手段，与哲学无异"。

王国维也注意到语言文字与思想品质之间的内在关系。《论新学语之输入》(1905)指出："我国人之特质，实际的也、通俗的也；西洋人之特质，思辨的也、科学的也，长于抽象而精于分类，对世界一切有形无形之事物，无往而不用综括及分析之二法，故言语之多，自然之理也。吾国人之所长，宁在于实践之方面，而于理论之方面则以具体的知识为满足，至分类之事，则除迫于实际之需要，殆不欲穷究之也。"[1]王国维没有像一般仰视西方文化的维新志士那样，简单地将中国的贫弱归于民智不开，归于使用文言。他从中西言语的不同，发现了中西思想方法的不同。尽管他的概括有些以偏概全，但仍然在大体上指出了一个非常深刻的事实，即长期以来传统学术已经失去对思想精确而深刻的描述力和表达力。因此，王国维认为，新学语的输入、创造非常必要，应重视哲学和形而上学，提高中国人的思维能力。

---

① 姚淦铭、王燕编：《王国维文集》第三册，36页，北京，中国文史出版社，1997。后引文皆出此《文集》，不再一一作注。

王国维强调，要认清现代学科分化的事实，有系统地研究各个学科，以"是非真伪"来论学，而不是以"国家人种宗教之见杂之"。《论哲学家与美术家之天职》(1905)指出：

> 天下有最神圣尊贵而无与于当世之用者，哲学与美术是也。天下之人嚣然谓之曰无用，无损于哲学、美术之价值也。至为此学者自忘其神圣之位置，而求以合当世之用，于是二者之价值失。夫哲学与美术之所志者，真理也。真理者，天下万世之真理，而非一时之真理也。其有发明此真理（小注：哲学家）或以记号表之（小注：美术）者，天下万世之功绩，而非一时之功绩也。唯其为天下万世之真理，故不能尽与一时一国之利益合，且有时不能相容，此即其神圣之所存也。

"天职"一词显然西译而来，其中现代文化合理化的主张呼之欲出。按照这种学术分立的逻辑，学术应该分立，文学与哲学的著述都应该从传统政术和文化中独立出来。这种观点在当时非常新颖激进。从总体上看，王国维对当时学术的批判，强调探讨人生之惑，要求学术自主和分工等，都具有现代性品格，也很有现实针对性。

经过德国哲学与美学的洗礼，王国维把其思想融会于中国文学研究，提出了与传统诗学大相径庭的新的文学和美学观。比如在散论《文学小言》(1906)中，他接受了席勒、康德、叔本华等人的美学游戏说："文学者，游戏的事业也。人之势力用于生存竞争而有余，于是发而为游戏。"其《人间嗜好之研究》(1907)认为："文学美术亦不过成人之精神的游戏。"游戏非关实利，文学则是"可爱玩而不可利用者"。美在自身，而不在其外。这种文学、美学观念，毫无疑问吸取了席勒、康德、叔本华等人的思想，强调了文学的审美特性非关功利性的一面及"游戏""消遣"的一面。这在当时的文学界是非常新颖的观点和思想。

王国维的这种文学观，集中而系统地体现在独具开创性的《红楼梦评论》中。《红楼梦评论》最初连载于 1904 年 6 月至 8 月《教育世界》杂志。这篇文章采用现代论文体制，从现代哲学、美学的高度去揭示这部作品的新价值，是一种独立的新型文学批评。《红楼梦评论》讨论的前提，与传统文论诗学一贯抛弃不开的"宗经""原道"的招牌大不相同：在这里，文学被认为是用来表现人生的。①由此王国维接受叔本华的悲观主义哲学，对人生的内涵做如下解释："生活之本质何？欲而已矣。欲之为性无厌，而其原生于不足。不足之状态，苦痛是也。"人们为争欲望之满足，必然会产生苦痛或者倦厌。会不会有快感呢？当然会有。但这是暂时的，因为即令各种欲望得到满足，到时又会萌生厌倦之心，"故人生者，如钟表之摆，实往复于痛苦与倦厌之间者也"。所以，"人生之所欲，既无以逾于生活，而生活之性质，又不外乎苦痛，故欲与生活、与苦痛，三者一而已矣。"生活、欲望、苦痛三者互通，无从超越，构成生之悲剧。

那么，文学何为？王国维认为，文学在于表现这种生活、欲望和苦痛，而且还在于"解脱"这种苦痛，使人从悲剧中解脱出来：

> 吾人之知识与实践之二方面，无往而不与生活之欲相关系，即与苦痛相关系。有兹一物焉，使吾人超然于利害之外，而忘物与我之关系。此时也……物之能使吾人超然于利害之外者，必其物之于吾人无利害关系而后可；易言以明之，必其物非实物而后可。然则，非美术何足以当之乎？……美术之务，在描写人生之苦痛与其解脱之道，而使吾侪冯生之徒，于此桎梏之世界中，离此生活之欲之争斗，而得其暂时之平和，此一切美术之目的也。

在王国维看来，悲剧能使民众惊醒，天才能唤醒蚩蚩之民，并从生活、欲望和痛苦中解脱出来。而《红楼梦》正表现了一种人生的悲剧，一种厌世解脱的精神，"实示此生活、此痛苦由于自造，又示其解脱之道，不可不由自己求之者出"，既表现悲剧，又示以解脱之道，所以实在伟大。《红楼梦》较之歌德的《浮士德》，都描写了人的痛苦与解脱，故其成就不在其下。

王国维认为，在中国文学中，《桃花扇》与《红楼梦》都表现了厌世

---

① 王国维《屈子文学之精神》（1906）亦指出，诗歌是"描写人生者也"或"描写自然及人生"，"诗之为道，既以描写人生为事，而人生者，非孤立之生活，而在家族、国家及社会中之生活也"。

解脱之精神，但是《桃花扇》之解脱非真解脱，"故《桃花扇》之解脱，他律的也；而《红楼梦》之解脱，自律的也"。拿《红楼梦》与《桃花扇》作比，其实是王国维就文学与生活、人生、国民、政治、历史等问题，和当时以梁启超为代表的"文学救国论"者们的争辩。在王国维看来，主要是因为《桃花扇》借侯、李之事，写故国之戚，而非纯粹描写人生为事，所以是"政治的""国民的""历史的"，这实非纯粹的人生，是属于所谓"他律"的文学。在中国文论中，王国维第一次提出了文学的"自律"与"他律"的问题，这个问题困扰中国近百年。在德国美学思想影响下，他提出的文学"游戏说"、悲剧说，也从根本上触动了传统原有的政教型文学观，同时也与服务于政治改良的政教型文学观拉开距离，判然有别，突出地强调了文学艺术的独立、超越与自主。

《红楼梦评论》体现出的文学思想，与王国维其他诸篇文学散论是相吻合的。在《论哲学家与美术家之天职》一文中，王国维对自古以来文人政治化的悠久传统，以及文人根深蒂固的庙堂抱负，有深刻的反省：

> ……世谓之大诗人矣！至诗人之无此抱负者，与夫小说、戏曲、图画、音乐诸家，皆以俳优优倡自处，世亦以俳优优倡畜之。所谓"诗外尚有事在"，"一命为文便无足观"，我国人之金科玉律也。呜呼，美术之无独立之价值也久矣。此无怪历代诗人，多托于忠君爱国劝善惩恶之意，以自解免，而纯粹美术上之著述，往往受世之迫害而无人为之昭雪者也。

王国维指出，"文学"所追求的是诗人的感性、直观，文学与政治应该分开。传统无不以兼做政治家为荣，所以其创作往往从属于政治，这样哲学家与美学家就"自忘其神圣之位置与独立之价值"。由此，他告诫说，"若夫忘哲学美术之神圣，而以为道德政治之手段者，正使其著作无价值者也。"

强调包括文学在内的美术，在"言志""载道"之外，还必须满足"纯粹之知识和微妙之情感"，并以"解除人生之怀疑与痛苦"为旨归，这些观点在 20 世纪初是非常难能可贵的。评价作品时，王国维以叔本华的人生悲剧说作为价值取向，来反对文学的道德、政治评价的传统说，判定后者无视文学艺术独立之价值。这在当时也是立论孤峻，令人耳目一新。历史地看，《红楼梦评论》是从现代思想的高度去批评传统文化最有代表性的文章之一，为后人提供了以西学思想阐释中国文学的典范，诚如钱基博所称"辟奇论以砭往古，树新义而诏后生"。①

20世纪初王国维讨论文艺，主要是从西来美学入手，"使西来观念与本土固有材料互相参证"，其理论主体是德国古典美学。德国古典美学主要以一套较严密的哲学范畴，曲折而抽象地表达一种审美理想，而王国维本人也在大体上顺应这种思路。从总体而言，王国维美学和文艺思想的基底确实是西来的学说和思想的框架，其中西来的现代审美独立学说是核心。当然，王国维也力图创造性地将西来理论框架与中国文学活动的实际紧密结合，而且认识到西来理论所造成的在天才般的文艺审美创造与普通的文艺审美教育之间的落差，并试图用自己的方式平抑之，弥合之。

所以，如果说王国维写作《红楼梦评论》时，还是较多地直接套用或挪用西来学说，那么，到写作《人间词话》并在后来编定的时候，王国维已经有意识地将其美学和文学思想更为紧密地和中国本土文学的实际结合起来了。②正是王国维在接引西方学说而有意结合中国文学故事进行创发的时候，提出了不少有现代性内涵和深意的理解，比如"境界"说、"不隔"说、"古雅说"和"自然"说。③

1907年王国维发表《古雅在美学上之位置》，运用西来的纯粹之美只关形式的观点，参证以中国古代文学诸多现象，概括出了一个新的范畴——"古雅"。在王国维看来，所谓"古雅"，可以称为"形式之美之形式之美"。如果说，作为"第一形式之美"的优美或壮美，需由具有生命力的天才来创造，那么，艺术中的古雅美，则是可以经过艺术家来

---

① 钱基博：《现代中国文学史》，271页，北京，中国人民大学出版社，2004。

② 有学者认为："王国维用带有西方浓味的观点解释《红楼梦》，用有点西方淡味的观点说诗词之美"，以至于"人们并不觉得他的言说方式与古已有之的言说方式有什么不同"。参见张法：《美学导论》，11页，北京，中国人民大学出版社，1999。

③ 钱基博认为，王国维"治哲学，未尝溺新说而废旧闻；其治通俗文学，亦未尝尊俚辞而薄雅故"。这个评断殊为允当。参见前注，279页。

"表出"的艺术美，是"第二形式之美"。也就是说，创造古雅美的艺术家并非天才，但只要"人格诚高，学问诚博"，其艺术即非天赋，亦可古雅可观。这样，传统文论中"神""韵""气""味""趣""格""调""辞"等曾被许多文人雅士视为最高一级的审美范畴，在王国维这里都已经归之为古雅，属于"第二形式之美"了："凡吾人所加于雕刻书画之品评，曰'神'曰'韵'曰'气'曰'味'，皆就第二形式言之者多，而就第一形式言之少。文学亦然，古雅之价值大抵存于第二形式。"

看来王国维极为推崇"优美"和"壮美"，许以西学中极而言之的所谓"第一形式之美"。那么，"第一形式之美"可能是什么呢？大抵说来，在王国维美学中，它或许已落实为 1908 至 1909 年在《国粹学报》上发表的《人间词话》中的所谓"境界"：

> 词以境界为上。有境界则自成高格，自有名句。五代北宋之词所以独绝者在此。

> 然沧浪所谓"兴趣"、阮亭所谓"神韵"，犹不过道其面目；不若鄙人拈出"境界"二字，为探其本也。

《人间词话》采用传统词话的形式，但其理论核心是"境界"说。《人间词话》大体分为两部分：前九则为标举境界说的理论纲领；其后则是以"境界"说为依据的具体评论。自唐人用"境"论诗以来，"意境"和"境界"已经成为普遍运用的术语。但各人所道的"境界"的含义不尽相同，有的指某种界限，有的指造诣程度，有的指作品内容中的情或景，或情与景的统一。王国维所标举的境界说，有着特殊而具体的审美理想的内涵：

> 境非独谓景也，喜怒哀乐，亦人心中之一境界。故能写真景物、真感情者，谓之有境界。否则谓之无境界。

> "红杏枝头春意闹"，著一"闹"字，而境界全出。"云破月来花弄影"，著一"弄"字，而境界全出矣。

这里突出的三层内涵值得注意：其一，景物与感情都必须为"真"；其二，"真景物"和"真感情"必须真切饱满地表达出来；其三，在前两者的基础上，感情与景物达到交融统一而凝为"境界"。

所谓"境界"，其实是以生命力为底蕴的、真景物与真感情统一交融的艺术世界和精神形象。在《人间词话》中，王国维又从审美鉴赏和艺术评论的角度，以"隔"与"不隔""自然之眼"与"自然之舌""沁人心脾"和"豁人耳目""亲切动人"与"精神弥漫"等概念加以补充：

问"隔"与"不隔"之别，曰：陶谢之诗不隔，延年则稍隔矣。东坡之诗不隔，山谷则稍隔矣。"池塘生春草""空梁落燕泥"等二句，妙处唯在不隔。词亦如是。即以一人一词论，如欧阳公《少年游》咏春草上半阕云："阑干十二独凭春，晴碧远连云。二月三月，千里万里，行色苦愁人。"语语都在目前，便是不隔。至云："谢家池上，江淹浦畔。"则隔矣。白石《翠楼吟》："此地。宜有词仙，拥素云黄鹤，与君游戏。玉梯凝望久，叹芳草、萋萋千里。"便是不隔。至"酒祓清愁，花消英气。"则隔矣。然南宋词虽不隔处，比之前人，自有浅深厚薄之别。

纳兰容若以自然之眼观物，以自然之舌言情。此由初入中原，未染汉人风气，故能真切如此。北宋以来，一人而已。

大家之作，其言情也必沁人心脾，其写景也必豁人耳目。其辞脱口而出，无矫揉妆束之态。以其所见者真，所知者深也。诗词皆然。持此以衡古今之作者，可无大误也。

"昔为倡家女，今为荡子妇。荡子行不归，空床难独守。""何不策高足，先据要路津？无为守穷贱，轲辚长苦辛。"可为淫鄙之尤。然无视为淫词、鄙词者，以其真也。五代北宋之大词人亦然。非无淫词，读之但觉其亲切动人。非无鄙词，但觉其精力弥满。可知淫词与鄙词之病，非淫与鄙之病，而游词之病也。"岂不尔思，室是远而。"而子曰："未之思也，夫何远之有？"恶其游也。

只要基于人之生世，基于人的生命力，不论写情还是写景，都能"以自然之眼观物，以自然之舌言情"，有真切动人之"不隔"感："语语都在目前，便是不隔"，"但觉其亲切动人"，"但觉其精力弥满"，也就是"其言情也必沁人心脾，其写景也必豁人耳目，其辞脱口而出，无矫揉妆束之态"。反之，若在创作时感情虚浮矫饰，遣词造作，多用"代字""隶事"乃至一些浮而不实的"游词"，都或多或少地伤害艺术形象的生命力、审美空间的真切感，给人以"隔"或"稍隔"的感觉。

也就是说，创造或鉴赏"不隔"的境界，出自于对纯粹美和自由美的判断，其结果即"第一形式之美"。作为第一形式之美的境界是天才者的事业，天才诗人能以第一形式之美来呈现"自然人生"和"理想世界"，正在于他"入乎其内，故能写之，出乎其外，故能观之"，而"能观"和"能写"的产品便是"有生气""有高致"的境界。王国维认为，境界之所以有"高格"、有"远致"，能"使读者自得之"，正在于境界"以其所见者真，所知者深也"。

在这里，"隔"与"不隔"的问题，被王国维辨析得如此透彻，长期以来深得其后数代的现代文人或知识分子之心。不过，这适足展现出王国维这样新一代文人知识分子的时空观、语言观和人文情怀，接受西学洗礼而获得对某种形而上"真实"或"真诚"的现代启悟与执着。[①] 他们身处新旧之际，忧世而忧生，最后相信某种在最伟大的文艺中保存的最高形态的真实，以及此种最伟大文学和境界中展露出来的天才之"真实"或"诚挚"。在这一点上，王国维的自由人文主义精神气质颇同于 19、20 世纪之交的一些西方人文主义者。此中的执着和文学表达机制是值得深究的。这些人文主义者坚信：

> 文学形式的有机整体性首要体现于文学之"诚挚"上，所谓"诚挚"（包括经验的真实、对自我诚实，还有广博的同情心和感受力）是文学语言的内在品质……文学的"诚挚"存在于文本之中，体现

① 王国维一度对某种西来"普遍的人类真理的信仰"有强烈的信心和执着。可参看罗钢：《传统的幻想：跨文化语境中的王国维诗学》，317－322 页，北京，人民文学出版社，2015。

于避开陈词、虚词、不实之词等诸多方面。它现身于富于切身感受和个性色彩的描写中，也现身于低调的情感表白中，让情感从某个事件的陈述中悄然流淌出来。更进一步说，文学语言获得上述特点后，真正诚挚的诗人可以跨越语言和原始材料之间的鸿沟，让被描写的事物在语言中上演，从而也就弥合了语言同事物之间的差距。①

引文中强调的"弥合""语言同事物之间的差距""跨越语言和原始材料之间的鸿沟"实在点明了王国维"隔"与"不隔"问题的精义。

王国维对"隔"与"不隔"的执着，体现出近现代人文主义者如马修·阿诺德般对"事物的本来面目"即所谓"真实"和"诚挚"的迷恋，这一点后来受到钱锺书的细细分析和打量：

> 王氏所谓"语语都在目前，便是不隔"，所以王氏反对用空洞的词藻……但是，"不隔"若只指不用肤廓的语头套语和陈腐的典故而说，那末，一个很圆满的理论便弄得狭小，偏僻了，并且也够不上什么"新风"或"创见"了……有一个疑点……"不隔"须假设着一个类似翻译的原作的东西；有了这个东西，我们便可作为标准来核定作者对于那个东西的描写是不是正确，能不能恰如其分而给我们以清楚不含混的印象。在翻译里，这是容易办到的；因为有原作存在着供我们的参考，在文艺里便不然了，我们向何处去找标准来跟作者的描写核对呢？这标准其实是从读者们自身产生出来的……好的翻译，我们读了如读原文；好的文艺作品，按照"不隔"说，我们读着须像我们身经目击着一样。我们在此地只注重身经目击，至于身经目击的性质如何，跟"不隔"无关……雾里看花当然是隔；但是，如不想看花，只想看雾，便算得"不隔"了……我们并非认为"不隔"说是颠扑不破的理论，我们只是想弄清楚这个理论的一切含义。我们不愿也隔着烟雾来看"不隔"

①　[英]彼得·巴里：《理论入门：文学与文化理论导论》，杨建国译，18—19页，南京，南京大学出版社，2014。

说——惝恍、幽深，黑沉沉地充满了神秘。①

在中国语境中，王国维"境界"说的突出贡献，即在于结合汉语诗歌的抒情传统，赋予作为"第一形式之美"的"境界"以"真"的内涵。这使唐宋以下传统诗学中因文人情调化而显得神秘的"兴趣"和"神韵"，回到基于现实土壤的个体生命力和艺术创造力上来，从而抓住了作为近代知识分子审美理想的艺术境界的现实内涵。

回到《人间词话》。以境界为中心，王国维还有意识地借鉴西方文艺思想和美学理论，组织了一个有联系的概念体系：

> 有造境，有写境，此理想与写实二派之所由分。然二者颇难分别。因大诗人所造之境，必合乎自然，所写之境，亦必邻于理想故也。

> 有有我之境，有无我之境。"泪眼问花花不语，乱红飞过秋千去。""可堪孤馆闭春寒，杜鹃声里斜阳暮。"有我之境也。"采菊东篱下，悠然见南山。""寒波澹澹起，白鸟悠悠下。"无我之境也。有我之境，以我观物，故物我皆著我之色彩。无我之境，以物观物，故不知何者为我，何者为物。古人为词，写有我之境者为多，然未始不能写无我之境，此在豪杰之士能自树立耳。

> 无我之境，人惟于静中得之。有我之境，于由动之静时得之。故一优美，一宏壮也。

这里提出诸多概念，如"造境"和"写境""有我之境"和"无我之境"等，都扩展了"境界"说的内涵。

总体上看，王国维所论境界和古雅，其实都是文学内容与形式对立统一而形成的内在形式，但二者是有等差的，意境更为深刻，内涵更丰富，而古雅则较为形式化、大众化。境界是天才的创造，对鉴赏

---

① 参见钱锺书：《写在人生边上·人生边上的边上·石语》，112—115 页，北京，生活·读书·新知三联书店，2002。

者的要求也很高，非凡人俗士所能窥见，而古雅则不忽略修辞，强调艺术家的学习和经营，是初学者学习和鉴赏的入门之径，也有利于普及和教化。在王国维这里，悲剧和诗词是文人士子们的事业，是高雅的文学。《红楼梦》是实打实的悲剧，是天才呕心沥血之作，而《人间词话》鼓吹和张扬的是有境界的文学，是天才基于直觉的创造。但古雅也不能卑视，因为它意味深长，可以通过训练和努力而达致，是民众走向文化的通道。

王国维的观点在中国美学中具有非常警醒的现代意味。他也曾自承，知识论与审美论是一对矛盾："知其可信而不可爱，觉其可爱而不可信。"由于"意境"和"古雅"说遵循的正是这种矛盾的美学，所以强调以直观、形式的眼光去观照世界，在这个艺术的世界中直觉和形式的内容居多。因此尽管他也曾把"意境"和"境界"的内容规定为一种"真景物""真感情"，是"性情真""赤子之心者"观照世界的结晶，但正如他所认识到的，这种"意境"其实仍然是以主观之眼观照世界的结果。王国维的"境界"论突出地具有一种现代意味和品性，它要求突破旧俗的无病呻吟和文采伪饰，作品贯注主体的气魄和品格，这与传统而日显僵化的其他诗话、词话是很不相同的。

从文学、美学和文论的角度看，在清末民初的思想变局和文化革命中，王国维还有值得记取的事业，此即其著作《宋元戏曲考》将西方学术的逻辑、历史的眼光和清代考据学的传统结合起来，从而开拓了研究中国戏曲的新领域，王国维成为中国戏曲史的拓荒者。实际上王国维从1908年开始即专注于研究戏曲史，发表了《曲录》（1908）、《戏曲考源》（1909）、《录鬼簿校注》（1909）、《优语录》（1909）、《唐宋大曲考》（1909）、《录曲余谈》（1910）和《古脚色考》（1911）等，最后在1912年形成这部著作。

清末民初的启蒙思想家们对戏曲的作用推崇备至，但对戏曲的研究却十分薄弱。王国维在《静庵文集续编·自序二》中指出："余所以有志乎戏曲者，又自有故。吾中国文学之最不振者，莫戏曲。若元之杂剧，明之传奇，存于今日者，尚以百数。其中文字虽有佳者，然其理想及结构，虽欲不谓至幼稚至拙劣，不可得也。国朝之作才，虽略有进步，然比诸西洋之名剧，相去尚不能以道里计。此余所以自忘不敏，而独有志乎是也。"在中西比较的视野中，王国维隐然有振兴戏曲之意。但揆诸当时实际，中国文学传统历来轻视戏曲，绝少为戏曲家立传，也没有人研究。王国维痛切地指出：

> 独元人之曲，为时既近，托体稍卑，故两朝史志与《四库》集部，均不著录；后世儒硕，皆鄙弃不复道。而为此学者，大率不学之徒；即有一二学子，以余力及此，亦未有能观其会通，窥其奥窔者。遂使一代文献，郁埋沈晦者且数百年，愚甚惑焉。

《宋元戏曲考》的着眼点在宋元戏曲，并认为元代戏剧为高峰，同时又对上古至五代的戏曲渊源流变进行考察和论述。这样一项新开拓的领域，工作难度很大，但该著材料翔实，校勘、辨伪、辑佚很见功力，考证精审，而创见迭出。

《宋元戏曲考》的思想贡献在于王国维在序文中指出的要做到"观其会通，窥其奥窔"。所谓"观其会通"，即强调要有史识。王国维认为，戏曲是一种独立的、有历史传承的艺术样式："我国戏剧，汉魏以来，与百戏合，至唐而分为歌舞戏及滑稽戏二种；宋时滑稽戏尤盛，又渐藉歌舞以缘饰故事；于是向之歌舞戏，不以歌舞为主，而以故事为主，至元杂剧出而体制遂定。南戏出而变化更多，于是我国始有纯粹之戏曲；然其与百及滑稽戏之关系，亦非全绝。"戏曲之始是与巫的活动相联系的，唐代有歌舞剧和滑稽剧，但都属于歌舞剧，宋代始有纯粹演故事的戏剧，但其中穿插竞技游戏。真正在艺术上有独立意义的成熟的戏曲是从元杂剧开始，因为此时"杂剧之为物，合动作、言语、歌唱三者而成"，这里提出中国古代戏曲是一种有情节的歌剧，这是很精辟的见解。

所谓"窥其奥窔"，就是能够从戏曲艺术作品中概括出这门艺术的特质。王国维指出：

> 元剧最佳之处，不在其思想结构，而在其文章。其文章之妙，亦一言以蔽之，曰：有意境而已矣。何以谓之有意境？曰：写情则沁人心脾，写景则在人耳目，述事则如其口出是也。古诗词之

佳者，无不如是。元曲亦然。明以后其思想结构，尽有胜于前人者，唯意境则为元人所独擅。

如同在《人间词话》一样，王国维坚持以意境来揭示元剧艺术的特质。他也注意到戏剧兼有写景、抒情和述事之美。因此，在王国维看来，元曲有意境，其关键在于"自然"：

> 元曲之佳处何在？一言以蔽之，曰：自然而已矣。古今之大文学，无不以自然胜，而莫著于元曲。盖元剧之作者，其人均非有名位学问也；其作剧也，非有藏之名山，传之其人之意也。彼以意兴之所至为之，以自娱娱人。关目之拙劣，所不问也；思想之卑陋，所不讳也；人物之矛盾，所不顾也；彼但摹写其胸中之感想，与时代之情状，而真挚之理，与秀杰之气，时流露于其间。故谓元曲为中国最自然之文学，无不可也。

其推重元剧如此。王国维强调元曲虽用俗语，但也可作"史家论史之资者不少"，而且也可供后世研究语言之用。这一段对元曲的评价文字颇有锋芒，针对着旧时正统文人的心态，显示出王国维学术的新锐和思想的开明。

细绎王国维文论总体架构和各方面的思想命题可以发现，相对悠远的文化传统而言实在是一种有深度的变革。其文论架构背离原有本土传统，吸取当时最新西方哲学思想，创造现代文学批评的典范，突出了纯文学的观念和文学的自律性。这种深度是对传统文化之表里内外的，深入各层次的，也是横断而激烈的变革。这个变革就是基于普世性的原理而直接领受西学格局，从而较为顺应地把西方学术尤其是西方近现代以来的理性分化了的学术和文化观念接纳进来。可以说，这实在是一种深度而深刻的改变，其实也是一种深刻的革命。

※　　　　　※　　　　　※

长期以来，学界以文论史上的"双峰对峙"来讨论梁启超和王国维的贡献，强调启蒙功利主义和审美自治诉求之间的参差对照。20世纪

80 年代以来学术界长期坚持的这种对照，其实基于某种去革命化的社会背景和去政治化的文化思潮，其架构囿于启蒙与革命的二元对立思维，结论不免简单。如果扩大文论考察的背景，放置在近现代文化转型和思想变革的背景上，甚至在近三百年东亚或世界文化演变的视野中看，面对近世文化变局，梁启超和王国维对于未来中国社会和民众活动之走向，都有一种透彻的预感与积极的参与。他们都有相当主体的和能动的变革要求，其文论和思想从不同角度和层面都具有启蒙和革命的双重内涵。

虽有《释革》一文内容或多有调整，排斥激烈手段的改变，但纵观新世纪以后梁启超的革命言说，其内涵远不止于政治革命一义，其诉求之范围甚广，也远不止于政治体制这单一维度。大体而言，梁启超更多的是以国家为未来之市民社会的最主要形式，并以此着眼于国民的塑造上。他先后倡发"诗界革命""文界革命""小说界革命"和"曲界革命"等，其"革命"的意涵都主要指向一种整体性的文化革命，在突显其开发民智、文化新民和建构新国族的意向。这种革命说到底是依托传统自来的文化整体思路，通过内容上的现代性之破旧立新，达成对国民新主体的塑造。这样看，梁启超文论是试图激活传统文教乐教，是试图适现代世界文化政治潮流，而推行一种政教化的文化革命。

从表面看，王国维并未张扬政治变革，但王国维的思想和学说更着眼于新型世界观和人生观的塑造，其思想之激进和西化程度，其实仍令今人吃惊。他标举文学的独立自立，反对文学、艺术、文化和学术对政教的附庸，其思路相当彻底地循西方文化理性分化之路，而直接顺应西方文化的潮流。他鼓吹新哲学、新学术和新文教，其纯文学和纯审美的设计鼓吹一种基于世界背景和终极意识的全新真感情、真景物，此"真"基于某种特定主体的直观，其主体性设定具有十足的现代西方意涵。自今而言，王国维文论实在是顺应西方强势文化，具有彻底重估传统、推行思想启蒙和学术变革的意味，可以说是一种地道的激进的文化革命。

梁启超和王国维文论思路之间也有区别。总的来说前者偏重借引西来思想内容激活传统文化，后者则更多迎取西来文化逻辑顺应变革潮流。具体而言，其一，前者以西来政治口号和启蒙主张的挪用为主，其实以我为主。后者对西方文化合理化的思路，则以顺应为取向，因而在理论和研究上对本土主体思想和人格的变革要求很大，门槛非同一般。其二，前者体现以我为主融入世界的愿望，揭示其后文艺思想百年风云的基本样态，并且也确实发挥了极大影响力。后者则体现出专业化的取向，相信分化的专业场域及其自治的游戏，所以往往触及现代人所谓"文艺"的深层次问题，但也存在着内在紧张和深层次矛盾。其三，如前所述，前者裹挟社会各方势力，泥沙俱下，影响很大，后者则深藏于独造的艺术深宫和体制化的学术体制之中，影响深微，只是到 20 世纪三四十年代和八九十年代，在新的文化格局中和传媒文化里，更主要是市民社会和商品经济的条件中，才获得更为广大的认同，其中思想义理也日渐与现代市民化生活的本来品貌若合符节。

　　总体而言，梁启超和王国维文论和思想的格局各有千秋，又都有在深层次上显影出来的各种问题和症候。不过，如果从全球文化的变迁和世界史的文化视野中看，这两种思路都是从属于面对社会大变局和文化大革命而深受西方他者文化刺激，及其文化影响所笼罩之下的文化诉求，两者既是启蒙又是革命。在中国现代文论的发生阶级，从东西文化沟通、变革要求及其现实性的角度上讲，其间的差异毕竟还不是根本性的，不过是思路和方式上的不同选择而已。梁启超和王国维都体现了求变求新的方面。

第三章　正名与固执：以"文学总略"为中心的本体追问

　　清末民初章太炎文学思想的广度与深度，适足体现了中国文化从传统向现代转换的复杂性及其魅力。钱穆《太炎论学述》认为，《国故论衡》"对中国已往二千年学术思想，文化传统，一以批评为务"，章太炎著述"即是一种新文化运动，惟与此下新文化运动之一意西化有不同而已"。①现在来看，传统朴学出身的章太炎确实既不喜西学也不满于中学，他感受到西来文化的冲击和传统文化的衰颓，他有不屈服于横向移植西来文化的锐意，力图以新的名物标准和价值倾向恢复民族文化自信，重建本土文化的活力，因而有一股横扫古典学术而别开生面的气魄，这是一种值得考察的固执。

　　这里主要透视章太炎用以界说文学的《文学总略》篇，考察激活本土学术资源来应对西来范式和观念的努力。这篇名文的针对性很多，立意很高，大有截断众流，独下己意的气势。在《国故论衡》中，"中卷"为"文学"部分，居于以为基础的"小学"与引为广大的"诸子学"之间，而在"文学"七篇中，《文学总略》是开篇，领起其后《原经》《明解故》（上、下）、《论式》《辨诗》和《正赉送》六篇，可说是章太炎"文学"的总纲，在其传统文化论衡中具有某种核心的地位。试以章太炎的"文学总略"为中心，旁及其他文献，考察章太炎如何在19、20世纪之交传统文学在西学冲击下，在争议和正名的过程中，对"文"进行重认和界说，从而影响和左右了前后数代人的文学思想。这是本章的任务。

---

　　①　钱穆：《太炎论学述》，见《中国学术思想史论丛》卷八，341—342页，合肥，安徽教育出版社，2004。

一、标准：从"偶俪为文"到"以文字为准"

《文学总略》出现在清末民初的背景非常深厚，当时近代文化和文学发生剧烈变革，文学观念也正在从古典向现代转型的过程中。什么是文？什么是文章？什么是文学？古来仿佛不证自明的东西，在西来文化的冲击下，文学意涵和文学观念出现剧烈震荡，意见纷纭，莫衷一是。

比如一度被章太炎引为好友的刘师培（1884—1920），他继承扬州学派及其家学，学问造诣深厚，他的文学思想主要承沿的是文选学派。清末时节，其文学观念即受西方影响，而在传统方面又有所坚持。新旧因革之际，作为文选学派在清末民初的大师，他接过同乡先贤阮元鼓吹的"文言"说，大加发挥，鼓吹"偶俪为文""骈文正宗"的思想。在清末民初学界，这种观点有相当的影响力。①阮元（1764—1849），江苏仪征人，身居显宦，历仕乾隆、嘉庆、道光三朝，《清史稿》称他"身历乾嘉文物鼎盛之时，主持风会数十年，海内学者奉为山斗焉"，所以学术上被誉为乾嘉学派强有力的殿军和总结者，扬州学派的中坚人物。在清代中叶，当桐城古文势力大盛之时，阮元研究六朝"文笔说"，著《文言说》《书梁昭明太子文选序后》《与友人论古文书》等，大力倡导骈文，对当时以古文为正统的观念形成强劲冲击。阮元认为："凡文者，在声为宫商，在色为翰藻"，"奇偶相生，音韵相和"，散行直达者是笔而不是文。上古有文言之分，六朝有文笔之辨，所以不仅子史都是后出，不得谓"文"，而且凡不属声韵对偶、沉思翰藻者，皆不得谓"文"。所以，在阮元看来，明人所称韩愈以来的唐宋八大古文家其实都不是古文的正统，不能算作文。其《四六丛话序》与《书梁昭明太子文选序后》分别云：

---

① 关于文选派阮元、刘师培文论思想的梳理，参见王风：《刘师培文学观的学术资源与论争背景》和周勋初：《黄侃〈文心雕龙札记〉的学术渊源》，见陈平原主编：《中国文学研究现代化进程二篇》，北京，北京大学出版社，2002。

　　若夫昌黎肇作，皇李从风，欧阳自兴，苏王继轨，体既变而异今，文乃尊而称古。综其议论之作，并升荀孟之堂，核其叙事之辞，独步马班之室……实沿子、史之正流，循经传以分轨也。

　　然则今人所作之古文，当名之为何？曰：凡说经讲学，皆经派也；传志记事，皆史派也；立意为宗，皆子派也；惟沉思翰藻，乃可名之为文也。非文者，尚不可名之为文，况名之曰古文乎？[①]

　　阮元牵引《文选》区分文笔，其实是与桐城古文派争斗，以树立骈文为"文统"。阮元取消了唐宋以来古文作为"文"的资格，对桐城派的否定是非常明显的。但是，阮元的理论有明显缝隙：《文心雕龙》论及文笔时以有韵无韵为界，不过是时论，而《文选序》的标准虽是"沉思""翰藻"，但没有形式上的要求，更严重的是骈文本身并不一定押韵。但阮元位高势重，影响之下，清代苏南苏北地区文风很盛，出现过汪中、李兆洛、孔广森、洪亮吉等许多著名学者和骈文家。

　　清末刘师培重张乡贤旧帜，仍然针对桐城派，但也隐隐意在针砭梁启超式"新文体"的驰骋口说和演讲之辞。1905 年刘师培作《文说》《文章源始》，继续发挥"文言说"，强调"骈文一体，实为文体之正宗"。他利用深厚的"小学"修养，组织庞大的例证，分析"或抑扬以协律、或经纬以成章、或间句而协音、或隔章而转韵、或用韵不拘句末、或协声即在语端、或益助词用以足句、或谱古调以成音"之具为"句中之韵"，而"或掇双声之字、或采叠韵之词、或用重言、或用叠语"乃"字中之音"，并以《文心雕龙·声律》中"声不失序，音以律文"为证，说明"古人之文，可诵者文也，其不可诵者笔也"。刘师培有意识地将刘勰有韵无韵的标准论证为可诵不可诵，以此为骈文和韵文建立了某种同一性。同时，刘师培又强调，"饰"是文的基本属性，文有别于"言"与"语"。他在《文章源始》中说："词之饰者，乃得而文，不饰词者，即不得为文。"其《论文杂记》也说："盖'文'训为'饰'，乃英华外化，秩然有序之谓也。"《文说·耀采篇》集中论证云：

---

　　① 参见吴宏一、叶庆炳编：《清代文学批评资料汇编》，589、590 页，台北，成文出版社，1978。

　　昔《大易》有言："道有变动故曰爻，爻有等故曰物，物相杂故曰文。"《考工》亦有言："青与白谓之文，白与黑谓之章。"盖伏羲画卦，即判阴阳；隶首作数，始分奇偶。一阴一阳谓之道，一奇一偶谓之文。故刚柔相错，文之垂于天者也；经纬天地，文之列于谥者也。故三代之时，一字数用，凡礼乐法制，威仪言辞，古籍所载，咸谓之文。是则文也者，乃英华发外秩然有章之谓也。

1909 年又作《广阮氏〈文言说〉》，援引载籍，考之文字，杂糅文学诸说："故三代之时，凡可观可象，秩然有章者，咸谓之文。就事物言，则典籍为文，礼法为文，文字亦为文；就物象言，则光融者为文，华丽者亦为文"，申言"文章之必以迄彰为主焉"。同时又推出"文辞异职"论，以巩固"饰"才是文的本义：

　　……就应对言，则直言为言，论难为语，修词者始为文。文也者，别乎鄙词俚语者也。《左传》曰："言之无文，行之不远。"又曰："非文辞不为功。"言语既然，则笔之于书，亦必象取错交，功施藻饰，始克被以文称。①

在刘师培看来，"文"不同于"辞"，"辞"是口语，笔为文章则为散体，即所谓"古文"，而"文"必定是骈文，讲声律，讲文藻。

　　阮元论文核心在"文言"，刘师培则富于创造性地建立了"文"的庞大系统："文"包括"礼乐法制、威仪言辞、古籍所载"的天地间的一切事物，因而只有符合"英华发外秩然有章"的"偶语韵词"才可称"文"。刘师培把阮元的"文言"纳入他所分析的"文"的统一性中，这为骈文乃"文章之正宗"提供更为理直气壮的支持。不仅如此，又因为受到把文学定为艺术之一种的西来观念的影响，刘师培强调非"美文"不足以言文，中国的"美文"就是骈文。《中国中古文学史讲义》(1917)仍然强调"俪文律诗为诸夏所独有，今与外域文学竞长，唯资斯体"，力图回应西学而支撑己说。

　　从学术渊源上言，骈文正宗只是清代中期学者和朴学家群体中出

---

① 舒芜等编选：《近代文论选》，551、533 页，北京，人民文学出版社，1959。

现的一种文学观点。该派以学问见长，以知识为文学，并且别出新意地尊奉魏晋文章，这在清代中期乾嘉朴学稍后的扬州学派那里渐渐成为一种风习，其中以王念孙和王引之父子、焦循、汪中、洪亮吉、阮元等为代表。朴学家宗奉《文选》，鼓吹骈文，形成所谓"文选派"，从而与桐城派发生冲突，出现所谓"文章道统"和"文章正宗"之争。另外，骈文派的思想观念在清末民初颇有时代气候，因为文化动荡，又加新停科举，不少士子文人消极颓唐，骈文由是作为美文自高，风行一时，在社会中也有相当的影响力。问题在于骈文派强调文章偶俪声韵以张文统，并且把根本和依据落实到文章和文学的外在形式特征。这自然不是周全的观点，因而遭到同在朴学脉络中的严谨学者如章太炎的反对。

针对阮元推出孔子《文言》以自高其论，章太炎指出《文言》不过是古人把它推为文王所作，而不是所谓文采之"文"。针对阮元挟六朝文笔说以推尊骈文，章太炎指出魏晋以前文笔本无分别，晋以后始作区分，范晔《后汉书》和刘勰《文心雕龙》中有所论及，也不过是"以存时论，故非以此为经界也"，并非绝对以文笔划界。至于萧统《昭明文选》，章太炎认为既然标明是"文选"，不过是"为衺次总集，自成一家，体例适然，非不易之定论也"，《文选》的选文标准不过自成一家，并不能作为确定文学的根本义界。

章太炎当然明白阮元的用意在反对散文"古文"的独尊。其《文学总略》指出，阮元必以"韵偶为文"作为"文"的标准，弊在理论的荒谬和逻辑的不健全，既不符合中国文章观念的实际，也与决定文学的生活逻辑不相吻合：

> 盖人有陪贰，物有匹偶，爱恶相攻，刚柔相易，人情不能无然，故辞语应以为俪。诸事有综会，待条牒然后明者，《周官》所陈，其数一二三四是也。反是或引端竟末，若《礼经》《春秋经》《九章算术》者，虽欲为俪无由，犹耳目不可只，而胸腹不可双，各任其事。

文章骈散主要根据生活人情而定，既然世间"人有陪贰，物有匹偶，爱恶相攻，刚柔相易"，也有"引端竟末……虽欲为俪无由，犹耳目不可只，而胸腹不可双，各任其事"，所以应该"骈散各任其事"，完全应由生活情理的逻辑和个人的才性来决定，而不能勉强乃至硬性规定。

针对"文辞异职"论，章太炎也毫不客气地反驳其"反覆自陷"。既然按照刘师培的说法，雅正修饰的"文"与斯远鄙倍的"辞"是完全不同的两回事，那么，孔子注《易经》《文言》《系辞》是同样的"体格"，却取不同的题号，一称"文"，一称"辞"，这又该当何解释呢？在古代楚辞汉赋这样的韵文偶语都可以称为"辞"，又怎么能说"辞"即是口说之"词"，而只有"文"才有文采呢？因此，恰恰相反，"文"不能训为文饰，而应该训为"文字"，训为"文字著于竹帛"。章太炎对阮元和刘师培的反驳，既从生活和情理立论，又以子之矛攻子之盾，有理有据，准确迅速地剖析出阮元和刘师培自身立论的漏洞，击中了"文言说"的要害，痛快淋漓。清代主骈主散争议不断，两派意气相争了多少年，《文学总略》廓清事实主张"骈散各任其事"，终于为骈散之争画上了句号。

中国的传统历来是"必也正名乎"，清末民初的章太炎一直坚持为"文"正名，先后撰述有《文学说例》（1902）①，《訄书》（重订本，1904）的《订文》篇以及附录《正名杂义》②，《文学论略》（1906），《国故论衡》

---

① 《文学说例》最早发表于《新民丛报》1902年第5、9、15号，光绪二十八年三月初一、五月初一、八月初一出版。谢樱宁《章太炎年谱摭遗》据汤志钧《章太炎年谱长编》认为，《文学说例》一文当完成于1901年。后凡引参见舒芜等编选：《近代文论选》，403—419页，北京，人民文学出版社，1959。

② 1902年章太炎删革重订《訄书》，后来1904年在日本东京翔鸾社铅字排印为"重订本"，其中《订文第二十五》附录有《正名杂义》一文。大体而言，《正名杂义》是《文学说例》与1900年初刻本《訄书》中《订文第二十二》附录《正名略例》的交叉合并之修订成品。辛亥革命后，章太炎又有《訄书》的第二次增修重订本，题曰《检论》，于1915年收入上海右文社版《章氏丛书》，其中卷五仍收有《订文》篇，其下有附录《正名杂义》一文，其内容又略有删修，大体没有变化。后凡引参见《章太炎全集》第三卷，207—230页，上海，上海人民出版社，1984。

(1910)的《文学总略》篇①，等等，还有晚年各种讲习会的讲演。这些文章和讲演反复重申"文"的"封略"。所谓"略"者，《检论》解作"封域之正名"，用意即在因名责实，按其本义划定义界，确定内涵。也就是说，要追索"文"的本义，并根据本义进一步推定概念的内涵与外延，以求得对文学的整体把握。

章太炎一直强调论文必须"以文字为准"，所谓"以文字著于竹帛，故谓之文"。这个观点重点在强调"文"的符号性，即"文"在其第一义上就是符号或记号，它必要承载于媒介如竹帛纸页之上而成为其符号。从《文学论略》到《文学总略》，章太炎一直强调这其实是"从其质为名"：

> 吾今当为众说，古者书籍得名，由其所用之竹木而起。此可见语言文学，功用各殊，是文学之所以称文学也。且如经之得称，谓其常也；传之得称，谓其转也；论之得称，谓其伦也。此皆后儒训说，未必睹其本真。欲知称经、称传、称论之由，则经者编丝缀属之谓也……据此诸证，或简牍皆从其质为名，此所以别文字于言语也……然则文字本以代言，其用则有独至。凡无句读文，皆文字所专属也。文之代言者，必有兴会神味；文之不代言者，则不必有兴会神味。不代言者，文字所擅场也。故论文学者，不得以感情为主。

> ……凡此皆从其质为名，所以别文字于语言也。其必为之别何也？文学初兴，本以代声气，乃其功用有胜于言者。言语仅成线耳，喻若空中鸟迹，甫见而形已逝，故一事一义，得相联贯者，言语司之。及夫万类坌集，棼不可理，言语之用，有所不周，于

① 《文学论略》一文原系1906年章氏从上海抵东京后在国学讲习会所做讲演的记录，收入《国学讲习会略说》(1906年9月日本秀光社印刷)，题作《论文学》。同时作者又作增订后发表于《国粹学报》1906年第9、10、11号(10月7日、11月6日、12月5日出版)，署名"章绛"。1910年修删为《文学总略》，收入《国故论衡》(1910年东京秀光社初刊印刷，1915年上海右文社《章氏丛书》铅印本和1919年浙江图书馆《章氏丛书》木刻本皆有修订)。后凡引前者据陈平原选编《章太炎的白话文》，138—151页，贵阳，贵州教育出版社，2001。后者据《国故论衡疏证》，庞俊、郭诚永疏证，北京，中华书局，2008。后引书亦同此。

是委之文字。文字之用，足以成面，故表谱图书之术兴焉，凡排比铺张，不可口说者，文字司之。及夫立体建形，向背同现，文字之用，又有不同，于是委之仪象，仪象之用，足以成体，故铸铜雕木之术兴焉，凡望高测深不可图表者，仪象司之。

正是在文必然借助媒介、书写记号、指称事情这一意义上，"文""名""字""书"等相互转译：书即文，即名，即字；文从其质而为名，必为书，必为字。所以，无论是远古最初出现的"文"，还是继之而起孳乳浸多的"字"，再到后来"著于竹帛"的各种文字文章，都是一种即物性的、指称性的符号性书写，其结果是用"文"这一符号来记录和表现万事万物，所谓"书契记事"。

也就是说，无论在人类之初始作文字以化成文明，还是后来人事日繁文明进化而文学流变，但其中三个方面的根本特征不能忘记和忽略：其一，文字作为"文"，大体是一种以此物代替、假借、象征彼物的符号，而且形成了相对独立，甚至反作用于语言的文字符号系统；其二，"文"是一种现世的物质符号，它具体落实为文字这种具有可视性的符号，根本意义在于指称表意，符号的朴质表达即其素质；其三，"文"是对社会人事的象征、记录和表现，它的根本功能是"书契记事"。正是将"文"落实为文字，使章太炎能够直接而逻辑地把书面文字及文字文化确定为研究对象。

基于这一根本逻辑，章太炎坚执"文"的符号指称性是第一义，并将"文"落实到文字上，"以文字为准"。许多立意独特、令人侧目的观点，皆由此推演而成并且逻辑自洽。比如，他建立了独出机杼、包举"无句读文"在内的庞大文类系统。在他看来，刘勰和王充都未能探得"文"的根本，因为他们在相当程度上都"但知有句读文，而不知无句读文，此则不明文学之原矣"。地图、表谱、簿录和算草都是"文"，是"无句读文"，对于人类的社会生活和文化活动都非常重要。不能因为没有句读，就否定其"书契记事"的符号指称功能。它们也是"文"，甚至是"文"的样板。

从学理渊源讲，章太炎义界也是承沿朴学家而来，不过视野更为宽阔，度量更为宏大。朴学家论文往往扩大"文"的范围，坚持朴学求实存质的精神，认为学问之事有本有末，道为本，艺为末，这是戴震以来的传统。戴震《与某书》云："治经先考字义，次通文理，志在闻道，必空所依傍……我辈读书……宜平心体会经文，有一字非其的解，则于所言之意必差，而道从此失……宋以来儒者，以己之见，硬坐为古贤圣立言之意，而语言文字之实未知。其于天下之事也，以己所谓理强断行之，而事情原委隐曲实未能得，是以大道失而行事乖。"戴震《与是仲明论学书》也强调，必自字义而明义理，问学闻道须明确其顺序："由字以通其词，由词以通其道，必有渐。"这种观点针对的主要是儒家学术的进路问题，但此中文学安排却是题中之意。戴震《与方希原书》主张"以艺为末，以道为本"，"义理""制数"和"文章"三者之中，制数和义理探求占首位，朴学就是要通过训诂考据的方式探寻六经蕴意，以窥圣人之道，而文章之得道于否，主要取决于考证功夫和对义理的理解。① 也就是说，真理是最主要的诉求， 大大小小的真理构成最高

表 3-1　章太炎的文类系统，根据《文学论略》

"文"：以文字为准					
	无句读文	地图	无兴会神味		
		表谱			
		簿录			
		算草			
	成句读文	无韵之文	典章	比类知源	可感人，可不感人
			公牍	便俗致用	
			历史	确尽事状	
			学说	浚发思想	
			杂文	以感人为主，有不感人者	有兴会神味，又称"文辞"
			小说		
		有韵之文	词曲		
			古今体诗		
			箴铭		
			哀诔		
			赋颂		
			占繇		

① 以上所引参见《戴震全集》，第一册 211 页、第五册 2587、2589 页，北京，清华大学出版社，1991、1997。

的义理，而文辞不过是呈现形式。换而言之，朴学注重的不是"文"的表现和形式，而是"文"的意义和内涵，意义和内涵俱足，则表现形式上自然完满。这种朴学信奉的是真理一元论。所以，这一脉络上的朴学家往往指责桐城派不过以义理和考据为门面语而蝇营狗苟于外在文辞，而章太炎的《文学总略》则据以进一步发挥，并敲打骈文派不过也是"沾沾焉惟华辞之守"，"恶夫冲澹之辞，而好华叶之语，违书契记事之本"而已。

二、"文"的发生学："舍借用真"的革命性

章太炎并非不明白口说文化也可以成就文学精品，并非不明白纯文学传统中的种种文采和精意，也并非不明白儒家文化对温柔敦厚之诗教的追求，对西来文艺审美思路其实看重个体意志感发的特点，他也不会没有同情。但是，他仍然坚持采用"文学总略"加以逻辑界说法。为什么要坚持"以文字箸于竹帛故谓之文"，强调"以文字为准"这么消极的义界呢？

表面的消极"无所为"背后，其实是大有革命和执着的"所为"。"以文字为准"的"文学总略"，有着从章太炎经由西学激发的"语文学"而引申出的革命性潜义。这就是章太炎看到"文字文化"中的语言文字的基础性层面，并且企图以"语文学"本身的符号学内涵，来确证"文"的"发生学"及其"存质""求真"之本性。

世纪之交的章太炎一直没有放弃关注语文的根本问题，即人类如何以文字记事、表情、达意和说理，其总体的机理何在？《国故论衡·上卷·语言缘起说》曾对语言问题进行过深入的推演和分析："语言之初，当先缘天官……上世先有表'实'之名，以次扩充，而表'德'、表'业'之名因之。""太古草昧之世，其言语惟以表'实'，而'德''业'之名为后起。"实、德、业三字源出佛典，"实"是指具体的对象物，"德"和"业"指抽象的事物意义，"物德"指对象的性质和样态，"事业"指对象的关系及功能。也就是说，人类语言起源于感觉（即所谓"天官"），

"物之得名大都由于触受"，触受之受是佛家"五蕴"说中的第二位，还不是思想的境界，但它是人类运用语言文字表示物质世界的最源初、最直接的依据，因此有所谓"诸语言皆有根"。人类运用语言进行思维的过程，即体现为从人对事物"体象"之"实"的"触受"，然后运用心智加以"表象"，进而把握对象性质和样态而"表德"的过程。所谓"表象"，就是经过若干次的重复之后而得出的对象上的关系名字，而其后"表德"则是对对象性质的判断。这是章太炎杂用古今中外各种资源进行语言哲学的思考探究。

要紧的是人类有了文字，开始运用文字符号，此间的机理和进程究竟如何？如何看待文字发展所带来的问题？章太炎以汉语言文字为例，梳理文字的发展进程。对物体体相的触受，至对象化为图画，更由图画而至文字，渐渐由简而繁，且文字相对成熟后，依孳乳规律而发展。《文学说例》对此进程进行了推演和探讨：

> 六书初创，形声事意，皆以组成本义；而言语笔札之用，则假借为多。自徐楚金系《说文》，始有引申一例。然许君以"令""长"为假借。"令"者发号，"长"者久远，而以为司号令、位夐高者之称；是则假借即引申，与夫意义绝异而徒以同声通用者，其趣殊矣。夫号物之数曰万，动植金石械器之属，已不能尽为其名，至于人事之端，心理之微，本无体象，则不得不假用他名以表之。若动静形容之字，在有形者，已不能物为其号，而多以一言矕括；在无形者，则更不得不假借以为表象。此虽正名如李斯，善辩如惠施，无可如何者也。

图像一般的初文，包括"形声事意"，与所表达的意义都有着某种较为直接的对应性，而"假借"则远非一般所理解的那种纯粹的"意义绝异而徒以同声通用者"，因为它已经成为根据意义的关联而来的"引申"：它既不是造字术中"形声事意"的形、音、义三者直接对应，也不是用字术中偶然的、简单的、无理据的误用。所谓"形声事意，皆以组成本义；而言语笔札之用，则假借为多"，道出了用字术的理据性、创造性及其必然性。

文字随着生活丰富和语言发展而繁衍的重要规律，即从"据理造字"进行表意，发展到利用"假借"的用字法，来突破造字的局限。文字进化和发展的规律正是从"六书"中的前四书（即象形、形声、指事和会意）的文字创制原则，向以"假借"为主的创造性的转化：在造字日渐不能满足要求的情况下，人类转而假借文字，引申意义，以扩展文字的功能，服务于日益繁复的人类生活和情意交流。章太炎借用"假借"说来说明以"文字"为中心的文化生活有着同样的表意策略和原则。为此《文学说例》引译其时日本人姊崎正治在《宗教病理学》中的表述，来说明这一"表象"原理：

> 姊崎正治曰：凡有生活以上，其所以生活之机能，即病态之所从起。故凡表象主义之病质，不独宗教为然。即人间之精神现象社会现象，其生命必与病俱存。马科斯牟拉以神话为言语之疾病肿物。虽然，言语本不能与外物吻合，则必不得不有所表象。故如言"雨降"，言"风吹"皆略以人格之迹表象风雨。且因此进而为抽象思想之言语，则此特征愈益显著。如言"思想之深远"，"度量之宽宏"，深者所以度水，远者所记里，宽宏者所以形状空中之器，莫非有形者也，而精神现象，以此为表。如言"宇宙为理性"，此以人之性能表象宇宙。如言"真理则主观客观初无二致"，此分歧真理之语于主观之承认、客观之存在而为表象。要之，人间思想，必不能腾跃于表象主义之外。

马科斯牟拉关于神话起源的"言语的瘿疣"说，从言语不能与事物完全一致的角度，说明了人类表意往往不得不依赖于比喻性转义。马科斯牟拉即任教于牛津大学的德裔语言学家马克斯·缪勒（Max Müller，1823—1900），他在研究神话的过程中提出"神话是语言的疾病"说。当时民俗学和神话学领域内争论的难题之一是如何解释西方古典神话中乱伦、残杀等许多不合理的因素，缪勒从希腊诸神的名字中追寻出它们的印度源头并发现这些神名最初都是对自然现象的隐喻，他据此认为所有印欧语系民族分享一个语言源头，当这些民族分散到世界各地时，古代雅利安语言逐渐演变成许多民族语言。在这个过程中，神名的最初含义也被遗忘，后人不得不创造出许多故事来附会解释，于是产生了神话。章太炎据此格义引申并发挥，区别了"体象"与"表象"："体象"不能尽意，人类不得不用"表象"来传达，往往通过表象的符号学来扩展思想和活动。"假借"作为"表象"的符号学，既是纯粹的"文字"发展规律，更是"文字文化"发生和发展的规律。正是通过"文字"在挪用过程中的意义连接，"文"的集群成为一个相对的文化有机体。在此意义上，"文"呈现了自身最基本的"文字"性内涵，"文字文化"在"表象"的符号学原理中找到最可靠和现实的落脚点。

章太炎思路与传统朴学家一味求索训诂、视虱如轮不同，它立足于汉字及其文化的实际表意机理，但却能够同时达成对西方现代宗教学和神话学的思想进行创造性的发明，并从中发掘"文"事日繁的基本内涵。[1]在这里，"表象"的符号学深刻地揭示了"文字文化"的文字性内涵及其运演机制："文"的发生学有助于理解"文"的现实性内涵。

章太炎发现，在"文字"之用和文化书写的过程中，人既有对汉字的创造性发明和运用，也有对工具本身和中介策略的遗忘。无论是文字还是文辞，都会出现"表象"离间符号与意旨的现象：

　　惟夫庶事繁兴，文字亦日孳乳，则渐离表象之义，而为正文。

---

[1]　语文学家俞敏在《论古韵合帖屑没曷五部之通转》一文（载《燕京学报》1932 年第 34 期）中指出，章太炎著作《文始》所提出的"语根"说与德国语文学家马科斯·牟拉的《言语学讲义》(1871)之间的渊源关系。更有必要强调的是章太炎以其语文学与西方现代神话学、文化学与宗教学进行比附格义所体现的创造性。章太炎以日本人所转述的马氏"神话为言语之病肿物"的学说，来解释中国的文字学，能触类旁通，结合以自己的"语文学"，构造出自己的汉字"表象"的符号学的学说，并以此揭示小学与文辞之间的互动关系。这不能不说是章太炎的创见。近有彭春凌《章太炎对姊崎正治宗教学思想的扬弃》（载《历史研究》2012 年第 1 期）指出章太炎于 1902 年即开始汲取姊崎之学说，赞美宗教鼓动人心的价值，1906 年后推崇心力能量，这一辩证殊为的见。此间章太炎政治、伦理和宗教思想的变异和转换确实有相当的脉络可寻。但即便如此，就这一阶段尤其是前半段的章太炎整体思想而言，大略仍归于思想激烈实验、"转俗成真"阶段，强调真理、正见和本义，于文学方面尤然，而更多地强调质实直截、解剖执着的方面，尚未到完全破解文野之见。当然，从《文学论略》(1906)到《国故论衡·文学总略》(1910)的修删过程，以及《国故论衡》内部诸种张力和《齐物论释》援佛释庄的努力，也进一步显现出"回真向俗"的努力，至《菿汉微言》则此进路已至为豁然。或者可以说，"转俗成真"和"回真向俗"只是大的概括，而在章太炎具体思想历程中这两方面趋势又多有参差交错。

如"能"如"豪"，以猛兽为表象。如"朋"如"群"，以禽兽为表象。此犹埃及古文，以雌蜂表至尊，以牡牛表有力，以鸵鸟之羽纤纬平滑，表性行恺直者，虽朔南夐鬲，草昧之始，其情一也。久之"能"则有"态"，"豪"则有"势"，"朋"则有"傰"，"群"则有"窘"，皆特制正文矣。而施于文辞者，犹习用古文，而怠更新体。由是表象主义，日益浸淫。然赋颂之文，声对之体，或反以代表为工，质言为拙，是则以病质为美疢也。杨泉《物理论》有云："在金石曰坚，在草木曰紧，在人曰贤。"此谓本由一语，甲乇而为数文者。然特就简毕常言以为条别，已不尽得其本义。斯治小学与为文辞者所由怨争互诟，而文学之事日益纷纭矣。

作为"表象"的文字或文辞都具有二重性。"假借"和"引申"既实现了意义的发挥和沟通，但也带来严重的后果，即原初的"表象"中能指与所指的关系渐渐模糊了。以至于在精确地表情达意已有可能的情况下，人们"习用古文，而怠更新体"：表情达意的目的本身遗忘了，作为工具的文辞成了目的本身，成为一种赤裸裸的工具和"物"。"代表"和"表象"这些转喻的符号被人们习用，而"质言"和"正文"反不被人们当一回事："表象主义，日益浸淫"。

文字的问题同时就是文字文化的问题。在"赋颂之体，声对之文"中，这一现象尤为严重，人们"反以代表为工，质言为拙"，这真正是"以病质为美疢"。所谓"以病质为美疢"，即人类文化发展落熟期的困境，它主要发生在人们对"表象"的技巧主义认识和使用上。章太炎认为，"表象"与"体象"永远不可同一，所以以"表象"近乎是人类符号性文化的宿命。章太炎一则曰："此虽正名如李斯，善辩如惠施，无可如何者也。"又则曰："生命必与病俱存。"再则曰："言语不能无病，然则文辞愈工者，病亦愈剧。"他将"表象"譬为人类之"病"：

> 言语不能无病，然则文辞愈工者，病亦愈剧。是其分际，则在文言、质而已。文辞虽以存质为本干，然业曰文，其不能一从质言可知也。文益离质，则表象益多，而病亦益甚。斯非独魏、晋以后然也，虽上自周、孔，下逮嬴、刘，其病已不訾矣。"汤、

武革命"而及"黄牛之革"，"皿虫为蛊"而云"干父之蛊"。《易》者象
也，表象大着，故治故训言引申者必始自《易》，而病质亦于今烈
焉。虽然，人未有生而无病者，而病必期其少。

值得注意的是章太炎对"以病质为美疢"的反省和批判。章太炎强调，
如果看不到"表象"与"体象"的非同一性，而一味沉湎于"表象"，不以
之为局限，反以宿命为技巧，那就不仅是"小学"的末路，同时也是"文
化"的堕落。也就是说，"表象"发展为"表象主义"，那就是"以病质为
美疢"，那将是人类文化的堕落。章太炎特别指出："人未有生而无病
者，而病必期其少。"章太炎认为，转喻符号以表象为其根本原理，本
是人类文化创造不得不经过的必由之途，但他表示反对"以病质为美
疢"的"表象主义"，因为表象一旦成为"主义"，其后果却是"反以代表
为工，质言为拙"了。章太炎批判这是"表象主义"。

用现代研究术语说，这其实是对转喻的过度信任，同时也是由于
对文化的"自动化"使用而形成的"意识形态"（ideology）和"神话"
（myth）。人们把语言和文字当作纯粹的工具进行使用，并且叠架堆
床，却在时间的流逝中忘记了"工具"自身的中介性和内在理据。章太
炎对"表象"与表象主义"的区别颇为警觉，认为这正是日后"治小学与
为文辞者所由忿争互诟，而文学之事日益纷纭矣"的根本原因。章太炎
"文字文化"论及其"表象主义"批判，要求人类运用文字表意的基础性，
强调"文"要求"言之有物"而又"修辞立诚"。这种认识体现出高度的现
代紧张性，其实是一种执着严谨的语文现代性诉求。日本学者木山英
雄对此大加赞赏，章太炎"列举了若干用例，以说明言语不可避免的
'表象主义'这一宿命般的结局，不过，将这一缺陷作为技巧而乱用，
便是'小学'的末路和文学的堕落。这种修辞上注重实体的倾向，却又
与朴素的反修辞论不同。岂止如此，它其实是严格至极的修辞学要
求"。①这真是的见。

章太炎深深感受到"文"的符号性及其策略性，而表象是不可避免

---

① ［日］木山英雄：《文学复古与文学革命——木山英雄中国现代文学思想论集》，赵京
华编译，221 页，北京，北京大学出版社，2004。

的。他并不因为"文"的表象性、转喻性而完全否定表象，而是在积极地肯定"表象"达意功能的同时，提醒人们在文字文化的书写中，要注意存质、求真和"修辞立诚"。由此他反对"以文掩事"，"以病质为美疢"，反对雕琢夸饰的文风。为了达到求真和立诚，克服文益离质的毛病，章太炎提出的现实策略有两条，一要"斫雕为朴"，二要勇于"解剖"。

所谓"斫雕为朴"，就是摒弃浮夸和藻饰的文风，远离过多的表象和文辞，所谓穷而返本，回复到"故训求是之文"的道路上来。章太炎在《訄书》重订本《订文第二十五》附录《正名杂义》中反复强调，今人作文流弊在于一味强调文辞，所以往往大量运用表象，导致渐离其质，而古人作文往往以"小学"为基础，追求"故训求是"，所以语本直核，虽然文体各异，且"师法义例，容有周疏"，但都"或然信美"，这才是真正的文辞。章太炎认为，宋元以下的文学一步步走向堕落，就是因为不以"小学"为本，而以"通借"为尚：

> 至乎六书本义，废置已夙，经籍仍用，叚借为多。舍借用真，兹为复始，其与好书通用，正负不同。瞀者不睹字例之条，一切訾以难字，非其例矣……必当采用故言，然后义无遗缺。野者不闻正名之悑，一切訾以藻缋，非其例矣。知《尔雅》之为近正，明民之以共财，奇恒今古，视若游尘，取舍不同，惟其吊当。斯则华士謏闻，鄙夫玩习，其皆有所底止乎？

"华士""鄙夫"不能掌握字例和本义，反诬字例为难，导致作文日益以"藻缋"为"正名"。正是在"舍借用真，兹为复始"思路中，章太炎强调"舍借用真，兹为复始"，"必当采用故言"，"使义无遗缺"，从而使天下人民百姓了解民族文化的财富，"知《尔雅》之近正，明民之以共财，奇恒今古，视若游尘"，写文章能恰当取舍文辞，准确表情达意。

所谓勇于"解剖"，就是要对中国语文体系进行改造，以适应现代文化科学化、理性化的要求。他强调，必要在纠正文风，精求"故训求是"和文化创新的同时，对民族语文体系进行激活和革新。《訄书·订文》明确指出，语言和文字都是人类社会生活发展的必然产物，语言文字必定要随着人们社会交往的日益繁复而不断发展，"解垢益甚，则文以益繁"。反过来，人们对语言文字的意识和重视与否，也会对语言文字的发展产生很大的影响，官事民志，或者逐步发展，"日以孟晋"，或者渐趋衰微，"日以呰窳"，都会与社会政俗的兴衰进退息息相关。要使中国民智得到开发，要使中国国势日削的局面转变为国势日强，就必须在普及文化开发民智的同时，重视语言文字的发展，使中国人民的智慧一步步提高。

章太炎同时指出，当代世界最为发达的语言应数英语，"今英语最数，无虑六万言，言各成义，不相陵越。东、西之书契，莫繁是者，故足以表西海。"相比之下，中国语言文字的发展大为落后。南宋以来，中国语言文字日益萎缩和僵化，已经导致"政令逡巡以日废"。在近代，"与异域互高，械器日更，志念之新者日蘖"，中国古老的语言文字再若停滞不前，那势必产生更加严重的后果。因此，他主张必须要创造大量的新词汇，使汉字、汉语有大发展，以适应和满足现代社会生活的需要："孟晋之后王，必修述文字。其形色志念，故有其名，今不能举者，循而摅之；故无其名，今匮于用者，则自我作之。"章太炎呼唤民族文字的发展和创造，其社会发展和文化进步的措意由斯可见。

章太炎强调，在民族语文体系的继承和创造中，中国古人就勇于解剖，随着时代的变化而理性自觉地继承和创新，推进民族语文体系的发展。可是自宋以后，字例词例之学衰微，狷狂文士反而"讦诞自壮"，讥讽过去读书人为文治学破碎。清代乾嘉学派崛起，刚刚有所成就，又被一群有意地急功近利却无意地破坏文化的策士们群起而攻击。他们不愿意踏踏实实、清醒理智地从事文化重建，却反过来讥诮实学与语言文字之学。《文学说例》痛斥：

> 自衰宋至今，散行噂沓，俪辞绲淆，《苍》《雅》之学，于兹歇绝。而讦诞自壮者，反以破碎讥往儒，六百年中，人尽盲瞽，哀哉！戴先生起自休宁；王、段二师，实承其学；综会雅言，皆众理解，则高邮尤懿矣。不及百年，策士群起，以衰宋论锋为师法，而诸师复破碎之诮。

"语言文字之学"并不破碎，而"衰宋论锋"更不能师法。针对中国语言文字与语文思想传统中不求进步的毛病，必须对远古和近古的语言文字进行解剖和分析，并借鉴西方语文，进行淘汰、引进、复古和新创。同时，章太炎大声疾呼，要敢于打破自诩为"天然之完具"的旧文辞，更不能相信唐宋以来正统文学"文辞完具"的鬼话，而要经过全面筹划和安排，锻造出"真完具"的新文辞：

> 顾彼所谓完具者安在耶？金之出矿必杂沙，玉之在璞必衔石，炼钘攻斫，必更数周，而后为黄流之勺，终葵之圭。夫如是，则完具之名器，非先以破碎，弗能就也。破碎而后完具，斯真完具尔。任天产之完具，而以破碎为戒，则必以杂沙之金、衔石之玉为巨宝也。

这里的要求就是要适应现代文化的发展趋势，改革民族语文体系，并对整体文化进行适当保存、清理和整顿，从而塑造全新的"完具之名器"。

这样看"勇于解剖"和"斫雕为朴"，即可知在其表面极端的看法之下，其实却蕴蓄着非常革命性的诉求：前者的用意针对文字文化的基础和架构层面，即要对民族语文及其语文学进行全面的革新创造，后者的用意针对文字文化的运行机制和时代风尚，即要在"斫雕为朴"，立意存质、求真、立诚，对作为文字文化之末流的堕落文体和文风进行革命改造，使之回复到健康、朴质、活泼和典雅的轨道上来。

三、追求"文字性"："文学复古"的意义

章太炎强调"舍借用真，兹为复始"，其实还可从鼓吹"文学复古"来印证。章太炎最早运用"文学复古"这个词，是在 1906 年发表的《东京留学生欢迎会演说辞》：

> ……由我们看去，自然本种的文辞，方为优美。可惜小学日衰，文辞也不成个样子，若是提倡小学，能够达到文学复古的时

候，这爱国保种的力量，不由你不伟大的。①

紧接着又在《革命之道德》(1906)中强调"文学复古"的思想：

> 夫讲学者之嬲于武事，非独汉学为然。今以中国民籍量其多少则识字知文法者，无过百分之二，讲汉学者，于此二分，又千分之一耳，且反古复始，人心所同，裂冠毁冕之既久，而得此数公者，追姬汉之旧章，寻绎东夏之成事，乃适见犬羊殊族非我亲昵。彼意大利之中兴，且以文学复古为之前导，汉学亦然，其于种族固有益无损。②

章太炎相信，只要通过各种努力，包括小学、文辞和学术诸方面的研究和创造，可以达成"文学复古"，实现民族的复兴，因为"彼意大利之中兴，且以文学复古为之前导"，正是我们的榜样。

　　1913年章太炎作《自述学术次第》，认为自己"少已好文辞，本治小学，故慕退之造词之则。为文奥衍不驯，非为慕古，亦欲使雅言故训，复用于常文耳"。从总体上看，章太炎力主以文字来界说"文"，其用意正在于"欲使雅言故训，复用于常文"，来打破小学与文辞之间的界限和分治局面。他企图以文字为中介，一端系以小学，一端系以文辞，使小学成为文辞的基础，使"文"的书写成为质性清明、文质彬彬、修辞立诚的写作。这其实是关涉欲以"雅言故训"的小学为基础，对"文字文化"整体进行改革的大思路。这正是章太炎所谓"文学复古"的真正含义。

　　为什么相信通过"文学复古"就可以达成民族文化的复兴呢？除了受到中国传统"以复古为革新"思路影响之外，也与当时的文化思想潮流有关。③

　　首先，其时的知识界已经开始睁眼看世界，认为"古学复兴"(大致等于"文学复古")是世界各国文化复兴的普遍规律。古希腊古罗马的盛

---

① 陈平原选编：《章太炎的白话文》，116页，贵阳，贵州教育出版社，2001。
② 《章太炎全集》第四册，277页，上海，上海人民出版社，1985。
③ 参见郑师渠：《晚清国粹派——文化思想研究》，132—137页，北京，北京师范大学出版社，1997。

巨文明经历中世纪黑暗而黯然无光，因为十字军东征和东罗马帝国的崩溃，大量古籍自东而归，一时慕古之心，古学首先复兴于意大利，接着遍布于全欧，开近现代文明之先河："德则以神学史学著，法则以诗文音乐之学著，英则以实验哲学及戏曲著。又其是国语渐定，学者皆以国文著述……而文学之兴，日益光大。吁，盛矣哉！此欧洲古学之复兴也。"另外，当时人们也认为东方日本的强盛是肇端于"王政复古"的明治维新时代："嗟乎，欧民振兴之基，肇于古学复兴之世，倭人革新之端，启于尊王攘夷之论。"由此他们认为，古学复兴、文学复兴而后民族复兴乃是一文化发展的普遍规律："安见欧洲古学复兴于十五世纪，而亚洲古学不复兴于二十世纪也？"①

其次，相当一批学者认为，"复兴"即"再生"是中国文化新生的必由之路。在中西文化的比较中，作为西方文明之源头的古希腊古罗马文明兴盛之时，也正是中国周秦时期，中国学术文化空前繁荣，诸子百家和希腊诸学派几乎同时崛起，后来同样受到专制和愚昧的摧残，然而西方文明终能衰而复振，而中国却陵夷至今。西方文明得以复兴就在于经过"古学复兴"，接续了自身文明的活力，"彼族强盛，实循斯轨，此尤大彰明著者也"，所以中国应"急起直追"，实现"古学"和"文学"的复兴。②

再次，同样在中西文化的比较中，相当一批学者认为，世界五大古国中唯有中国能数千年一脉相续，不能不承认中国文明中含有"适于天演之例"的精粹在，有可弱而不亡的民族特性和生命力在。章太炎认为，周秦是中华民族的年轻时代，生命力最为蓬勃，而唐宋以降，去时已远，惰气随之，自然归于衰微。章太炎甚至认为："今远西所以能长驾，日本地不过弹丸巨胜，犹称枭雄，非必皆有余也，其去封建近矣。"③所谓"去封建近"，就是葆有更多年轻民族的朝气和活力。因此，

① 参见邓实：《古学复兴论》，载《国粹学报》第 1 年第 9 期；刘师培：《论中国宜建藏书楼》，《国粹学报》第 2 年第 7 期。

② 邓实：《论中国群治进退之大势》，《政艺通报》1903 年第 9 号；《古学复兴论》，《国粹学报》第 1 年第 9 期。

③ 《儒兵》"编校附记"，《章太炎全集》第三卷，143 页，上海，上海人民出版社，1984。

文明复兴和社会进步有赖于接续远古的生命力，而这必须通过"复兴古学"和"文学复古"，从而达到复活民族年轻时代的精神和活力。

这样看来，国粹派的"文学复古"论具有较为浪漫的内涵，尤其是中外比附方面有许多想象和比附的成分。认定中华民族更为充沛的生命力存在于古学之中，则容易走向神秘主义。①但从总体上看，在章太炎那里，"文学复古"主要是指通过对本土一贯的古代文化的弃粗存精，"温故而知新"，继承其中文化的精粹，以及其中蕴蓄的创造精神，从而张扬"自性"，"以我为主"，在民族文化重建的独立自主和自性发展方面，具有十分积极的意义。

章太炎本人对这种文学复古的工作颇为自信，而其相关学术研究和鼓吹都依这个中心而展开，如在民族语文改革方面。在章太炎看来，这个过程是一个积极稳妥的过程。必须按照民族语文自身规律，切合于民族和民众生活。他本人也一直身体力行：从认识论角度探索语言的起源，作《语言文字之学》和《语言缘起说》；探讨文字起源及其创建规律，作《订文》；揭示文字孳乳规律，解说"转注"和"假借"作为汉语在其较高阶段创造词汇的主要方法和主要规律，作《转注假借说》；摸索从语言到文字的自然史发展规律，侧重于语音的历史变迁，把握形体、故训、音韵三者的内在规律，作《小学略说》；系统阐明中国古代语文的形体、语音和字义的发展过程以及三者之间的内在联系，作《小学答问》；研究"初文"，分部为编，探讨汉字孳乳浸多的繁殖规律，作《文始》；专门寻求各种方言的"语根"，以为"异日统一民言，以县群众"，作《新方言》，等等。

再比如当时甚嚣尘上争议纷纭的"言文一致"问题。章太炎认为，"文言合一"工作却不能如当时人们所鼓吹的那样仓猝而行。在理论上

---

①　章太炎们当然未能从社会历史发展的政治经济角度去考察西方"文艺复兴"运动。欧洲文艺复兴其实主要是指14—17世纪欧洲新生资产阶级在意识形态领域内向封建主义和基督教神学体系发动的一场伟大的革命运动，是西欧特定历史条件的产物。"以复古为解放"虽然在历史上常见，但并不一定是普遍规律。而且与14—17世纪的欧洲在历史条件方面大有不同，文艺复兴的先驱们从黑暗的中世纪冲出，对历史少有依傍，为求解放和创新而向古代文明汲取诗情是合乎逻辑的，而20世纪的中国面对着已经发达的资本主义文明乃至争霸天下的帝国主义，情势已大有不同。

不待民族语文体系的清理工作完成，"文言合一"不可猝行，如果仓猝行事只能使民族语文和文辞日渐衰败。《国故论衡·正言论》：

> 文言合一，盖时彦所哗言也。此事固未可猝行，藉令行之为得其道，徒令文学日窳。方国殊言，间存古训，亦即随之消亡。以此阖围烝黎，翩其反矣。余以为文字训故，必当普教国人。九服异言，咸宜撢其本始，乃至出辞之法，正名之方，各得准绳，悉能解谕。当尔之时，诸方别语，庶将刬如画一，安用豫设科条，强施隐括哉！……世方瞀惑，余之所怀，旦莫难遂。犹愿二三知德君子，考合旧文，索寻古语，庶使夏声不坠；万民以察，芳泽所被，不亦远乎？

"言文一致"工程匆匆上马，很容易使文学粗浅化，民族文字和各地方言中的许多意义关联就会丧失殆尽。章太炎主张，必须在"文字训故"（即"小学"之实践和义理）"普教国人"之后，"书面雅言"和"九服异言"整体上统一之后，甚至"出辞之法，正名之方，各得准绳，悉能解谕"之后，即语文体系的内在规律为人们所通晓之后，才可以真正自然而然、水到渠成地做到"言文一致"。有许多论者误解章太炎反对"言文合一"，这是应该澄清的。

理想中的"言文一致"是怎么样的呢？在章太炎看来，必定是古训与今义、方言俗语与雅言文字的整体沟通和一致。《驳中国用万国新语说》和《汉字统一会之荒陋》分别云：

> 夫语言文字出于一本……古今语虽少不同，名物犹无大变。至于侪偶相呼，今昔无爽。助词发语之声，世俗瞀儒，疑为异古。余尝穷究音变，明其非有差违。作《释词》七十余条，用为左证……此则通言别语，词气皆与古符。由此以双声叠韵展转钩校，今之词气盖无一不与雅训相会者。百代垒疑，涣尔冰释。况诸名物取舍之词，而有与故言相失者耶？特世人鲜通韵学，音声小变，即无以知所从来。若循法言《切韵》之例，一字数音，区其正变，则虽谓周、汉旧言，犹存今世可也……故训衰微，留者可宝。此在南北，亦皆到有短长：闽峤之言，至诘诎也。然而……若知斯

类，北人不当以南纪之言为碟格，南人不当以中州之语为冤句，有能调均殊语，以为一家，则名言其有则矣。

俗士有恒言，以言文一致为准，所定文法率近小说演义之流。其或纯为白话，而以蕴藉之词间之，所用成语徒唐宋文人所造，何若一返方言，无言文歧异之征，而又深契古文，视唐宋儒言为典则耶？……今者音韵虽宜一致，而殊言别语，终合葆存。但令士大夫略通小学，则知今世方言，上合周汉者众……①

在这种设定的理想状态中，耕夫贩妇口中的俗语就是高文典册中的雅言。所以，"之乎者也"不足尚，"的么哩呢"也未可非。在这种"言文一致"的视界中，虽然语音在各地并不一致，但纯以白话与方言，却又系同一源流世系而"上合周汉"，既无"言文歧异之征"，又"深契古义"。在这种"言文合一"状态下，历史的维度似乎悄然隐退，古今字义和字音的流变似乎无足轻重，而今世的语文体系和它的书写实践，却能够融而为一，如同集周秦两汉之大成，运用古代语文直接表情达意，真正是"古今一致"和"言文一致"的最佳状态。

章太炎"文学复古"的畅想和呼吁大抵在此。回到力图衡定名义封略的"总略"上来："文"的根本究竟该系于何处？是声音文采？是情性气质？是道德统绪？还是符号的"质"性？《文学论略》道明其执着所在，亦即论文必以语言文字的"不共性为其素质"的衡文标准：

既知文有无句读、有句读之分，而后文学之归趣可得言矣。无句读者，纯得文称，文字（语言）之不共性也；有句读者，文而兼得辞称，文字语言之共性也。论文学者，虽多就共性言，而必以不共性为其素质。故凡有句读文，以典章为最善，而学说科之疏证类，亦往往附居其列。文皆质实，而远浮华；辞尚直截，而无蕴藉。此于无句读文最为邻近……是故作史不能成书志，属文不能兼疏证，则文字之不共性自是亡矣。

---

① 以上分别见《章太炎全集》第四卷，339－340、320 页，上海，上海人民出版社，1985。

一般谈文学，其实大多就文辞而言，文字"兼得辞称"，具有"文字语言之共性"。但是，这个共性与"文字语言之不共性"比较起来也只能是第二位的。回到根本上来文学则"必以不共性为其素质"，即"文字语言之不共性"，即"文字性"，亦即以文字为基本和素质。

在章太炎看来，"文"必须沉落到其基本面。说到底，"文"就是质，存质即是"文"。"文"为什么就是"质"？因为"文"作为文字，说到底是记录，是符号，具有物质性、及物性或现实性，乃至战斗性。"文"的"文（学）性"是通过"文字语言之不共性"（即"文字性"）而不是"文字语言之共性"（文气、语感，乃至语境交叉而造成的种种神秘）表现出来的。"文字语言之不共性"要求文学从内容到语文层面上的"质实""直截""远浮华"和"无蕴藉"，而且文字性的标准必须最终落实到一切的语文和文体层面上。正是基于这一逻辑，章太炎指责晚清文选派和桐城古文派都没有抓住文学的根本：前者如阮元、刘师培鼓吹"骈偶为文"，"彣彰为文"其实只是"恶夫冲淡辞而好华叶之语，违书契记事之本矣"，后者不过也是"摈""经传解故诸子"等优秀文辞"于文学外，沾沾焉惟华辞之守，或以论说记序碑志传状为文也"。这些批评都沉重地打击了古典文学中这些号称"古文正宗"和"文章正统"学派的论述。

在此基础上，章太炎强调论文"不得以兴会神旨为上"。《文学总略》称：

> 故论文学者，不得以兴会神旨为上。昔者，文气之论，发诸魏文帝《典论》，而韩愈、苏辙窃焉；文德之论，发诸王充《论衡》，杨遵彦依用之，而章学诚窃焉。气非窜突如鹿豕，德非委蛇如羔羊，知文辞始于表谱簿录，则修辞立诚其首也。气乎德乎，亦末务而已矣。

"文（学）性"必须从"文字"中产生，"文"必须立足于基本层面上的质实性、直接性或符号性，而不是后起的、第二义的装饰性和蕴藉性。只有从内容深处出发的"文字"性在文学与文化中得到落实，"文（学）性"才能真正得到贯彻，而文学的其他一切属性（如装饰性、蕴藉性和审美性）才能得以附丽，文化与文学各方面的功能才可以得到真正实现。在这里，在唐宋以降文人雅士手中发展起来的一套关于修敬养气的种种堂皇叙述都失去凭依。这种扫荡和摧毁一切浮华的气魄是空前绝世的，其影响直到五四以降而不曾衰减。

"文"必须是在世的符号，可以看见而具有物质性，可以领会而具有符号性。也正因此，章太炎反对以文掩事，主张舍借用真，追求故训求是。在他的理想中，存质求真的文字篇章在总体文学和文化中据有基础性或核心地位。他的努力就是以其现代化了的"小学"对涂上了许多粉饰的"文"的观念进行解剖，通过褫夺"道""德""气""文""兴会神旨"的华衮而除去其神秘性，检讨其文化和文学的符号性和直观性，开拓对人类文化表意机制及其界限的探讨，从而留下了当代对汉语言文字的表意机制及其语文哲学进行探讨的思想空间。

唐宋以降，中国文论形成了文人以兴会神旨论说文章诗学的传统。近代以来，中土学人又逐渐接纳西来的文艺审美学说，但在章太炎看来，以审美学说或主体学说来把握文学，往往务虚不务实，从观念到观念，形成类似形而上学的宏大观念，而忘却"文字文化"之"文"的物质性和现实性。在他看来，哪有如经儒所附加的那么多神圣的观念，哪有如文士所崇拜的那么多兴会玄虚的标准！"文"与"经""传""论"可以从其质而为言一样，其实不过是指"文字著于竹帛"这样一种情况和事实。章太炎运用"小学"和朴学的基本路径，无情地解构各种宏大观念，荡涤附着在这些术语上的种种观念的脂粉。

譬如对礼乐文化之文的祛魅。中国古代时常以"文"泛称远古以来的礼乐文化，而并非专指"竹帛讽诵之间"的文学。在先秦的典籍里，"文"的含义往往成为作为仪式整体的"礼"的代称。并且，随着仪式的丰富扩大而扩大，随着"礼"的发展而发展，最后成为覆盖整个社会、文化、宇宙的中国审美文化的总称——所谓天下至大之"文"。文，在人，为服饰衣冠，为语言修辞，为身体礼节；在社会，为朝廷、宗庙、陵墓等制度象征性建筑体系，为旌旗、车马、仪式、音乐、舞蹈、器物等感性事物；在意识形态，为文字、为著作、为艺术。人在创造社会之文的同时，也以社会的眼光看待自然：日、月、星，天之文，山、河、动、植，地之文。孔子说尧舜"焕乎有文章"，赞周"郁郁乎文哉"。

所谓"文"或文章，不过是作为礼乐文化的原始仪式之审美形式而已。①
《文学总略》对这种观念进行了整理和澄清：

> 孔子称，"尧舜焕乎有文章"，盖君臣、朝廷、尊卑、贵贱之
> 序，车舆、衣服、宫室、饮食、嫁娶、丧祭之分，谓之文；八风
> 从律，百度得数，谓之章。文章者，礼乐之殊称也。其后转移，
> 施于篇什。太史公记博士平等议曰："谨案诏书律令下者，文章尔
> 雅，训词深厚。"

古人以"文章"和"文"作为对古代礼乐文化及其教化风力的代称，但随
着时代发展，"文章"早移称于"竹帛讽诵"之间，文学的义界缩小到了
以典籍文字为主。在今天的现代文明社会，岂可再用这种混融为一的、
施于政事的总体性审美文化来界说"文"？自然是应该回到"文"的本义
上来，即强调"文"的符号指称性及其物质性，并且试图突出作为文字
的"文"在历史进化和发展中的必然性和现实性。这样就从最为泛化的
政治文化的"秩序"观念中，把"文化"解析出来，其标准就是"文字"。
这样，章太炎既舍弃了远古礼乐文化时期最为宽泛的文学观，也祛除
了汉儒和今文经学家们在各类文教学说上附着的种种神秘脂粉。

　　又譬如，对因文载道之文的祛魅。魏晋玄学盛行，西来佛学也逐
渐兴盛，推动了对"文"之本体的探究。刘勰糅合儒、道、释，把老庄
之本体思想与儒家之文学传统结合起来，既扩展汉儒视野和思维方法，
又克服玄学重道轻文倾向，又融以释家学说的体系化向度，形成一种
缠夹着"神道设教"和"圣道正统"的文学本体论。《文心雕龙》观天俯地，
取法"天文"，以保"人文"，确立了"道沿圣以垂文，圣因文以明道"的
"道→圣→文"的经典文化体制。刘勰所言之"道"，并非宋儒"文以载
道"的"道"，从根本上讲乃是一种自然之"道"。但在唐宋以后，儒家文
论几乎都从"文以明道"和"文以载道"界说文化，从唐代韩愈、柳宗元，
到宋代欧、苏、曾、王，再至明代茅坤、唐顺之，再至清代桐城派一

---

　　① 有学者称为审美文化总称的"文"的理性化。参见张法：《中国美学史》之第 1 章"远
古美学的嬗变"之第 1 节"礼：原始整合性与美"与第 2 节"文：审美对象总称"，14—19 页，
上海，上海人民出版社，2000。

线，逐渐把"文"之本体界说为狭窄化、僵硬化、教条化的儒家之"道"，甚至自奉"文统"。正如纪昀称赞刘勰"原道"的用心时说："文以载道，明其当然；文原于道，明其本然，识其本乃不逐其末。首揭文体之尊，所以截断众流。""道文"观以其杂博的道统观和宽泛的文统观，往往确立士人文化的高尚地位，满足文人的形上诉求，但也因其过分的圣道追求而导致僵硬和虚伪，或因其过分的温柔化和透明化而导致空疏和枯槁。一旦"文"自认超越了"文字著于竹帛"的境界，不再脚踏实地，不再着眼于现实的生活和主体的真情实感，不再切实地记录和阐发现实世界与符号文化间的关系，"文"和"文学"就走向困境和绝路。

章太炎坚持从"小学"入手，必先追根溯源，考辨源流，毫不客气地否认了这种以"道"统"文"的界说径向。他坚持"文"的界定应该从"字""名"的本义出发，"各从其质以为之名"。《文学总略》强调，凡是任何事物都"各从其质以为之名"，由此对儒家经学文化中的诸多关键概念都进行了清理。比如，"经"是编丝缀属的意思，佛经称修多罗，直译为线，译义为经。佛经以贝叶成书，中国古代以竹简成书，都要以线连贯，这就是"经"得名的由来，哪里是"（典）常"的意思。"传"是"专"字的假借，《说文》训为"六寸簿"，簿就是手版，古代叫作"忽"，今天作"笏"，不过是用来防止疏忽忘记的手版，所以引申为"书籍记事"罢了。"论"字古代作"仑"，编竹成册，各有次第的意思，引申下去，称乐音有序，叫"仑"，言论有序也叫"仑"。所以，"是故绳线联贯谓之经，簿书记事谓之专，比竹成册谓之仑，各从其质以为之名，亦犹古言'方策'，汉言'尺牍'，今言'札记'矣。"也就是说，考察事物必须在社会生活中的具体应用情况，而不能囿于一科之见，从观念到观念，而忘记事物的大体。"文"的界说更应如此。在他看来，"文"的本义出自于"错画交文"，意指刻画在石、鼎、竹、帛之上的那些人类用来"书契记事"的符号，所以就这一集合名词而言，"文"即是实在的、即物的、指向现实世界的符号，而用不着牵引其玄远深厚的人文之"道"来为之附会。这样，章太炎便以其朴学的实事求是的精神，摒弃了六朝以降的"人文"观念，舍弃了"道圣垂文"的神圣的"道文观"，从而一下子割断了附着在"文"之后的巨大的"道"学尾巴。

再譬如对道德修辞之文的祛魅。大体而言，汉魏以降文人意识逐渐从经儒的观念中觉醒，人物气质和道德品评往往有意无意地与文化相互牵引，演化为后世"言为心声""文如其人"的个性品评和道德批评。魏文帝《典论》首次将"气"的个性品评术语引入文论中，将人的气质才性与文的个性风格相联系。到韩愈手里，文气论发展为张扬以奇制胜的"气盛言宜"说。再到宋代苏辙，则有"文者气之所形，然文不可以学而能，气可以养而致"的论调，推崇"宽厚宏博，充乎天地之间"和"疏荡有奇气"的文章。这里的文气论多从创作论上着眼，张扬了传统社会中文人的主体意识，形成中国文人沟通道德和文章的传统。但它也往往成为文人主体意识和道德意识膨胀的内在依据，造成了文化上"雅""俗"的对立和矛盾。如果"文"被硬性地规定为特定主体的"文"，往往导致界定"文"时主观化，无助于"文"之文字本性的客观认识。

"文德"论最早源自王充，《论衡·佚文》篇云："文德之操为文……上书陈便宜，奏记荐吏士，一则为身，二则为人。繁文丽辞，无文德之操，治身完行，徇利为私，无为主者。"意在强调为文当以文质彬彬为上，而不能玩物丧志，忘记文的基本功用。后来又有北魏杨遵彦加以发挥，《魏书·文苑传》载："杨遵彦作《文德论》，以为古今辞人，皆负才遗行，浇薄险忌，唯邢子才、王元景、温子升彬彬有德素。"按杨《论》今佚，程千帆认为"惟其意颇与《颜氏家训·文章篇》同"。颜氏认为："自古文人，多陷轻薄……文章之体，标举兴会，发引性灵，使人矜伐，故忽于持操，果于进取"，所以主张文士要"深宜防虑"，蕴蓄道德，勤于操持。①章学诚《文史通义·文德》从儒家士人文化共同体的角度加以发挥：

> 今云未见论文德者，以古人所言，皆兼本末，包内外，犹合道德文章而一之；未尝就文辞之中，言其有才，有学，有识，又有文之德也。凡为古文辞者，必敬以恕。临文必敬，非修德之谓也。论古必恕，非宽容之谓也。敬非修德之谓者，气摄而不纵，纵必不中节也。恕非宽容之谓者，能为古人设身而处地也。嗟乎，

① 程千帆：《文论十笺》，43页，哈尔滨，黑龙江人民出版社，1983。

> 知德者鲜，知临文之不可无敬恕，则知文德矣。

章学诚其实强调，在对古典文化的涵养和接续文化传统的过程中，要注意历史主义参与到儒家正统文化的共同体中，并与古人同情沟通，"为古人设身而处地"，"随时检摄于心气之间，而谨防其一往不收之流弊也"。

章太炎并不以这两种文学观为然。他认为，他们只看到创作主体的气质性情、道德修养或者历史文化共同体对于个人主体的重要性，却没有把握住"文"的根本不过是"以文字著于竹帛"，"书契记事""以文字为准"，是为文写作的基本面。而对于"书契记事"，在主体方面的道德要求不过是"修辞立诚"罢了，所以大谈所谓"文气"和"文德"，不过是第二位、第三位的东西，甚至只是"末务"：

> 气非窅突如鹿豕，德非委蛇如羔羊，知文辞始于表谱簿录，则修辞立诚其首也，气乎德乎，亦末务而已矣。

也就是说，从主体和道德的角度去讨论"文"的根本义界，完全抓不住根本。章太炎将"文"落实为人类用以代言和记事的竹帛文字和语文符号，从而理所当然摒弃了唐宋以降直至近世也积重深厚的"文气"论、"文德"论。

四、"文学"或"美学"：中西较量及其衍化

章太炎"文学总略"同样也突出张扬民族文化的主体性。在扫荡传统文学结构和诸种"文"的传统观念的同时，"文学总略"回应了当时西来的文学观念。基于遵循自性、等视中外的原则，他对西来以"情""理"二分来界分文学的审美学说也施以挞伐。《文学论略》云：

> 吾观日本之论文者，多以兴会神味为主，曾不论其雅俗。或取其法泰西，上追希腊，以美之一字，横梗结嚅于胸中，故其说若是耶？彼论欧洲之文，则自可尔；而复持此以论汉文，吾汉人

之不知文者，又取其言相矜式，则未知汉文之所以为汉文也。

仅以"兴会神味"一词来指认经日本而来的欧洲现代文学思想，这不免有些中西互格、简单错认的因素，没有认清西方文艺美学的现实性内容，但"以美之一字横梗结噎于胸中"的说法，倒也着实准确地把握住了现代西方文化文学思想的根本，即企图从哲学美学的高度及其抽象化来规划文化和文学，并把文学从文化中割裂出去。

西方文艺复兴以来的现代西方文化思想，有一个重要特点就是文化的世俗化和文学的审美化，由此导致文学从传统的宗教文化中独立出来。这种审美化思潮可以德国古典哲学和美学为代表：将思想和知识的探求重点落实到世俗化的现代市民大众的主体身上，同时把主体切分为理性知识和情感意志两个方面，并以主体的属性来比附和切割外在的对象。审美主体学说在现代欧美影响极为广大，在知识领域和人文学科中，这种思潮成功地以"情""感"等指标区分"文学"与"非文学"，把文学从文化中独立出去。

在19世纪末20世纪初的清末，西方以现代审美主体的美学来规划文学的思潮已经波及东方，它主要是通过经由日本人翻译的西方文学史著作而影响汉语文化界的。①据朱自清言："'纯文学''杂文学'是日本的名词，大约从 De Quicey 的'力的文学'与'知的文学'而来，前者的作用在'感'，后者的作用在'教'。"②戴昆西（De Quicey）是19世纪英国浪漫主义文人批评家，谢无量的《中国大文学史》即引戴昆西云："文学之别有二，一属于知，一属于情。属于知者，其职在教；属于情者，其职在感。"③对这种审美化的文化观的最简短概括，正如章太炎

---

① 已有学者从民族文论思想的本土性和世界化进程之相关性角度对审美学说进行反思。借助本尼迪克特·安德森和柄谷行人的思路，林少阳在细绎日本自前现代到近现代以至后现代文论思想的进程时观察到："……美学性与民族总是在一种隐蔽性的共谋关系之中，其实不仅仅民族的问题是如此，因为美学性不仅是知识分子，也是知识分子所向往的大众的最特殊的兴奋剂，它尤其对知识分子有着难以言喻的诱惑性。"此中微妙值得省思。参见林少阳：《"文"与日本的现代性》，322页，北京，中央编译出版社，2004。

② 朱自清：《评郭绍虞〈中国文学批评史〉上卷》，见《朱自清全集》第8卷，197页，南京，江苏教育出版社，1993。

③ 谢无量：《中国大文学史》，4页，上海，中华书局，1918。

所总结："或言学说文辞所由异者，学说以启人思，文辞以增人感。"

章太炎认为这种以美学规划文学的做法颇多不当。榷论文学当以文字为准，无句读文理应视为"文"，而在审美论学说那里，显然扞格难通，无句读文诸种乃至学术典章历史公牍这些本色现实之文，都被排斥在这种新型文学观念及其相应制度、惯例或装置之外。章太炎当然反对之，坚持自己的逻辑根本，这是第一层理由。

章太炎又结合中国文学故事，认为即便在"成句读文"中，无论是有韵文还是无韵文，也都存在大量的情意交叉、不便简约的现象。《文学总略》云：

> 诸成句读者，有韵无韵分焉。诸在无韵，史志之伦，记大傀异事则有感，记经常典宪则无感，既不可齐一矣。持论本乎名家，辨章然否，言称其志，未足以动人；《过秦》之伦，辞有枝叶，其感人顾深挚，则本诸纵横家：然其为论一也，不得以感人者为文辞，不感者为学说。且文曲变化，其度无穷，陆云论文，"先辞后情，尚洁而不取悦泽。"此宁可以一概齐哉？就言有韵，其不感人者亦多矣。《风》、《雅》、《颂》者，盖未有离于性情，独赋有异。夫宛转偟隐，赋之职也。儒家之赋，意存谏诫，若荀子《成相》一篇，其足以感人安在？乃若原本山川，极命草木，或写都会城郭游射郊祀之状，若相如有《子虚》，扬雄有《甘泉》、《羽猎》、《长杨》、《河东》，左思有《三都》，郭璞、木华有《江》《海》，奥博翔实，极赋家之能事矣，其亦动人哀乐未也。其专赋一物者，若孙卿有《蚕赋》、《箴赋》，王延寿有《王孙赋》，祢衡有《鹦鹉赋》，侔色揣称，曲成形相，嫠妇孽子读之不为泣，介胄戎士咏之不为奋，当其始造，非自感则无以为也，比文成而感亦替，斯不可以一端论。

无韵文中只有杂文和小说大致以感情动人，而历史、典章和公牍则不一定以感情动人。即便是在韵文中，许多文辞作品也不一定以感情动人为主，甚至有许多赋作完全不以感情动人。由此，章太炎对那种完全以感情为依据区分文辞和学说，辨认文学与非文学的文学观念和做法，进行了全面深刻而有力的辩驳，确实有理有据。这是第二层理由。

章太炎又从人类精神活动中知性与感性的互渗共通入手，强调学说与文辞强行加以区分，不过"得其大齐，审察之则不当"：

> 又学说者，非一往不可感人。凡感于文言者，在其得我心。是故饮食移味，居处缊愉者，闻劳人之歌，心犹怛然。大愚不灵，无所愤悱者，睹眇眇论则以为恒言也。身有疾痛，闻幼眇之音，则感慨随之矣。心有疑滞，睹辨析之论，则悦怿随之矣。故曰："发愤忘食，乐以忘忧。"凡好学者皆然，非独仲尼也。以文辞、学说为分者，得其大齐，审察之则不当。

章太炎分析突破西来知情意三分或知情二分的理论格局，而且鞭辟入理，道理深刻：文章作品是否感人动心，关键在于是否"得我心"，在于主体精神状态与客体对象之间的相契性。饱暖之人无法体会劳苦人的歌声，"心犹怛然"，顽愚之人也无法理解智者的高论，"以为恒言"。反之，一旦主体的精神状态与客体对象能够契合，则不仅"文辞"能够让人"感慨随之"，而且"学说"文章也会让人感动兴奋愉悦。由此可见，同一体裁的作品，也并非绝对的感人或不感人，而同一作品，由于每个人的精神状态不同，不仅感受也会大不一样，而且动情与否也未可知。这是第三层理由。

由此章太炎指出，"感"或动情可以作为文学的特征之一，但是不能成为文学的唯一特征。情感动人说只符合文学创作和欣赏中的部分事实，但不能全面概括文学现象的总体规律和艺术特征。以此概括整体文字文化，更是不当。

留日期间周氏兄弟是章太炎的学生，也是辛亥革命派的后代学人，但在20世纪前十年的留日学习期间，他们大量阅读了西方现代意义上的文学作品和受德国古典美学影响的文学理论。在界说"文"方面，鲁迅与章太炎甚至可能发生过面对面的争论，据当时与他们一起前去参加章太炎在东京举办的"国学讲习会"的许寿裳回忆，鲁迅不同意章太炎对文学"以文字为准"的界说，认为这未免"过于宽泛"：

> 有一次，因为章先生问及文学的定义如何，鲁迅答道："文学

和学说不同，学说所以启人思，文学所以增人感。"先生听了说：这样分法虽较胜于前人，然仍有不当，郭璞的《江赋》，木华的《海赋》，何尝能动人哀乐呢。鲁迅默默不服，退而和我说：先生诠释文学，范围过于宽泛，把有句读无句读的悉数归入文学。其实，文字与文学固当有分别的，《江赋》、《海赋》之类，辞虽奥博，而其文学价值就很难说。这可见鲁迅治学"爱吾师尤爱真理"的态度。①

他们的文学观念的差异通过另一些文本的考察也可见出。有案可稽的是 1907 年 2 月译就《红星佚史》后，周氏兄弟以周作人名义所写《序》云：

> 然世之现为文辞者，实不外学与文二事，学以益智，文以移情，能移人情，文责以尽，他有所益，客而已，而说部者，文之属也。读泰西之书当函泰西之意，以古目观新制，适自蔽耳。

在早年周氏兄弟看来，西方文学包括小说，本来并不着意于道德说教和知识启蒙，而"近方以说部道德为桀，举世靡然"，所以他们坚决反对当时一般鼓吹"小说界革命"的维新人士"以古目观新制"，用中国传

---

①　许寿裳：《亡友鲁迅印象记·从章先生学》，《鲁迅回忆录·专著部分》（上册），229 页，北京，北京出版社，1999。谢樱宁认为，章太炎在东京开办"国学讲习会"的时间是《文学论略》发表两年之后的 1908 年，如果以这一事实做判断，许寿裳的回忆缺少真实性。木山英雄则认为，许寿裳的论述相当具体，他在回忆的时候极可能参照了《文学论略》和《文学总略》，而且也不能拘泥于时间先后来看待章太炎与早期鲁迅之间可能存在的争论。章太炎出上海抵达东京，受到东京留学生热烈欢迎，接任《民报》总编辑和发行人，是在 1906 年 7 月间，而《文学论略》发表于该年《国粹学报》第九、十、十一号，始于 1906 年 9 月。其时鲁迅早已从仙台医专退学，虽然夏秋之间回绍兴与朱安完婚，但在家仅停留四天即重返东京，将学籍列入一家德语学校。弃医从文的鲁迅自 1906 年下半年已经倾力于文艺译介，兄弟二人与章太炎已有师生之谊，并且与许寿裳、袁文薮等开始措意于"文学救国"，其最典型的努力便是于 1907 年夏积极筹办可能是当时在文艺思想最为先锐的文艺杂志《新生》。况且具体人事之间有无争议，一般不可能在记忆中大有出入。由此来看，鲁迅、周作人与章太炎讨论"文"的观念及文化文学之出路的可能性仍然很大。相关辨析参见谢樱宁：《章太炎年谱摭遗》，35—36 页，北京，中国社会科学出版社，1987；[日]木山英雄：《"文学复古"与"文学革命"》，孙歌译，载《学人》第 10 辑，南京，江苏文艺出版社，1996；《文学复古与文学革命——木山英雄中国现代文学思想论集》，赵京华编译，北京，北京大学出版社，2004。

统文学观念来曲解西方文学观念的做法。但与此同时，他们突出强调"学"与"文"的差别，认为一以益智，一以移情，体现出以情感作为指标来判别"文学"与"非文学"的趋向，引人注意。

在 20 世纪初现代文学发端之际，章太炎和周氏兄弟间论争这个场景其实具有非常突出的浓烈呛人的象征意味，简直可说是传统向现代嬗变进程中隐秘而幽远的文化公案，非常值得注意。大体而言，章太炎与早年周氏兄弟之间在文学思想上确实存在着根本性的差异。从思想资源上来看，章太炎的文学观念虽然主要来自于传统朴学（包括"小学"），以文字为中心，以文化为广大，视野极为宏阔，这种朴学或小学受到西方语言与文化思想的刺激，而形成一种全新的现代民族语文革新的要求，并且基于"言文一致"的理想，提倡民族文学要"斫雕为朴"和勇于"解剖"。落实到文论上，章太炎以形似消极的"以文字为准"实现对"文"的逻辑界说，推崇"文字之不共性"，强调文学的质实和语文的真切，在王纲解纽、语文变局的文化大动荡中，体现出对民族文学、文字文化的真切性与精确性的追求。周氏兄弟的文学观念则更多参照西来文化分工的格局，反对传统儒家诗教，批判西方市民阶级的启蒙主义与功利主义，强调以"精神""情感""思理"和"神明"为"文章"的本体，确立文学自身的规范和独到价值，立意推进本土文化的全面变革。落实到文论上，即以所谓"情感"或"美术"为号召，将文字文化从经学、史学、哲学和其他实用科学中分离出来，把"文"演变为独立的"文学"。因此，无论师弟之间是否有过事实上的辩论，在相当的意义上，师弟间又存在着文学观念的深入探讨和潜在角力。

在 19 世纪末 20 世纪初的文化语境中，在各种旧有的文化观念刚刚开始动摇，各种文化主张奔竞腾跃的情况下，章太炎采用名实相稽的"小学"考辨之法，严格而逻辑地界说文化之"文"，此中一种类似于西来科学和理性精神的求真存质倾向非常突出，正是其结实而又尖锐的文学界说，有效打击了各种观念和理论的意识形态，对五四新文学观念的调整和转型有着非常重要的启发效果。

这里还可附带辨识作为清末民初文学观念碰撞和文学研究制度化之后果的折中型文学观念。折中型文学观念作为古今文学观念的调和，也是中西文学思想的妥协，后来在学院体制中存留下来，影响较大。比如作为章太炎弟子的黄侃，他继承和调整老师的观点，进一步抨击"文以载道"的观念，其实他主要是以桐城派为对象。桐城派宗奉理学，论文喜挟道以自重，以文设教，造立义法，建立古文统绪。其《文心雕龙札记·原道篇》云：

> 今日文以载道，则未知所载者即此万物之所由然乎？抑别有所谓一家之道乎？如前之说，本文章之公理，无庸标楬以自殊于人；如后之说，则亦道其所道而已，文章之事，不如此狭隘也。夫堪舆之内，号物之数曰万，其条理纷纭，人鬖蚕丝，犹将不足仿佛，今置一理以为道，而曰文非此不可作，非独昧于语言之本，其亦胶滞而罕通矣。察其表则为谰言，察其里初无胜义，使文章之事愈瘠愈削，寖成为一种枯槁之形，而世之为文者，亦不复揅究学术，研寻真知，而惟此寱言之尚，然则阶之厉者，非文以载道之说而又谁乎？①

桐城义法论的弊端在于其"道"的枯槁化、教条化。世人文章写作，就应当以"揅究学术，研寻真知"为主要目的，而不能"置一理以为道，而曰文非此不可作"。"万物人伦"，都是"道之所寄"，"人鬖蚕丝，犹将不足仿佛"，试图拓展"道"的内容和内涵，把"道"从"义法"论的狭隘圈子里解放出来。同时，黄侃借重刘勰"原道"说提出"道法自然"说：

> 《序志》篇云：《文心》之作也，本乎道。案彦和之意，以为文章本由自然生，故篇中数言自然，一则曰：心生而言立，言立而文明，自然之道也。再则曰：夫岂外饰，盖自然耳。三则曰：谁其尸之，亦神理而已。寻绎其旨，甚为平易。盖人有思心，即有言事，既有言语，即有文章，言语以表思心，文章以代言语，惟圣人为能尽文之妙，所谓道者，如此而已。此与后世言文以载道者截然不同。

① 黄侃：《文心雕龙札记》，6页，北京，中华书局，2006。后凡引此书，不再一一作注。

刘勰论文首重自然之道，是为了反对齐梁文坛日趋华艳浮靡的颓风，而黄侃大胆取用刘勰的"万物所由然"的"自然之道"说，既打击了其师刘师培所指"枵腹蔑古之徒，亦得以文章自耀"的桐城派文风，又形成了与章师"文字著于竹帛"相通的"言语以表思心，文章以代言语"的自然文道观。

黄侃在辛亥革命前后是章太炎及门弟子，后在五四时代又学问师事刘师培，所以文学思想深受章太炎、刘师培的影响。章太炎、刘师培在文学界定问题上针锋相对，黄侃在《文心雕龙札记》中力图折中二师之说，指出阮元之不足和章太炎之可取：

> 案阮氏之言，诚有见于文章之始，而不足以尽文辞之封域。本师章氏驳之，以为《文选》乃裒次总集，体例适然，非不易之定论；又谓文笔文辞之分，皆足自陷，诚中其失矣。

黄侃提出文辞"有广狭""可张弛"的说法，实是折中调停中国文化的大源流和"纯文学"的"小"传统而得出的真知灼见：

> 窃谓文辞封略，本可弛张。推而广之，则凡书以文字，著之竹帛者，皆谓之文，非独不论有文饰与无文饰，抑且不论有句读无句读，此至大之范围也。故《文心·书记》篇，杂文多品，悉可入录。再缩小之，则凡有句读者皆为文，而不论其文饰与否，纯任文饰，固谓之文矣，即朴质简拙，亦不得不谓之文。此类所包，稍小于前，而经传诸子，皆在其笼罩。

章太炎强调无论在远古的起源论上，还是在现实的来源论上，都不能忽略作为文化起源于生活，起源于用"书契记事"的这一初始阶段。黄侃遵循章太炎的理论逻辑，把文化的扩展和演进视为一个逻辑的，也是历史的进程。人类进入文明时期，"书以文字，着之竹帛"，皆谓之"文"，不论其有文饰无文饰，还是有句读无句读，都属于"文"这个范围。但黄侃又回护和发挥了阮元观点，认为尽管所论有偏，但阮元"诚有见于文章之始"：

> 若夫文章之初，实先韵语；传久行远，实贵偶词；修饰润色，

实为文事；敷文摛采，实异质言；则阮氏之言，良有不可废者。即彦和泛论文章，而《神思》篇已下之文，乃专有所属，非泛为著之竹帛者而言，亦不能遍通于经传诸子。然则拓其疆宇，则文无所不包，揆其本原，则文实有专美。特雕饰逾甚，则质日以漓，浅露是崇，则文失其本。又况文辞之事，章采为要，尽去既不可法，太过亦足召讥，必也酌文质之宜而不偏，尽奇偶之变而不滞，复古以定则，裕学以立言，文章之宗，其在此乎？

黄侃重视文采声韵，沉思翰藻，乃得为文，又从狭义上对"彣彰"作了肯定，认为"文章"必要有"韵语""偶词""文采"，强调文贵"修饰润色"，反对过于质朴无华之作。他认为《文心雕龙》尽管"泛论文章"，所论包括史传、诸子、奏启、书记等诸多文体，但《神思》以下诸篇所论却是"专有所属"，与章太炎所主张的"著之竹帛""经传诸子"皆谓之"文"的说法是异趣的。所以，黄侃认为"文无所不包"，但"揆其本原，则文实有专美"，这个观点与阮元标举《文言》以抬高"美文"的企图，其实大为相契。其《总术篇》一方面指出，"近世阮君《文笔对》，综合蔚宗、二萧之论，以立文笔之分，因谓无情辞藻韵者不得称文"，认为从纠正桐城以来空疏枯陋之文风来看，阮元的主张"实有救弊之功，亦私心凤所喜好"，"良有不可废者"。另一方面又认为，"但求之文体之真谛，与舍人之微旨，实不得如阮君所言"，他主张采取章太炎之说，"与其屏笔于文外，而文域狭隘，曷若合笔于文中，而文圃恢弘？屏笔于文外，则与之对垒而徒启斗争，合笔于文中，则驱于一途而可施鞭策"，这样，"兼习文笔之体，洞谙文笔之术，古今虽异，可以一理推，流派虽多，可以一术订，不亦足以张皇阮君之志事哉？"

有学者认为，如果从经过黄侃调适折中的文学义界观来看，章太炎与阮元、刘师培两派之间其实并无原则性的矛盾，所以说，黄侃通过细致辨析而形成了更为完整的见解。[①]的确，从传统文论来看，黄侃主张文学封域有大有小，其调适也殊为中庸，但可以看到黄侃在文学观上其实仍然倾向于"文选派"。他说"文实有专美"，强调的正是文学

---

① 参见周勋初：《当代学术研究思辨》，6页，南京，南京大学出版社，1993。

必有韵语、偶词，必经润色和文言。显而易见，章太炎所坚持的"文"义界之说，是就"文"的广义而言的，正是今人所谓的"文化"论。正句定实，穷源溯本，他的视野是非常广阔的，从逻辑上讲，他的文化论是坚实的一元论。但广义狭义，各具其用，所以章太炎在《文学总略》中也指出："共知文辞之体，钞选之业，广陋异涂，庶几张之弛之，并明而不相害。"这句话不可不注意。事实上，即以骈散之争而言，章太炎的观点一直是通达的。他并没有对骈体简单地采取一概排斥的态度，只要内容需要，运用骈俪也是应当的，圆通的态度应该是："骈散各有所施"，"二者本难偏废"，"头绪纷繁者，当用骈；叙事者，止宜用散；议论者，骈散各有所宜"。阮元为了树立"文选派"的地位，打击散体古文的正统势力，不惜扬骈抑散，尊骈俪"彣彰"为正宗，而把自己的观点引向绝路。章太炎的批驳完全是正确的。

※　　　　　※　　　　　※

在维新变法失败后的清末民初文人士子那里，向西方学习已经成为滔天巨潮。而章太炎之于古典学术清理和现代思想转型的贡献在于，不要简单移用西方普遍主义和线性进化论，宁可走向相对主义也要坚持自身的现实性，坚持自性和"依自不依他"。就是说，无论是个人主体还是民族主体，乃至世间万事万物，都要否定外来强加的公理、科学、进化观，乃至抵抗国家、政府、家族、社会以至人类自身对个体和自性的压迫，从而遵从自身的特性，张扬自发的革命精神，重建新的革命道德。汪晖认为，为了抵制作为西来强权和意志的外在面目的"名的世界"，章太炎在很大程度上是很不以"名的世界"为然的，更多的是摧毁和排遣这个日趋降临的"名的世界"："'名的世界'是一个力图通过知识的合理化而抵达的合理化的世界体制，'名'的关系的界定主要是建立在事物的功能关系之中"，而章太炎则"竭力地运用唯识学和'齐物论'世界观对抗'名的世界'"，"'齐物的世界'是对'名'的彻底摒弃，因而它实际上完全否定了事物之间的功能性的关系"，而这"意味着对一切等级结构的否定，从而也是对一切制度性的实践的否定。"①
这个判断，就章太炎在清末民初思想的整体架构而言，大抵是合适的。

　　值得注意的是，在文学和文化的问题上，章太炎"文学总略"则坚持因名责实，正名封略，并且坚持以中国文学及其历史的实际为思想依据。由此，他在因应时代和社会变迁推进文学复古和变革的过程中，顽强坚持文字文化的相对独立性，深刻挖掘民族文学中有生命力的传统，也捍卫了民族文化的丰富性和传统的生命力。章太炎的文学观一以贯之，在清末民初影响非常大。乃至五四运动以后，在民族国家的文学教育和文学研究进一步制度化的过程中，其种种说法仍是建设文学学科、培育文学专业绕不开的理论起点。

　　不可否认的是，在中华民族压倒一切的危难面前，后来五四时代急剧变化的文化和政教形势突破了也超越了章太炎的视界。在五四时期新文化派崛起之后，新一代文人和知识分子已然背对传统文化，他们在民族国家文化建设及其制度化的过程中，继承了章太炎一辈的革命精神，以其英雄化的意志、跨文化的才识和强劲的变革热情，将西方的知识体系和文化制度引入中土，主导了中国文化文学的西方化和制度化的进程。章太炎在为文学正名方面的思想遗产显然是被压抑了。但是，同样也可以发现，在西来文学理论和中土文学实践之间发生交错龃龉时，相关议题、观念和思想又成为一些研究者进行调停和折中的依据。突出如钱基博、马宗霍、刘永济、程千帆等学者，在面临文学名义辨析时，他们总是不由自主地依托或援引章太炎的"文学总略"。不仅如此，在文学的理论考辨之外，五四运动以后的一代代文学家常常会因为具体的本土的文学实践而发生对文学的重新理解和思考。在这种情势中，章太炎对文学正名的自信及其内在的变革和战斗精神，往往又成为鲁迅、周作人等较为深邃有力的文学家悠远的回忆和思想的资源。当然这已是后话。

---

　　① 参见汪晖：《现代中国思想的兴起》，842—843 页，北京，生活·读书·新知三联书店，2008。

第四章　语文与体式："白话文运动" 渊源脉络重审

语言文字是文学与文化的传播媒介，但汉语与汉字并不是简单的工具，它们都具有自身相对系统稳定的机理和运作机制，同时又一起因应着社会生活和文化实践及其发展而与时迁化。一百年来，汉语文作为文学的直接现实，经受了重大的变革和转换，一般称为中国现代语文的革新运动。这一运动主要兴起于晚清，在五四时期以后进入高潮，一直到 20 世纪八九十年代，持续有百年之久。现代语文变革，说到底是一场民族国家的文学和文化在语文体式方面的更新，一度主要以想象中的"言文一致"为目标。这场变革既包括文体层面的白话文运动，也包括语文层面的各种变革，比如民国初年的国语运动，30 年代汉字拼音化运动，以及各时代的汉字简化方案和推广普通话工作等。就现代文学和文论的发生而言，语文变革主要指文体层面的白话文运动，当然也和民国初年的国语运动互为表里。

百年后看来，白话文运动主要推进了"俗语入文"的进程，从文言文到白话文的转换也可说是文学体式或直接名曰文体的革新。这一运动其实是新的世界史形势下的民族文化下移或文化民主化的进程。大体而言，运动从晚清即已开启，至五四运动而异军突起，前后断续，有源有流，过程也极为复杂，有多方思路的竞争，也有不期然的合作。运动的后果是，语体文获得民族国家建设的支持，适应了文化民主化的潮流，西方思潮更方便地进入中土并获得相应地位，由此形成某种新型混杂文化，在中国社会变革中居于某种领导地位。而与此同时，以五四新文化派为代表的新型人文知识分子，也逐渐夺取现代文学和文化的主导地位。

中国现代语文的革新，作为中国现代文论这个装置的重要构件和蕴涵，在现代文学和文化的发生阶段，其动力和思潮是值得仔细考察的。这里主要梳理这些革新运动的动力源起，晚清民初的各方变革思路，把握白话文运动风潮的内在逻辑，及其与国语运动的竞合关系。

一、焦虑与对策："言文一致"说及其接受

一般认为中国现代语文变革起源于五四运动以来的新文化运动。其实不然。正如有论者指出，在五四运动之前，"其实晚清确实存在一个白话文运动，且直接开五四白话文学的先声"，胡适的"白话文写作的训练，白话文观念的启迪乃来自清末办白话报的影响"，而"不是偶然在美国凭空发明的"。[①]这样说来，五四运动只是带来了白话文运动和国语运动等语文变革运动的高涨，而在五四运动之前西方文化影响下的"言文一致"思潮，才是中国语文现代化运动的内驱动力。[②]晚清西学东渐，中学遭受重大冲击，古今中外的文化与语境撞击而重叠，文化思想发生极大变化，作为新旧思想和价值体系之象征的语文体系也开始发生剧变。在文化发展方面，民族语文变革最为艰难，需要强势有力的变革观念的支撑，国内社会及学术界对实学的强调，由此造成的求实务实乃至急功近利的风气，都在相当程度上左右了民族语文变

---

① 参见陈万雄：《"五四"新文化的源流》，133、134 页，北京，生活・读书・新知三联书店，1997；李孝悌：《胡适与白话文运动的再评估——从清末的白话文谈起》，见李孝悌：《清末的下层社会启蒙运动：1901—1911》，石家庄，河北教育出版社，2001。

② 近年对这一问题的研究颇多收获，主要可参见夏晓虹：《中国现代文学语言形成说略》；王风：《晚清拼音化与白话文催发的国语思潮》《文学革命与国语运动之关系》；陈平原：《章太炎的白话文述学文体》等，以上诸文见夏晓虹、王风等：《文学语言与文章体式——从晚清到"五四"》，合肥，安徽教育出版社，2006。还有罗志田：《种界与学理：抵制东瀛文体与万国新语之争》，见罗志田：《国家与学术：清季民初关于"国学"的思想论争》，北京，生活・读书・新知三联书店，2003；陈方竞：《断裂与承续：对"五四"语体变革的再认识》，见王富仁主编：《新国学》第 1 辑，汕头，汕头大学出版社，2005；王尔敏：《中国近代知识普及化之自觉及国语运动》(1982)，见王尔敏：《近代文化生态及其变迁》，南昌，百花洲文艺出版社，2002。

革及其现代化的进程。

在晚清有影响力的文人士大夫中，首先提出"言文一致"说的是黄遵宪(1848—1905)。他在年轻时即已是一位立志用世的变革者，17 岁时其《感怀》诗即讽刺传统儒生之泥古保守："世儒诵诗书，往往矜爪嘴。昂首道皇古，抵掌说平治。上言三代隆，下言百世俟。中言今日乱，痛哭继流涕。摹写车战图，胼胝过百纸，手持井田谱，画地期一试。古人岂我欺，今昔奈势异。儒生不出门，勿论当世事，识时贵知今，通情贵阅世。"21 岁时作《杂感》进一步批判泥古，鼓吹时代与进步：

> 大块凿混沌，浑浑旋大圜，隶首不能算，知有几万年？羲轩造书契，今始岁五千。以我视后人，若居三代先。俗儒好尊古，日日故纸研，六经字所无，不敢入诗篇，古人弃糟粕，见之口流涎。沿习甘剽盗，妄造丛罪愆。黄土同抟人，今古何愚贤？即今忽已古，断自何代前？明窗敞流离，高炉爇香烟；左陈端溪砚，右列薛涛笺。我手写我口，古岂能拘牵！即今流俗语，我若登简编；五千年后人，惊为古斓斑。①

一般认为，他最早提出"我手写我口"，要求文章打破禁忌，自铸新辞，"明白晓畅，务其达意"，并且"适用于今，通行于俗"，这样就能"天下之农、工、商、妇女、幼稚皆能通文字之用"。很多人认为这就是提倡写白话，其实并不准确，白话文未必尽与口语合，通俗的文言也可与口语接近。黄遵宪主张"我手写我口"，不过是要求诗文明白晓畅，接近口语，这只是对文风的要求，不一定专指白话。

从光绪三年(1877)开始，黄遵宪先后充作驻日参赞、旧金山总领事、驻英参赞、新加坡总领事，戊戌变法期间署湖南按察使，协助巡抚陈宝箴推行新政。由于与西方人士接触较多，黄遵宪深感于欧洲和日本文教和语文的变化，开始越发着眼于汉民族语文的"言文不一"现象。黄遵宪在其《日本国志·学术志》中专设《文字篇》，考察日本文字

---

① 《黄遵宪集》，吴振清等编校整理，80、89—90 页，天津，天津人民出版社，2003。

在近世变革的理念，并借引西方以语言为中心的语言学思想指出：

> 外史氏曰：文字者，语言之所从出也。虽然，语言有随地而异者焉，有随时而异者焉；而文字不能因时而增益，画地而施行。言有万变而文止一种，则语言与文字离矣……盖语言与文字离，则通文者少，语言与文字合，则通文者多，其势然也……余闻古罗马时，仅用腊丁语，各国因语言殊异，病其难用，自法国易以法音，英国易英音，而英法诸国文学始盛……泰西论者，谓五部洲中以中国文字为最古，学中国文字为最难，亦谓语言文字之不相合也。①

据说西方言文合一，又有语文合一的理论，黄遵宪认为，汉民族语文走向必然也与西方一样，走向"言文合一"。以此为准绳，既然泰西论者语文思想以语言为中心，日本文字的走向也是走向言文合一，那么就可以判定中国文字为最古，学中国文字最难，因而问题也最大。在这种进化和经济的视野中，本来以文字为中心的语文传统便开始"他者"化了，民族语文出现严重的问题，因此需要进化，更需要学习西方语文，以不断进化。理论上看，黄遵宪"言文一致"的主张还比较模糊和粗疏，也只是变革的构想。②但是，借引西学理论而提出的这一主张，在当时文化语境的意义和影响却远非一般，它预示了中国现代语文大变革时代的到来，并且在相当程度上影响了民族语文变革的方向。

究其实质，"言文一致"说乃是近代以来西人的发明而困扰东方文化的文化迷思和拯救神话。这一理论有其使用范围，主要以印欧语系

---

① 郭绍虞主编：《中国历代文论选》第四册，第117—118页。据孙洛丹的研究，《日本国志》主要有八种版本，大体可分为两个系统，即初刻本（1895年末至1896年初）和改刻本（1897），分别作为这两大系统的代表是浙江书局本（1898年对初刻本的重刊）和上海图书集成印书局本，二者《学术志·二》内文里皆标注题目为"文学"，而在全书目录中却都写作"文字"。孙洛丹认为，结合该部分的内容，称为"文字篇"更为妥当。参见孙洛丹：《汉文圈的多重脉络与黄遵宪的"言文合一论"——〈日本国志·学术志二·文字〉考释》，《文学评论》2015年第4期。

② 黄遵宪在该篇中说："外史氏曰：'文字者，语言之所从出也。'"而其《梅水诗传序》又云："语言者，文字之所从出也。"参见《黄遵宪集》，390页。

的拼音文字为对象，强调语文本身要较为直接地呈现出"言"与"文"的一致性，"言"与"文"之间是一种较为绝对的记录与被记录、主导与从属的主从关系。这一西来理论用于汉民族语文体系，本来有相当的限度。表意文字的特性使得汉文字往往是与语言一起去表意，而不是一种简单的主从关系。①如章太炎所说，"自书契既作，递有接构，则二者殊流"，由于汉文字体系的特性，在书面语文的传统中，形成了相对稳定的、以文字为中心而语文互动的传统。这种情况的结果是，常常在语言出现局限性的时候，文字反过来帮助规范和引导语言的发展演变及其实际应用。也就是说，在言说过程中往往咬文嚼字，形成以"文字文化"为核心的"文字语"。如果以西来的"言文一致"理论来衡量汉民族语文，往往突显了中国语文"古"与"今"的变化，制造出强烈的古今对立。

在西方资本主义主导的民族国家现代化的潮流中，"言文一致"理论的现实内涵更趋复杂而微妙。②由此从近现代以来，方块汉字即被判定为不如西方的拼音文字，汉字文化也渐披恶名。几千年来中国人自己对汉字饱含敬意。敌意最早来自于西方的传教士、外交官、军人和商人，他们说汉字不好：

---

①　何九盈认为，汉语与汉字是支撑汉文化大厦的两根支柱，汉字的出现虽然比汉语晚，其字音和字义也往往随着语言在不断变化，但是汉字的构形没有变化。汉字以不变应万变，"不作语言化"，"文字控制着语言"，同一个"日"字，孔夫子可以用孔夫子的口语去读它，孙中山可以用孙中山的口音去读它，广东人可以用粤音去读它，上海人可以用吴音去读它，弹性相当大，灵活性相当大，作为文化符号，其优势又是不能直接拼音、难写、难认等缺点作为代价而获得的。表面上二者关系不那么亲密，总是若即若离的，汉字还骄傲地保持自己的独立性，可事实上，汉字在文化深层既制约汉语，又紧追汉语不舍。参见何九盈：《汉字文化学》，257—262页，沈阳，辽宁人民出版社，2000。

②　关于言文一致问题的讨论，近年出现从文学、文化和民族主义角度进行反思的势头，其中尤以日本学界为著，其中部分已介绍进国内。比如［日］小森阳一：《日本近代国语批判》，陈多友译，长春，吉林人民出版社，2003；［日］子安宣邦：《置"国语"于死地，"日本语"就诞生了吗》《何谓"汉语"》，见［日］子安宣邦：《东亚论：日本现代思想批判》，赵京华译，长春，吉林人民出版社，2004；［日］柄谷行人：《书写语言与民族主义》，见［日］柄谷行人：《日本现代文学的起源》，赵京华译，北京，生活·读书·新知三联书店，2003；［日］莲实重彦：《反"日语论"》，贺晓星译，南京，南京大学出版社，2005。这些研究固然与日本民族先后接纳汉语和西语的经历相关，但其实与现代性的诸多问题紧密相关。汉语学界对此问题反思尚待充分展开。

在讨论中文之优劣与意义中，欧洲人几乎一致公认中文之艰深颇碍中国人对其他知识之追求。

李明（L. Le Comte）说："这些繁多的字，是中国人无知的来源。"

利玛窦说："中国必须致力于精通文字，因此耗尽精力，妨碍了学习其他知识。"

18 世纪英国军人 Anson 在其名著 *Anson's Voyage Round the World*（《环球行记》）中论及中国文字，曾予苛刻的批评说："说到中国字，他们（中国人）的固执和荒谬则更令人惊讶，经过这么长的历史，在众多国家中，只有中国仍用那粗糙的符号，他们必须精通一大堆超过人类记忆所能负荷的字。书写进来也需要奇异的功力，没有人能够完全精通它。"[①]

西人指责中国文字其实并不奇怪。蒙现代化之利而愈发自信武断，以武力征服世界而霸道自大，看到另一种不同形态的语文系统，自然会利用其哲学或理论来解释并指责中国语文。[②]

关键在 19、20 世纪之交的中国先进人物，尤其是在无力推进政治变革之后，开始附和而肆意攻击本土语文。惊见传统文化越发失去信用和形势，传统思想和路径全然贬值并失势，不免中心无主，手足无措。在黄遵宪之后，许多先进士子和知识分子对民族语文的感情开始一步步恶化。比如，康有为就提出自己的乌托邦，强调未来世界的语言文字也应该"世界大同"，世界各地的人应该在"地球万音室"中制作

---

① 王漪：《明清之际中学之西渐》，台北，商务印书馆，1979；转引自何九盈：《汉字文化学》，213 页，沈阳，辽宁人民出版社，2000。

② 刘禾在讨论文化翻译时，引用 Talal Asad 的结论："粗略说来，由于第三世界各个社会（当然包括在社会人类学家传统上研究的社会）的语言与西方的语言（在当代世界，特别是英语）相比是'弱势'的，所以，它们在翻译中比西方语言更有可能屈从于强迫性的转型。其原因在于，首先，西方各民族在它们与第三世界的政治经济联系中，更有能力操纵后者。其次，西方语言比第三世界有更好的条件生产和操纵有利可图的知识或值得占有的知识。"这个批评对把握 17、18 世纪以来西方形成的对中国语文的偏见，也是一个提醒。参见刘禾：《跨语际实践——文学，民族文化与被译介的现代性（中国，1900—1937）》，宋伟杰等译，4 页，北京，生活·读书·新知三联书店，2002。

统一的语音："夫语言文字，出于人为，无体不可，但取易简，便于交通者足矣，非如数学、律学、哲学之有一定而人所必须也，故以删汰其繁而劣者，同定于一为要义。"①另一思想巨子谭嗣同也在《仁学》中呼吁言文合一："……又其不易合一之故，语言文字，万有不齐；越国即不相通，愚贱尤难遍晓。更若中国之象形字，尤为之梗也。故尽改象形字为谐声，各用土语，互译其意，朝授而夕解，彼作而此述，则地球之学可合而为一。"②考虑语文只要着眼于其是否"易简"，是否"遍晓"，是否是拼音文字，既然人人都以为中国语文是繁难，费力，固执，荒谬，那么中国语文就是"繁而劣"者，就应该进化于"大同"。另一位科学主义者、无政府主义者吴稚晖（1865—1953），也强调科学世界是一个普遍而且又无限周延的世界，没有一个世界可以外在于这个科学世界，不符合这个世界的事物只有进化为科学的，只有按照言文一致理论的进化和激变，才有生存于这个世界上的权利："科学世界，实与古来数千年非科学的世界，截然而为两世界。以非科学世界之文字，欲代表科学世界之思与事物，牵强附会，凑长截短，甚不敷于应用……不能与世界共同进化而已。"③中国汉字汉语既然不符合于"科学世界"，那么它就是天生野蛮、低效率，所以要"进化"而至于"科学"，所以他远居巴黎而激烈地主张废除民族语言和文字，采用"万国新语"："苟吾辈而欲使中国日进于文明，教育普及全国，则非废弃目下中国之文字，而采用万国新语不可。"④康有为、谭嗣同、吴稚晖等批评汉语文其实是由于对西方语文的想象，缺乏真正了解，可另一位学人马建忠（1845—1900）则是晚清少见的学贯中西、见多识广的语言学者和外交家，而他的《马氏文通》竟也完全认同西方科学"格致"和语文"文法"无所不能的威力。他强调，中国没有"葛朗玛"（grammar），中国人学习语文要比西人花费更多的时间，所以中国的科学落后。他只注意到

---

① 康有为：《大同书》，收入钱锺书主编、朱维铮执行主编：《康有为大同论二种》，134 页，北京，生活·读书·新知三联书店，1998。
② 《仁学·三十九》，载《谭嗣同全集》，352 页，北京，中华书局，1981。
③ 吴稚晖：《书神州日报〈东学西渐篇〉后》，《新世纪》1909 年第 101—103 号。
④ 吴稚晖：《万国新语之进步》，《新世纪》1908 年第 35、36 号。

语法范畴的普遍性，看不到汉民族语文固有的重视语义范畴与思维范畴之相关性，只注重于普世万方的语法规则，而忘记民族语文自身的结构属性。所以当他研究民族语文的时候，就明显偏离了中国传统语文所重视的以文字为中心、侧重语义范畴的研究，而走向了以语言为中心的、侧重语法形态的研究。传统语文学习所认可的具体的传统典籍基础，以及大量阅读和积累以掌握语文的方法，被马建忠抛弃了，而在以普世语言为中心的理念、规则和方法指导下，学习和掌握语文及其表达技巧的新模式，被他先验地接受过来了。①

在当时的时代背景下，"言文一致"究竟意味着什么呢？大抵有如下几种效应。其一，以学习和应用的"经济原则"为衡量民族语文体系的标准。而在执行这个"现代"标准的时候，又奇怪地采取一种双重立场。或者站立到西方人的立场上，认定汉语与汉字之难，或者以中国人想象西方语言的容易。完全不准备通过细致认真的调查和研究，完全看不到：汉字稍繁但只要认识一定量的常用字，就可以读书看报写文章，而在西方认识了 26 个字母并不能包打天下，一般说来，在西方不超过两三万单词，根本无法阅读和写作。其二，以西来"语言学"取代本土语文学。西方语言学注重以语言为中心，文字只是对语言的记录，对语言形态的研究往往取代了过去通过文字进行的阅读和理解，侧重对语音、语义、语法和修辞的研究，而对文字以及语言与文字关系的研究被忽略了。西来语言学的研究使得中国许多受过西方语言学训练的语言学家，自觉不自觉地把语言文字之学装进了西方式形态化的语言学框架之中，传统语文学变成了语言学的附庸。其三，在语文的应用上，以汉字文化传统自身表情达意的精严性和准确性为代价，一味追求"开发民智"和"通俗易懂"而忘记对语义和"真意"的追求。这使得中国文化的精英层企图与大众层完全重合，文化的系统性、有机性和整体性平衡被打破，文化的发展遭受严重挫折。这正如章太炎在《訄书·订文》中所说的"更文籍以从鄙语，冀人人可以理解，则文化易流，斯则左矣"。其四，任何时代的语文都是要发展变化的，但在"言

① 参见启功：《汉语现象论丛》，1—11 页，北京，中华书局，1997。

文一致"的口号下，在汉字改革方面一味求简求易，在应用方面一味追求通俗化和大众化，结果往往成为追求简约化和平易化，求俗舍真，取粗弃精，导致浅白化和粗鄙化。

现代西方的"言文一致"理论大体上是对印欧语文体系长期历史变化的总结，至今在学术界仍是有争议的一种学术观点。但它在近现代中国，却成为心理危机化和情感化的产物，它极易导致激烈的心态，以及对西方语文样态空间化的急切认同。以西方语文为榜样的"言文合一"普世化思想和"大同"追求，其实质就是企图改变民族语文自身自然发展的、事实上的内在进化过程，使以文字符号为中心的汉语文传统，急剧转型，一变而成为以语言符号为中心的汉语文体系，并且以这个体系为"正统"。

二、谁比谁激进：民族语文存留和变革问题

戊戌变法以后，越来越多的知识分子就将现实的变革实践与承载文化的语文载体的相对稳定性联系起来。他们诊断中国之封闭落后与文化的载体有莫大的关系，坚信改变现实与文化的重要方式就是对民族语文进行改造，甚至由是产生"富强由文字"的结论，到陈独秀那里，即认定"然中国文字，既难传载新事新理，且为腐毒思想之巢窟，废之诚不足惜"。奉国富民强为目标，催促着破坏一切的企图，并力图适应以西方为样板的理性和经济原则，由此形成了一种急功近利的赶超心态，企图将西方历史生成的现代化活剧在中国舞台上一天就演完。

民族语文变革的问题如此令人焦虑，它首先突出地转化为民族语文体系的存留问题。"言文一致"说诱惑着相当一批学者舍弃民族语文，其突出代表就是 1908 年巴黎《新世纪》鼓吹"万国新语"的论调。"万国新语"是欧洲学者以印欧语系的语言为基础，在语音、词汇、语法方面加以改革，创造出来的一种国际辅助语，今通称"世界语"。《新世纪》编者认为，"万国新语"既为拼音文字，又能"言文一致"，有准则，"视形而知其字"，遂进步易行，方便易学，中国应该径以"万国新语"取代

汉语。他们把这件事看得非常简单易行，以为只要"私家则以新语著书，学校则以新语教授"，万国新语很快便可取代各民族语言，而成为世界上唯一的语言。

为此，章太炎与《新世纪》编者们展开了一场激烈的笔战。章太炎在《国粹学报》1908年发表《驳中国用万国新语说》，严厉批判这种割裂文化传统的做法及其内在的无视学理而急功近利的思想逻辑。为什么万国新语不能应用于中国？语言是思维的工具或者直接现实，是社会交往的现实产物，汉民族语文有着自身的特性，特定的自然和社会环境、民族语文的性质决定了民族语文与民族共同体不可分离的密切关系。① 章太炎目光如炬，一针见血地指出，欧洲语言不管是各国本来的民族国家语言，还是所谓后起的"万国新语"，都只是个别的适合于欧洲民族语文的东西，并不具有普遍性，用之于中国更是不合。

首先，地理环境和历史发展导致的"风土"不合。欧洲国家大都狭迫，各地区文化风俗和民族国家语文相近，其来源大致相同，所谓"万国新语"对欧洲而言，有其一定的适应性。而我中国地域辽阔，一国之中东西南北的文化差异和风俗差异都很大，只有坚持民族语文的根本才能保持民族生存和文化的发展。在这方面，章太炎《国故论衡·小学略说》引印度为深刻教训，印度文字不顾本国语言特点，采用"并音"（即拼音）之法，后果非常严重：

> 至于印度，地大物博，略与诸夏等夷，言语分为七十余种，而文字犹守并音之律，出疆数武，则笔札不通。梵文废阁，未逾千祀，随俗学人，多莫能晓，所以古史荒昧，都邑殊风。此则并音宜于小国，非大邦便俗之器明矣。②

其次，西方各国语言虽属同一语种，但由于各自地域文化和历史发展的不同，民族语言的多元并存已经无法分清孰种语言为"正音"，

---

① 章太炎：《驳中国用万国新语说》，见章太炎：《国故论衡》，张渭毅校订，北京，商务印书馆，2010。

② 章太炎：《小学略说》，见章太炎：《国故论衡》，张渭毅校订，北京，商务印书馆，2010。以后凡引皆从此，不再一一作注。

所谓"一不独正矣"。而汉民族语言经过两千多年的发展，仍然能通过汉文字一以贯之，方言俗语都能找到与华夏语言最初状态相契合的地方。章太炎相信，只要能比合各地俗语方言，把握住各地语音从华夏语源变迁衍化的内在规律，就能使汉语文保持内在的活力，所谓"执旋机以运大象，得环中以应无穷，比合土训，在其中乎"。相反，如果只图一时方便，追求外来的"言文一致"，随便取舍民族语文，必定导致文化发展的单一僵化而丧失活力。

最后，西方语文自中世纪以来以语言为中心，故其自身有内在活力，西方语文"虽有增华，离质非远"。而我汉民族语文经过数千年发展变化，文化发展相当成熟，特别有以文字为中心的文化传统，所以语言文化与文字文化可以相对独立，并行不悖。如果真像西来的"万国新语"那样，以"言文一致"为指针改造我汉民族语文，或者一味追求通俗和语言化，导致以文字为中心的文字文化得不到继承，失去文化的本根，或者一味追求精英化的书面文辞，导致民间方言俗语失去自身的自主性，无法补益精英文化的不足。

章太炎对《新世纪》编者的批驳是非常有力的，他同时批判了那种只看好西方语文而对民族语文极不友好的态度。《新世纪》编者认为，汉字是未开化人所用文字，因为汉字不是拼音文字，即不是所谓"合音字"，言文不一致，所以人们很难认识，中国识字的人确实也很少。这种理解显然受到了当时在西方占主导地位的文字性质发展三阶段论的影响。[①]现在看来，这种文字观是带有浓厚简单进化论色彩，而且突出表现出西方中心主义倾向。

汉字是不是因为属于表意文字而不是拼音文字，就真的野蛮、落后，难学难懂，属于未开化的语文呢？《小学略说》在当时就汉字与西方拼音文字之间的差别进行了比较：

---

①　所谓文字三阶段论，就是强调人类文字发展必然由图画文字发展到表意文字，最后到表音文字。图画文字也叫原始文字；表意文字也叫表词文字，发展为词素文字；表音文字又分为音节表音阶段和"文字最后的完备阶段"字母表音法。这种文字发展论认定"汉字仍然停留在这种过程的中途"，"没有一种表意文字是永远停留不变的。这无疑是因为这种文字有许多缺点，这种缺点确实是太明显了。"参见［法］房德里耶斯：《语言》，岑麒祥、叶蜚声译，354、358页，北京，商务印书馆，1992。

> 大凡惑并音者，多谓形体可废，废则言语道滞，而越乡如异国矣；滞形体者又发声音可遗，遗则形为糟粕，而书契与口语益离矣。

汉字的形音义是紧密相依，不可分割的。如果只注意字音而废弃了字形，就失去了汉字表意的本质，从而"越乡如异国"，语音不同的人就看不懂汉字；反之，则会使书面语与口语的差距越来越大。也就是说，形音的偏废，会造成"古义沦丧""民言未理"的严重后果。所以章太炎本人身体力行，奋力整理民族语文。《小学略说》云：

> 余以寡昧，属兹衰乱，悼古义之沦丧，愍民言之未理，故作《文始》以明语原，次《小学答问》以见本字，述《新方言》以一萌俗。

"明语原"就是追寻词语的发展线索，"见本字"为的是统一汉语的书写方式，"一萌俗"就是促进方言的统一。章太炎本人研究实践体现其文化重建的宗旨，整理民族语文，创建统一的近代民族语言文字，振兴民族文化，挽救祖国命运。

章太炎认为，世人关于语言的争议和说法大都似是而非，其实文字学习的问题根本在于教育。就语文体系本身而言，拼音文字并不意味着文字学习和应用的简便，而在幅员广大、人口极多、交通隔绝、方言繁杂的中国，以文字为中心正可以保持语言的统一和文化的承传。如果径改作拼音（即"并音"），就只能增加语言的混乱，导致严重后果。《小学略说》称：

> 盖自轩辕以来，经略万里，其音不得不有楚夏，并音之用，只局一方。若令地望相越，音读虽明，语则难晓。今以六书为贯，字各归部，虽北极渔阳，南暨儋耳，吐言难谕，而按字可知，此其所以便也。海西诸国，土本狭小，寻响相投，偷用并音，宜无罣碍……此则并音宜于小国，非大邦便俗之器明矣。汉字自古籀以下，改易殊体，六籍虽遥，文犹可读。古字或以音通借，随世相沿。

所以章太炎明确反对径直改作拼音，不能因为方便简易，图一时拼音易读，忘记字以表义。汉民族语文虽然在各地读音差异极大，"吐言难喻"，但"按字可知"，有着欧洲拼音文字无法取代的方便。

汉字或许有难认难知的缺点，但这些并不足以采用西方"言文一致"的拼音方式来克服，汉字并非不可简化为易能便写。在《驳中国用万国新说》一文中，章太炎系统地提出了以汉字为中心的语文改革方案：(1)利用传统的草书，借助于草书字形的定型化，借助于禁绝各种任意使字形笔画损益的现象，便汉字笔画由繁趋简；同时略为了解汉字小篆，以把握汉字初文或偏旁，以求"见字识义"。(2)制定一套简便的注音方法，使识字者得以很方便地学会"审音之术"。采用注音方法和教学方法，儿童入学能有效快捷地学习汉字。(3)解决方言的歧义给语音统一和标准化带来的困难，一方面要"习效官音"，在另一方面，仍然要"旁采州国，以成夏声"，做到"调均殊语，以为一家，则名言其有则矣"。

值得注意的是，民国政府后来进行民族语文改革，是基于以文字为中心的：(1)注音字母。1913年北洋政府教育部召开"读音统一会"，采用章太炎的注音字母方案，并加以修订，制定第一套法定的注音字母(后来改称注音符号)，1918年正式公布。[①]从此，小学生先学注音字母，后学汉字。1928年，由南京政府大学院(即教育部)公布"注音字母第二式"。(2)推行国语。北洋政府在1924年决定以北京语音为标准音，国民政府1932年编辑出版了标准音的《国音常用字汇》。(3)简化汉字。1935年上海有15种杂志试用手头字。不久，南京教育部公布"第一批简体字表"，其后收回不用。新中国成立后的人民政府也进行以汉文字为中心的民族语文改革：(1)汉语拼音方案。1955年，成立中国文字改革委员会，下设"拼音方案委员会"，制订拉丁字母的汉语拼音方案，1958年由全国人民代表大会通过并公布。汉语拼音字母在

---

① 1913年3月12日当时人人争当"新仓颉"，在核定音素和采定字母的问题上争论激烈，鲁迅、钱玄同、朱希祖、许寿裳、马幼渔和钱稻孙等人(均系章氏弟子)即以章太炎纪元前四年(即1908)所拟的标音符号为基础，斟酌损益，制定39个注音字母，其中声母24个，韵母12个，介母3个，字母形式采用笔画最简而音读与声母韵母最相近的古字，把王照的官话字母完全推翻了。参见《鲁迅年谱》第1卷，290页，北京，人民文学出版社，2000。

小学用于给汉字注音和拼写普通话，代替过去的注音字母和国语罗马字。不少文改运动者要求采用汉语拼音文字。但是，到目前为止，中国政府的政策是，以拼音辅助汉字教学，不是代替汉字。(2)汉字简化方案。1956 年政府公布"汉字简化方案"，1964 年类推成为《简化字总表》。(3)推广普通话。1955 年召开全国文字改革会议，把"国语"改称"普通话"，给它下了定义：普通话是以北方话为基础方言，以北京语音为标准音的汉民族共同语。1982 年《宪法》规定：推广全国通用的普通话。汉族人口占全国的绝大多数，以主体民族共同语作为全国通用的共同语，是国际惯例。推广普通话不是废除方言，也不是强制少数民族学习，而是在母亲语以外自愿学习一种应用更广的共同语。从总体上看，章太炎所提出的简化字形、字旁注音和统一方音的思路也是民国政府和共和国政府执行的汉语文改革的总体思路。从总体上讲，章太炎基于民族语文的基本情况和内在规律，在当时树立了以汉字改革为中心的语文变革思路。这一思路不仅使以汉字为核心的汉民族文化得以在风云变幻、革命激进的 20 世纪保存下来，而且使得中国民族语文体系得以较为健康、稳步地适应并推动了时代和社会的发展。

关于"言文一致"说，章太炎有自己的认识。他认为，在将来，民族文学写作和文化实践的最高理想，确实可以"言文一致"为最高悬的。但就当代民族语文的现实而言，向着"言文一致"的进程意味着如下一些根本而现实的规定性：其一，民族语文的改革必要一个积极稳妥过程，且要按照民族语文自身规律，切合于民族和民众生活，不能以西代中，奉他国语文为至尊，贬抑和废置自己的语文。理由如前《驳中国用万国新语说》和《规〈新世纪〉》所述。其二，这种高度理想的"言文一致"状态过去只出现在周秦两汉，现代为实现"言文一致"则必须"董理小学"和语文改革，其后必然能达成"言文一致"，实现通过语文创作文学的功能。这也正是章太炎一生所强调的"世有精练小学拙于文辞者矣，未有不知小学而可言文者也"的精义所在。以"言文一致"为最高理想的民族语文改革进程，必要是先进行民族语文体系的改革，然而进行民族文学"言文一致"运动。其三，在高度理想的状态中，章太炎拥护"古今一致""雅俗齐一"的"言文一致"。需要特别提及的是，在一种高度紧张的"齐物"思想的影响下，这种"言文一致"的理想还包涵着"齐雅俗"的意义。章太炎认定，周秦两汉时代的文学文章是从民间的方言土语中生成的，天真自然，至"俗"而尽"雅"。在没有后世"雅俗对立"乃至"雅俗变局"之前，没有过多且滥的"文化"和"风雅"之前，从天地四方和民间世界中走出来的语文与文学，天生具有一种高雅的品质：一张天然的丝绢上，总是可以作出最美的画；因为"至俗"，所以"至雅"。正因如此，《水浒传》和《儒林外史》"自有雅俗"，被士大夫的学问和风雅所忘却了的古代的健康活泼、朴质向上的精神，实在可以在民间的方言土语中寻找。"语文"和"文学"也是如此。在章太炎的感觉中，在思想文化和文学衰微的千年变局中，外来的文化神力和魔性并现的乱世中，万方言语和民间俗语或许更体现了真理和精义。在章太炎所设定的这种"礼失求诸野"的理想状态中，"雅俗一体""文野不分"，其中内在的"古今一致"和"齐万物"理念，使其"言文一致"思想成为一种极为卓绝而紧张的"反华美主义"的理想。

由此可见，章太炎的"言文一致"论其实是一种理想主义的一元论。基于圣人般的文化自信和通达视野，章太炎期望，只要有真正的"知德君子"，能够"考合旧文，索寻古语"，使古训和今义达成融通，使旧文、古语汇聚于今世仍能得其正解，在中国以文字为中心的文化就不会凋敝。

至于文言与白话的关系，并不如一些论者所认为的，可以等同于"言文一致"的语文问题。在章太炎，文言与白话的对立只是语文体系在书写实践过程中出现的历史问题，落实到 20 世纪，这个历史问题转化成为了修饰得体与修饰过度的问题。五四白话文运动兴起多年以后，章太炎于 1935 年发表《白话与文言之关系》，较好地总结了这一现象及问题。①他指出，在古代并没有白话和文言的分别，"文"只有修饰与不修饰之分。比如《尚书》，其中"记言"即记录口说的部分，如《般庚》《康诰》《酒诰》和《召诰》之类，非常难懂。这就是因为："口说之辞，记于匆卒，一言既出，驷不及舌，记录者往往急不及择，无斟酌润饰之功。且作篆之迟，迟于真草。言速记迟，难免截去语助……"在古史那里，"记言"与"记事"大不相同。事后记叙史事，可以从容润饰，时间宽裕，所以文章多加斟酌和推敲。"记言"与"记事"有区别，从书面书写而言，这里存在的只是修饰与不修饰的问题。这种情况到战国和秦汉时期仍然存在："春秋所录辞命之文，与战国时苏秦张仪鲁仲连之语，甚多顺适，所谓出辞气斯远鄙倍者，不去语助，自然文从字顺矣。苏张言文合一，出口成章，当时游说之士，殆无不然。至汉，汉书载中山靖王入朝，闻乐涕泣，口对之辞，宛然赋体。可见言语修饰，雅擅辞令，于汉犹然。是以汉时有讥人不识字者，未闻有讥人文理不通者。赤眉之樊崇，蜀将之王平，识字无多，而文理仍通。"所以说，直到汉魏时期，并没有出现语文应用中的"言文不一"问题，文章与文章之间的差别不过在于修饰的多寡而已。章太炎认为，真正的"言文不一"出现在两晋南北朝以降：

---

①　参见《章太炎国学讲演录》，诸祖耿、王謇、王乘六等记录，61—65 页，北京，中华书局，2013。需要指出的是，鲁迅的《门外文谈》(1934)与章太炎的《白话与文言之关系》(1935)作为文章发表，其时间的先后，并不意味着鲁迅的观点不是追随章太炎发展而来的。另外需要强调的是，章太炎发表的这篇文章，与其说表明他反对白话文，不如说，是他基于历史的经验和理性向白话文作者们建议要多从文言中借鉴和吸收，以便作好白话文。事实也正如此，"非通小学如何成得白话文"，难道说的不是"先要基本的语文训练，把握语言与文字，才能做好文章"吗？至于鲁迅后来就章文而发表的《名人与名言》(1935)，笔者认为，不过是借题发挥，针砭想象中的文言文复古思潮。其中也有他执着现实，坚信语言与文字约定俗成的关系远超过其间的理性逻辑和文化理据："然而自从提倡白话以来，主张者却没有一个以为写白话的主旨，是在从'小学'里寻出本字来的，我们就用约定俗成的借字。"一个"就"字，显现出周氏超越乃师的自信，周氏指责章师"专家"之语执着于理想因而"多悖"，基于"五四"立场，他当然更认同于"南山先生"（即陈望道）的思路，故非把章太炎作为假想敌，不足以表明申明其欲以"白话文"革"文言文"之命的气魄。章太炎基于"舍借用真，兹为复始"的立场，若看了鲁迅等"我们就用约定俗成的借字"的宣言，恐怕不免气结。不过，章太炎在其晚年又颇有齐物情怀，在这种视野中，"约定俗成的借字"虽未能基于所谓的"小学"，但亦或有与"旧文""古语""古训"相通的可能，想来也会释然吧。

自晋以后，言文渐分。《世说新语》所载阿堵宁馨，即当时白话，然所载尚无大异于文言，惟特殊有异耳。隋末士人，尚能出口成章，当时谓之书语。文帝受周之禅，与旧友荣建绪共享富贵，荣不可，去之，后入朝，帝问悔否。荣曰：臣位非徐广，情类杨彪。文帝曰：我虽不解书语，亦知卿此言为不逊（见《隋书·荣毗传》）。文帝不读书，故云不解书语。李密与宇文化及战时，其对化及之词，颇似一篇檄文，化及闻之而默然，良久乃曰：共尔作相杀事，何须作书语耶（见《隋书·李密传》）？可见士人口语，即为文章。隋唐尚然，其后乃渐衰耳。

在章太炎看来，文章中不时出现的"阿堵宁馨"与口语中出现"位非徐广，情类杨彪"的差别，表明当时言文开始出现分别，但记录为文字，二者仍然是一种语文和文体的差别而已，并没有本质的差异。白话与文言完全分途，即所谓"言文不一"出现在唐宋元明以降："传灯录记禅家之语，宋人学之而成语录，其语至今不甚可晓。至水浒传乃渐可解。由是白话文言，不得不异其途辙。"唐宋以后，文章同口语的距离渐远，同时，白话文的书面语逐渐兴了起来。先是采用比较接近口语的"变文""语录"一类文体，传播佛教教义，后来随着社会的发展，出现了用当时口语来书写的明清章回小说。不过直到清代末年，白话文还只是局限在通俗文学的范围之内，未能改变文言文独尊的局面而作为通用的书面语。

章太炎对"言文一致"的理解，颇不同于清末民初那种急切认同西方"言文一致"理论的西化派无政府主义，也不同于五四时期那种把白话与文言完全对立化、本质化的思想，即如胡适认定的"死"与"活"的对立。其思路主要着眼于对语文书写实践中的文字符号与其意义之间协调和平衡，突出地体现了章太炎追求文化与文学"求真""存质"的特点。在他看来，文言与白话并非尖锐对立，晚清文学存在的是急需思想精进和文风改造的问题，而民族语文的变革最需要的是先做全面调查和深入研究。

三、白话文风潮：从死活之辨到进化论当道

晚清直接推动"白话文"运动的主要有三种人物。首先是清末传教士，他们运用汉语的心情是矛盾的，他们作文时常模仿严格的书面雅言，但传统文言对他们过于艰难，这迫使他们把目光放到普通百姓身上。因此他们往往用浅显明白的口头俗语，来表达崇敬和赞美上帝的思想，他们作文不用典，不夸饰，通俗易懂，遂成为"言文合一"运动之先声。

其次是晚清报人的商业报刊和宣传。早期报刊主要面向市民，撰写报刊文章比较随便，突破了传统"古文"的限制，又由于模仿外文报刊，在语言上当然也要受到其影响。所有这些都促成了早期报人偏离传统文章叙述和议论的轨道。这一代报人显然不敢理直气壮地批判传统"古文"的"工拙"标准，比如王韬自编《弢园文录外编》自序就说："自愧言之无文，行而不远，必为有识之士所齿冷，惟念仲尼有云：'辞达而已'，知文章所贵在乎纪事述情，自抒胸臆，俾人人知其命意之所在，而一如我怀之所欲吐，斯即佳文。至其工拙，抑末也。"①

最后是当时的政治精英们，明确倡导写"白话文"的就有1898年裘廷梁在《苏报》发表的《论白话为维新之本》一文。这是一篇开始将白话文与文言文全面对立，并全面讨伐文言文的宣言书。在五四时期胡适所论文言与白话之优劣方面，裘廷梁大抵均已先发之。裘廷梁与黄遵宪一样，都是维新变法派，极端重视以"开通民智"着眼，由他开始只从共时层面上分析"言文分离"的过失，认为文言必然导致文人"仅仅足自娱"，而真正的实学无人过问："文言兴而后实学废，白话行而后实学兴，实学不兴，是谓无民。"裘廷梁的观点其实来自日本的启蒙思想家福泽渝吉。福泽渝吉在其著作《文明论概略》中认为，中国精通文学之人多而钻研实学之人少，这一看法后来逐步成为日本人当时对中国

---

① 王韬：《弢园文录外编》，1页，沈阳，辽宁人民出版社，1994。

的看法。黄遵宪、裘廷梁等人接受了这一看法，顺理成章地找出中国文学昌盛，而实学不兴，之所以两者成反比的原因就在于"文言"。①在这种逻辑推理之下，既然"愚天下之具，莫若文言"，那么，实学救国必先打破文言，以白话代文言的语文变革，就成为救国的民族复兴运动的当务之急。裘廷梁倡导"白话文"，认定改用白话可以救治文言文的弊病，而有八大好处：省日力、除骄气、免枉读、保圣教、便幼学、练心力、少弃才、便贫民。裘廷梁把学习白话文看得太容易了，以为改用白话文，人们学习掌握各种知识就轻而易举，不知改用白话，仍然要付出艰苦的努力，只是在学习语文的时间上稍稍减少一点而已。裘廷梁还认为，只要把古书翻译成白话，就可不必再读原书，说"文言之美，非真美也"，"使白话译之，外美既去，陋质悉呈"，"可存者不过百二"，这话也太绝对了，显然是没有注意到相当多的文言文能够准确地传达人情事理，而翻译往往很难准确表达原意，如果质本不陋，那么"外美既去"，美质也就不存了。所以，正如一些学者指出的，裘廷梁此论实开后来形形色色民族虚无主义的先声。②

　　裘廷梁观点适应了现代社会激进的文化启蒙思路和民族语文的俗化进程。裘廷梁此文最初发表在他本人编辑的《无锡白话报》，后来收入《清议报》卷二十六，其传播的影响是相当大的。1900年陈子褒又在《新知报》上发表了《报章宜用浅说》一文，正面提出报纸应改用白话，认为"大抵今日变法，以开民智为先，开智莫如改文言"。从而形成对裘廷梁主张的响应。1904年《警钟日报》也发表《论白话与中国前途之关系》的社说认为："白话报者，文明普及之本也。白话既推广，则中国文明之进行固可推矣。"此后在全国范围内，创办白话报成为一种风气。据统计，在清末最后约十年时间，出现过约140种白话报和杂志。晚清白话报的出现，不仅是维新运动和革命运动的舆论鼓吹机关，而且确实有开通民智疏导文明的作用。但值得强调的是，清末民初的白话文运动，客观上并不是"言文一致"思潮的现实产物。虽然在当时出

────────────

　　① 参见袁进：《中国近代文学观念的变革》，72页，上海，上海社会科学院出版社，1996。

　　② 马积高：《清代学术思想的变迁与文学》，461页，长沙，湖南人民出版社，2002。

现了大量倡导"白话文"的声音，也出现了大量的白话报刊，但大都只在启蒙上立意。"开发民智"何以要"白话文"？其中理由只是大众文化教育的需要，前者着眼在中下层社会，焕发民力是其目的，至于用"白话文"是用其方便，重其效果，是手段。

但从其内在理路看，当时人们对白话文运动的理解大都是外在于语文实际的，因而分歧很大。综取当时对白话文的态度，可以发现有四种代表性的观点：第一种是以裘廷梁、陈子褒等为代表的维新人士，认为白话文有诸多有利于国计民生的好处，所以，他们以之取代文言文是文化发展的大趋势。他们从政治、经济、文化变革的现实要求出发，采取的是一种实用理性的态度。

第二种是传统官僚和儒家卫道者，他们指斥西学为异端邪说，视白话文为"土苴粪壤"。即便思想开明如吴汝纶等，他受日本明治维新影响，甚至在清末最早提到用"国语"统一全国语言，但也竭力维护桐城古文，排斥白话文。①

第三种是最具代表性的。在当时他们是思精学深，能从语文和文学内部发展规律方面考虑白话文的二元论者。最突出如刘师培，他在《论文杂记》(1905)中基于西来的进化论而指出，文学发展是一个不终止的"迁变"流程，"由简趋繁"是"文章进化之公例"，"通俗之文"是"当今中国之急务"，以"俗语入文"的小说是历史的潮流。那种把"语言文字合一"看作"文字之日下"的观点不过是"陋儒之见"，是对公理的无知。但是，《论文杂记》又近乎矛盾地提出：

> 然古代文词，岂宜骤废？故近日文词，宜区二派：一修俗语，以自启瀹齐民；一用古文，以保存国学，庶前贤矩范，赖以仅存。②

---

① 当时吴汝纶被委任为京师大学堂总教习。1902 年他去日本考察学政，看到日本推行国语(东京话)的成绩，深受感动，回国后写信给管学大臣张百熙，主张在学校教学王照的"官话合声字母"推行以"京话"(北京话)为标准的国语。1909 年，清政府资政院开会，议员江谦提出把"官话"正名为"国语"，设立"国语编查委员会"，负责编订研究事宜。

② 刘师培：《中国中古文学史　论文杂记》，110 页，北京，人民文学出版社，1959。

如果结合他对"文"近乎"修辞主义"的界定，可以判断刘师培在语文和文学问题上，是一种典型的二元论悖论：一方面提倡明哲保身，维持精英不坠的传统文体；另一方面又在大众启蒙的层面上追求俗语化。

第四种对"言文一致"说的理解以章太炎为代表。只有在这种清末十年间的白话文运动的背景下，如前所析的章太炎思想之一元论（及其齐物论）的意义就会突显出来。章太炎的"言文一致"理想及其对"白话文"的探讨，完全基于语文和文学的内部规律及其历史，是一种孤绝卓进而又理想高蹈的内在思维，其革命意义只有在后来的五四白话文运动中得以激发起来。也就是说，章太炎所提出的"言文一致"理想也只有在与五四一代学人的意义接榫中才能揭示出来。

一般认为，胡适对五四白话文运动的鼓吹之功不可磨灭。胡适的革命性在于他从文学语言形式的角度，以文言与白话、去死要活的惊人对立，对古典文学体制进行了颠覆。这种观点固然正确，但更多只是一种事后追忆的后设叙述。这里需要的是从社会和历史的角度去理解胡适何以从《文学改良刍议》走向专心鼓吹白话文运动。

但要追问的是，在没有得到五四学生运动的声势助威之前，胡适鼓吹的白话文运动其实非常孤寂，它何以能壮大起来？固然有陈独秀这位老革命家的坚决支持，但是在很大程度上，更与章太炎的学生们如钱玄同、周树人、周作人兄弟在语文思想上对胡适的支持，以及他本人对章太炎语文变革思路的发明和汲取密不可分。

这里试图分别就胡适和钱玄同对白话文运动的贡献稍加述列。胡适的贡献并不在他提出白话文号召，也不在于他重申白话文的好处，这些在晚清已有先声，而在于其"文学改良"的立场和角度。也就是说根本在于：胡适深切感悟近世文章的"腐败"，内在地切入对民族语文和文学的思考。《文学改良刍议》的写作最初起于胡适批评陈独秀无原则赞颂谢无量的应景诗作。胡适的批评属于在文学上的"较真"，这种"较真"和反动，其实基于对当时文学深刻乃至片面的洞察：旧有文学连同其文教体系已失去信用，新的民族国家进程要求一种全新的语言来展开其全新的现代化。就其社会内涵而言，其实是以学生、职员、小生产者以及革命者为主要构成的新的大众，要求在新的总体文化中获得自己的语言，而其中的强者和志士要求自己的文学能真正见证时代的使命。

一般而言，新一轮白话文运动的成功，源于其中内涵的在当时社会大行其道的进化论文学史观。这一思路在晚清其实已经出现，但从胡适这位西来洋博士身上的形成，主要是在 1916 年。1935 年胡适在《中国新文学大系·建设理论集》中《逼上梁山》一文中回忆道：

> ……三百篇而为骚，一大革命也。又变为五言七言，二大革命也。赋之变为无韵之骈文，三大革命也。古诗之变为律诗，四大革命也。诗之变为词，五大革命也。词之变为曲，为剧本，六大革命也。
>
> ……韩退之之"文起八代之衰"，其功在于恢复散文，讲求文法，此亦一革命也……"古文"一派，至今为散文正宗，然宋人谈哲理者，似悟古文之不适于用，于是语录体兴焉。语录体者，以俚语说理记事……此亦一革命也……至元人之小说，此体始臻极盛……总之，文学革命至元代而登峰造极。其时对词也，曲也，剧本也，小说也，皆第一流之文学，而皆以俚语为之。①

胡适的结论是："一部中国文学史只是一部文字形式（工具）新陈代谢的历史，只是'活文学'随时起来替代了'死文学'的历史。"胡适尖锐化的"死""活"对立和系统的宣言，同时又武装以西来时髦的实验主义和进化观，这在民国时期新一轮的文化变革中有着非常强大的爆破功能。

比较而言，胡适"文学改良"号召的威力，更在于其对当时士夫雅士阶层的文学现状的内在批判："今日文学之腐败极矣"：

> 近世文人沾沾于声调字句之间，既无高远之思想，又无真挚之情感，文学之衰微，此其大因矣。
>
> 适尝谓凡人用典或用陈套语者，大抵皆因自己无才力，不以

---

① 胡适编选：《中国新文学大系·建设理论集》，10—11 页，上海，良友图书公司，1935。

　　自铸新辞，故用古典套语，转一弯子，含糊过去，其避难趋易，
最可鄙薄！在古大家集中，其最可传之作，皆其最不用典者
也……总之，以用典见长之诗，决无可传之价值。虽工亦不值钱，
况其不工，但求押韵者乎。尝谓今日文学之腐败极矣：……综观
文学堕落之因，盖可以"文胜质"一语包之，文胜质者，有形式而
无精神，貌似而神亏之谓也。欲救此文胜质之弊，当注重言中之
意，文中之质，躯壳内之精神。古人曰："言之不文，行之不远。"
应之曰：若言之无物，又何用文为乎？①

胡适、陈独秀等对当时上层精英文人阶层之文化和文章"腐败"的深切
感悟、严厉批判和激烈变革是正确而深刻的。有批判，才可能意味着
下一步：突围和爆破。

　　从文章的形式即语言文字这个维度切入中国文学的变革，也切中
旧时代文学的要害，其成功的作战方略和"文学上的实验主义"有力地
推动了当时的文学革命。在胡适看来，文学的内在品性在于"高远之思
想"和"真挚之情感"，在于文学构成上既有"物"，又有"文"。胡适强烈
要求重新恢复"存真""求质"的文风，而反对对精英文学和民众文学持
二元论的、分别的、骑墙的态度：不能只对一般普通民众进行启蒙灌
输，而对精英文人却自己放任要求，让这"腐败"的、自恋的"文学"继
续下去。坚持一元论，反对二元论，强调对精英文人自己的这种"较
真"，这种一元论的取向与上述章太炎的文学复古思想和"言文一致"观
颇为接近。

　　与此同时，与当时鼓吹文学应区分应用和审美的观点不同，胡适
《五十年中国之文学》突出认同章太炎"以文字著于竹帛"的统一的文学
论，而反对"应用文"与"美文"的区别：

　　　　章氏论文，很多精到的话。他的《文学总略》(《国故论衡》中)
　　　　推翻古来一切狭陋的文论，说"文者，包络一切著于竹帛者而为

言"。他承认文是起于应用的，是一种代言的工具；一切无句读的
表谱簿录，和一切有句读的文辞，并无根本的区别。至于"有韵为
文，无韵为笔"，和"学说以启人思，文辞以增人感"的区别，更不
能成立了。这种见解，初看去似不重要，其实很有关系。有许多
人只为打不破这各种因袭的区别，故有"应用文"与"美文"的分别；
有些人竟说"美文"可以不注重内容；有的人竟说"美文"自成一种
高尚不可捉摸，不必求人解的东西，不受常识与理论的裁判！①

与青年周氏兄弟不同，胡适不认为文学有"文辞"和"学说"的区分：只
有"文字应用"的区分，"文以代言"，代言做得好的就是"白话"，做得
不好的就是"文言"。这种把文学视为整体的一元论的态度，成为他以
白话文为解决方案的新文学战略的有力前提。

值得注意的是，胡适的一元论已非章太炎理想中"取千年朽蠹之余
反之正则"诉求于返古的"言文一致"，而是取向于近代语体化的"言文
一致"。胡适抽掉了章太炎梦寐以求的语文"古今一致"意义贯通的内
涵，径取"言文一致"理念之一端，完全以"白话"和"俗语"为上，从而
将章太炎语文"雅俗齐一"的内涵向着近代世俗化和通俗化的方向发挥
到了极致。章太炎看重的是思想的清明和果决，他找到了魏晋诗文，
至于为文讲究的是求真、质实，不避骈散，悉由自然，在他看来，桐
城派和选学派所称的古文和骈文，殊为无谓。而胡适则看重"文字形
式"，他找到了宋元以来的话本语录。在胡适看来，文学语文既然只是
表情达意的工具，即无需考虑其中的雅俗之分，只管在一个方向取"俗
语""白话"为准就是了。《新青年》第四卷第一号登载了胡适在后来给钱
玄同的信《论小说及白话韵文》，其中给予进一步阐释：

　　一、白话的"白"，是戏台上"说白"的白，是俗语"土白"的白。
故白话即是俗语。
　　二、白话的"白"，是"清白"的白，是"明白"的白。白话但须
要"明白如话"……

---

① 欧阳哲生编：《胡适文集·3》，229页，北京：北京大学出版社，1998。

三、白话的"白"，是"黑白"的白。白话便是干干净净没有堆砌涂饰的话……

这种白话文思路逼迫文化精英不得不全面认真地向"民间"和"土俗"看齐。正是完全从整体文学的高度立论，而以俗语、白话为方向倡导"白话文"，胡适能够取消刘师培的士大夫学子式的二元论的态度，从而使白话文运动在士子文化内部具有一种巨大的爆破作用，而面向平民新人又有一种强大的吸引功能。

胡适的逻辑其实是把整体文化在空间分布上的雅、俗文化的客观并存，完全导入进化论的时间维度，制造了一个尖锐的"古""今"对立的二元论。这种"言文一致"观是以西方近世俗语文学的发生为基本范型的。在对西欧诸国民族文学从拉丁语文学中独立出来的想象中，胡适认定但丁、薄伽丘用意大利的地方俗语写作文学，从而规定了意大利的民族语文，乔叟、魏克烈夫用英格兰的地方俗语写作文学，规定了英国的民族语文，14、15世纪的法兰西文学也是遵从法国地方俗语，规定了法国的国语。胡适由此还总结出一条规律，即文学以口语写作而获成功，口语通过文学而形成新的民族国家语文。因此，中国的白话文应该以明清小说的俗语文体为基点，大量加入官僚和商人在日常生活运用的通用语言，从而形成一种与死掉的"文言"截然不同的"白话文"。

此后的胡适不惜采取一种近乎专断和激烈的态度，尽可能地制造古与今、文言与白话、雅正与通俗的对立，并且力图推翻古典文学的所有权威性："我曾仔细研究，中国这近二千年何以没有真有价值真有生命的文言文学？我自己回答道：这都因为这二千年的文人所做的文学都是死的，都是用已经死了的语言文字做的。死文字决不能产出活文学。所以中国这二千年只有些死文学，只有此没有价值的死文学。"胡适提出极端的宣言："死文言决不能产出活文学。"留学西洋的文化精英，终于找到了"出所学以饷国人"，而又与一般人生出交涉的"文学革命"入手处。其激进和革命即在于此。

四、语体文崛起：生命力、成长及其影响

胡适一开始提倡文学改良和不避俗语，只是在得到陈独秀、钱玄同的"强佐"之后，才越发"声气腾跃"。① 1917 年 1 月 1 日胡适发表《文学改良刍议》，紧接着在 2 月 1 日第二卷第六号的《新青年》上，陈独秀即发表措辞强烈的《文学革命论》，表明更坚定的"文学革命"立场：

> 今日吾国文学，悉承前代之散：所谓"桐城派"者，八家与八股之混合体也；所谓骈体文者，思绮堂与随园之四六也；所谓"西江派"者，山谷之偶像也。求夫目无古人，赤裸裸的抒情写世，所谓代表时代之文豪者，不独全国无其人，而且举世无此想。文学之文，既不足观；应用之文，益复怪诞……文学革命之气运，酝酿已非一日，其首举义旗之急先锋，则为吾友胡适。余甘冒全国学究之敌，高张"文学革命军"大旗，以为吾友之声援……予愿拖四十二生的大炮，为之前驱！②

1917 年初的陈独秀不仅是《新青年》的主编，也已经蔡元培任命为北京大学文科学长。像他这样一个政治意识颇为清醒、革命使命感非常强烈的老革命家，居然说甘冒全国学究之敌，为"吾友"声援，还说愿拖当时著名的德造巨型大炮为之前驱，这就很快使胡适这个陌生的名字一夜间为国内学界所知。白话文运动由此在文化思想界有声有势地展开了。

钱玄同是语言文字学家，是章太炎的弟子，又在北京大学担任教

---

① 钱基博以为："在前清光、宣之际，北京大学之文科，以桐城家马其昶、姚永概诸人为重镇。民国新造，浙江派代之而兴，章炳麟之徒乃有多人登文科讲席；至是桐城派乃有式微之叹……然自陈独秀为文科学长，用适之说，一时新文学之思潮，又复澎湃于大学之内，浙士钱玄同者，尝执业于章炳麟之门，称为高第弟子者也；为文理密察，雅善持论；至是折而从适，为之疏附。适骤得此强佐，声气腾跃；既倡新文艺以摧毁古文；又讲新文化以打倒礼教。"参见钱基博：《现代中国文学史》，见《中国现代学术经典·钱基博卷》，544 页，石家庄，河北教育出版社，1996。

② 陈独秀：《文学革命论》，《新青年》第 2 卷第 6 号，1917 年 2 月。

职。他在致《新青年》的信中，进一步从语言文字进化角度说明白话文取代文言文势在必行，指斥拟古的骈文和散文为"选学妖孽，桐城谬种"，态度甚为激烈。胡适最初在《文学改良刍议》中提出的"八不主义"只是并列的八条原则，缺少统领全局的核心，尽管最后一条提到"白话为文学正宗"，而其改良的目标不过是"不避俗字俗语"。在这种情况下，钱玄同抬出"白话体文学"的提法，指出这应该成为扫除旧文学、建设新文学的理论武器。在 1917 年 2 月 25 日《致陈独秀》中，他紧紧抓住"不用典"一条，强调要以"白话"为纲：

> 白话中罕有用典者。胡君主张采用白话，不特以今人操今语，于理为顺，即为驱除用典计，亦以用白话为宜。

这就是说，不仅胡适《文学改良刍议》中第四条"不用典"固然"以用白话为宜"，而且其他各条也无不应该"以用白话为宜"，因为"今人操今语，于理为顺"，这事实上为胡适的改良主张找到了一个统贯全局的核心。①

---

①　文学革命的目标是用白话取代文言，这个思想并不是一下子出来的。胡适后来在《中国新文学大系·建设理论集·导言》总结"白话文"运动的文学理论时说："'不用典'一项，我自己费了大劲，说来说去说不圆满……（经玄同指出）用白话就可以驱除用典了，正是一针见血的话……凡向来旧文学的一切弊病——如骈偶，如用典，如滥调套语，如模仿古人，——都可以用一个新工具，扫的干干净净。""新工具"就是白话，胡适终于找到了"用白话作诗作文"这一最为基本的原则，它应该是"文学革命"的中心思想。直至 1918 年初，当时还是北京大学学生的傅斯年发表《文言合一草议》，提出"取白话为素质，而以文词所特有者补其未有"的基本主张。更为可贵的是，傅斯年提出了十条具体的标准："代名词全用白话……介词位词全用白话……感叹词全except白话……助词全取白话……一切名静动状，以白话达之，质量未减，亦未增加，即用白话……文词所独具，白话所未有，文词能分别，白话所含混者，即不能曲绚白话，不采文言。白话之不足用，在于名词……至于动静疏状，亦复有然。不足，斯以文词益之，无待踌躇也……在白话用一字，而文词用二字者，从文词。在文词用一字，而白话用二字者，从白话。但引用成语，不在此例。凡直肖物情之俗语，宜尽量收容。文繁话简，而量无殊者，即用白话……"这些建议、原则考量和斟酌当时社会文化的具体情况，动中肯綮。胡适直到 1918 年在《建设的文学革命论》中宣布抛开一切枝叶的主张，改为"四项主张"："一，要有话说，方才说话……二，有什么话，说什么话；话怎样说，就怎么说……三，要说我自己的话，别说别人的话……四，是什么时代的人，说什么时代的话……"才完全从"白话体文学"说来解释和修正"八不主义"，认定"只认定一个中心的文学工具革命论是我们作战的'四十二生大炮'"，这个文学工具就是"白话"。

更要紧的是，钱玄同提出诗文全面实行白话主张的同时，倡导将白话理论付诸实施："我们既然绝对主张用白话体做文章，则自己在'新青年'里面做的，便应该渐渐地改用白话。"他一面表示应该从自己做起，"从这次通信起，以后或撰文，或通信，一概用白话"，另一面近似武断的态度要求陈独秀、胡适、刘半农以及《新青年》其他撰稿人都采用白话来写诗作文。钱玄同的这一要求起到了极大的示范作用，"文学革命"的干将们终于被"逼上梁山"，《新青年》从四卷一号起，改为白话文刊物，又全面使用新式标点，正式宣告了白话文的诞生。

五四时期的钱玄同对中国文化与文学有着许多惊人的看法，比如"白话体文学"说，新式标点，改直行为横行，"桐城谬种，选学妖孽""旧戏如骈文，新戏如白话小说""废圣、逆伦""用夷变夏""废除汉文""汉字革命"和"烧毁中国书"等主张，以及"双簧戏"，为新文学对旧文学、新文化对旧文化的发难起到了举足轻重的作用。他的文学思想的激进性许多学者多已论定，值得注意的是钱玄同的思想观点与乃师章太炎之间的关系。钱玄同在五四时期激烈言论的许多思想资源都来自于章太炎，在很大程度上可说是在新的特定时代语境中激烈地发挥乃师语文和文学思想的产物。简单如钱玄同最初《致陈独秀》反对文学"用典"之说：

> 文学之文，用典已为下乘。若普通应用之文，尤须老老实实讲话，务期老妪能解，如有妄用典故，以表象语代事实者，尤为恶劣。章太炎先生尝谓公牍中用"水落石出""剜肉补疮"诸词，为不雅。

立论纯以章太炎《文学论略》中"反对表象"说为基础。又如1917年12月21日《致刘半农》认为"酬世之文"如寿序、祭文、挽对和墓志之类，是顶没有价值的文章：

> 章太炎先生说得好："靡财于一奠者此谓贼，竭思于祝号者此谓诬。"又说："封墓以为表识，藏志以防发掘，此犹随山刊木，用记地望，本非文辞所施。"我的意思：以为这一类的文章，Language 和 Literature 里面都放不进，只合和八股一律看待。

完全采用章太炎的文学观。钱玄同亦曾对自己在五四期间"白话文"主张的思想来源进行过追溯：

> 章先生于一九〇八年，著了一部《新方言》。他说："考中国各地方言，多与古语相合。那么古代的话，就是现代的话，现在所谓古文，倒不是真古，不如把古语代替所谓古文，反能古今一致，言文一致。"这在现在看，虽然觉得他的话不能通行，然而我得了这古今一体，言文一致之说，便绝不敢轻视现代的白话文。从此便种下了后来提倡白话之根。民国元年（1912）一月，章先生在浙江教育会上演说，他曾说过：教育部对于小学校删除读经，固然很对。但外国语修身亦应删去。历史宜注意。将来语言统一以后，小学教科书，不妨用白话来编。我对白话文的主张，实在植根于那个时候，大都是受太炎先生的影响。①

原来竟是对"言文一致"思想的继承和发挥。不妨检索钱玄同所说的来龙去脉。章太炎《汉字统一会之荒陋》（1907）云：

> 俗士有恒言，以言文一致为准，所定文法，率近小说演义之流。其或纯为白话，而以蕴借温厚之词间之，所用成语，徒唐宋文人所造。何若一返方言，本无言文歧异之征，而又深契古义……

也就是说，方言土语，各有本原，若能寻绎得它们的本原，加以厘定，便势为"执璇玑以运大象，得环中以应无穷"，"言文一致"自然迎刃而解。章太炎 1908 年著《新方言》，针对"方言处处不同"而"俗儒鄙夫不知小学，咸谓方言有音而无正字，乃取同音之字用相摄代，亦有声均小变，猝然莫知其何字"等情况，专求各种方言的"语根"，以求"异日统一民言"。章太炎对方言中"笔札常文所不能悉"的难通之语，依据它们的"声音条贯"，逐一疏解，总结出它们由古音转变而来的六条一般

① 熊梦飞：《记录玄同先生语文问题的讲话》，载《文化与教育》第 27 期，转引自任访秋主编：《中国近代文学史》，360—361 页，郑州，河南大学出版社，1988。

规则："明斯六例，经以音变，诸州国殊言诘离者，虽未尽憭，傥得模略，足以聪听知原。"章太炎发现："见古今语言，虽递相嬗代，未有不归其宗，故今语犹古语也。"中国当代各地方言有很多与古语相符合，以声音和意义为主，古今语奇妙地达成一致，而现代的话却不是"真古"，唐宋以降的"古文"也不是真正的古文。

此间留学日本而问学于章太炎的钱玄同接受了老师的观点。出于排满复汉的革命热情，他认真地撺掇老师搞"文字复古"，写最古的篆字以求真正的"古今一致，言文一致"。钱玄同本人在辛亥革命前有此文字复古的经验，"从极右的写小篆起手，经过种种实验，终于归结到利用今隶、俗字简体，其极左的反动则是疑古和革命，主张破坏过去的一切，即是线装书扔进茅厕坑……"①

到五四时期，钱玄同从"复古"走向"趋今"，从追求"言文一致"的一个极端走到了另一个极端，写真正的"古文""古字"，变成了推崇"白话"和"现代的白话文"。但是，尽管如此，钱玄同的语文和文学思想仍然坚持的是章太炎追求的革命理想，即在语文根柢上坚持"得了这古今一致，言文一致之说"。可以说，正是在章太炎历时性与共时性浑融化一的独特"言文一致"观念中，钱玄同读取了"古今一致、言文一致之说"，并使之成为他提倡语文的基础。他在给胡适《尝试集》作序时说：

> ……做白话韵文，和制定国语，是两个问题。制定国语，自然应该折中于白话文言之间，做成一种"言文一致"的合法语言……至于各人所用的白话不能相同，方言不能尽袪，这一层在文学上是没有什么妨碍的；并且有时候，非用方言不能传神；不但方言，就是外来语，也可采用……所以，我又和适之说，我们现在做白话文章，宁可失之于俗，不要失之于文。
>
> 我现在想，古人造字的时候，语言和文字，必定完全一致……照这样看来，中华的字形，无论虚字实字，都跟着字音转变，便该永远是"言文一致"的了。为什么二千年来，语言与文字

---

① 周作人：《钱玄同的复古与反复古》，载沈永宝编：《钱玄同印象》，9页，上海，学林出版社，1997。

又相去到这样的远呢？

　　我想这是有两个缘故：第一，给那些独夫民贼弄坏的……若是没有那种"骄""谄"的文章，这些独夫民贼的架子便摆不起来了，所以他们是最反对那质朴的白话文章的……

　　第二，给那些文妖弄坏的。周秦以前的文章，大都是用白话……所以周秦以前的文章很有价值。到了西汉，言文已渐分离……扬雄……专门摹拟古人；……他的辞赋，又是异常雕琢……六朝的骈文，满纸堆垛词藻，毫无真实的情感……打开《文选》一看，这种拙劣恶滥的文章，触目皆是。直到现在还一种妄人说"文章应该这样做"、"《文选》文章为千古文章之正宗"。这是第一种弄坏白话文章的文妖……宋朝的欧阳修、苏洵这些人，名为学韩学柳，却不知道韩柳的矫弊，但会学韩柳的句调间架，无论什么文章，那"起承转合"，都有一定的部位……明清以来，归有光、方苞、姚鼐、曾国藩这些人拼命做韩柳欧苏那些人的死奴隶，立了什么"桐城派"的名目，还有什么"义法"的话，搅得昏天黑地。全不想想，做文章是为的什么？也不看看，秦汉以前的文章是个什么样子？分明是自己做的，偏要叫作"古文"，但看这两个字的名目，便可知其人一窍不通，毫无常识。①

此间观点不无偏激，但其中"做白话韵文"和"制定国语"要加以分别，"宁可失之于俗，不可失之于文"，提倡质朴，反对以《文选》为文章正宗，抨击欧苏，批判桐城"义法"等，都是对章太炎的"存质""求真""古今一致""雅俗齐一"的"言文一致"观点的发挥，只不过现在完全以白话为取向了。在当时，钱玄同攻击"古文"，其实核心仍然是过去和老师一样反对桐城派和选学派的文学。

　　钱玄同认为选学派所谓的"文章"和桐城派所谓的"古文"没有生命力和思想力，其语文由于"言文不一"，不是基于生活的真识和真情，没有意义和活力。所以他斥之为"妖孽"和"谬种"，并且说：

---

　　① 《钱玄同文集》第一卷，84—91页，北京，中国人民大学出版社，1999。下引同出此。

> 这两种文妖，是最反对那老实的白话文章的。因为作了白话
> 文章，则第一种文妖，便不能搬运他那些垃圾的典故，肉麻的词
> 藻；第二种文妖便不能卖弄他那可笑的义法，无谓的格律。

章太炎曾从"持论议礼"和"文质相质"的角度，不遗余力地批评桐城派和选学派，严复和林纾更被他指责为"诡雅""异俗"，是桐城派的末流。此后，五四新文学的故事，便以钱玄同等一般章门弟子或学朋为中心和制高点，而指责自命为桐城护法的林纾，并且近乎粗暴而无礼地戏弄林纾，演出了一出新文学运动和文化斗争的活剧，后人似乎津津乐道于此而不疲。①

五四白话文运动适应了中国现代语文变革的近世通俗化取向，直接效应就是语体文在书面语体系中开始全面崛起。②但是语体文的真正树立依赖于创作的实绩，白话文逐渐占有统治性地位，其实经历了一个过程。固然，为了对抗和破坏韵文即诗中文言传统，以胡适为代表，在鼓吹"白话诗"的"尝试"："盖白话之可为小说之利器，已经施耐庵曹雪芹诸人实地证明，不容更辩；今惟有韵文一类，尚待吾人之实地实验耳。"③从1918年起，《新青年》基本全行白话，并且其书写语言的变

---

①　对于年轻辈这种"打落水狗"行为，章太炎也很有些看不起，1918年11月13日他在致吴承仕的书信中谈道："颇闻宛平大学又有新文学、旧文学之争，往者季刚辈与桐城诸子争辩骈散，仆甚谓不宜。老成攘臂未终，而浮薄子又从旁出，无异元祐党人之召章蔡也。"只是私下直接将胡适和钱玄同斥为"浮薄子"，确实表现出章太炎晚年"渐为昭示后世计，自藏其锋芒"的一面。参见姚奠中、董国炎：《章太炎学术年谱》，288页，太原，山西古籍出版社，1996。

②　有学者认为，"白话文"一词根本是自相矛盾的，认为白话文就是文言，即便称以"语体文"，其实重心仍旧是"文"，说到底是写在纸上的文章，其文辞规律仍然是文的，是目治的艺术，而非听觉的美感。白话文运动其实是胡适、钱玄同等"顺着晚清如章太炎等人的'文''语'区分"，"做了两种推展，一是承认文与语的区分，但这两者都存在于文中，文中即有语与文之分。二是逆转了文与语的价值判断，说文中之语体者，其用胜于文中之文言者"，其文化后果也是颇为严重，"寖至'文''言'两歧，歧路羊亡，文既不文，语亦横受干扰"。参见龚鹏程：《近代思潮与人物》，111、112页，北京，中华书局，2007。龚氏说法点出白话文运动带来的其实是文学体式上的变革，并且其实质是相对于传统贵族士夫的、门槛降低的通俗化导向。白话文运动是具有革命性的，它与新文化运动时期的思想变革一起成为一种"文学革命"。

③　《胡适致独秀》，《新青年》第三卷第二号，1917年4月。

革，逐步从文学领域扩展到社会应用的各文体。1919 年，《每周评论》式的白话小报有四百余种之多。1920 年以后，一些著名刊物如《东方杂志》《小说月报》等也改用白话。从 1918 年 5 月鲁迅的《狂人日记》等作品在《新青年》发表，新文化派也逐渐开始显示其在白话小说上的实绩。当然，相比于传统社会形成的古典白话小说的成就，进一步与古典文言文的巨大财富相比，毋庸讳言，白话文的新成果在当时真是太少了。这也注定了：在新文化运动的初期，其声势和影响其实仍然非常有限。

白话文运动在后来获得成功，更依赖于它及时而有效地与当时的国语运动的合流。正是因为与当时民族国家的文教制度建设表里配合，民族语文和现代文学从形式上实现了从传统向现代的真正转型。①

1918 年 4 月，已经回到国内的胡适在《新青年》第四卷第四号发表《建设的文学革命论》。值得注意的是，这篇文章的副标题是"国语的文学——文学的国语"。这篇文章标志着文学革命和国语运动的合流。有学者认为："就北大文科的情形看，当时一批太炎弟子，像朱希祖、马裕藻、钱玄同、周作人等，全是国语运动的热心分子。《建设的文学革命论》发表后，这些国语运动的倡议者，果然对文学革命表现出支持的态度。1914 年 4 月国语统一筹备会召开时，胡适和刘复这两位文学革命的急先锋，也与蔡元培、朱希祖、马裕藻、钱玄同和周作人一同列名会员，代表北大参加会议，显示国语运动与文学革命阵营确已出现合流之势。"②

此前胡适并未注意到国语运动。1913 年民国政府召开了"读音统一会"，开始构拟民族共同语的框架。会议总结和整理了此前 20 年间晚清拼音化运动的成果，最后选定章太炎所拟的"纽文""韵文"，略作改动后定为"注音字母"。长期以来的许多志士希望的"国音"算是有了。1916 年袁世凯洪宪帝制推翻，教育部酝酿国语运动，寻求"国音推行

---

① 参见王风：《文学革命与国语运动之关系》，《中国现代文学丛刊》2001 年第 3 期。该文是目前所见相关研究梳理的最好成果，这里多有采择，特此说明。

② 陈以爱：《中国现代学术研究机构的兴起——以北大研究所国学门为中心的探讨》，21 页，南昌，江西教育出版社，2002。

办法"，议将初等小学"国文"一科改作"国语"或另添"国语"一门，想用行政的力量鼓吹"言文一致"和"国语统一"，造就一种全民族使用的共同语，方便教育的普及和语文的学习。但争执颇烈，反对者认为"我国文字主乎形义，故言文万不能合一"，且"国语"不过是"杜撰官话"，存在强推国语与方言现存之间的矛盾，反不利于统一。1917 年 1 月国语研究会成立，强调国家"语言之必须统一，统一之必须近文，断然无疑矣"，认识到用书写语言规范口头语言的重要性。

迟至 1917 年，胡适方知"国语研究会"的存在，是年他加入"国语研究会"。这时候，因国语研究会会长蔡元培的居间绍介，白话文运动的闯将们开始与国语研究会的人接触了。胡适说："这时候，蔡元培先生介绍北京国语研究会的一班学者和我们北大的几个文学革命论者会谈。他们都是抱着'统一国语'之弘愿的，所以他们主张要先建立一种'标准国语'。我对他们说：标准国语不是靠国音字母或国音字典定出来的。凡标准国语必须是'文学的国语'，就是那有文学价值的国语。国语的标准是伟大的文学家定出来的，绝不是教育部的公告定得出来的。"当时的问题确实是两难："国语的标准"还没有定出来，"标准的国语"更不知道从何而来。《建设的文学革命论》提出的态度和主张是，不管"标准"如何，先努力做去：

> 所以我认为我们提倡新文学的人，尽可不必问今日中国有无标准国语。我们尽可努力做白话的文学。我们可尽量采用《水浒》《西游记》《儒林外史》《红楼梦》的白话；有不合今日的用的，便不用他；有不够用的便用今日的白话来补助；有不得不用文言的，便用文言来补助。这样做去，决不愁语言文字不够用，也决不用愁没有标准白话。中国将来的新文学用的白话，就是将来中国的标准国语。造将来中国白话文学的人，就是制定标准国语的人。①

这里已是自我作古的创造者姿态了。可以见出，胡适打造国语的思路主要是从古代的白话尤其是白话小说的传统中学习。到 1919 年，傅斯

---

① 欧阳哲生编：《胡适文集·2》，48 页，北京，北京大学出版社，1998。

年在《新潮》上发表《怎样做白话文》，提出另外两个思路：一是"乞灵说话"，即向口头语言学习；另"一宗高等凭借物"，就是"欧化中国语"："这高等的凭借物是甚么，照我回答，就是直用西洋文的款式，文法，词法，句法章法，词枝（figure of speech）……一切修词学上的方法，造成一种超于现在的国语，因而成就一种欧化国语的文学。"①

　　国语研究会成立后发展迅猛，会员增加，形成非常广泛的同盟，影响也越来越扩大。正是在他们的促动下，1918 年 11 月 23 日教育部公布注音字母。从晚清拼音化运动到民初"国音"制订再到此时的公布，时间将近三十年，"国语"终于有了第一块基石。1919 年 4 月，以胡适为首的六教授提出《方案》，要求政府颁布通行"，。；：?! ——（）《》"等标点。11 月底，胡适对上述方案作了修改，把原方案所列符号命名为"新式标点符号"，此年被批准。1920 年 2 月 2 日，北洋政府教育部发布第 53 号训令——《通令采用新式标点符号文》，批准了由北大六教授联名提出的《请颁行新式标点符号方案》。我国第一套法定的新式标点符号由此诞生。

　　1919 年 4 月 21 日教育部成立附属的"国语统一筹备会"，简称"国语统一会"。国语统一会的会员大部分就是 1917 年成立的"国语研究会"的会员，真所谓"宫中府中，俱为一体"了。待到国语统一会开第一次大会的时候，就有《国语统一进行方法》的议案，要求改小学的"国文读本"为"国语课本"，提案人是刘复、周作人、胡适、朱希祖、钱玄同、马裕藻等，全是《新青年》同人，而且提案也是用白话写的。很快，1920 年教育部就训令全国各国民学校将一二年级国文改为国语，命令照例用符合权力机关身份的文言发布。一项拖延多年，谁都认为极难实施的改革，就在一瞬间成功了。其中奥妙，后来如黎锦熙《国语运动史纲》的说法，全在"朝中有人"，而"中国向来革新的事业，不经过行政方面的一纸公文，在社会方面总不容易普及的；就算大家知道了，而且赞成了，没有一种强迫力也不会实行"：

　　　　教育部部务照例是分司主办的，那时普通教育司司长是张继

---

① 《傅斯年全集》第一卷，132 页，长沙，湖南教育出版社，2003。

煦，就是统一会的总干事；主管师范教育的第一科科长是张邦华，主管小学教育的第三科科长是钱家治，都是统一会的会员。修改法令是经由参事室和秘书处的。那时三参事汤中蒋维乔邓萃英和秘书陈任中，也都是统一会的会员。①

行政当局和社会团体真是配合绝妙。按照王风的讲法，改国文为国语，是文学革命与国语运动合流的最大成果，同时也是确定白话地位最关键的一环："因为，让白话文进入教材，就等于承认它有正式书写语言的资格。"

果然，嗅觉灵敏的出版商家迅速抓住了抢占市场的商机。训令还未公布，商务印书馆显然是从内部先得到了消息，抢先出版了《国民学校用新体教科书》八册，比中华书局《新教育国语读本》早了五个月。其后各种教材纷涌出版，对国语又展开了强大的宣传。似乎是预感到"国语科"不可仅停留在初等教育，1920 年商务印书馆就急不可耐地推出了《中等学校用白话文范》，程颢、程颐、朱熹与蔡元培、胡适、钱玄同、梁启超、沈玄庐、陈独秀同时登台亮相。果然，1923 年初高中也改称了"国语科"。于是，两年前脱稿的鲁迅的《故乡》就进入了中学教材，并几乎不间断地沿用到现在。

1920 年教育部明令国民学校的国文科改为国语科，并废止原来的文言教科书。黎锦熙说："教育界改国文为国语的要求，居然压倒千余年来科举的余威，使行政机关毫无犹豫地办到了！"经过五四白话文运动，白话文的地位提高了，新文化派的宣传阵地也基本上巩固了。这使"文学革命"和"国语运动"的文化主张得到民族国家及其文化体制的正式确认和大力贯彻。可以说，五四新文化派在白话文运动方面取得了胜利。

白话文运动突显了作为新型思想团体的五四新文化派逐渐走上历史舞台。由于运动的发源地是北京大学，于是北京大学就成为旧派攻击的目标。1919 年 3 月林琴南的《致蔡鹤卿太史书》说："若尽废古书，

---

① 黎锦熙：《国语运动史纲》，49—125 页，上海，商务印书馆，1934。凡后引此书出处同，不再一一作注。

行用土语为文字，则都下引车卖浆之徒，所操之语，按之皆有文法，不类闽广人无文法之啁啾。据此，则凡京津之稗贩，均可用为教授矣。"对此，蔡元培的《答林琴南书》是简单应付的，但却又是内里强硬，非常有力的："北京大学教员中，善作白话者，为胡适之，钱玄同，周启明诸君。公何以证知为非博览群书，非能作古文，而仅以白话文藏拙者？"①

　　林琴南的攻击其实是无用的，因为提倡写白话的教授，并不是不会作古文，而恰恰是因为反对古文的腐败。在五四新文化一代人看来，古文完全是腐败的，古文完全是旧文人自己圈内的无聊游戏，而文化的变革或新文化的出现必须打破这旧有的文学，包括古文在内，把它们全数推翻在地。只有实现这种变革，整体上的文化革新才有可能。这种要求打破精英文人自身的文化圈层，要求整体文化变革的企图，不是晚清白话文运动的二元论启蒙思路所能想象的。蔡元培在评说晚清白话文运动时指出："那时候作白话文的缘故，是专为通俗易解，可以普及常识，并非取文言而代之。"胡适在 1934 年作《所谓"中小学文言运动"》也就一直强调这方面的立场和功劳：

　　　　满清的末年，民国的初年，也有提倡白话报的，也有提倡白话书的……他们的失败在于他们自己就根本瞧不起他们提倡的白话。他们自己做八股策论，却想提倡一种简易文字给老百姓和小孩子用，殊不知道他们自己不屑用的文字，老百姓和小孩子如何肯学呢？所以我们在十七八年前提倡"白话文学"的运动时，决心先把白话认为我们自己敬爱的工具。②

所谓"把白话认为我们自己敬爱的工具"，也确实表明了一代精英文人的思想转型。

　　据黎锦熙《国语运动史纲》的说法，当初胡适申请加入国语研究会的申请书是从美国寄来的用白话写的明信片，这让研究会那批主张国

---

① 《蔡元培全集》第三卷，274、271 页，北京，中华书局，1984。
② 欧阳哲生编：《胡适文集·5》，436 页，北京，北京大学出版社，1998。

语的人感觉有点不习惯，因为他们尽管主张国语，却从没有用"国语"写过文章。受此刺激和鼓励，研究会同人终于立志以身作则用"国语"写作：

> 自己做的这些文章，都还脱不了绅士架子，总觉得"之乎者也"不能不用，而"的么哪呢"究竟不是我们用的，而是他们——高小以下的学生们和粗识文字的平民们——用的，充其量也不过是我们对他们于必要时用的，而不是我们自己用的。不但是做文章，就是平常朋友间通信，除开有时援引几句语录，模仿"讲学"的口吻外，也从来没有用过一句白话。我们朋友间接到的第一封白话信，乃是这年底胡适从美国寄来请加入本会为会员的一个明信片时(这个明信片还保存着，算是本会员来信中第一个用白话的)。绅士们用白话彼此通信，现在真算很平常的一件事，在那时，却要算天来大的怪事了，仿佛像现在的旧官僚忽然看见中央政府下了一道白话命令，嘴里不说什么，总觉得"于我心有戚戚焉"，自从有了这一个明信片的暗示，我们才觉得提倡言文一致，非"以身作则"不可；于是在京会员中，五六十岁的老头儿和二三十岁的青年，才立志用功练习作白话文。

谁也没有见过国语的范本，所以只好"从唐宋禅宗和宋明儒家底语录，明清各大家底白话长篇小说，以及近年来各种通俗讲演稿和白话文告之中，搜求好文章来作模范"。此中的侧面消息是很清楚的，即新型人文群体在整体文化中已经形成一个强大的思想联盟。正是通过与林纾及其背后怀着"绅士架子"的人们进行的"区隔"，新文化派成功地实现了在知识阶层内部的爆破，以新破旧，奠定了推动文化变革、主导近代文化进程的地位。

最后值得提及的，是对白话文运动的历史背景的理解问题。长期以来对这一专题的研究是有偏颇的，因为近三十年不少研究造成的效果仿佛是诸多文学革命家们的"文学革命史"都有一个共同的"史前史"，即胡适在 1915—1917 年的个人史。①确如学者指出的，事实是胡适利用了他在 1935 年作为《中国新文学大系·建设理论卷》选编者的特权，将自己写于 1934 年的私人回忆《四十自述》中的一章《逼上梁山——文学革命的开始》收进了这卷 1917－1927 年的文学革命历史文献集，从而以自己为中心书写了历史。在近三十年的史料日益至上的所谓实证研究中，文学革命越发显得是发源于胡适在 1915 年左右的灵机一动：

> 胡适就不仅混淆了革命理念与革命运动之间的界线（光有理念不成其为一场运动），从而将自己的心理史和精神史当作了革命运动史，而且，还混淆了私人与公共之间的界线，从而以个人心理史取代了社会心态史。于是，他在美国留学时期与几位留学生朋友关于中国文学的私下讨论和他对于这一问题的思考，就显得比国内一切对旧文学心怀不满而欲革新文学的改革家的讨论、思考和实践的总和更具有历史重要性……胡适如此热衷于描述胡适版本的文学革命史前史，倒不一定全是为了突出自己作为文学革命教主的历史地位，因为即便在文学革命史的官方版本中，他的地位也不可动摇，而是因为胡适版的史前史具有一个典型的意识形态特征，即与共产主义、社会主义或政治左派没有什么历史瓜葛。在胡适版的史前史中，出现的是胡适、任鸿隽、梅光迪、赵元任、陈衡哲等几个政治单纯而且彼此要好的留美学生的身影，其地理背景是景色宜人、世外桃源般的漪色佳地，远隔万里的故国的政治喧闹传到这里时已化作花丛中蜜蜂的嗡嗡声。胡适像一个从天而降的文学革命的耶稣，向他的那一班顽固崇拜文学旧偶像的朋友徒劳地宣讲文学革命的福音。但在一片嘲笑和奚落声中，他获得了陈衡哲女士的支持，并且以发表于《留美学生季刊》上的一篇描写美国女大学生一日生活的白话短篇小说来呼应胡适创作的那些没有发表的白话诗歌。该有的都有了：青春、文学、单纯、友谊、浪漫、同伴们的不理解、一个女友（类似于文艺女神）的鼓励的目光、朦朦胧胧的爱情、在单相思中辗转反侧而又恪守"朋友之

---

① 程巍：《文学革命发端史的几个版本》，《中国社会科学院院报》2007 年 12 月 27 日。

妻不可夺"的古训带来的惆怅，等等。甚至，这还不止是文学革命的史前史，而是文学革命的序幕。于是，首倡文学革命者，胡适也；首创白话诗歌者，胡适也；首创白话小说者，陈衡哲也。

这段描摹颇为有趣，但内蕴着强劲的批判力度：90 年代以来太多的掌故式研究丧失了历史意识而流于街头巷尾的谈资，这显然不是历史书写的高度。不仅如此，更有启发的是同一篇文章中对白话文运动和文学革命背景的勾勒：

　　……这和文学革命史官方版本描述的序幕场景简直一个天上一个人间：1917 年的北京无疑陷在政治的纷扰中，各种政治力量都在蠢蠢欲动，并且都把文学作为政治斗争的一个手段。再看看《新青年》圈子，陈独秀是一个老革命党人，后来又成了中国共产党的创始人；李大钊热烈欢迎 1917 年俄国布尔什维克革命，后来也是共产党的创始人之一；稍晚一些时候加入《新青年》圈子的鲁迅，在 30 年代加入了左联。甚至，连年轻的毛泽东的身影也一度出现在《新青年》圈子的外围。胡适在 1919 年后并非偶然地将五四运动看作一场中断了文化建设的政治干扰，而他心里明白，此场运动与《新青年》及受其影响的北大学生大有关系，因此试图还文学革命一个单纯的、与政治无涉的起源史，好使它从政治的麻团中分离出来。

※　　　　　※　　　　　※

　　回头看清末民初的语文运动，包括白话文运动和国语运动，其实是百年民族国家和中国社会语文变革和体式下移的起点，也是这一变革得到国族承认并逐步强力推进的起点。在结束本章的时候，有必要再从整体上追究一下民族国家和现代社会的国语和语体文，为什么会也必然会出现这百年来的巨大变革？

　　在现代以前的中国，中国的社会识字率是非常低而必然低的。费孝通在《乡土中国》中指出，乡土社会中为什么会出现大量的文盲，并非"愚"，而是由于在乡土中国，人与人之间是一种前现代的传统的熟人社会，不但文字多余，甚至连语言都并不是传达情意所必需的，因为体态身姿有时足够敷用。费孝通本意是指，如果中国社会保持乡土特色而没有进行充分的现代化和社会化改造，所谓的"文字下乡"作为民国政府文化政策的一纸空文，就根本没有意义。另一方面，千百年来中国发育起强大而深厚的文字文化。所谓文字文化，从另一角度讲，就是指在古代长期的文学和文化传统中，语言往往趋向于文字，才能更好地发挥影响，体现价值。文学在文化落熟的中国或汉文化圈，名为语言艺术，其实是文字艺术。文学的文字性，为传之于口的语言的保存和传承提供了保障。可以说，文字对文化传承有极为重要的意义和价值，文学的文字性带来整个古典文化的文字性。龚鹏程在这一问题的把握上较为透彻。比如，在唐朝，"文人角色神圣化，文学力量神秘化，社会阶层又都在朝文学发展"，以至整个唐朝后期"处在一种特殊的情境之中，文学活动浸润到一切社会行为里去"，形成所谓"文学社会"。透过"文字—文学—文化"之一体结构之特性，"整个人文世界被理解为一以文字及文学点染与规定的世界。文字与文学这一名言系统，既上通于道，又平铺展示为一社会名教系统，结构了社会的组织和人群关系、行为和价值体系。"①中国社会的总体结构也正建基于此。

不可忽视的是，正是这种文字性带来了强大的政治后果，文字带来了阶级划分，意味着劳心者和劳力者的分化。这样的分化，产生了自然知识和规范知识的分化，进而带来了权力的流动，也就是"治人"和"治于人"的区别。知识与尊严、神秘、威权相挂钩，知识阶级也与上层统治阶级画上等号。就中国的情况而言，文化要走向现代化，文学要与民众相结合，成为人民的艺术，就必须打破原有的文字文化及其文化圈层。这是现代社会结构化和现代国家运转的必要条件。

在现代化的过程中，人们越来越被抛离乡土社会，文字是现代化的工具。语文变革和文体变迁，正是为了冲破文字文化带来的阶级区

---

① 参见龚鹏程：《文化符号学：中国社会的肌理与文化法则》，314、318页，上海，上海人民出版社，2009；陈雪虎：《从"文字文化"到"识字的用途"》，《中国图书评论》2011年第11期。

隔，为文化向民众普及和社会的一体化创造必要的条件。吉登斯认为，在现代世界中，脱域机制是现代性体系极为重要的动力源起，而语言及其文字，乃至特定的文体文类，都可以作为象征系统之核心要素之一，而与货币和权力一起推进人与人之间的社会关系从各自所处的特殊地域情境中提取出来的进程，并使得现代世界和民族国家的时空延伸和知识生产成为可能。在清末民初这个东西文化碰撞、上下物事摩荡的时节，也在西方文化的典范效应下，中国这个文明古国通过无数细节的机缘巧合和顺逆因变，民族语文变革和语体文走向适应了世界化和现代化的潮流，越发地朝着适应更为广大的时空而腾挪变化，沟通开放起来。也正是在这个意义上，汪晖强调20世纪初的语文变革其实是现代中国的"普遍语言的形成过程"，因而具有"世界主义和民族主义的双重特征"："白话文运动以言文一致相标榜，表面上用口语改造书面语，但最后不仅书面语被改造了，而且现代口语也随之发生了变化：它是以普遍规范废除方言的特征——尤其是方言的语音——为基本取向的。因此，现代中国普遍语言的形成过程具有了世界主义和民族主义的双重特征"。[①]

　　如果考虑到中华文明悠久深厚的传统，以及文人士子长期对文化领域主导权的固守，而经由二十年这么短的民间运动和国家建设，竟然一下子走过来了。这实在令人惊异。并且从百年后看来，现代语体文和国语国文的方向是坚定不移的，现代化的基层民众取向也是总体坚持的，整个社会大的文化方向仍然是一步步迈向民主化和大众化。这实在不能不说是历史之手制造出来的"神奇"。当然，这样讲，也并非忽略千百年来的精英士子和文字文化，无视它在现代文化民主化进程中的某种有形无形的滋养作用。因为即便是鲁迅这样激进的、以新文化为根本取向的现代知识分子，后来也不得不承认传统精英及其文字文化对于新文学、新文化仍有强大的内在支持功能。

---

　　① 　汪晖：《现代中国思想的兴起》，1143 页，北京，生活·读书·新知三联书店，2008。

第五章 体制的转型：以"文学研究法"架构为核心

当代学者陈平原自承研究现代文学教育，曾"从新式学堂的科目、课程、教材的变化，探讨新一代读书人的'文学常识'。从一代人'文学常识'的改变，到一次'文学革命'的诞生，其间有许多值得大书特书的曲折和艰难；但推倒第一块多米诺骨牌的，我以为是后人眼中平淡无奇的课程设计与课堂讲授"。[①]此言强调了文教体制和文学教育在形塑现代民族国家方面的重要地位和重要性。在清末民初的中国，大学体制的逐渐建成，文学教育的渐次展开，其实都是西方现代话语的强势典范效应下国族建设之努力的一部分。当时中国社会的整个趋势是风雨飘摇，社会生活或组织模式受欧风美雨的影响，整个社会和文化都不可避免地向西方学习。但是显而易见的是，课程设计和课堂讲授也都不是简单的事，并非由背景简单的师生可以决定和安排。

本章讨论包括现代文论在内的现代文教如何在体制层面发生。从世界史的范围来看，体制转型或文论体制化进程都有其结构性的历史逻辑，也有具体的现实条件。大抵说来，清末民初中国文教体制发生重大转型，其实既是国族文化建设的进程，也有其必然结果。不仅民族文化与现代文学的活动和内容发生巨大变化，而且知识生产和学术形态也借由民族国家文教体制的塑造，实现了从"四部之学"向"七科之学"的转换。文化体制和学术分工跃然呈现，文学已然成为知识。作为反思话语的文论，也逐渐从传统文化、文学和诗文评语中分离出来，大体按照西学的架构和样态进行着重构。大体而言，文论在建制化的

---

① 陈平原：《早期北大文学史讲义三种·序》，载林传甲、朱希祖：《早期北大文学史讲义三种》，北京，北京大学出版社，2005。

大学课程"文学研究法"和"文学概论"那里，都得到了体现和规范。

一、文学如何成为知识：普遍逻辑与具体条件

近现代以来整个世界的精神产品及知识生产，按马克思的说法，其实是资产阶级性质的，并由资产阶级主导。原因主要就是资产阶级从整体上掌握整个社会的生产资料，因而在文化制度上以及精神生产的诸环节上，都占据主导地位。与此同时，资产阶级将西方文明推广到全球，各民族"在唯恐灭亡的忧虑下采用资产阶级生活方式"，资产阶级的思想和学问在全球知识生产中也占据主导地位：

> 资产阶级抹去了一切向来受人尊崇和令人敬畏的职业的灵光。它把医生、律师、教士、诗人和学者变成了它出钱招雇的雇佣劳动者……资产阶级，由于开拓了世界市场，使一切国家的生产和消费都成为世界性的了……过去那种地方的和民族的自给自足和闭关自守状态，被各民族的各方面的互相往来和各方面的互相依赖所代替了。物质的生产是如此，精神的生产也是如此。各民族的精神产品成了公共的财产。民族的片面性日益成为不可能，于是由许多种民族的和地方的文学形成了一种世界的文学。①

卡尔·曼海姆则从知识社会学的角度对马克思的思想提出修正。他承认近现代学问的资产阶级性质，但他强调，如果一味强调"断定存在着阶级紧张和理念之间的关系"，则不免"不太关注中间性的环节"，"知识分子常常是、并且曾经是特定阶级意识形态的提供者。但这只是理念的众多功能中的一个，除非人们将所有这些功能都考虑在内，否则知识分子研究将不会有任何希望"，"如果仅从意识形态的提出者的环境来理解意识形态，并忽略了其表现的更广泛的范围，这种方法是站不住脚的，而社会紧张的更大框架自身也不能解释特定观点的表述者

---

① 《马克思恩格斯选集》第一卷，253—255 页，北京，人民出版社，1972。

如何做出选择并加入特定群体"。因此，他认为有必要承认现代知识和学问的复杂性，因为此间存有知性过程和观点的多极化，其原因"最终可追溯到知识分子松散的互动组合"。①就卡尔·曼海姆个人而言，他其实是以马克斯·韦伯一代知识分子为风标或模范，将知识生产的近现代进程及其机理复杂化和过程化了，从而更多地突出了知识生产作为志业或生活规训的智性培育事业的一面。

华勒斯坦等学者的努力则更多从近现代知识形态的历史生成角度，突出了近现代知识的学科化和专业化进程。人文学科在近现代的成长，是一个从近代早期被排斥、被边缘化到追随着大学的重兴而兴起的过程。人文学科在西方包蕴着东方学与古典学的共生互建，而其内驱动力从根本上也可归诸启蒙时代以来的理性化设计，即知识、实践和文艺三大领域的合理化进程。②不过，从细部而言，西方旧式人文学科的树立在很大程度上归功于由纽曼、阿诺德、白璧德等所鼓吹的文学、自由教育和绅士文化，这些文学和文化知识多从西方近现代以前的传统转型重构而来。当然，从整体来看，西方的文化主义及相应的人文学科，很大程度上也可以视为对资本主义及其体制的反应，有其独到的积极意义。雷蒙·威廉斯即主张对西方左翼和右翼的文化传统要兼收并蓄，历史地看待，是很有道理的。③

学者们总结的是资本主义世界化和全球化进程对于知识生产和文化建构的结构性意涵。揆之中国审度情形如何才是关键。从理论上讲，中国就在这个大进程之中。不过在近现代阶段，中国尚不足以成为主体，它处于时刻受到冲击和挤压的边缘、客体的地位上，所以，处于

①　［德］卡尔·曼海姆：《卡尔·曼海姆精粹》，徐彬译，141—142页，南京，南京大学出版社，2002。另可参见《充当一种志业的人格：人文学科的政治理性》，载［美］华勒斯坦等：《学科·知识·权力》，刘健芝等编译，155页，北京，生活·读书·新知三联书店，1999。

②　［美］华勒斯坦等：《开放社会科学》，刘锋译，8—26页，北京，生活·读书·新知三联书店，1997；［美］沃勒斯坦：《否思社会科学》，刘琦岩等译，172—176页，北京，生活·读书·新知三联书店，2008。

③　参见［英］雷蒙德·威廉斯：《文化与社会：1780—1950》，吴松江、张文定译，北京，北京大学出版社，1991；甘阳：《文明·国家·大学》，208—289页，北京，生活·读书·新知三联书店，2012。

世界的结构化进程中就有着必然的近现代文化演进进程。但是，这个单从逻辑上展开的结构化进程又不是事物发展变化的全部，因为从文明古国而来的文化及其传统，又使自身本土的文化变迁和发展，必然包含着丰富的、复杂的，乃至矛盾的和斗争的内容及形态。

具体而言，中国的问题是文化发展的西方化和知识生产的学科化。此中的内核是士人知识阶层的转化，以及对西方资产阶级知识的内容、驱动力、样式和体制的适应性问题，甚至对这些从世界到本土的、大结构和小结构的内在张力的感应性或阻抗性问题。士人阶层的转化如前所言，其充分表现就是与现代传媒一起发育并在社会上发挥相应能量和作用的知识阶层的出现。适应性问题，如果从相应的代表人物而言，更多的是透过严复、梁启超、王国维、胡适等启蒙思想者对西方文化和知识形态的顺应取向表现出来。而感应性或阻抗性问题，可能更多地透过章太炎和鲁迅等较为坚持民族文化自立和思想斗争的学者身上触碰并散发出来。总体而言，上述思想者都是结合着具体的文化现状，从个体体验的角度感受和领悟到西方知识及其魅力和极致，触及资本主义世界的底线。个体的努力是可贵的，影响也是巨大的。但是，从总的文化风貌来说，社会体制化、文化合理化和对西方的趋同化，仍是主导性潮流。

以西方为模范的文化制度和文教思路的转换和调整也是必然。自19世纪40年代开始，中国受到西方列强的不断挑衅，国人开始从梦中惊醒，开始向西方学习。清政府设立总理各国事务衙门，建立上海江南机器制造总局、福州马尾船政局等技术学堂，又先后在各地建立了京师同文馆、上海方言馆等外国语学校，企图"师夷长技以制夷"。在这种形势下，以西方为样板的文化现代化进程从物质层面上已经启动。生产方式的变革和西方资本主义文明的冲击是明显的，并且确实形成了中国知识转型的基本条件。从物质层面看，至19世纪末的晚清中国，已经形成一些文化发展和基本设施的条件。近代中国逐渐地发展起各项现代文化事业，如学校、报刊、出版机构、图书馆和文化团体等。在鸦片战争至甲午战争期间，具有现代性质的文化事业大都由外籍传教士发端并受其支配。从维新运动开始，民族国家各项文化事业逐渐建立，到民国初年，中国现代文化事业稍具规模并有初步发展。这些对于中国文化、文学和文论的发展有着极为重要的影响。

不仅仅在物质层面，更重要的是人的生产和知识的生产层面。西方资本主义生产方式及其引发的世界性影响，也强烈地推动中国社会的变化，引发社会阶层的分化与重组。士是传统读书人的主体。《汉书·食货志》云："士农工商，四民有业。学以居位曰士。"所以，先秦的"士"是官府中职事者，属于官员。顾炎武《日知录·卷七·士何事》断定"谓之士者大抵皆有职之人"。后来，士作为一种社会阶层，成为古代社会知识的垄断者，他们往往以知识学问为生存手段，形成一种独特的士阶层和士人文化。一方面，士作为传统读书人，往往有"明德求道"的理念，另一方面，士人也有孔子所强调的"学而优则仕"的传统。读书人既是耕读出身的学人，也是官吏的后备。求学成士，进而入仕为官从政，乃是读书人基本的职业选择。① 在近代化的进程中，从传统士绅蜕化而来的新知识人，其流向逐渐转向商人、企业家、教师、编辑等社会职业。晚清新兴的"商""学""法""工"等职业，成为粗具西方新知的学人士绅的选择。近代学人被日趋细化的新职业所吸纳并趋于分化。20世纪初，社会新职业获得较快发展。学人士绅往往多舍弃"功名"之虚饰而谋自由职业之实事，各种新式学堂之教职，报刊学会事业之编辑，多为学人士绅所获取。比如，据学者统计，1904年设立的"三江师范学堂"，其中由过去的学人士绅50余人，分授修身、历史、伦理学、算学、体育各科。1902年，湖北巡抚端方奏保奖励的湖北教习，多为士绅出身的新学堂教师。1905年科举废除之后，对读书人向新知识人的转变的影响非常巨大。由于清廷规定："科举既议停减，旧日举贡生员年在三十岁以下者，皆可令入学堂之简易科。"于是，各省数万举贡、数十万生员纷纷流向与社会分工相联系的各种社会新职业。企业、公司、商务、学堂、报馆、学会、谘议局等新兴社会职

---

① 参见李春青：《乌托邦与诗：中国古代士人文化与文学价值观》，12—25页，北京，北京师范大学出版社，1995。

业，为转变中的学人士绅们提供了容身之所。①

获得社会新职业的士绅，尤其是大批进入新式学堂之士绅，不得不接受与传统读书人有较大不同的西学新知。过去八股经义之类的教学科目，变为近代学校中诸多社会科学及自然科学课程。科举时代之书院课程不少以"四书五经"为主，科举废止之后的新式学堂往往以新学为主。关于晚清学堂学生的知识结构的变化，有台湾学者根据陈启天著《最近三十年中国教育史》，将小学、中学、师范三类学校在清季及民国两阶段相互比较，由此指出：第一，清季新式学堂设立之初，无论小学、中学或师范学校，唯恐一旦纳入新式课程，学子尽弃传统知识，因此读经课程仍占有比重。尤其是高小及师范学校特别重视读经。第二，到了民国时期，读经的课程显然减少了。清季占了27.1％，民国仅得 8.4％，下降的趋势非常明显。民国八年政府更明令废止读经，传统知识课程更为减少。第三，新式课程数、理、化三者，小学仅授算术，中学则授代数几何、三角及理化，另有博物及外国史地。清季占 38.2％，民国占 34.9％，两时期相差虽然不大，但在全部课程中，比重已超过 1/3。第四，读经的课程在高小较重，而新式课程则在中学及师范学校较重。故得出结论是："由新式学堂的兴起而有新知识的兴起，由新知识的兴起而知有知识阶级的蜕变。中国的传统社会由知识阶级与非知识阶级所组成，前者领导后者。自科举考试之废除，旧的绅士阶级不再有继起者，新式学堂的兴起，知识阶级的内涵亦为之一变。"②

值得注意的是，民族国家往往又进一步推动设置和建设现代大学和各类学科，这些现代文化装置在中国文学和文化的近现代化进程中，起到强有力的带动和促进作用。其结果是，"国家一方面促成大学的复兴，使大学成为生产知识的主要场域，又引导大学的学科知识往实用的政策导向研究。其结果是使以牛顿力学为模型的科学主义逐渐取得

---

① 参见左玉河：《从四部之学到七科之学：学术分科与近代中国知识系统之创建》，上海，上海书店，2004；左玉河：《中国近代学术体制之创建》，91—97、243—258 页，成都，四川人民出版社，2008。

② 参见张朋园：《湖南现代化的早期进展》，368 页，长沙，岳麓书社，2002。

主导地位，这种强调探求事物普遍规律的学问法则，使精确度和实证性成为量度环节知识的标尺。"①

就文学而言，在晚清民初，无论是国家层面还是社会层面，显性的还是潜隐的，包括大众传媒、文教印刷、作者制度等，文教体制上的建设一直没有停止，并且为文学和文化的进一步激进化变革提供了空间和条件。②文化体制化进程主要是由当时文化精英和文教前驱来推动的，而体制建设的大框架是由朝廷重臣来具体拟定的。这是某种顶层设计，也是先驱力耕所出。这里先以癸卯学制中的文学立科和"文学研究法"为讨论对象，透视这一国族制度架构的时代内涵，然后探讨其间文教实践所可能预留的知识生产和文论形塑的空间。

二、从"溥通"到"专门"：文学立科及其内蕴

现代学问重视分科之学，自晚清民初始。但晚清当务之急在于富国强兵，而新旧文学的得失，西来文化有何格局，并不在改革者和主政者视野之内。时人普遍贬斥考据、辞章、帖括为"旧学"，而尊西来格致、制造、政法为"新学"，无论是士大夫当朝权贵，还是西方传教士，都看到西方学堂培养"真才实学"的"有用之才"，返视传统旧式教育则以为"溺志词章"。鼓吹教育改革者，其重点往往落在"废虚文"而"兴实学"。狄考文（Calvin W. Mateer）曾代表泰西各国寓华教士组织的"文学会"，"上译署拟请创设总学堂议"。据林乐知（Young John Allen）为这一奏折所加的跋语称，"专以振兴中国文学为己任"。然其所

---

① 参见《专题导论：从学科改革到知识的政治》，载［美］华勒斯坦等：《学科·知识·权力》，刘健芝等编译，3页，北京，生活·读书·新知三联书店，1999。

② 所谓激进化的变革，主要指"五四"以降的文学革命和新文化运动。有必要强调的是，文学作为知识及文学作为理论，作为一种新的力量和现代性欲求，逐渐占据历史舞台，主要是经过文学革命，"新文学"的观念已经发生之后。当然，文学研究的合法化和文学理论的建制，又反过来促进新文学的崛起、革命和发展，乃至"纯文学"也一并发育起来。晚清以来的文化发展和思想观念渐进或激进，都有待新文化派的"人"和"人的文学"观念的决断和审查。

谓"文学"，实则广义的文化教育。林乐知译日本人森有礼的《文学兴国策》，该书和花之安（Ernst Faber）的《德国学校》、李提摩太（Timothy Richard）的《七国新学备要》等，在晚清影响极大，梁启超等新学之士正是从中获悉"西人学校之等差、之名号、之章程、之功课"，并开始"采西人之意，行中国之法"的。①

1898 年梁启超为朝廷代拟《总理衙门奏拟京师大学堂章程》，其第二章"学堂功课例"大力模仿西制，将所读之书分为"凡学生皆当通习"的"溥通学"和"每人各占一门"的"专门学"，声明"略依泰西、日本通行学校功课之种类，参以中学"，把功课分级递进：学生先以三年时间完成"溥通学"十门②，同时选习他国语言文字凡五种之一③，然后进一步进修十种"专门学"的一门或两门④。"文学"列在"溥通学"第九，其重要性可知，而且不属于高级的"专门学"。这样看，就是维新志士的见闻广博者也深受当时风气影响，不能摆脱。

及至数年后，治理文学教育的思路已发生变化，当然主要是由于顶层设计的影响。1902 年张百熙奉旨拟《京师大学堂章程》，皇上批示"尚属详备，即着照所拟办理"，此番学制改革因旧历年为壬寅年，被称为"壬寅学制"。学制设"政治科第一，文学科第二，格致科第三，农业科第四，工艺科第五，商务科第六，医术科第七"，在中国教育史上初步奠定所谓"政治、文学、格致、农学、工艺、商务和医术"的"七科之学"。文学科其下有经学、史学、理学、诸子学、掌故学、词章学、外国语言文字学等七目，看起来将"辞章"列为大学堂重要课程，不再将其排除在"专门学"之外。不过对文学真正的重视恐怕要算后来参与进来并且重视教育的权贵重臣。1903 年张之洞、张百熙等在"壬寅学

---

① 参见陈平原：《中国大学十讲》，104—106 页，上海，复旦大学出版社，2002。

② 十门分别为：经学第一，理学第二，中外掌故第三，诸子学第四，逐级算学第五，初级格致学第六，初级政治学第七，初级地理学第八，文学第九，体操学第十。

③ 五种分别为：英国语言文字学第十一，法国语言文字学第十二，俄国语言文字学第十三，德国语言文字学第十四，日本语言文字学第十五。

④ 十种分别为：高等算学第十六，高等格致学第十七，高等政治学第十八（法律学归此门），高等地理学第十九（测绘学归此门），农学第二十，矿学第二十一，工程学第二十二，商学第二十三，兵学第二十四，卫生学第二十五（医学归此门）。

制"的基础上修订成《奏定大学堂章程》(以下简称《章程》)，因旧历仍在癸卯年，故称为"癸卯学制"。①修订后学制将大学分为八科：

立学总义章第一

　　第一节　设大学堂，令高等学堂毕业者入焉；并于此学堂内设通儒学院(外国名大学院，即设在大学堂内)，今令大学堂毕业者入焉，以谨尊谕旨，端正趋向，造就通才为宗旨……

　　第二节　大学堂内设分科大学堂，为教授各科学理法，俾将来可施诸实用之所；通儒院为研究各科学精深意蕴，以备著书、制造之所……

　　……

　　第四节　大学堂分为八科

　　一、经学科大学分十一门，各专一门，理学列为经学之一门。二、政法科大学分为二门，各专一门。三、文学科大学分为九门，各专一门。四、医学科大学分为二门，各专一门。五、格致科大学分六门，各专一门。六、农学科大学分四门，各专一门。七、工科大学分九门，各专一门。八、商科大学分三门，各专一门。

　　……

各分科大学科目章第二

　　……

　　第三节　文学科大学

　　文学科大学分九门：一、中国史学门，二、万国史学门，三、中外地理学门，四、中国文学门，五、英国文学门，六、法国文学门，七、俄国文学门，八、德国文学门，九、日本文学门。

　　一般认为，新学制实由以主张"中学为体西学为用"著称的张之洞主导，突出经学在各门学术中的至尊地位，不仅大学分科中专列经学科以研究经学各门，而且各级中小学也要注重读经。将原来《章程》"文

---

　　①　此章程落款时间是光绪二十九年十一月二十六日(1904 年 1 月 13 日)。以下章程的引文皆据璩鑫圭、唐良炎编：《中国近代教育史资料汇编·学制演变》，339—357 页，上海，上海教育出版社，1991。

学科"中的"经学"一门，独立为一科并设"经学科大学"（其下设立十一门），置于各科之前，不免尊经意味浓厚。张之洞们的做法，曾受到当时不过一介书生的王国维的批评。其《奏定经学科大学文学科大学章程书后》作于 1906 年，直接指出经学不是宗教，而是学说，应该与"理学"同归入"文学科"之内加以研究。显然，经学、理学与"中国文学""英国文学"等并列起来，其实仍然也是采用广义的"文学"含义，是作为"学说"的文体与某种"纯文学"文体而并列。王国维受西学尤其是德国大学思想的影响，认为学术研究要不计功利，文学科各门均需修习"哲学"。

王国维尊崇"人文之学"和"哲学"，不仅相对于当时士大夫以"致用"为立学急务的风习太过前卫激进，而且其"哲学"在当时守旧人士眼中，简直是"民权"和"自由"的别名。①陈国球认为，张之洞并非颟顸鲁莽、顽冥不学之官僚，对各级学堂"尊经"的政学诉求，与现代大学着重知识生产的学术研究，毕竟不能混为一谈，所以他与张百熙一并上呈的《学务纲要》即强调"读经以存圣教"主要在中小学堂进行，以"定其心性，正其本源"，且"日课无多"，"不妨碍西学"，而大学堂通儒院则"以精深经学列为专科，听人自择，并非以此督责众人"。大学研习西学，重点不在德行之修持，而在于"博考古今之疏解，研究精深之意蕴"，经书"古学之最可宝者"，宜加保存。②

更值得注意的是张之洞对于"中国文辞"的重视。《学务纲要》详载其考虑：

> 中国各体文辞，各有所用。古文所以阐理经事，述德达情最为可贵。骈文则遇国家典礼制诰，需用之处甚多，亦不可废。古今体诗辞赋，所以涵养性情，发抒怀抱。中国乐学久微，借此亦可稍存古人乐教遗意。中国各种文体，历代相承，实为五大洲文

---

① 张之洞本人在 1902 年《筹定学堂规模次第兴办折》中即明确讲"防流弊"，"不可讲泰西哲学"，其理由是"中国圣经贤传，无理不包；学堂之中，岂可舍四千年之实理而骛数万里外之空谈哉？"
② 陈国球：《文学如何成为知识：文学批评、文学研究与文学教育》，60—62 页，北京，生活·读书·新知三联书店，2013。

化之精华……惟近代文人，往往专习文藻，不讲实学，以致辞之
外，于时势经济，茫无所知。宋儒所谓一为文人，便不足观，诚
痛乎其言之也！盖黜华崇实则可，因噎废食则不可。今拟除大学
堂设有文学专科，听好此者研究外，至各学堂中国文学一科，则
明定日课时刻，并不妨碍他项科学。兼令诵读有益德性风化之古
诗歌，以代外国学堂之唱歌音乐，各省学堂均不得抛荒此事。

"中国各种文辞""中国各种文体"被奉为精华，不仅供大学研究，而且
令各级学堂保持诵习，以防西学大潮中中国固有之传统文化及其价值
的失落。在大学中设立文学专科，而中国各体文辞"听好此者研究"，
此语殊堪玩味。陈国球认为，"将'大学堂'专主学术知识之功能'前景
化'，其意识形态的调控则退居背景的地位"①，诚得其理。

这样说来，在体制废兴层面上，当时有压倒一切的求"溥通""兴实
学"的时代空气，而轻重缓急之下，"文学"已被有意无意忽略，甚至刻
意贬斥，要求"废虚文"。然而恰恰是文化守成者如张之洞等发现"文
学"的价值，既适应建立西式大学，发扬学术，推行专科教育的新兴要
求和时代大势，又实现了作为国族主体而保存国粹、调控局面甚或营
求"中体西用"的潜在目的。②

癸卯学制是我国第一部现代意义上的学制，通令执行后引发了中
国社会和文化的诸多变革。中国传统学术中的经学、史学、文学在经
学科和文学科中得到保存，晚清时期引入的各种西学在政法科、格致
科、农科、工科、医科和商科中确定下来。中国以经、史、子、集为
骨架的"四部之学"知识系统，终于被疏解、分配和容纳到以西方学科

---

① 陈国球：《文学如何成为知识：文学批评、文学研究与文学教育》，54 页，北京，生
活·读书·新知三联书店，2013。
② 这一阶段京师大学堂办学方向的更改、学制改革主旨的因革调整以及《学务纲要》的
制定，有学者认为实出于张之洞主导："既是对于当下纷涌学潮之反动，又可看作是对二十
年来京师学风流转的回应。"参见陆胤：《政教存续与文教转型——近代学术史上的张之洞学
人圈》，194—195 页，北京，北京大学出版社，2015。也有学者认为："张之洞这套方案与以
前梁启超和张百熙的何其相似，都非常注重培养学生会通中西的能力。"参见 [美] 魏定熙：
《权力源自地位：北京大学、知识分子与中国政治文化，1898—1929》，张蒙译，68 页，北
京，北京大学出版社，2015。

分类为主干的"八科之学"（民国后又缩减为"七科之学"）的新知识系统之中。

就文学而言，学制改革最为瞩目者当是将文学教育（尤其是中国文学）的重要性突显出来了。文学科大学共分九门，后五者大概属于虚拟（京师大学堂的各分科大学，正式成立迟至 1910 年，而文科大学中真正开设的，也只有中国文学和中国史学两门）。《章程》中"中国文学门"的设置和相关规定，在很大程度上促进了现代意义上的中国文学学科的形成。中国文学门的"科目"规定如表 5-1。

表 5-1　中国文学门科目

	第一年每星期钟点	第二年每星期钟点	第三年每星期钟点
主　　课			
文学研究法	2	3	3
说文学	2	1	0
音韵学	2	1	0
历代文章流别	1	1	0
古代论文要言	1	1	0
周秦至今文章名家	2	3	3
周秦传记杂史周秦诸子	0	1	1
补　助　课			
四库集部提要	1	0	0
汉书艺文志补注、隋书经籍志考证	1	0	0
御批历代通鉴辑览	2	2	2
各种纪事本末	1	2	3
世界史	0	1	1
西国文学史	0	1	2
中国古今历代法制考	1	1	2
外国科学史	1	1	2
外国语文（英法俄德日选习其一）	6	6	6
合　　计	24	24	24
第三年末毕业时，呈出毕业课艺及自著论说			

新式学堂里的"文学"，显然与传统书院的"辞章之学"拉开了距离。虽然当时暂无法开正规的"西洋文学"课程，但是单就"中国文学"的科目设置，以及其间别具用心设置的"研究法"，也让读书人耳目一新。

有意思的是，在交待"中国文学门"科目之后，《章程》对该科下设科目作出说明，且着墨甚多，尤其是第一门主课"文学研究法"最为详尽。这里先解读"文学研究法"之后的各课及其说明，然后再细读"文学研究法"，借此考察文学立科之基本立意。

> 集部日多，必归湮灭，研究文学者，务当于有关今日实用之文学加意考求。
>
> 以上各科目外，尚有随意科目如下：
>
> 第一年应以心理学、辨学、交涉学为随意科目。
>
> 第二年应以西国法制史、公益学、教育学等为随意科目。
>
> 第三年应以拉丁语、希腊语为随意科目。
>
> 各科学书讲习法略解如下：
>
> 说文学（与经学门同）。
>
> 音韵学：群经音韵、周秦诸子音韵，汉魏音韵，六朝音韵，经典释文音韵，唐韵，广韵，集韵，宋礼部韵，平水韵，翻切，字母，双声，六朝反语，三合音，东西各国字母，宋、元、明诸家音韵之学，国朝顾炎武、江永、戴震、段玉裁、王引之诸家音韵之学。
>
> 历代文章流别（日本有《中国文学史》，可仿其意自行编纂讲授）。
>
> 历代名家论文要言（如《文心雕龙》之类，凡散见子史集部者，由教员搜集编为讲义）。
>
> 周秦至今章名家之文集浩如烟海，古来最著名者大约一百余家，有专集者览其专集，无专集者取诸总集。为教员者，就此名家百余人，每家标举其文之专长及其人有关文章之事实，编成讲义，为学生说之，则文章之流别利病已足了然；其如何致力之处，听之学者可也。近年来历朝总集之详博而大雅者（如《文纪》、

《汉魏百三名家集》、《唐文粹》、《宋文鉴》、《南宋文范》、《金文雅》、《元文类》、《明文衡》、《皇清文颖》、姚椿所编《国朝文录》之类）；精粹者（如《昭明文选》、御选《唐宋文醇》、《诗醇》、《古文苑》、《续古文苑》、《古文辞类纂》、《骈体文钞》、《湖海文传》之类），皆有刻本。名家专集有单行本者居多，欲以文章名家者，除多看总集外，其专集尤须多读。

　　凡习文学专科者，除研究讲读外，须时常练习自作，教员斟酌行之，犹工、医之实习也；但不宜太数。愿习散体、骈体，可听其便。

　　博学而知文章源流者，必能工诗赋，听学者自为之，学堂勿庸课习。

　　周秦传记杂史（若《逸周书》《左传》《国语》《战国策》之类；汉以后史部除四史必应研究外，汉以后有名杂史若《吴越春秋》《东观汉记》《水经注》《洛阳伽蓝记》之类亦当博综），周秦诸子（文学家于周秦诸子当论其文，非宗其学术也，汉魏诸子亦可浏览）。其余各注均见前。

紧接"文学研究法"之后劈头一句就是"集部日多，必归湮灭，研究文学者，务当于有关今日实用之文学加意考求。""必归湮灭"当属一种强硬表示，考虑到这种表述竟然出自《书目答问》著者，或许可以理解为强劲实学风气压力之下守成重臣对传统分类之学的复杂态度。

　　其后讲主课"说文学"和"音韵学"，承沿清代朴学的基本问学路径，讲究形、音、义是"文"和"文字"的基础，文学的理解离不开文字学、音韵学和训诂实践这些人文基础。其次"历代文章流别"课，采用的是挚虞《文章流别志》的观念，从传统来看，但其下说明"日本有《中国文学史》，可仿其意自行编纂讲授"，显然又不得不参考从西方来经日本中转的"文学史"的思路。①其后设有"古人论文要言"课，颇近于文学批评或文学批评史，其后说明亦多启发。后来黄侃直接讲授《文心雕龙》，成就一专门之学，而陈钟凡、郭绍虞诸先生都是由这方面而开宗奠基的。再次"周秦至今文章名家"课，要求讲授历代文章名家，可资采用的是集部的"文集"，由于文献浩如烟海，所以该课和"文学研究法"一样，是大学堂第一、二、三年都要修习的科目，授课用时同样最多（除外语课外）。因为文章名家"大约一百余家"，所以"补助课"又设置目录学方面的学习和训练，即"四部集部提要"和"汉书艺文志补注、隋书经籍志考证"。

《章程》所要建设的文学"专科"，从规模上看业已显现。文学"专科"的主要内容就是：要以语言文字之学为基础，阅读古今文学名篇，研究文学作家；在历时维度上作家和作品之间要建立起联系和脉络，形成所谓文章流别或"文学史"；同时也要通过古人论文的著述，研究古人的文学阅读、批评和反思的状况，从风尚和观念及观念的流变历史地把握文学。在主课科目中，"文学研究法"的定位颇为复杂且暧昧，有点类似于今天的文学理论或文学研究方法论或者是文学总论之类，

---

① "文学史"的思路和装置在20世纪中国文学中蔚为大观，俨然现代文学之正统。大体而言，其证成大概在1910以后。1919年刘师培写成《搜集文章志材料和方法》仍强调传统路数，即注重文章流别研究："文学史者，所以考历代文学之变迁也。古代之书，莫备于晋之挚虞。虞之所作，一曰《文章志》，一曰《文章流别》。志者，以人为纲者也；流别者，以文体为纲者也。今挚氏之书久亡，而文学史又无完善课本，似宜仿挚氏之例，编纂《文章志》《文章流别》二书，以为全国文学史课本，兼为通史文学传之资。"用文学史之名而强调传统路数，这一见解不是为刘师培独家秉持，也为当时北京大学一干文学教授的共识。登载于《北京大学日刊》1918年5月2日条下的国文教授会议的"文学教授案"似可以为佐证，其关于文学史课程的开设有如下说法："教授文学史所注重者，在述明文章各体之起源及各家之流别，至其变迁递演。因于时地才性政教风俗诸端者，尤以推迹周尽使原委明了。教授文学所注重者，则在各体技术之研究，文学家著作之中取其技能最高、足以代表一时或虽不代表一时而有一二特长者，选择研究之。"关于"文学史"的起源及其体制化，近十数年研究颇富，代表者可参见陈平原：《作为学科的文学史》，北京，北京大学出版社，2011。不过，如果仔细比较中西文学史观念，可以发现，其中的历史意识其实大有差异：西方近现代以来占据主潮的强劲历史意识，搬演至民国初年的中国本土，其实已冲淡很多，已无西方现代欲望那般的充溢、喧嚣而紧张了。可资的解释大抵有文明古国历史悠远不可骤然缩简为进化观及其史论，实事求是的朴学传统导致"史料学"和"实录"意识强劲，史学传统章太炎等人"征信论"的抵抗，等等。

这个特点与转型中的中国文论理路有颇为特殊的关系，这一点留待下节详析。但是，其他各课如"历代文章流别""周秦至今文章名家"，很类似于今人的中国文学史和与文学史配套的中国文学作品选，"古人论文要言"也很像今人的文学批评或文学批评史，"说文学"和"音韵学"则与今人包括文字、声韵、训诂在内的语言学课程多有渊源和承沿。这样的课程设置，如果用当代作为一级学科的"中国文学"学科的眼光来看，"文学"和"语言"分治的格局已初露端倪（不过，"说文学""音韵学"在当时或许更多地被理解为一专门之学，而非现在形态化了的"某某学概论"之类，并且其基础性功能不妨碍它们对于理解文章和文学的助益，所谓"未有不通小学而言文学者也"），而且通过体制化、分工化的学科分科，由文学史、文学理论和文学批评三大分支所构筑的文学学科总体框架也已初具规模或初露萌芽，尽管其中的学科原理和历史意识并非如后来那么显明。

从科目安排上看，"主课"科目确实已近似于今人中文系的专业必修课，"周秦传记杂史周秦诸子"居主课之末，且在三个学年中总授课钟点数最少，和其他的"补助课"一起近似于今人的公共选修课和专业限选课。有学者提醒，"周秦至今文章名家"一课最值得注意的是对所谓"文学"专科的标举。主课的说明中一再聚焦名家"其文"，或"标举其文之专长及其人有关文章之事实"，而主课最后一门"周秦传记杂史周秦诸子"，也直接标明"当论其文，非宗其学术也"。此间面向现代学科专门的意味甚为浓厚。然而《章程》一再提醒教员要着意讲授"文章之流别利病"，至于"如何致力之处"，则"听之学者可也"，意思是重视学科知识，而牵连到的应用实践则听其便，"凡习文学专科者……须时常练习自作，教员斟酌行之……但不宜太数。愿习散体、骈体，可听其便……诗赋，听学者自为之，学堂勿庸课习"。这些都体现出当时《章程》制订者对在强劲"实学"需求的夹缝中的"文学"学科的态度，矛盾而又暧昧。所谓"博学而知文章源流者，必能工诗赋"之语，在逻辑上并不严整和自洽，更是显露出张之洞等对于保存精英文化及其文学风雅，而又忌惮当时压倒一切的实学需求的态度，也反映了当时知识转型时期传统文人阶层在知识力量和文化价值之间进行抉择的艰难。①

通过解读《章程》，可以发现，文学之立科体现了当时制度者从"溥通"兴"实学"到"专门"保"文学"的基本思路，更透露出学制改革的主导者在压倒一切的实学需求中维持传统学问和文化价值的努力：通过以西来大学范型的文学立科，不惜冒着此中极可能存在的知识与价值二元化的专门化、知识化和文具化的风险，来维持传统价值及其直接的文化体现——"中国文辞"或"中国文体"的主体地位。当然，这仍是个制度性的初步架构，但其中的内在问题和张力早已埋下种根。

三、"文学研究法"透视：折中架构及其挪用

从知识学视角看，或许更值得关注的是在"中国文学门"设置的第一门课——"文学研究法"。"研究法"作为一个意涵经略不定的术语，多次出现在《章程》中，主要被用作学科或科目课程的名义及内容的规定。在《章程》拟设八科大学中，"经学科大学（理学附）"下分十一门：周易学门、尚书学门、毛诗学门、春秋左传学门、春秋三传学门、周礼学门、仪礼学门、礼记学门、论语学门、孟子学门、理学门，皆统摄以"经学研究法"，其略解如下："通经所以致用，故经学贵乎有用；求经学之有用，贵乎通，不可墨守一家之说，尤不可专务考古。研究经学者，务宜将经学推之于实用，此乃群经总义。"此中"周易学门"的主课只有一门，即"周易学研究法"，其余亦同。"文学科大学"下的"中国史学门"诸课中设有"中国史学研究法"，"中外地理学门"亦有"地理学研究法"，"中国文学门"有"文学研究法"，也都作为主课出现。

《章程》规定"文学研究法"在第一学年每周 2 学时，第二、三学年每周 3 学时，连上三学年，这使得它成为"中国文学门"最主要的课程之一，其重要性已与"周秦至今文章名家"持平。《章程》进一步为课程略解"研究文学之要义"，内容有 41 条之多，具体如下：

① 参见陈国球：《文学如何成为知识》，68—70 页，北京，生活·读书·新知三联书店，2013。

中国文学研究法略解如下：

研究文学之要义：

(1)古文籀文、小篆、八分、草书、隶书、北朝书、唐以后正书之变迁；①

(2)古今音韵之变迁；

(3)古今名义训诂之变迁；

(4)古以治化为文、今以词章为文关乎世运之升降；

(5)修辞立诚、辞达而已二语为文章之本；

(6)古今言有物、言有序、言有章三语为作文之法；

(7)群经文体；

(8)周秦传记、杂史文体；

(9)周秦诸子文体；

(10)史、汉、三国四史文体；

(11)诸史文体；

(12)汉魏文体；

(13)南北朝至隋文体；

(14)唐宋至今文体；

(15)骈散古合今分之渐；

(16)骈文又分汉魏、六朝、唐、宋四体之别；

(17)秦以前文皆有用、汉以后文半有用半无用之变迁；

(18)文章出于经传古子四史者能名家、文章出于文集者不能名家之别；

(19)骈、散各体文之名义施用；

(20)古今名家论文之不同；

(21)读专集、读总集不可偏废之故；

(22)辞赋文体、制举文体、公牍文体、语录文体、释道藏文体、小说文体，皆与古文不同之处；

(23)记事、记行、记地、记山水、记草木、记器物、记礼仪

----

① 《章程》"研究文学之要义"的41条，原文皆以古法标作"一、"。这里每条前括号及其括号中的阿拉伯数字皆系后加，主要是为了方便解说。

文体、表谱文体、目录文体、图说文体、专门艺术文体，皆文章家所需用；

　　(24)东文文法；

　　(25)泰西各国文法；

　　(26)西人专门之学皆有专门之文字，与汉艺文志学出于官同意；

　　(27)文学与人事世道之关系；

　　(28)文学与国家之关系；

　　(29)文学与地理之关系；

　　(30)文学与世界考古之关系；

　　(31)文学与外交之关系；

　　(32)文学与学习新理新法制造新器之关系(通汉学者笔述较易)；

　　(33)文章名家必先通晓世事之关系；

　　(34)开国与末造之文有别(如隋胜陈、唐胜隋、北宋胜晚唐、元初胜宋末之类，宜多读盛世之文以正体格)；

　　(35)有德与无德之文有别(忠厚正直者为有德，宜多读有德之文以养德性)；

　　(36)有实与无实之别(经济有效者为有实，宜多读有实之文以增才识)；

　　(37)有学之文与无学之文有别(根柢经史、博识多闻者为有学，宜多读有学之文以厚气力)；

　　(38)文章险怪者、纤佻者、虚诞者、狂放者、驳杂者，皆有妨世运人心之故；

　　(39)文章习为空疏，必致人才不振之害；

　　(40)六朝南宋溺于好文之害；

　　(41)翻译外国书籍函牍文字中文不深之害。

尽管从今天角度看来，这个要义古今杂糅，内容庞杂，但事实上，它已经在试图追究文学的内涵，规定学习古今中外文学的专业角度，强调中西学术思路和方法的参照，把握文学的内部构成和文体规范。作为课程设置，其立意既混沌又开化，初步规定了近现代高等教育文学科中国文学门的核心方面，同时在一定程度上突破了传统学术和"诗文评"混融的格局，突出了某种意义上"文论"的独立品格。大体可以说它是从传统走向现代的、时代视野中的、有中国特色的文论学科及课程的雏形。

其中第1至第6条应该算文学研究的基础和文学原理的核心。前三条注意于传统文教中的"小学"，其实是强调文系"积字而成"，文字、音韵和训诂是文化学术和文学研究的基本入门途径，传统小学因而在文学阅读、文学教育和文化承传中具有基础性地位。通达小学是其后文学的基础，此点在清代学者是基本共识，而这里力求使传统教育和学术研究获得现代化、知识化、形态化和系统化的表述。第4、5、6条强调词章和文学的原理与核心："古以治化为文，今以词章为文，关乎世运之升降"，"修辞立诚、辞达而已二语为文章之本"，"古今言有物、言有序、言有章为作文之法"，此中分别点出"治化"这种传统文学的文化含义、《论语》及《周易·乾·文言》中对文学文章的基本准则和要求，以及以桐城派为代表的作文教育的基本原则，甚至包括会通汉宋与骈散的、更包容、更宽宏的思路。这三条，既在一定程度上显示了适应现代大学教育专业分工潮流的意图，也展示出力图以传统人文思想沟通古今、把握文学文章之本，甚至改造了的桐城古文思想把握现代文章及写作方法。

第7至14条规定课程应从时代进化的角度辨析和把握各种文章或文学体式："群经文体""周秦传记杂史文体""周秦诸子文体""史汉三国四史文体""诸史文体""汉魏文体""南北朝至隋文体"以及"唐宋至今文体"。这些规定体现出研究作品及其形态的要求，也体现出传统文学批评渊源深厚的"辨体"意识。

第15至23条则规定课程注意从共时性的总体角度对文体进行辨析："骈散古合今分之渐""骈文又分汉魏、六朝、唐、宋四体之别""秦以前文皆有用、汉以后文半有用半无用之变迁""文章出于经传古子四史者能名家、文章出于文集者不能名家之别""骈、散各体文之名义施用""古今名家论文之不同""读专集、读总集不可偏废之故""辞赋文体、制举文体、公牍文体、语录文体、释道藏文体、小说文体，皆与古文不同之处"和"记事、记行、记地、记山水、记草木、记器物、记礼仪、文体、表谱文体、目录文体、图说文体、专门艺术文体，皆文章家所需用"。这些固然表现出传统文学观念的庞杂和宽泛，现代意义上的文学观念的气味较弱，但也说明传统文学自我审视时所出现的不同层面、基点和思想，而执着于"有用""无用"的辨析，其实也透露其时整个文化观念中的实用主义倾向。

紧随其后的第 24 至 26 条，另加第 41 条，则又指出文学的理解和考察需兼顾外国语文及文史，这与《章程》中规定的"辅助课"中的"西国文学史"和"外国语文"相对应，注重中外文学的比较和沟通，突出表现出存在着在文学方面仍然要兼容西学的意向。

第 27 至 33 条，课程要求研究文学与人事、世事、国家、地理、考古及各种实用学之间的关系，显然有模仿当时西方文学理论的模样，"辅助课"中"御批历代通鉴辑览""各国记事本末""世界史""中国古今历代法制考""外国科学史"等多少都与此对应，这些设置和强调也适应清末要求经世实学的总体文化意向，但在后来的教学中无法得到具体而微、有学理内涵的落实。

第 34 至 37 条主张文学应以开国之文、有德之文、有实之文和有学之文为规范，第 38 至 40 条则反对文学中险怪、纤佻、虚诞、狂放、驳杂、空疏和好文之弊病，这些都体现了晚清学人希冀透过文学有所自警、有所废立的文化态度，有一定的时代内涵。

国家高度上的文教制度设计，其研究要义竟不厌其烦地规定具体学科和课程的内容，且如此之详，这不能不引发高度重视。近年对"文学研究法"的课程定位多有分析。自然可以指认，这个框架颇类于一百年来的"文学概论"，现代文学理论的基本架构和思路已经齐备，当然也因其内容的驳杂和总体逻辑上的不清晰、不突出，认定它是在知识学术上呈现出中国文论从传统向现代转型中的某种过渡性。也有学者得出结论，学科和课程及其相关具体规定体现出文学立科后的"知识"化取向：

> 我们或者可以不同意《奏定章程》的"致用""尚实"，甚至"保守"的文学观，或者可以批评其中的"文学"定义过于褊狭，但必须承认《章程》于知识范畴的内涵和外延、边界的规划、知识生产的

取向、知识传递的操作方式等，都有基本的构思，可供日后作进
一步的发展。从这个角度看，传统的"文学"或者"词章"之学，在
《章程》的规划下，已经奠下专业学科的基础。①

这个说法肯定了张之洞等制度设计者在适应文教转型和相关制度建设
近代化方面的努力，尤其是对其中"学科化"和"专业化"方向上的用心。
因此，可以说，此中自然有古今、东西、汉宋、骈散等多方面的调和，
对文教多有用心的精英官僚在折冲樽俎方面的功夫确实有其独到之处。
以至后一代的精英学者也颇多意会。比如王国维在《奏定经学科大学文
学科大学章程书后》中表示，虽然他对这个章程并不满意，但也认为经
科、文科的设置以及若干规定可算是"张尚书最得意之作"。

　　或许更要强调的是，这种努力只是制度上的先行或者架构的拟想。
所谓拟想架构，主要是指事实上此乃民族国家体制在这方面已形成了
某些规定和制约，但具体内容尚需后人完善，所以可以说是预留下了
赋形或实现的空间。学制颁行，但文学科大学并未很快建立并付诸实
施，中国文学门的课程要在分科大学成立之后才开始运作，构想的具
体实现尚在多年之后。1904 年京师大学堂正式招收预备科第一班学
生，1909 年这批学生毕业，大学堂才开始筹办分科大学。待到 1910 年
3 月 30 日分科大学举行开学典礼时，张之洞已于一年前即宣统元年
(1909)去世。同样，关于"文学研究法"的拟想，也是在后人才开始得以
落实。当然这种落实业已因人而异，其思想意图和现实操作都是具体而
微的了。目前的材料显示，至少有两个方面的著述及相关课程透露出这
个体制建构和拟想架构在实际运作上颇具弹性，伸缩的空间很大。

　　先讨论林传甲(1877—1922)所著的《中国文学史》。这本书可算是
对国家文科设计的具体落实，但具体工作却是对"文学研究法"所定"众
义"41 则(主要是前 16 则)的"挪用"。

　　按照上述朝廷章程的设计和安排，照理所谓"中国文学史"当是落
实"中国文学门"中的"历代文章流别"这一类的课程，《章程》上对此课
程的说明正是"日本有《中国文学史》，可仿其意自行编纂讲授"。1904

①　陈国球：《文学如何成为知识》，76 页，北京，生活·读书·新知三联书店，2013。

年在京师大学堂优级师范学堂任教的林传甲根据《章程》，编定"京师大学堂国文讲义"，并很快以《中国文学史》为题出版。长期以来该书被视为国人撰写的第一本"中国文学史"，可是事实却远非所谓"林传甲写《中国文学史》"这么简单。1922 年 9 月郑振铎即撰文，"我要求一部'中国文学史'"，结果他发现林传甲著"名目虽是'中国文学史'，内容却不知道是什么东西！有人说，他都是钞《四库提要》上的话，其实，他是最奇怪——连文学史是什么体裁，他也不曾懂得呢！"①

为什么会是这种情况呢？原来光绪三十年（1904）五月，林传甲入京师大学堂任国文教习，当时分科大学尚未成立，大学堂只有"预备科"，附设"仕学馆"和"师范馆"，因年前《奏定章程》颁行，师范馆改照《优级师范学堂章程》办理，改为"优级师范科"，林传甲在此负责国文教学。适逢其时学堂要求提交授业讲义（每周一次并于每学期毕形成授业报告书提交教务提调察核），林传甲到任即紧急赶编讲义，边教边写，"奋笔疾书，日率千数百字"，即于该年十二月学期完结前共写成十六篇。本来林传甲负责的课程属"分类科"（当时优级师范课程分三段：公共科，一年毕业；分类科，分中文外语、地理历史、算学物理学等四类，三年毕业；加习科，自愿留习一年，深造教育理法），要求是"练习各体文"，但因发现学生没有上过"中国文学"课，所以他以半年时间为"分类科"学生补讲公共科一年级的"中国文学课程"。林传甲自己在书中交待说：

> 今优级师范馆及大学堂预备科章程，于公共课则讲历代源流义法，于分类科则练习各体文字。惟教员之教授法，均未详言。查大学堂章程中国文学专门科目，所列研究文学众义，大端毕备。即取以为讲义目次，又采诸科关系文学者为子目，总为四十有一篇。每篇析之为十数章，每篇三千余言，甄择往训，附以鄙意，以资讲习。

---

① 陈国球对此间问题及其来龙去脉作了极好的梳理和辨析，参见陈国球：《文学史书写形态与文化政治》之第二章"'错体'文学史——林传甲的'京师大学堂国文讲义'"，北京，北京大学出版社，2004。后述林著的相关问题，参考出处亦同。

林传甲讲明自己的课程其实是为补习历代文章源流，而讲义，则越级取资"文科大学"中的"中国文学门"的说明，并且其内容先借用"文学研究法"的 41 项作为大纲，敷衍而成讲义。大概最后学期结束，课时有限，讲义顺次编到第十六项即告一段落，并自圆其说："大学堂研究文学要义原系四十一款，兹已撰定十六款，其余二十五款，所举纲要，已略见于各篇，故不再赘。"就这样，因着讲授中国文学的需要，而编写国文讲义，讲授的内容主要在"历代源流义法"，没有现成的教授法，所以采择"文学研究法"，顺次编成其前十六篇。

关键在既是"历代源流义法"的讲义，为何又颜曰"中国文学史"呢？林传甲号称"仿日本笹川种郎《支那文学史》之意"，其实与笹川著作内涵的历时角度几乎全无关系。比如在小说观念上与现代市民社会的文化大众化潮流严重不合。林传甲在第十四篇"唐宋至今文体"中的"元人文体为词曲说部所紊"章下，更指责笹川重视小说"识见污下，与中国下等社会无异"。再比如，在文章辨体方面，林传甲循传统观念，多从经史子集和传统文体分类角度，遴选和判断自古以来各种文学，并且其文学范畴宽泛。或许根本致命之处在林传甲著史学意识的错位，陈国球认为"林传甲的'文学史书写'，其实是历史上一次有意无意的'错摸'"，而"文学史"的题目，不过是时代风气之下"撷拾的观念之一；林传甲的主要目标是编'国文讲义'多于撰写'中国文学史'"。①

林传甲本有企图，在目次后他即明确交待本书："……凡十六篇，每篇十八章，总二百八十八章。每篇自具首尾，用纪事本末之体也；每章必列题目，用通鉴纲目之体也。"所谓纪事本末体，就是把同一事件的相关内容从不同的时期里提出来，然后连贯叙述成一个整体。所谓通鉴纲目体，就是强调有纲有目，每条纲后设若干目。纲述史实，简练概括，目详述纲所记述的历史事件。这两体皆可算传统史家路数，林传甲有所措意，而全书确实依此写来。全书十六篇，每篇以"文学研

---

① 陈国球：《文学史书写形态与文化政治》之第二章"'错体'文学史——林传甲的'京师大学堂国文讲义'"，51—59 页，北京，北京大学出版社，2004。

究法"之前十六条之各条为题，篇下设章，每章均以数百至千字加以论述。①问题是，明明"文学研究法"各条是对文学——主要是中国文学——诸相的分疏和条理，其前十六条重心亦在突显文学的文字音韵训诂等语文维度、体用文质法度等根本原理以及文章各体品相质性。可把"文学研究法"的各条均视为春秋或通鉴般史实，又敷衍各篇以纪事本末和通鉴纲目，结果搞成一条条的"线索史"和学术脉络，令全书诸命题、线索或现象之间失却总体逻辑。而各篇论述又多类型技法的分疏和敷衍，失却核心的历时主线贯穿其间。偶有一二处有"文学史"的感觉，却往往又以讲义的限制来虚应故事。也就是说，林传甲本要处理中国文学"历代源流义法"，或者说是要从"文学研究法"中找寻中国文学源流变迁的某种义法或精神，结果在手下却弄成了中国文学各项"义法"或研究"要义"的"历代源流"。这种混搭的《中国文学史》的写作，显然与西式历史意识强调作为主体的人或精神在时间流变中的作为或实践这一根本思路全不搭调。

　　林传甲著《中国文学史》确实有名实不符、缺乏新型历史意识的问题，不合"文学史"新型著述体例和文化装置也令现代人的文化期待落空。但反过来看"文学研究法"，则可以看出其框架留下空间或方向的两歧性。一者是以中国文学为主要样板的文学通论，当然时不我与，不易讲通这个通论。二者是中国文学或中国文学源流的概论，林传甲的尝试大抵在此，但终于失败。青年才俊林传甲竟然也葆着文明古国

---

　　①　比如第二篇"古今音韵之变迁"，其下设十八章：一、群经音韵；二、周秦诸子音韵；三、汉魏音韵；四、六朝音韵；五、经典释文音韵；六、广韵；七、唐韵；八、集韵；九、宋礼部韵；十、平水韵；十一、翻切；十二、字母；十三、双声；十四、六朝反语；十五、三合音；十六、东西各国字母；十七、宋元明诸家音韵之学；十八、国朝顾炎武江永戴震段玉裁王引之诸家音韵之学。再比如第四篇"古以治化为文今以词章为文关于世运之升降"：一、皇古治化无征不信；二、唐虞治化之文；三、夏后氏治化之文；四、殷商治化之文；五、豳岐治化之文；六、文武治化之文；七、阙里治化之文；八、邹孟治化之文；九、荀子治化之文；十、秦始皇治化之文；十一、汉以后治化词章之分；十二、六朝词章之滥；十三、唐人以词章为治化；十四、五代之治化所在；十五、辽金治化之文不同；十六、宋元治化之广狭词章之工拙；十七、明人治化词章误于帖括；十八、论治化词章并行不悖。从这两篇纲目可见，林氏要么将本来处理研究文学之一二单条要义处理成一个纯粹的外在学脉而无关乎文学本文或作家，要么循传统思想而把文学源流处理成了一个"文学"从体用不二而引为典范，到体用分治而越发泛滥堕落的现象史。

一贯的迟疑和持重，认定"文学研究法"这一名目及其内容"大端毕备"，他并未接受西式的文学观和历史观，力图从国家文学的"研究要义"，反向建构中国文学的"历代源流义法"，而相稽于大学文学教育。如果不拘泥于经过百年后设既有的文学装置和框架，倒可以由此再度回首打量这个在世纪初特意设置的"文学研究法"，与其后百年的"文学概论"相参照，思考某种"中国文学—理论"在知识生产上的可能性。同理，亦可与其后百年的"中国文学史"相参照，追索某种"中国文学概论"在知识生产上的可能性。

这样回过头来看"文学研究法"，作为清末学制改革主事者的顶层设计亮点之一，虽然体现出现代化、学科化的要求，也有保存传统文化的祈向，但其间蕴含相当多的暧昧和模糊，弹性伸缩和不确定的地方实在很多。与其说是西方大抵同期成形的"文学概论"的对应，与西学架构和脉络相匹配，不如说是在时代冲击下，在文学立科的时候，对拟想中的"文学科"的整体观照。此中基于传统学术和本土想象的思想体系居多，西方式的对象化思维和形态学架构不足。如果硬要与西方进行比较，其气质品性更多地接近西方近代人文主义文论和批评架构，而非现代西方的对象化、本质论、形态学的"文学概论""文学研究入门"（introduction to the study of literature）或"文学评论原理"（principles of literary criticism），更不用说那充分学科化的形式主义"文学理论"（theory of literature）。考虑到相关思想和文学立科努力的具体时间点，是在 19、20 世纪之交，在文化精英感受到外来范式的冲击而又不得不与时迁变的时节，"文学研究法"既有点类似于今天的文学理论或文学研究方法论之类，议题广泛、内容博杂，整体而混沌，有传统学问的架构，有古典文体的辨析，有文学流变的思路，也有西方文学的系统，甚至社会学的某些思路，集中体现出近代化转型中的文学知识化和学科化的特点，或可视为"文学"科的"文学总论"，一种从整个学科立意的"学科总论"吧。

四、从教材到课程："文学概论"的生成

下面讨论大学文学教育的具体实践。先看相关教材的出现。从目前的资料来看，最早的"文学研究法"课程由清末桐城派学者姚永朴于1910年在京师大学堂开设，姚永朴又于1914年由讲义而结撰《文学研究法》。①此课此书，直接起用前清大学章程中这一"科目"，当有不少用意，值得关注。

晚清桐城文派之于文学教育其实颇多措意，尤其是当时桐城派领袖吴汝纶对于如何开办新式学堂用心甚多。但是偏偏国家鼎革之际，围绕大学堂教席也有很多人事变动。本来1902至1904年京师大学堂颇含管学大臣张百熙的思路，张力邀吴汝纶就任大学堂总教习，并赴日考察学制，可惜吴汝纶在1903年去世。附属于大学堂的译书局，其总办是严复，副总办是林纾，而他们虽与桐城派无直接渊源，但此前严复与吴汝纶交好，林纾好讲史迁古文，与桐城派多有接近。因此在文化和文学上，虽然张之洞立下了"调和汉宋"的基调，但桐城派思路在大学堂的文科办学方面颇得先声。1906年起古文家兼翻译家林纾进入大学堂任教，桐城派算是声势颇壮。②1912年2月15日严复被任命为京师大学堂总监督，5月1日教育部下令改京师大学堂为北京大学（以下简称"北大"），严复便成为北大第一任校长，自兼文科学长。此间，桐城派重要传人马其昶、姚永朴等先后进入任教，姚永概还曾一度担任文科教务长，桐城派就此稳居上风。不过，至1913年何燏时、胡仁源先后任北大校长，对学校加以整顿，夏锡祺被任命为文科学长，

---

① 吴孟复：《姚先生永朴暨弟永概传略》一文提及钱基博"尤推《文学研究法》一书，以与陈澧《东塾读书记》、赵翼《廿二史答记》、梁启超《历史研究法》、刘熙载《艺概》并称，推为治国学者，必读之书"。载姚永朴：《论语解注合编》，353页，合肥，黄山书社，1994。

② 王风认为："实际上林纾从未认为自己属于桐城派，当时桐城派的几位主要人物也从未将他列入门墙。"林纾之所以被视为桐城派，主要是因为他实际上成了后期桐城派的代表，在晚清文坛和民初文化界发言颇多。参见王风：《林纾非桐城派说》，《学人》第9辑，605—620页，南京，江苏文艺出版社，1996。

开始引进章太炎一系学者，章太炎弟子马裕藻、沈尹默、沈兼士、钱玄同、黄侃等陆续进入北大任教。黄侃在北大讲授《文心雕龙》，其后汇集讲义而成《文心雕龙札记》一书，颇得时誉，文选派开始在北大获得优势。①当然，其后的北大讲堂又开始受到新文化派人士及其思想的冲击，钱玄同、胡适、鲁迅等又将"选学妖孽"和"桐城谬种"混搭在一起加以攻击和排斥，提倡新文化，反对旧文化，文化和思想上的领导权最终由胡适、钱玄同、鲁迅、周作人等新文化运动的主导者所占有。

　　1913年2月姚永概因校园里的人事纠纷及文派之争辞职，本来姚永朴亦随其辞职，但奇怪的是，11月姚永朴又复行来校任文科教员，在"太炎门生"的包围中开讲"文学研究法"，撰写讲稿，当年由商务印书馆出版。作为桐城派后人和余脉，姚永朴真有点当年姚鼐的戆劲，陷于重围之中独自一人潜心结撰，讲授学问，"每成一篇，辄为玮等诵说。危坐移时，神采奕奕，恒有日昃忘餐……不数月全书成，言曰《文学研究法》"。② 此话难免有门派护卫之嫌，但它却透出了姚永朴著《文学研究法》的一种态度：面对其时川流而过的诸多思潮、晚清子史诸学的复兴以及西学的强大冲击，姚永朴力图展示某种姿态，重新总结古文理论，彰示桐城派价值。

---

　　① 　沈尹默在晚年《我和北大》(1963)所自承："太炎先生门下大批涌进北大以后，对严复手下的旧人则采取一致立场，认为那些老朽应当让位，大学堂的阵地应当由我们来占领。"北京大学文科里的新旧之争，首先体现在六朝文逐渐取代唐宋文。尊崇唐宋文而为桐城派抗争的林纾"愤甚"，自谓如"骨鲠在喉，不探取而出之，坐卧皆弗爽也"，起而"斤斤与此辈争短长"，斥章氏为"庸妄巨子"，斥其徒"滕噪于京师"，并放言"吾可计日而见其失败"。然而，"民国兴，章炳麟实为革命先觉"；又能识别古书真伪，不如桐城派学者之以空文号天下"，大的政治文化背景如此，结果只能是"章氏之学兴，而林纾之说衰"。与林纾交好的桐城文人马其昶、姚永概不屑与年轻且颇有些意气用事的章门弟子相抗衡，一气之下，三人"咸去大学"。桐城派自林纾、姚永概离去后元气大伤。黄侃、刘师培二人1917年在北大携手共讲"中国文学"课，使《文选》派一举占领北大讲坛。当时中国文学门中，一年级"中国文学"课每周六小时，黄、刘各授三小时；二年级"中国文学"课每周七小时，黄四小时，刘三小时。姚永朴于1917年3月离开北大，象征着桐城派完全退出北大讲坛。北大人事斗争的来龙去脉和文学思路的具体差异，参见陈以爱：《中国现代学术研究机构的兴起——以北大研究所国学门为中心的探讨》，2—22页，南昌，江西教育出版社，2002；陈平原：《中国大学十讲》，119—133页，北京，北京大学出版社，2002。

　　② 　张玮：《文学研究法·序》，载姚永朴：《文学研究法》，许振轩校点，吴孟复、贾文昭审订，合肥，黄山书社，1989。后面引文出处亦同，不再注出。

《文学研究法》一书在当时颇得时誉，后来也一直被认为是桐城派末期文论的集大成之作。姚永朴门生张玮在《文学研究法·序》中说"先生复应文科大学之聘，编订讲义，较《国文学》尤详……其发凡起例，仿之《文心雕龙》。自上古书契以来，论文要旨，略备于是。后有作者，蔑以尚之矣。"这里提到《国文学》一书，原系1909年姚永朴在京师法政专门学校担任国文教习时教授古文法课程的讲义，宣统二年10月京师法政学堂印行。细审此书安排及其序目，即可发现它与后来的《文学研究法》有一种相互配合的关系，如表5-2。

表 5-2 《国文学》与《文学研究法》的比较

		卷一	卷二	卷三	卷四
『国文学』	序目	《毛诗关雎序》《班孟坚汉书艺文志诗赋论》《许叔重说文解字序》《魏文帝典论论文》《陆士衡文赋》《沈休文宋书谢灵运传论》	《韩退之答李翊书》《答尉迟生书》《答刘正夫书》《柳子厚答韦中立论师道书》《李习之答王载言书》	《欧阳永叔答吴充秀才书》《送徐无党南归序》《苏明允上欧阳内翰书》《苏子瞻答黄鲁直书》	《方灵皋书归震川文集后》《姚姬传答鲁絜非书》《古文辞类纂序》《曾涤生复陈右铭太守书》《经史百家杂钞序》
『文学研究法』	序	卷一 起源 根本 范围 纲领 门类 功效	卷二 运会 派别 著述 告语 记载 诗歌	卷三 性情 状态 神理 气味 格律 声色	卷四 刚柔 奇正 雅俗 繁简 疵瑕 工夫
		结论			

前者主要系古代文论的文章选读，后者则是对古代文章写作之义理和法度的系统总结和阐释。两门课两本书配合在一起，一以文选，一以通论，实际上形成了一个通贯的现代大学课程中理论讲授模式，对于后来文学理论课程的运作和建设具有很强的参考意义。

从内容上讲，《文学研究法》一书四卷二十五篇（包括最后一篇"结论"），仿《文心雕龙》而作，其主旨确实在总结古文理论，沟通古今，探讨文章法度。卷一前六篇或许也可谓"文之枢纽"，大体通于今人所谓本质论或本体论，尤其值得注意。《起源》篇讨论文学起源，认为作文内因是性情欲望，外因则是字体、书法、印刷等条件的方便。此间强调文学之于教育的重要："是故欲教育普及，必以文学为先，欲教育之有精神，尤以文学为先。此理之必不可易也。"甚至提倡"普通文学"，"但求其明白晓畅，足以作书疏应社会之可用矣。"明显可以看出吴汝纶从西方和日本引入的文教思想。《根本》篇强调"质者文之本"，继续传统文论强调"志"是文章和文学的根本思想，认为文学是修齐治平之学，必须"敦本务实"，因为"无本不立，无文不行，是文与本固相须为用也，而本尤为要"，这显然都是传统文以明道、涵养经世、文化诗教思想的延续。《范围》篇讨论文学广狭两义，在广义界说中，强调"专以文字之成为书者而论"，狭义上则提到"纯文学"和"文学家"，认为创作文学作品的人才能称为文学家。这里可以看到桐城派在对接现代文学观念方面某种方便之处，对新概念有保留的接纳，确实对应着桐城派在清代义理、考据与辞章三分的格局中以辞章偏胜的立场。不过其后《纲领》《门类》《功效》篇，则主要承沿桐城"义法"说及其作为姚鼐文论之精髓的"神理气味格律声色"说，以门为纲、以类为目将文章分为十三类，强调文章功效在于论学、匡时、纪事、达情、观人和博物等，而核心在于以情感人、动人。其后的卷二、卷三、卷四和结论，也大都系统整理和总结古文家思想，以宣讲桐城义法为多。虽其间偶尔提及一些西来文学观念和时代新见，多多少少与西方观念有碰撞之处，但确实不多。

总体而言，《文学研究法》虽在不少地方有中西比较、沟通新旧的要求，但主体不是西学范式上将文学现象和文学作品对象化而后作整体性研判的研究，也不是提供文学研究的诸种思路和方法的"研究文学的方法"，其实是以桐城派古文"义法"说和传统为文"法度"为主体。虽然有桐城后学如吴孟复努力赞以"中国之'篇章语言学'与'文章学'也"，这个把握自觉服从于西来学科式细分，但是，对照以前清大学堂章程尤其是"研究文学之要义"就可发现，全书整体精神意绪，是向着中国传统的方向渐行渐远，并且与清末学制改革及张之洞等思路之间的距离越发地拉大拉偏了。此书的内容体例以及著者行止，其实表明新的文化情势下新旧思潮和学术角逐的逐渐表面化，确实是传统文派最后的无奈的总结和声明。文论课程此间获得一定程度的体制化，但以西方为目标的现代体制化进程仍然处于一种古今杂糅，参差过渡的状态。

只有等到民国肇造和新文化运动兴起后，以陈独秀的《文学革命论》(1917)和朱希祖的《文学论》(1919)，以及译自本间久雄的《新文学概论》(1919)①为标志，中国的文学研究及其文学理论，即以更为西方化普遍形态学的样式，同时又内蕴着不断革命的时代冲动而树立于世了。

文论的体制化主要依靠现代大学制度建构中的课程设置。关于文论课程的体制化，主要从清末相当内蕴暧昧的"文学研究法"到民后的"文学概论"的变化可以见出。辛亥革命民国建立后，蔡元培任首任教育总长，颁布各类大学令，推动又一轮学制改革，史称"壬子癸丑学制"。其中在 1913 年公布新的《大学令》，大学文科分哲学、文学、历史学和地理学 4 门，文学门又分为 8 类，即国文学类、梵文学类、英文学类、法文学类、俄文学类、意大利文学类和言语学类。这个安排与 1904 年的大学《章程》对照看，既有接续，又有变动，如表 5-3。

---

① 1917 年本间久雄出版《新文学概论》(东京新潮社版)，1926 年出版该书修订版《文学概论》(东京堂书店版)。章锡琛在 1919 年用文言翻译《新文学概论》的"前编"，1920 年分章刊登于《新中国》杂志，1924 年章锡琛用白话重译"后编"，刊登于文学研究会的刊物《文学》，次年又用白话重译"前编"，1925 年结集由上海商务印书馆出版。另有汪馥泉翻译后连载于 1924 年 6 月 1 日至 24 日上海《民国日报》副刊"觉悟"，1925 年 5 月由上海书店结集出版。

表 5-3　《章程》与《大学令》比较

国家教令	大学分科	文学立科分门	课程安排	可资参照者
奏定大学堂章程（附通儒院章程，光绪二十九年十一月二十六日〔1904 年 1 月 13 日〕）	大学堂分为 8 科：经学科大学 政法科大学 文学科大学 医学科大学 格致科大学 农学科大学 工科大学 商科大学	文学科大学分 9 门：中国史学门 万国史学门 中外地理学门 中国文学门 英国文学门 法国文学门 俄国文学门 德国文学门 日本文学门	中国文学门下设 16 门课：主课：文学研究法（列第一，其"研究文学之要义"41 条）、说文学、音韵学、历代文章流别、古代论文要言、周秦至今文章名家、周秦传记杂史周秦诸子（以上 7 种）补助课：四库集部提要、汉书艺文志补注、隋书经籍志考证、御批历代通鉴辑览、各种纪事本末、世界史、西国文学史、中国古、今历代法制考、外国科学史、外国语文（以上 9 种）	英国文学门下设 7 门课：主课：英语英文（1 种）补助课：英国近世文学史、英国史、腊丁语、声音学、教育学、中国文学（以上 6 种）

续表

国家教令	大学分科	文学立科分门	课程安排	可资参照者
教育部公布大学规程（1913年1月12日部令第1号）	大学分为7科： 文科 理科 法科 商科 医科 农科 工科	文科分为4门： 哲学门 文学门（其下分八类：国文学类、梵文学类、英文学类、法文学类、德文学类、俄文学类、意大利文学类、言语学类） 历史学门 地理学门	国文学类下设13门课： 文学研究法 说文解字及韵学 尔雅学 词章学 中国文学史 中国史 希腊罗马文学史 近世欧洲文学史 言语学概论 哲学概论 美学概论 论理学概论 世界史	梵文学类下设11门课：梵语及梵文学、印度哲学、宗教学、因明学、中国哲学概论、西洋哲学概论、文学概论、言语学概论、论理学概论、伦理学概论、中国文学史 英文学类下设11门课：英国文学、英国文学史、文学概论、中国文学史、希腊文学史、罗马文学史、近世欧洲文学史、言语学概论、哲学概论、美学概论

可以看到，1913年教育部公布的《大学规程学科及科目》中，文学门下不少学类包括外国文学类乃至言语学类，都已经出现"文学概论"课程。与此同时，各学门下不仅出现了"哲学概论""美学概论""言语学概论""伦理学概论"等偏指理论的课程称谓，而且也出现"中国哲学概论""西洋哲学概论"等具体知识及其概要课程的称谓。而在历史学门中，则同时出现"史学研究法"和"中国史概论"。

值得注意的是，教育部公布的《大学规程学科及科目》中，国文学类下设的 13 门课中，"文学研究法"依然排在首位。1916 年，北京大学订立《国立北京大学分科规程》，在第五章"文科大学"第二节"学科课程"中，"国文学门"的第一位课程仍为"文学研究法"。及至 1917 年 11 月 29 日《北京大学日刊》所登"文科本科现行课程"，"中国文学门"已无"文学研究法"，取代它的是"中国文学"一课，由黄侃、刘师培、吴梅等人讲授，和当年的"文学研究法"一样也是连开 3 个学年。"文学研究法"一课从此在北大成为绝唱。[①]

紧随其后的 12 月 2 日《北京大学日刊》登出《改订文科课程会议记事》，第一次在中国文学门科目中列入"文学概论"，并且排在第一位，为 2 课时，且为必修课。12 月 9 日和 29 日刊出的《文科大学现行科目修正案》中，文学概论的课时又分别修改为 1 课时和 3 课时，必修课的地位不变。此后，1918 年 9 月 4 日《北京大学日刊增刊》载中国文学门正式科目中，第一次出现"文学概论"的名称。然而并未列出其他科目下都有的任课教员的姓名。几天后的 9 月 26 日公布的"文本科七年度第一学期课程表"中"文学概论"的名称消失了。按照学者的研究，"虽然当时的新学人已感到有必要开设文学概论这样的课程，但要找到一个合适的教员依然是件困难的事。"[②]

然而，1920 年北大国文系已将"文学概论"列为正式课程，据当年《国立北京大学学科课程一览》载，初次教授此课的是周作人，每周 2 课时。在这个课程目录中，这门课与文字学、古籍校读法、诗文名著选、诗、词曲、文、小说史、文学史概要、欧洲文学史并列为中文系主要课程。值得一提的是，鲁迅自 1920 年受聘北大后，除自订讲义讲授《中国小说史略》之外，还曾以厨川白村的《苦闷的象征》为教材讲授文学理论。据当年《北京大学日刊》所载《南京高等师范学校暑期学校一

---

① 或可注意的是在南京，1933 年至 1935 年制订的《国立中央大学文学院中国文学系选修指导书》中，中国文学系必修课中有"文学研究法"科目，其科目说明"本课目研究文学之内质与外形与其他关于文学上之重要知识"，或可说是"文学研究法"一课的余绪。

② 这里和以下关于"文学概论"课程在北大的设置情况，参见程正民、程凯：《中国现代文学理论知识体系的建构——文学理论教材与教学的历史沿革》，6—7 页，北京，北京大学出版社，2005。

览》，梅光迪在南京高等师范学校也开设了文学概论课程，使用的教材是温彻斯特的《文学批评原理》。

1922 年，北京大学国文系"文学概论"课的教员是新来的张凤举，到 1924 年北京大学国文系《民国十三年度课程指导书》说明，"文学概论"课程由张凤举讲授，每周增为 3 学时，并且注明此课"为始入本系诸生必修之科目，宜在第一学年以内修完"。1925 年国文系调整，从大二开始进行"分类专修"，大抵类似于今天的语言、文学和文献的专业三分，整体课程中有 4 门"共同必修科目"，此即学生在大一必修的，其中包括了由张凤举讲授的"文学概论"。由此程凯认为："国文系是把它当作基本指导性的科目来看待的"。到 1931 年，北大国文系《民国二十年度课程指导书》将"文学概论"课程列入第一学年之必修科目，具体说明是："本学科先从文学论本身之源流，然后将历来关于诗歌、戏曲、小说等形式之发生嬗变的理论，作一系统的叙述。俾修习此科者能获得纯文学之正确的概念。"无论如何，这些都是对"文学概论"课程建设的具体化和体制化。

从 20 年代始，全国各地中高等学校竞相开设"文学概论"课程，文学理论书籍也开始大量出版。可堪玩味的是，在二三十年代，往往是小规模大学、专科学校，乃至大学预科和高中，经常开设"文学概论"课程，而学缘深厚的大学如北京大学、中央大学等，在是否开设和如何开设"文学概论"课程的问题上，则往往有所矜持。单就讲"文学概论"这门课程而言，当时就有不少人认为吃力不讨好，因为随着文学观念的普及，以及大学国文系专业化程度提升，无论教师还是学生，"论一般文学之内容及形式"等要照顾普遍文学及其一般性的整体理论，显得四平八稳，又往往以西方文学作品和经验为主要参照，所以在中国大学课堂上往往会被认为没有学问。因此，程凯认为，这一时期"大部分正式高校都不设置文学概论这种讲授文学基础概念和知识的课程"。一般来说，给其他学科和专业开设"文学概论"课程较为容易，而给文学学科和国文专业开课则较为简省，大体主要都设置为本科一年级课程。

"概论"一词，意指相关理论或论述的概要化和体系，既囊括相关理论课程，又整体概观相关学科内容。诸多"概论"的频密出现，说明大学文科学科化进程的迅猛强劲，另一方面也使得"研究法"一词的含义越发明确化和具体化，而趋向于研究方法的类别和性质。学制改革和课程设置进一步推动了以西学为典范的分科之学，加快了中国文论话语的现代转换。"文学概论"课程逐渐代替"文学研究法"，是中国文学教育和文论体制化进程的一个重要标志，它表明从 20 世纪初至 30 年代全面抗战以前，作为体制教学的中国文论已经完全转换到以西方现代文论话语为核心典范的轨道上了。

"文学概论"作为课程越发地体制化，教科书也就相应地迅猛发展起来。从 20 年代开始，中国社会和各大高校对文学概论类教材的需求显然是旺盛的。总的情况是，20 年代的体制化建设和西化风潮已经压倒世纪初的中西错置混杂，采译和使用西来教科书已经成为文论教学的主流。据研究，目前可查的第一本以《文学概论》为名的书是广东高等师范学校贸易部 1921 年出版的，著者是伦达如，但实际上全书是根据日本太田善男的《文学概论》编辑而成。全书七章，上编为"文学总论"，介绍文学艺术的基本原理，下编为"文学各论"，介绍诗歌、杂文等文体，程凯认为"从其目录可以看出这是一本现代形态的文学理论教材"，但这部教材似乎因出版地偏僻、编者无名而影响不大。

到 1924 年，有两种东洋文学理论名著的译本在中国面世。一种是本间久雄的《新文学概论》，分别有章锡琛、汪馥泉两个译本，两者都是先在杂志上发表，然后结集出版。另一种是鲁迅翻译的厨川白村的《苦闷的象征》，发表在 1924 年 10 月 1 日至 31 日的《晨报副刊》上，并且很快由新潮社印行。由于鲁迅译本曾用作北大、女师大文学理论的讲义，影响很大。但比较起来，前者体系更为严密，内容更为翔实，更像本教科书，所以再版次数很多，影响自然也很大，程凯的说法更确定："事实上，那时出版的国人撰写的同类著作很多是在摘抄它的内容，乃至例证都一模一样。"[1]甚至可以进一步引申说，中国百年来"文学概论"这类教材写法，整体上都受到本间久雄式的普遍主义论述语

---

① 程正民、程凯：《中国现代文学理论知识体系的建构——文学理论教材与教学的历史沿革》，32—33 页，北京，北京大学出版社，2005。

体、体例框架，乃至其中的人文主义思想和国民性意识的影响和笼罩。

后来至 30 年代，汉语学界进一步引进了不少西方著名的文论教材，突出的有温彻斯特的《文学评论之原理》、韩德生的《文学研究法》、韩德的《文学概论》等，这些英美学者的著作体系更为严密，虽然多数仍是基于人文主义思想立场，但已浸染 19、20 世纪之交人文学术学科化的时代诉求，从而为文学研究这门学科的合法性竭力进行辩护，带有很强的学术自觉和学科诉求。当然自今天的眼光看来，这种人文主义基点的学科诉求在强大的自然科学和学术分工趋势面前，往往显得是那样的无力和虚弱。应当说，国人对民族化的文学理论写作和教材经营，也有自己的考量和追求，他们对经由日本学者中转的西方文学理论教材写作思路，有自己的考虑和调整，毕竟中国的文论要经历一个消化西来资源和继承传统意绪的过程。即使在西来文论压顶而占据着统治性位置的二三十年代，他们也做出了自己的努力与调和。有力图会通中西的学者们，如刘永济的《文学论》（1922）、马宗霍的《文学概论》（1925）、姜亮夫的《文学概论讲述》（1930）和程会昌的《文论要诠》（1948），也有新文学作家们的努力，他们写出自己的《文学概论》（郁达夫，1927；田汉，1927；许钦文，1936）、《文艺论 ABC》（夏丏尊，1928）和《文学概论讲义》（舒舍予，1930）等。①

关于"文学概论"课程在百年文学教育进程中的具体实施和现实遭遇，已有不少研究著述进行了探讨。针对长期以来认为"文学概论"没学问、不好上的看法，有学者认为这当然是一种偏见，因为"文学概论"照样能讲得"很学术"。据学者读《北京大学廿周年纪念册》所录《1918 年北京大学文理法科改定课程一览》，发现"通科"课程的"文学概论"，后有一说明性质的括号："略如《文心雕龙》《文史通义》等类"，由此可判断，当初刘师培、黄侃在北大讲授《文心雕龙》，其实就是"文学概论"，所以难怪当年国文门学生杨亮功日后撰写回忆录，直截了当

---

① 更为详细的分析和定位，可参见程凯的论述，载程正民、程凯：《中国现代文学理论知识体系的建构——文学理论教材与教学的历史沿革》，15—62 页，北京，北京大学出版社；亦可参考贺昌盛：《中国现代文学基础理论与批评著译要》，厦门，厦门大学出版社，2009。

地称："黄季刚先生教文学概论，以《文心雕龙》为本，著有《文心雕龙札记》。"① 这个判断确实可堪玩味，大有启发之处。如果不拘泥于百年来"文学概论"的西方通论形态和普遍主义传统，或许文学概论或文学理论的思想内涵和学问本质，本来是可以得到进一步彰显的。或许可以说，从五四运动到现在，由于百年来激烈的文化斗争的需要，以及以西学为样板的整体主义和结构化思路，文化之古今中外相互碰撞生发的多种可能性、文学和文论各维度相互斗争盘诘的交往沟通性、学术形态的多元丰富性，确实是太多地忽略和遗忘了对文学的整体把握，甚或不如在世纪初混沌过渡时代的"文学研究法"及其"研究要义"所保持的开放性和整体性了。

※　　　　※　　　　※

所谓文论体制的转型，强调的是现代文论从传统文化的混融一体中渐次分离出来，并以大学教育的形式，将社会上主流的文学思想和相关议题固定下来的过程。显而易见的是，此间以国族建制为主要内涵的"文论"更多是作为一种现代文化装置和体制，其思想的主体性、具体性、现实性和战斗性并不十分突出。大体而言，从体制转型、知识转换、学科建制和课程设置，乃至相关教材的著述与译介，是相对于传统而从整体上显影出来的，其中起主宰作用的是世界格局内文化的理性分化、国族认同的必然伸张和学术体制的分工逻辑。固然在国家文教思路的设计者颇多保存传统、文化重构的意图，但从 20 世纪初张之洞的顶层设计和折中中西，至民初姚永朴的退守传统和重光古文，再到 20 年代初诸种"文论"接引本间久雄式"文学概论"和温彻斯特式"文学原理"，都体现了其作为文化装置的虚弱无力、枯燥说教或虚应故事的一面。应当说，作为体制的文论也曾出现对全盘西化和退守传统的双重反拨和思想再平衡，比如 20 年代初作为文论思想之折中调停的刘永济、马宗霍等人的努力，以及与清浅而激进之五四思潮相适应

① 参见陈平原：《作为学科的文学史》，51 页，北京，北京大学出版社，2011。

然而又充满着巨量矛盾和张力的作家式文学概论，如郁达夫、田汉、夏丏尊等著述者。但总体而言，这二十余年中国文论体制化的内在逻辑，体现的主要是近现代文化、文学和文论的结构性一面，即以西来19世纪的人文思想为范型，而与中国日益革命化的文化现实不甚贴合。

　　作为本章的结束，这里附录几种在当时（1925—1937）影响较大的外国文论教科书的中译目次以及摘要：

■ 温彻斯特　著《文学评论之原理》
景昌极、钱堃新 译，商务印书馆 1923 年初版，1924 年再版，1927 年第三版
原著：C. T. Winchester, *Some Principles of Literary Criticism*，1899

第一章　定义与范围
第二章　何谓文学
第三章　文学上之感情原素
第四章　想象
第五章　文学上之理智原素
第六章　文学上之形式原素
第七章　诗学总论
第八章　散体小说
第九章　结论

■ 本间久雄 著《新文学概论》①
章锡琛 译，商务印书馆 1925 年版
原著：本间久雄《新文学概论》，东京新潮社，1916
前编　文学通论
　　第一章　文学的定义
　　第二章　文学的特质
　　第三章　文学起源
　　第四章　文学的要素
　　第五章　文学与形式
　　第六章　文学与语言
　　第七章　文学与个性
　　第八章　文学与国民性
　　第九章　文学与时代
　　第十章　文学与道德
后编　文学批评论
　　第一章　文学批评的意义、种类、目的
　　第二章　客观的批评与主观的批评
　　第三章　科学的批评

---

　　① ［日］本间久雄(1886－1981)，1909 年毕业于日本早稻田大学，1928 年留学英国，后长期担任早稻田大学英文教授。1917 年出版了《新文学概论》，1926 年出版该书的修订版，易名为《文学概论》。其中译情况是：章锡琛在 1919 年用文言翻译了《新文学概论》的"前编"，1920 年分章刊登于《新中国》杂志上。1924 年章锡琛用白话重译"后编"，刊登于文学研究会的《文学》上，次年又用白话重译"前编"，1925 年结集由上海商务印书馆出版。另有汪馥泉翻译后连载于 1924 年 6 月 1 日到 24 日上海《民国日报》的副刊"觉悟"上，1925 年 5 月上海书店出版。按照傅莹的统计，1925 年章译本"至 1928 年 9 月该译本先后共出了四版。1930 年，上海开明书店又出版章锡琛的铅印本，更名为《文学概论》，为《新文学概论》的修订本……同年 8 月再版"，而汪译本很快即有 7 月再版；1930 年 4 月上海东亚图书馆又出版该译本，次年 4 月再版。本间久雄《新文学概论》的译介，可以说是创造了中国翻译史上的一大奇迹。1920 年至 1930 年，出版、重版、再版了十二次之多。这种影响延伸到了台湾地区，20 世纪 50 年代至 70 年代，台湾出版和重版《新文学概论》达七次之多。这些数字就足见这部文学理论著作本身的学术价值，在中国受欢迎程度和学术影响，以及中国接受和传播外来文艺理论的特殊途径和模式。参见傅莹：《中国现代文学理论发生史》，55～56 页，上海，上海文艺出版社，2008。

第四章 伦理的批评

第五章 鉴赏批评与快乐批评

章锡琛 译，商务印书馆 1930 年版

原著：本间久雄《文学概论》，东京堂书店，1926

第一编 文学的本质

第一章 文学的定义

第二章 文学的特质

第三章 美的情绪及想象

第四章 文学与个性

第五章 文学与形式

第二编 为社会的现象的文学

第一章 文学的起源

第二章 文学与时代

第三章 文学与国民性

第四章 文学与道德

第三编 文学各论

第一章 诗

第二章 戏剧

第三章 小说

第四编 文学批评论

第一章 批评泛论

第二章 客观的批评与主观的批评

第三章 科学批评与新裁断批评

第四章 鉴赏批评与快乐批评

■ 韩德生 著《文学研究法》

宋桂煌 译，光华书局 1930 年版

原著：William Henry Hudson，*An Introduction to the Study of Literature*，1910

上编

　　第一章　文学的性质与要素

　　第二章　文学为个性的表现

　　第三章　作家的研究——编年法与比较法

　　第四章　文学研究上传记的滥用与功用

　　第五章　风格的研究为个性的索引

下编

　　第一章　文学之史的研究

　　第二章　文学为社会的产物

　　第三章　泰因的文学进化公式——文学的社会学方面

　　第四章　文学史的比较研究法——文学的相互关系

　　第五章　风格之史的研究

　　第六章　文学技术的研究

■ 韩德 著《文学概论》

傅东华 译，商务印书馆 1935 年版

原著：Theodore W. Hunt，*Literature*，*its Principles and Problems*，1906

第一编

　　第一章　解释文学的几个向导原则

　　第二章　文学的一个定义

　　第三章　文学研究的方法

　　第四章　文学的范围——文学与科学

　　第五章　文学和哲学

　　第六章　文学与政治

　　第七章　文学和语言

　　第八章　文学与文学批评

　　第九章　文学与人生

　　第十章　文学和伦理

　　第十一章　文学与艺术

第十二章　文学的使命

第二编

第一章　文学的阅读和研究之目的

第二章　文学诸体裁的发生和生长

第三章　首要的诗歌类型

第四章　首要的散文类型

第五章　史诗之史的发展

第六章　诗歌

第七章　诗学

第八章　作为文学的一种体裁的散文小说

第九章　文学上的未决问题一

第十章　文学上的未决问题二

第十一章　文学中的希伯来精神和希腊精神

第十二章　文学在自由学问中的地位

■ 丸山学 著《文学研究法》

郭虚中译，商务印书馆1937年版

原著：丸山学《文学研究法》，春阳堂，1934

第一章　序说

文学研究者的态度；文学研究的目的；文学研究与文学批评；文学成立的三要素；文学研究的三方面；比较研究与合并研究；图解法与表解法

第二章　语言的研究

文学文字语言；语汇研究；文章研究；韵律研究；书志研究；原文研究

第三章　作品研究

素材研究；出典研究；模特儿研究；背景研究；性格研究；结构研究；主题研究

第四章　作者研究

传记问题；环境研究；经历研究；著作研究；性向研究；思想

研究

第五章　时代研究

文学与时代；世相研究；思潮研究；流派研究；读者研究

第六章　特殊研究

概说；哲学的研究；社会学的研究；心理学的研究；自然科学的研究；民俗学的研究；文化的研究

■　维诺格拉多夫 著《新文学教程》

楼逸夫译，天马书店 1937 年版（从日译本转译）

原著：Виноградов. И. A，*Теория литературы：Учебник для средней школы*，1935

日译本：文学への道，著者：ヴィノグラードフ 著 熊沢復六 译，清和书店，1936

第一篇　总论（文学的定义）

一、形象性；二、典型性；三、思想的内容；四、艺术性；五、历史性；六、艺术文学的机能；七、艺术的典型的意义

第二篇　主题和结构

第一章　主题

第二章　幽默与讽刺

第三章　人的形象——典型

第四章　性格描写

第五章　本事

第六章　写景

第七章　全体的结构

第三篇　艺术作品的风格和形式

第一章　文学的风格

第二章　文学的方法

第三章　社会主义的现实主义

第四章　文学的种类

第五章　叙事诗作品的形式

第六章　抒情诗作品的形式

第七章　戏剧作品的形式

第八章　口头文学的基本形式

第六章　人学的构型：新文学话语结构及其张力重审

　　伴随着近现代产业的发达和市民阶级的崛起，近现代文学逐渐发育和发展起来。以五四新文化运动的蓬勃展开为标志，中国近现代文化的基本格局已大体发育成熟。文学革命的积极推进，是五四新文化运动的重要内容和组成部分，表明市民阶级在文学和文化方面的诉求也逐渐获得较为系统的、可资形态化描摹的表现。现代文论是现代市民在文化方面诉求的体现和结果，它突出表明市民阶层进一步挣脱旧式皇权依附及传统文化结构。五四新文化派鼓吹着"人的文学"，倡扬文学的独立、普遍和感性，发出了市民阶级最为响亮的声音，从而走到了历史舞台的中心。

　　具体而言，在文化与文学的形式外事方面，新文化派要求以西方文化为榜样，鼓吹文学"独立"，引用"感"作为文学的根本属性和核心指标。在这方面，朱希祖的《文学论》以其重要的学术地位和思路变化，代表了当时文论从传统走向现代的总体要求，即循现代文化分化和合理化的趋势而分别治理文学，思考文学领域。在文学的思想内容方面，现代市民要求冲决既有传统和文化的束缚，以文学展现"人"的思想感情，强调民众百姓的普遍化诉求，想象市民阶级可以在社会中相互感染、共通和互生，而形成新型的文化共同体。在这方面，周氏兄弟的文论话语从20世纪初的蕴蓄和萌发，进展到一二十年代之交的强劲崛起和全面申张，是这一时代中国文论的代表。在五四时期，新文化派的文学革命以"人的文学"和"平民文学"为基本口号，逐渐濡化为新一代知识人共同体的感情结构。这种知觉上的构型日渐显影昭彰，在其后相当长的一段时间里，发挥着启蒙醒世、组织思想、推进变革的威力。

　　从晚清至民初，新文化和新文学运动渐次孕育而形成，其主旋律是人文话语，其中充溢着新一代名士和知识阶层破旧立新的变革激情。但是，这种显然以西来人学话语和相应学术为主要参照系的文学思想和文论，也不是统一而纯粹的。至少在人学话语日益膨胀的 20 至 30 年代里，从西方接引而来的人学话语内部出现两个时时龃龉相反而终乎刺激相成的维度，一是人道主义，二是人文主义，在二者之间存在着张力。正是由于内部的张力，更是由于中国化进程所遭遇的现实性，人学话语内在的问题日显突出。随着中国社会形势和革命潮流的发展，人学话语也面临着巨大的问题和挑战。问题和挑战意味着现代中国必须面对并要求给予时代的解决。

一、"感动"的体制化：朱希祖《文学论》的意义

在西方，现代意义上的"文学"观念有其历史性。大体而言，西方文化的合理化进程历经数百年，在 19 世纪近代文学独立的格局也渐次成形，文学观念孕育落熟，而到 20 世纪则进一步全面体制化。在"文学"或"纯文学"这个总名下，各种话语在这个结构化和建制化的领域生产、繁衍并运演，仿佛纯粹、独立、高雅、文明。然而这不过是表面的行礼如仪，其背后各种权力千丝万缕，其运演繁复而机巧。因为文学绝非隔绝于社会生活，形形色色的观念和具体社会生活实践相互印证、相互碰撞、相互激发甚或相互发明，一起发挥着缓解社会震荡、敉平文化裂痕的功能。整体的文学连同观念和体制，作为现代文化的内核和结构一起发挥着类似传统宗教或文化礼法的功能。①

---

① 如乔纳森·卡勒言："在 19 世纪的英国，文学作为一种极其重要的理念而出现，一种被赋予若干功能的、特殊的书面语言。在大英帝国的殖民地中，文学被作为一种说教课程，负有教育殖民地人民敬仰英国之强大的使命，并且要使他们心怀感激地成为一个具有历史意义的文明事业。在国内，文学反对由新兴资本主义经济滋生出来的自私和物欲主义，为中产阶级和贵族提供替代的价值观，并且使工人在他们实际已经降到从属地位的文化中也得到一点利益。文学在传授中立的审美经验的同时，培养一种民族自豪感，在不同阶级之间制造一种伙伴兄弟的感觉。最重要的是，它还起到了一种替代宗教的作用。宗教似乎已经不能再把整个社会团结在一起了。"参见［美］乔纳森·卡勒：《文学理论入门》，李平译，38 页，南京，译林出版社，2008。

在晚清中国，"文学"作为总名并非来自传统典籍，而是来源于西方文化的新兴术语，并且在最初没有得到清晰界说和直接提倡。但是，在体制层面上，以壬寅—癸卯学制为代表和标志，民族国家的文化建制业已参照日本和西方格局，设置出所谓"文学科"。虽然张之洞等老派学者在"中学为体""西学为用"的宗旨上竭力维持传统"文学"意涵，但在思想界，借由西来学术和思想的范型和影响，"文学"的转义已然发生。

在20世纪初，受西方文化影响的新一代学人已分别在不同的术语中赋予西来现代意义上的文学意涵。比如在王国维那里，集中透露相关内涵的术语是"美术"，诗歌、小说、戏曲等"文字"与图画、音乐、雕刻、书法等一起同属于美术。以王国维为代表的这批先进学人，使用新学语，发挥新思维，在当时算是"辟奇论""树新义"，立论孤峻，出语新峭，然而影响并不很大，甚至后来"悔其少作"而否定自己当初的思想和努力。不过从历史效用上看，这些新学语表明西来意涵已渗入中土，并且新义在新旧过渡的种种躯壳中激荡蕴蓄，新的词语及其观念在静静等待萌蘖和爆发的时机。

作为总名的"文学"得到较为系统的宣示和阐释，接纳西来内涵而进入中土文化体制，形成百年来以西方文化为典范的文学文化，可以朱希祖发表《文学论》为标志。朱希祖（1878—1944）是章太炎先生留日期间的著名弟子之一，1913年受聘于北京大学，先后担任预科教授、文科教授、国文研究所主任、中国文学系主任、史学系主任，直到1932年。在1920年出任史学系主任之前，主要服务于中文系。1917年11月29日《北京大学日刊》存《文科本科现行课程》，其中记载朱希祖给中国文学门一年级学生开"中国古代文学史（上古迄建安）"、给二年级学生开"中国古代文学史"，给英国文学门一二年级学生开"中国文学史要略"。而1919年至1920年度《国立北京大学学科课程一览》中，朱希祖所开课程包括："中国文学史要略"，2学时；"中国文学史（一）"（欲专习中国文学者习之），2学时；"中国诗文名著选"，4学时；"史学史"，1学时，这表明朱希祖已到历史系授课，但主要精力仍在中文系。①

《文学论》发表于《北京大学月刊》1919 年第 1 卷第 1 号。当时编撰《新青年》的新文化诸君正在鼓吹"文学革命"，其影响力仍在社会少数精英内外，而与大学建制中的广大师生并无特别关涉，所以关于文学革命的思想并不容易在课堂和教材中体现和扩散开来。另一方面，在 1919 年以前，朱希祖虽同属新文化人，但比起胡适或同门周作人、钱玄同来，其文学观念仍恪守乃师章太炎的观点，与"文学革命"并未发生很大交集。作为国文研究所主任，朱希祖在其 1917 年 11 月 5 日的日记中写道：

> 近来北京大学文科教授主持文学者，大略分为三派：黄君季刚与仪征刘君申叔主骈文，而刘与黄不同者，刘好以古文饬今文，古训代今义，其文虽骈，佶屈聱牙，颇难诵读；黄则以音节为主，间饬古字，不若刘之甚，此一派也。桐城姚君仲实，闽侯陈君石遗主散文，世所谓桐城派者也。今姚、陈二君已辞职矣。余则主骈散不分，与汪先生中、李先生兆洛、谭先生献，及章先生太炎议论相同。此又一派也。②

这里文学观念界限非常自觉。当时国文系要求讲授"中国文学史"，朱希祖在 1916 年便已成稿《中国文学史要略》，其中讲文、讲诗、讲词、讲南北曲，就是不涉及小说。与之形成对照的是，1917 年秋天吴梅进入北大任教，吴梅编写文学史讲义，已不能闭门造车，不能不受同事鼓吹新文化的影响，小说于是成为其文学史必不可少的重要文类。这

---

① 参见陈平原：《早期北大文学史讲义三种·序》，载林传甲、朱希祖、吴梅：《早期北大文学史讲义三种》，北京，北京大学出版社，2005。
② 《朱希祖日记》，1917 年 11 月 5 日，转引自朱偰：《五四运动前后的北京大学》，《文化史料丛刊》第 5 辑，北京，文史资料出版社，1983。

样看来，在新文化运动刚开始时朱希祖的文学思想确实没有紧跟。①

正当北大内部的新旧之争日渐激烈之时，朱希祖作为北大国文研究所主任、中国文学系主任，做出了全力支持新文化运动和"文学革命"、加盟新思潮阵营的抉择。② 此间 1 月 28 日朱希祖致信《国故》月刊编辑部，以"当日开成立会时，未造刘宅"和"校事甚忙，无力兼顾"为由坚辞《国故》编辑部编辑一职。由此，朱希祖积极响应"文学革命"，与新文化派诸君相与议论，提倡白话文学以及民治与科学等思想。1919 年还与马裕藻、钱玄同、周作人、刘复、胡适等向教育部国语统一筹备会提出议案三件，即《请从速加添闰音字母以利通俗教育的议案》《请颁行新式标点符号的议案》《国语统一进行方法的议案》，极大地促进了国语统一和白话文的推广。及至 1920 年又与郑振铎、叶圣陶、沈雁冰等十二人，发起成立文学研究会，这是五四新文化运动中著名的新文学团体，影响深巨。

1919 年前后以《文学论》为标志，朱希祖文学观念的转换显然经过

---

① 当然这并不意味着朱希祖对当时的文学革命和新文化运动无所感应。他或许也感到相关著述要有所修改。比如，因应当时北京大学文科学长陈独秀要求各教授将自己的讲义编制成书以为教材供学生使用，以后不再印行讲义，朱希祖 1917 年 12 月 28 日《致陈独秀函》称："《中国文学史要略》未修改之前，亦须用讲义。明年暑假时大加修改后付印，即可不用讲义矣。"这是否就意味着文学观念已然改换或正处于思想斗争的状态，不得而知。信函参见《朱希祖书信集 郦亭诗稿》，266 页，北京，中华书局，2012。

② 杨琥：《同乡、同门、同事、同道：社会交往与思想交融——〈新青年〉主要撰稿人的构成与聚合途径》一文载朱希祖女儿朱偰日记稿本 1917 年 11 月 5 日言："今年正月自安徽陈独秀先生为文科学长，又得其同乡胡君适之新自美国大学毕业回国，亦延为文科教授，则主以白话作诗文。钱先生德潜深于小学，与家君同门，亦深以陈、胡之说为是，此则所谓新派也"，以及此段之前的论述："近来北京大学文科教授主持文学者大略分三派，黄君与仪征刘君申叔主骈文，此一派也……家君则主骈散不分，与汪先生中、李先生兆洛、谭先生献及章先生议论相同，此又一派也。"据此杨文认为朱偰记载"与朱希祖的记述基本一致"，亦可见"朱希祖不仅将自己的观察记录在日记中，而且也讲给孩子听"，而朱希祖在短短一年半时间思想和态度的转变甚显突兀，究其原因则在《新青年》主要撰稿人是同门师友间的援引和阵营划分。章门钱玄同率先响应陈、胡倡导的白话文，其后自 1917 年 8 月又积极推动周树人、周作人弟兄加入《新青年》，从第 4 卷第 1 号起开始发表作品，周氏兄弟的小说和杂文真正显示出"文学革命"的实绩。其后，沈尹默和沈兼士兄弟也开始在《新青年》发表白话诗、通信及政论。也就是说，"至 1919 年初，章门弟子中除黄侃等个别人外，大多数均赞同并加入新文化阵营中了。面对同门纷纷支持《新青年》，此时的朱希祖感受到了无形的压力……"杨文载《近代史研究》2009 年第 1 期。

思想斗争。区隔于老师章太炎，这在当时需要极大的思想勇气。在1920 年正式刊行《中国文学史要略》时，朱希祖特意在《叙》中，郑重声明此书"与余今日之主张，已大不相同"，"讲演时当别授新义也"："盖此编所讲，乃广义之文学。今则主张狭义之文学矣，以为文学必须独立，与哲学、史学及其他科学，可以并立，所谓纯文学也。"他确认"今日之主张，已大不相同"了。①

　　朱希祖发表《文学论》，不仅表明文学观念经过数十年的过渡，最终确立了以西方为样板的"文学"观念，更在于北大国文教授发表《文学论》这一事件的意义，即通过具有机构和体制性质的事件承认西来文学观念在中土的扎根，这也是现代文化的逻辑孕育成形，社会功能渐次发挥的基本要件。蔡元培入主北大之时，北大实际上是中国仅有的国立大学，在整个中国社会极具战略地位，而蔡元培及其接引的新文化派人士彻底改革北大的各种举措都受到社会关注。各学科在西方典范影响下，都处于草创之初，一举一动也都颇受瞩目和品评，观念变化和学术声明更是效应巨大。②在这里，由国立大学体制中的文学教授通

---

　　①　朱希祖：《〈中国文学史要略〉叙》，载林传甲、朱希祖、吴梅：《早期北大文学史讲义三种》，北京，北京大学出版社，2005。

　　②　长期以来对 10 年代和 20 年代之交北大教授尤其是文科教授社会地位及其影响的认识犹有未足。1918 年教育总长范源廉称北大是"中国惟一之国立大学也"，《北京大学日刊》1918 年 1 月 5 日第 4 版载其演说词指出，当时"吾中国公立之大学有三：（一）为北京大学，（二）为天津之北洋大学，（三）为山西之山西大学。其山西大学系特就晋省而设，北洋大学则初归北方。各省公立近几与北京大学连为一体，此外虽亦有私立大学而办，尚多未就绪。外人之在华设学校名为大学者，其性质办法又与吾异。"此仅就名分而言。更值得重视的是在学生感受及社会反应方面。蔡元培入主北大的就职演讲，强调读大学的意义不是将来的升官发财，而是选择过一种有意义的生活，从而为国家再造政治和文化的根基。这一观点及其后种种改革举措震撼了北大，在学生和社会上有极大反响。罗家伦称蔡元培的改革呼声"震开了当年北京八表同昏的乌烟瘴气，不但给北京大学一个新灵魂，而且给全国青年一个新启示"。北大发生变化的消息很快传遍全国。1917 年 4 月蔡元培演说又被发表在了中国发行量最大的刊物之一《东方杂志》上。北大教授的地位可由陈独秀影响力的变化而见一斑：曾与陈独秀在上海一起共事办杂志的人对此最有体会，陈独秀曾想与之在上海合开一家书店的汪原放描述当时情况说："我们听了议论说：'……陈仲翁（独秀）任国立北京大学文科学长好得多了，比搞一个大书店，实在要好得多。'学堂、报馆、书店都要紧，我看，学堂更要紧。'"以上形势和引文均可转见魏定熙：《权力源自地位：北京大学、知识分子与中国政治文化，1898—1929》，122—125、128—132 页。

过论文的形式，正式宣阐"文学"的定义，讲授文学的义涵和界说，影响波及学生，并在社会中扩散开来，其功效远非一般社会言论和探讨可以比拟。因此可以说，在中国现代文化、文学和文论的发生阶段，朱希祖发表《文学论》是一个标志性的事件，值得重视和探究。

《文学论》开篇即云："吾国之论文学者，往往以文字为准，骈散有争，文辞有争，皆不离乎此域；而文学之所以与其他学科并立，具有独立之资格，极深之基础，与其巨大之作用，美妙之精神，则置而不论。故文学之观念，往往浑而不析，偏而不全。"①指责过去文学观念"以文字为准"，"往往浑而不析，偏而不全"，此言在朱希祖口说出，实在不容易。在清末民初论文"以文字为准"的，正是朱希祖的老师章太炎，而且朱希祖本人也一度奉信不疑。但如今，朱希祖认定"论文学须有独立之资格"，行文小注直接自剖："吾师余杭章先生著文学论，即主此说，分文学为十六科。希祖曾据此论编《中国文学史》，凡著于竹帛者，皆为文学。二年以来，颇觉此说之不安，章先生之教弟子，以能有发明者为贵，不主墨守，故敢本此义以献疑焉。"

这是决绝的意见。面对强大的老师及其义例俱足的文学论，朱希祖不得不整顿精神，多方回应老师观点及其下辖的诸多命题。现在朱希祖强调，文学不能无所不包，如果完全以文字为准，文学则必然包括学术，而文学"在欧美亦早离各学科而独立"。体现出国族体制整顿安排文教整体的用心。针对"国家文学不妨殊异，故欧美文学自可如彼，中国文学理应如此"，"盖吾国文学，舍哲理外无有焉，舍历史外无有焉，舍诗词杂文外无有焉，文学范围，至为广博"的问难，朱希祖抵制云："鄙人二年以前，亦持此论，今则深知其未谛。盖前所论者，仍以一切学术皆为文学，不过分为说理、记事、言情三大纲耳。此以言文章则可，言文学则不可。何则？文章为一切学术之公器，文学则与一切学术互相对待，绝非一物，不可误认。"此间舍文章和学术而独立文学的用意甚明。针对"文学既离诸学科而独立，即文学空无一物，何所凭藉以有独立之资格"的说法，朱希祖辩驳云："离之云者，非屏

---

① 朱希祖：《文学论》，《北京大学月刊》1卷1号，1919年1月。以下引文皆同此。

绝一切学术之谓，不过以文学为主体，而运用分剂诸学科以为其基础而已。若吾国以一切学术为文学，则主体在一切学术，而不在文学。今世文学家之旨趣，与宗教家异，与哲学家异，与政治、法律、伦理诸家亦异，其他种种，不胜枚举。其精神贯注于人类全体之生命，人生切己之利害，谋根本之解决，振至美之情操；其成败利钝，固不可一概论，而具独立之资格，则无可疑者也。"由此朱希祖端出文学的现代名义："其精神贯注于人类全体之生命，人生切己之利害，谋根本之解决，振至美之情操。"朱希祖甚至声言："一年以来，吾国士大夫有倡言文学革命者，鄙人独倡言文学独立。革命者，破坏之事；独立者，建立之事。互相为用，盖有不可偏废者。"如此标举"文学"名义，强调文学之"独立"，《文学论》不啻对师承的"革命"。

朱希祖在文学名义及观念上的"革命"，在当时北大国文系内外是标志性的。同一年，朱希祖还在《新青年》上发表了一些倡导和支持新文学运动的文章，比如第 6 卷第 1 号和第 4 号上的《白话文的价值》和《非"折中派"的文学》。前一篇再三辩正白话文的价值，批评那些认为白话文不如文言文的种种说法。文章主要基于近世民主时代，抨击那种唯古、装雅的贵族标准及其"自私自利"，也剖析那种借"外国文言何尝一致"的说法来反对现在的白话文学的观点。朱希祖强调文学不是"离却现代的社会与人生，而欲为千秋万岁后的读者计划"，"文学最大的作用，在能描写现代的社会，指导现代的人生"，"供给现代人看的文学作品必须以现代的白话写之"。白话文写作，就其正面的价值而言，不仅易学、有利，"句句是真话"，而且有利保持开放态度，吸纳"世俗的语与外来的语""运用自在，活泼泼地"，消化容易，有利于人生，可以防止"食古不化"。后一篇其实是针对有人将朱希祖视为"折中派"的辩白。朱希祖认为，"折中"二字"是新旧杂糅的代名词，就是把旧材料用新法制组织的代名词，或是旧材料新材料并用的代名词；这是我们中国社会上最流行的思想和主义"，是"换汤不换药"。朱希祖宣称自己是"非折中派的文学"，文学新旧不能仅从文字判断，必须从"思想主义上讲"："要晓得旧思想不破坏，新事业断断不能发生的；两种相反对的主义，一时断不能并行的"，"所谓维持现状的办法，是断断靠不住的"。由此他强调"真正的文学家，必明文学进化的理"，"就是现代的时代，必比过去的时代进化许多"，"所以做了文学家，必定要把过去时代的文学怎样进化研究清楚，然后可以谋现在及将来的进化。所以研究旧文学，正是为新文学的进步。而且研究旧文学，是预备批评的；创造新文学，是预备传布的。"这些文章主要从现代民主立场和进化论角度立言，都是旗帜鲜明的取态。

《文学论》的重要性，其实在于朱希祖的身份及其写作所在的文化体制。正式标举文学"独立"，强调"纯文学"，鼓吹文学"以情为主，以美为归"，这些提法其实并不新鲜，重要的是这里由留洋新派且是章太炎先生高徒的朱希祖，在北大国文系以教授的身份，通过正式的论文发表出来，自然很有分量。这说明新的文学观念已经足够强大，终于被核心体制认可、接纳和宣示，并且进一步消化和推广开来。这里强调《文学论》在文学史上的意义，主要就是强调作为事件的现代性内涵，通过这一现代文化机构和体制宣示，表明现代文化生产的内在逻辑已经孕育成形，西来观念在中土体制已经扎根，其后在一般社会层面现代文学观念渐次发挥功能已属当然。也就是说，经由传统向现代过渡相当一段时间的蕴蓄，通过《文学论》的发表，现代"文学"名义终告确立。

从学理逻辑上言，朱希祖文学观念仍有不少模糊、含混和虚弱之处，创新程度和言说力度亦非独到。比如，论文阐述"论文学须有极深之基础"，只能批驳说章师所言"文学"不过是"文"的"法式"："夫法式者，文学之外事，仅及乎文字而止"，"文学之内事""所谓学术者，实未尝置论"。而自己的论述也只是"文学有内事，有外事。内事或称内容，即思想之谓也；外事或称外形，即艺术之谓也。欲内外事之完备，必有种种极深之科学哲学以为基础"，完全起用西来范畴，并无解说，并且对文学"思想"或"内容"的特点或规定性也不能深入说明。深究起来，《文学论》最可取之处即在于力图树立文学本论，在追寻文学根本时将文学系于感情，从而确立文学的"感"性品质。在论述文学"有巨大之作用"时，朱希祖强调"以能感动人之多少为文学良否之标准"：

是故文学要义有二：其一，文学既以感动为主，则不出以教训方法使之强迫灌注，而出以娱乐方法使之自由感动。盖他动之力暂而小，自动之力久而大也。是故文学作家，全以美情为主，无秽浊鄙陋之气杂于其间，一如绘画、雕刻、建筑、音乐，使人对之，有舍去百事乐而从之之念。舍去百事，则秽浊鄙陋之气捐矣；乐而从之，则至诚爱慕之情生矣。世间未有无美丑之抉择而能动情者，亦未有不动情而乐于从事者。故文学以情为主，以美为归。其二，文学既以感动多数为主，则不以特别之知识为标准，而以普通之知识为标准。盖寻常日用普通切己之事实，非有高深缜密之学理为之纲纪，即不能秩然有章。天下之乱，人类之苦，多伏于此，故文学家必以至高之学识、至美之感情，以最浅显之文言，写最普通之事实，使人类读之，得决然舍去至乱至苦之境，而就至治至乐之境，即舍去至秽之境，而就至美之境。感动愈多，则人类之幸福愈大。故文学不以少数高等读者为主，而以多数群众读者为的。准此，则文学之文，与历史科学哲学之文，其作用之不同可知矣。

在这里，文学与感情的关系模式被显著地突出起来。朱希祖明确其借引根据是英国人 Bacon（今译培根）和日本人太田善男的《文学概论》：前者强调分学术为史学、诗学和理学三大类，而诗学以想象为主，后者则认为诗为主情之文，历史哲理为主知之文，并且"惟称主情文为纯文学，主知文为杂文学，其弊与吾国以一切学术皆为文学相同"云云。朱希祖还强调文学有"美妙之精神"，并且与"感动作用"有正相关性：

　　……文学须有美妙之精神。上言文学，以感动为主：感动多者，其文学必良；感动少者，其文学必窳。夫感动之作用，美妙之精神为之也。是故精神愈美妙，则感动之力愈强大。不观德之 Nietzsche 乎，以其超人主义发而为诗，辗转感动，酿成德国之大战争，大地各国均为震撼。又不观乎俄之 Tolstoi 乎，以其人道主义发而为小说，辗转感动，酿成俄国之革命，潜势所趋，方兴未艾。夫 Nietzsche、Tolstoi 之文学孰是孰非，或皆是皆非，孰胜孰败，或皆胜皆败，姑不具论；而二家之所以感动人心如是之深且大者，实皆具美妙之精神，则彰彰不可掩者也。观此，则知文学精神之美，足以震撼大地，操纵人类。谓文学为无用者，可以关其口；而作无用之文学者，亦可以变计矣。

论文夹注有对尼采和托尔斯泰文学思想及其影响的介绍，其后又纵论文学影响的普遍性："世间美之至者，可以使人捐其身命，乐而从之。譬诸美人，为之情死者实繁有徒，则美之感动力为之也……文学之精神为天下至美之品，则写为英国、法国文，不损其美也；写为德国、俄国、意国文，不损其美也；写为中国、日本文，亦不损其美也。观此，则知世间至美之物，其感动人之深且广，固不可以国度限矣。"不管这里议论是否因应时俗而多有夸张，仅此数段足见其对"感动之作用"及其普遍性的推崇。

太田善男的分类依据显然是当时西方流行的文论原理，此中最引人注目的是文论资源上以英国浪漫主义文论家德·昆西（Thomas De Quincey，1785—1859）为著。德·昆西在讨论大诗人蒲伯时，强调文学作为"力的文学"而与"人"发生更为紧密的关联，文学由此不仅与人类的普遍利益相关联，而且文学作为"力的文学"而高于"知的文学"，其功能更高级，富于想象，充满感情，由怡情悦性、同气交感而发生作用。[1]这一说法突出彰显文学具有"力"而区隔甚至优胜于"知"，这在当时笼罩世界的注重实利而以机械唯物为尊的19世纪，对世俗民众颇具说服力，即使是对人文学者也深具魅惑，更何况人文学问在庞大坚固的科学机械世界面前正思欲召唤和恢复整体而超越的精神力量。

值得深究的是突出文学具有"感动之作用"这一观念背后的西来逻辑。就西学脉络而言，将文学艺术与肉身感性关联起来的思路，也是数世纪以来西方文化合理分化的结果。其中关节非常复杂，刘小枫的文章《审美主义与现代性》曾大体梳理西方文化如何将肉身感性树立为此岸支撑并建立审美现代性之文化逻辑的过程：

---

① 国内对德·昆西研究甚少，可参考夏杨：《向上的力量和独抒的性灵——德·昆西和周作人的文学两分观之比较》，《南京工程学院学报》2007年第2期。

主体性意识高涨的动力因素是什么？为什么黑格尔在宗教改革、启蒙运动和法国革命中看到主体性原则，与信仰和知识的关系相涉，并且把主体性与精神的概念联结起来？按照西方思想的二元论传统，精神与感性生命处于一种紧张关系之中。当黑格尔把主体与精神（或理性）联结起来时，主体性与感性的联结已先完成，而审美性的理念恰恰在这时出现。为感性个体生命的此岸定位，是关键性的重点：审美性乃是为了个体生命在失去彼岸支撑后得到此岸的支撑。由此看来，凡俗表明个体和社会的生存根据的根本改变，因此，人们可以从社会制度层面和个体心性层面来审视凡俗……审美的世界态度意欲"重新发现并神化此岸世界"，要为感性的在性品质恢复名誉。审美的世界态度作为一种精神诉求，与启示宗教的彼岸品质遂生龃龉……合理性与审美性有一个共同点：均要删除古典基督教的彼岸世界对此岸世界的管辖权。[①]

这种把握是总体性的，关键是西方的文化逻辑是如何进入到中土的呢？如果说西方传统是将黄金彼岸设立在未来的审判时刻，那么中国传统则是把上古三代设置为理论上的太平之世，而自现代以来，西方开始逐渐正面看待此岸世界，并将与此相应的幸福美好落实到现世的肉身感性之"在"及其过程之中。及至20世纪初的中国，人们已不得不悬搁或背对传统天理观及其以理制欲的文化正统，如今更是希冀透过分工自立的文学来张扬这种"自由感动""普遍"而"浅显"的"美情"。在这种想象中，因为文学"以情为主，以美为归"，所以"舍去百事，则秽浊鄙陋之气捐矣；乐而从之，则至诚爱慕之情生矣"，并且由此具有普遍性的美情的文学"使人类读之，得决然舍去至乱至苦之境，而就至治至乐之境，即舍去至秽之境，而就至美之境"。这一条感情及人心救治之道，着实令困境中的国族无限期羡。

正是这种引入西方逻辑并转换本土体系的努力，中国新文学毅然决然抛弃了传统的人情事理及其文化架构，而越发走向西方近代以来重感性求普及的资产阶级市民美学了。就中国文学流变而言，突出文

---

① 刘小枫：《现代性理论绪论》，301、303 页，上海，上海三联书店，1998。

学与感情的内在关联性，实乃 19 和 20 世纪之交先进思想者在直接或间接接触西学及其内在逻辑之后的某种领悟。而这个领悟的过程，也是将这一逻辑和概念引进中土并逐渐打败传统文化及其内在逻辑的必要论证过程。只有移植并确立这一关联逻辑，新的文化逻辑及其话语才能取得一席之位，进而取得现代文化发展方向和话语竞争上的主导权。

追究朱希祖《文学论》的学术资源比较方便。可以讲，这其实是晚清以来中西文学观念相互摩荡的结果。在 20 世纪初梁启超鼓吹文化诸界之"革命"那里，即已急切寻找某种与民众文化生活相接近的文学体式，注入政治鼓吹和新民思想的启蒙意图，显然是在想象西方文化、观察日本文学后领悟到文学可以作为政治或思想的感性身段。在写作《去毒篇》和《人间词话》时，王国维明确鼓吹宗教和美术作为"国民之感情"救治的手段，而美术"适于上等社会"，"所以供国民之慰藉"，显然接受了西来感性、理性分立而以纯文学为个人及国民感情疗救之手段的思想。民国肇造前后，文学文化与兴发感动紧密关联，已逐渐成为新派士子和新文化派阶层的基本思想预设。比如，1912 年蔡元培《对于新教育之意见》提出所谓"军国民教育、实利主义教育、公民道德教育、世界观教育、美感教育皆近日之教育所不可偏废"的"五育并举"方针，突出彰显了美育和情感教育的重要性。1917 年 4 月 8 日蔡元培在北京神州学会作"以美育代宗教说"的演说，明确强调"鉴激刺感情之弊，而专尚陶养感情之术，则莫若如舍宗教而易以纯粹之美育"，而"纯粹之美育"因其具有普遍性所以能使人"与至大至刚者胁合而为一体，其愉快遂无限量"①。蔡元培彰显文学艺术之于感情的思路，在当时具有很强的代表性。作为民国首任教育总长以及时任北大校长的蔡元培，其思想和主张对朱希祖不可能没有大影响。

① 蔡元培：《以美育代宗教说——在北京神州学会演说词》（1917 年 4 月 8 日），见《蔡元培全集》第三卷，30—35 页，北京，中华书局，1984。

二、"诗力"与"感动"：现代文学的想象及其批判

如果说朱希祖明确表态支持白话文运动主要是受到同门影响，以及胡适 1918 年 4 月发表的《建设的文学革命论》的鼓动，那么朱希祖文学新观念应该与留日时期的周氏兄弟所鼓吹的"摩罗诗力"和"文章使命"有更大的关系，尤其是周作人在十年前写作《论文章之意义暨其使命因及中国近时论文之失》（以下简称《论文章之意义》）所鼓吹的内容，很有可能成为朱希祖写作时思想的重要来源之一。详析《文学论》知识来源和理论条析，可以发现，有相当部分与周作人在 1908 年发表的《论文章之意义》相契，甚至可以说是亦步亦趋。可以推测朱希祖写作《文学论》对周氏兄弟尤其是周作人早年文论阅读材料的重要参引。另查《朱希祖先生年谱长编》可知，朱希祖这一阶段与周氏兄弟尤其是同在北大任教的周作人过从密切，其间与周氏兄弟之间书籍借阅往还也相当频繁，朱希祖在 1919 年主编《北京大学月刊》前后也经常向周作人积极约稿，此间的相互影响是不言而喻的。①

周氏兄弟给朱希祖带来的新鲜内容是什么呢？朱希祖《文学论》中所表明的西来知识范型，以及以"感"为核心的文学本论，其实正是十年前留日周氏兄弟遭遇西来文学世界而热烈探讨的内容。留学日本时期的周氏兄弟大量接触西方近现代文学，在他们身心中日益发育和正在形成的文学思想在当时最为新锐，在百年现代文化进程中也最为激进，最具活力。此中代表就是周作人发表在《河南》1908 年第 8 期的《论文章之意义》。这篇署名"独应"的论文，参照西方近现代文学观念，对文学的意义、本体和使命进行了最为直切的探讨，同时形成对当时孔学儒教思想和文学论述的直接批判。论文在当时影响并不大，但它对文学的界说事实上成为五四以降现代文学观念的主流思想。上述朱

① 详见朱元曙、朱乐川撰：《朱希祖先生年谱长编》，72—74、76—77、79—80、85、107—109 页，北京，中华书局，2013；朱希祖：《致周作人（1919 年 1 月 11 日）》，载《朱希祖书信集 郦亭诗稿》，北京，中华书局，2012。

希祖《文学论》对"力的文学"思想的征引，以及20年代诸多"文学概论"课程和教材可为明证。

《论文章之意义》的特色在于其间洋溢着对普遍化理论的建构冲动。这种普遍化诉求最直接体现在其理论建构，这在当时中国汉语界可谓最为直接的西来知识形态。值得注意的是，论文的关键术语是"文章"，周作人采用该词作为文学的总名，以此涵盖拟想中的各种体裁和文类。这显然是受到章太炎"文学复古"思路的影响，力图竭力保存汉土本来术语范畴，所以采用"文章"一词。不过在周作人这里，"文章"一词又有着以此区别于老师经略"文"界时"过于宽泛"且完全以中土传统为验的意图。论文比较西来众说，从中采纳美国人宏德（Theodore W. Hunt）的思想，重新界说了"文章"的内涵：

> 文章者，人生思想之形现，出自意象、感情、风味（taste），笔为文书，脱离学术，遍布都凡，皆得领解（intelligible），又生兴趣（interesting）者也。①

论文就此一界说从四个方面加以敷陈演述。其一，文章必得"笔为文书""形之楮墨"。周作人认为，"古今演说之词仅为言谈，例不得列。即固至美尚，无有愧色，亦必待转诸记录，及有定式而后，乃称文章。"所以"至论文之时，欲划然确定其界而不可混，则声音与楮笔间有不得不严以别之者"。文章必要区别于演说和口说，在这一点上，周作人坚持老师的逻辑界说。

其二，文章"必非学术者也"。周作人强调，要以"专业"的名义把历史、传记、编年、表解、统计、图谱等从文章中分离出去，并且把文章的主要功能界定为"表扬真美，普及凡众之人心，而非仅为一方说法"。这里突出体现出文学以普遍化的名义，突破传统，自觉确认自身为现代市民大众服务的现代文化潮流。

其三，文章是"人生思想之形现"。在力图避免章太炎所批判过的

---

① 张铁荣、陈子善编：《周作人集外文》（上集1904—1925），33—58页，海口，海南国际新闻出版中心，1995。后引皆出此处，不再一一作注。

"迄彰"论的覆辙，排御"过宗美论、唯主藻词"的唯美主义文论后，周作人也回击文家"必思想家而后可""非学子莫胜"的"偏于绩学为文"的学问家文论。他强调"文章须能感（sensible）"的本质，并将之发挥为"贵能神明相通"：

> ……（文章）其形虽成于文字，而灵思所寄，有更玄崇伟妙，不仅及一二点画而止者。又文章之德，固亦有娱乐一端，然其娱乐之特质亦必至美尚而非鄙琐。故其结构，虽取意雅丽，期有以动人情，顾即谓可以不灵或离思而独在，则又非是。诗歌、说部无论矣，即诙谐滑稽之文，意匠经营本不外悦人之意，而其文心词致要亦有灵明之气以为之主也，所谓思想之形现是已。亚懋孙曰："文章者，至美思想之载书。"摩来（Morley）曰："凡有文章，广大清明而具美相，人于是中得与至理人情为会之书也。"若夫文胜质亡，独具色采而少义旨，斯为失衡。虽或为文字所能有事，第以言文章，不云当也。

相对于老师章太炎的文学界说，周作人强调"能感"和"思想"，突出了"人"在文学世界中的主体地位，而指责仅"文字"界说文学可能形成对主体精神和"灵思"的遗忘。周作人同时标举"灵思""灵明之气""至美思想"和"至理人情"，以此来阐明所谓"人生思想"。论文术语辗转牵合于古今之间，内涵并不清晰，但已大体描摹出所谓"文章"侧重强调的、类似现在人们所说的"活的""思想内容"的意涵。

其四，文章中有不可缺者三状，"具神思（ideal）、能感兴（impassioned）、有美致（artistic）"。思想虽然是文章的"宗主"，但"宗主""顾便独在，又不能云成"。也就是说，"文章思想，初既相殊而莫一，然则必有中尘（medium）焉为之介而后合也"。"人生思想"必待其"形现"和"中尘"而圆成，"中尘非他，即意象、感情、风味三事（小注：即贯所举三状之质地）合为一质，以任其役"，"而文章之文否亦即以是之存否为衡"。周作人力图从本体和功能诸角度，确定文章的本体，他将"意象""感情"和"风味"三事"合为一质"。只有这样，形成人生思想形象的"形现"和"中尘"，以"人生思想"为内核的"文章"方可具神思、能感兴和有美致。只有这"形现"，这"中尘"，才是文章之"文"的根本标准。

大体而言，周作人循着一条更细腻复杂的思想路径，认真探求文学的本体或"文学性"。大量借鉴的是当时糅合浪漫主义和人文主义为一体的欧美文学理论，并且在当时西方文论前沿而奋力权衡和选择：

> 言释文章，尚有余义，即中尘之用，必三者匀合，乃称至文。道覃（Dowden）有言曰：文章者，诠释物色人情者也。人情至隐，莫之能见，唯寄之于文，总合三者，乃可见耳。虽然，使其作用侧宗一解而缺调和，则有偏胜之患。主神思者入于怪幻，重美致者沿为"L'art Pour L'art"（小注：此言为艺术之艺术），而感情之说则又易入浅薄一流。一端傍长，即不惜举他支而悉弃之。涵德不具，其不中于文律者，正自然之势耳。

文学最重要的是深沉的"人生思想"，及其令人"能感"而又出入"神思"的"形现"。这种形现可化身为类似于后来译为"形象"的"意象"，也可以是容易感受到的"感情"，甚至是更为悠远浑茫的"风味"。周作人罗列了当时最前沿的英美文论原理。最后他从功能角度确定"能感"作为"文章"的指标：

> 故文章者，意象之作也。巴德勒又言，文章实合事迹、灵明而成形。是犹言文字之中有一物焉，足以令读者聆诵之余，悠然生其感想，如爱诺尔德云须有兴趣是也。以上所言，多关神思、感兴之状。至言美致，则所贵在结构。语其粗者，如章句、声律、藻饰、熔裁皆是。若其精微之理，则根诸美学者也。集是三者，汇为文章，斯为上乘。文人之流品亦视此而定之。夫世果有覃思善感之人，而不著之文，则不可见，或著之矣，无神思以为中尘，斯其业亦败。且文之有待于能感也，读书一过，泊如枯灰，无取焉矣。而风味调和之要，尚为之殿焉。苟其无是，虽他德既具，犹为未文，而况浇世寡情绝采之作乎？

"神思"是文章"能感"的高级式，综合着"感想""兴趣"和"感兴"等多种状态："能感"可以作为文章基本的功能性指标。

这样说来，文章的根本是"意象""感情"和"风味"，"实合事迹、灵明而成形"，其内核概言之，即为"人生思想"，也可以视为种子。而用以包裹文章之根本和内核的质料，是由"文字"所承载并呈现出来的、精粗不一的"结构"，可以是章句、声律、藻饰和熔裁等形式技巧，也可以是精微的艺术机理和审美规律。文章的功能是"能感"，入流入品的优秀文章的效果使读者感受到"美致"。这样，由精神性的根本（"意象"）、内核（"思想"）和质料性的"文字""结构"（形式、机理及其规律），以及功能性的"能感"（"神思"），大体形成了一个文艺审美之本体的基本模型和总体架构。这是周作人追随着西方学者新说，折中以中土状况，殚精竭虑，弥合众说而整治出来的。

周作人的架构显然来源于当时欧美民族的人文话语和浪漫文论。在其背后隐约若现的是整个近现代欧美思想和文化机理。所谓现代思想和文化，其根本构造恰如康德黑格尔的美学、欧美人文主义话语与浪漫派文论所揭示的，是在18、19世纪欧美市民阶级所再三致意和精心建构的、以"精神"及相应理性为核心的理想主义或唯心主义架构。正是在此"思想"与"形现"的关联中，欧美近现代文艺思想的基型得以树立。而在周作人这里，中国文学的思想和形塑正在转译、配置和构型的过程，对此重大关联自然也没有忽略：

> 盖凡种人之合，语其原始，虽群至庞大，又甚杂糅而不纯，自其外表观之，探其意气之微，宜傥然无所统一，然究以同气之故，则思想、感情之发现，自于众异之中不期而然趋于同致。自然而至，莫或主之，所谓种人之特色，而立国之精神者是已……由是观之，质体为用，虽要与精神并尊，顾吾闻质虽就亡，神能再造，或质已灭而神不死者矣，未有精神萎死而质体尚能孤存者也。哲人觇国，讨探其盛衰兴废之故，或反观既往以远测其将来，亦但视精神之何而已，宁必张皇鹗顾，窃计其执兵之数而为之据哉？夫固知灵明美伟者之必兴，愚鄙猥琐者必耗，而亡国灭种之大故，要非强暴之力所能独至也……
>
> ……盖精神为物，不可自见，必有所附丽而后见。凡诸文化，

> 无不然矣，而在文章为特著……凡自土木金石绘画音乐以及文章，虽耳目之治不同，而感人则一。特文章为物，独隔外尘，托质至微，与心灵直接，故其用亦至神。言，心声也；字，心画也。自心发之，亦以心受之。感现之间，既有以见他缘，亦因可觇自境。英人珂尔埵普（Courthope）曰："文章之中可见国民之心意，犹史册之记民生也。"德人海勒兑尔（Herder）字之曰民声。吾国昔称诗言志。夫志者，心之所希，根于至情，自然而流露，不可或遏，人间之天籁也。故使读一国书，苟能撷文苑之华，因以溯思潮之迹，则生民情趣，正不难知。虽阅时千数百年，而草蛇灰线间有陈迹之未湮者焉。

通过西来思想的接引和转译，"文章"和"精神"占据了最关键的位置。一方面，就理解"精神"而言，西来的二元论架构被接纳，"精神"与"质体"相对，"精神"既为"种人之特色"，又是立国之国魂，赖此"精神"，国人"乃足自集其群"，又"自为表异"，发挥光大而"成文化力而强"。借助这种二元论，先前梁启超、严复等未曾理解和认识的"文化"和"文章"及其"精神"，成为新一代民族主义的真精神髓，成为拯救民族的精神利器。另一方面，就理解"文章"而言，"精神"和"心声""民声"的内在性及其强大内蕴得到强调，与此同时，西方近现代文化的合理化进程也被内化，"文化"的独立得以彰显，"文章"的"感现"也得到前所未有的关注。

正是通过这种现代文艺审美之深层装置的构造，文学在现代文化架构中的位置被突显出来："凡自土木金石绘画音乐以及文章，虽耳目之治不同，而感人则一。特文章为物，独隔外尘，托质至微，与心灵直接，故其用亦至神。""精神"在周作人这里被本质化和实体化了，而文章"与心灵直接"及其"感人"特质也得到极端强调。正是通过这种西来横移的崭新知识型和理论架构，周作人获得了凌驾当时汉语文学观念众说的位置。

留日时期周树人的文学立场和思想大致与周作人相同，不过比起乃弟，其视野更为宏阔而不拘泥于教科书形态的文论。同样发表于1908年的《摩罗诗力说》即着力强调文学之职用于"涵养人之神思"，

"启人生之閟机"，呼唤中国的诗人应当"撄人心"，效仿"摩罗诗人"，而作"精神界之战士"，"函刚健抗拒破坏挑战之声"，"超脱古范，直抒所信"。关于文学的界定，周树人将文学放到文艺审美活动的整体学科格局中，并从"本质"上给予规定：

> 由纯文学上言之，则以一切美术之本质，皆在使观听之人，为之兴感怡悦。文章为美术之一，质当亦然，与个人暨邦国之存，无所系属，实利离尽，究理弗存。①

"文章"已经自觉归并到美术整个文艺部类之一部，并在总体上强调文学艺术的本质是"兴感怡悦"。他自觉地采用德国古典美学的思路，强调文学艺术对实用性和思想概念的超越性。

与此思路一致，青年周树人已有意识地把文学和文化放置到近现代文明变迁主潮中加以审理。1913年在教育部任职时他发表《拟播布美术意见书》，进一步阐述"美术"的性质：

> 美术为词，中国古所不道，此之所用，译自英之爱忒（Art or fine Art）。爱忒云者，原出希腊，其谊为艺，是有九神，先民所祈，以冀工巧之具足，亦犹华土工师，无不有崇祀拜祷矣。顾在今兹，则词中函有美丽之意，凡是者不当以美术称……盖凡有人类，能具二性：一曰受，二曰作。受者譬如曙日出海，瑶草作华，若非白痴，莫不领会感动；既有领会感动，则一二才士，能使再现，以成新品，是谓之作。故作者出于思，倘其无思，即无美术。然所见天物，非必圆满，华或槁谢，林或荒秽，再现之际，当加改造。俾其得宜，是曰美化，倘其无是，亦非美术。故美术者，有三要素：一曰天物，二曰思理，三曰美化。

"美术"即当代所谓"文艺"，周树人强调文艺本质和功能都在于"美化"。此间从本质论角度强调文艺作为美化的活动，基本要素有三个方面：

---

① 《鲁迅全集》第一卷，65—103页，北京，人民文学出版社，2005。后引皆出此处，不再一一作注。

作为艺术再现对象的"天物"，作为主体艺术创造活动的"思理"，以及作为艺术品特性和功能的"美化"，而美术"与他物之界域极严"。

从文学独立和文艺审美角度理解文艺，这是一条与西方近现代文化较为接轨的现代性道路，不妨称为审美现代性。这条审美现代性思路在 20 世纪初的晚清时代最为稀薄，数王国维和周氏兄弟的敷衍和蕴蓄最为丰厚，其间的异同也值得探究。王国维接引叔本华等人的文艺观念，以"厌世解脱的精神"作为文艺之独特性质，并且把这种深刻的、具有现代慰藉功能的厌世主义和审美游戏精神视为评价文学的依据。在这种视角中，《红楼梦》被称颂为"悲剧中之悲剧"，这种悲剧并非"政治的""国民的"和"历史的"具有一时一地之用，而是"哲学的""宇宙的""文学的"，具有普遍永恒的意义。王国维认为《桃花扇》的悲剧意识远远不能与《红楼梦》相比，又提出"生百政治家，不如生一文学家"更是在明显地反对那种"新民"救国而无视文学自身独立性的要求。

基于对西方文学的认识和借鉴，周氏兄弟更激进地反对传统文学的道德教化和直接功利的取向。《论语》用"思无邪"一语概括《诗经》，但在周氏兄弟看来其实是对文学的侮辱和桎梏。《摩罗诗力说》认定孔子其实就是"许自繇于鞭策羁縻之下"，《论文章之意义》强调"自孔子定经而后，遂束思想于一缚"，而"今言文章，亦第论文而已，奚更牵缠旧惑，言治化为！"在周氏兄弟看来，中国文学和文论一贯宣扬教化与政化，是从外部的规范和强制力入手创作和探讨文学，而晚清末造梁启超的改良群治、文学救国论其实是传统思想的延续，不过通过新兴报章和文学而甚嚣尘上。为此他们痛下针砭："若论现在，则旧泽已衰，新潮弗作，文字之事日就式微。近有译著说部为之继，而本源未清，浊流如故。"中国文学要现代化，还必须鼓动新潮，正本清源，建立新型的现代文学观念。

值得强调的是在文学观念深处周氏兄弟与王国维相异的一面。王国维的文学理想以席勒美学所推崇的"游戏"状态为最高境界。由此，所谓独立于功利的"文学"，是离开了"文绣的文学"和"馎饳的文学"的文学，但它也是一种与吸烟、喝酒、博弈、田猎跳舞、书画古玩一般的嗜好，它大致是一种对于深刻的厌世主义和忧郁症的直接慰藉。其

《人间嗜好之研究》坦承："……然余之为此论，固非使文学美术之价值下齐于博弈也。不过自心理学言之，则此数者之根柢皆存于势力之欲，而其作用皆在使人心活动，以疗其空虚之苦痛。以此所论者，乃事实之问题，而非价值之问题故也。"王国维承认文学不过是一种安慰而已，因为深究西学的他无法解决科学与价值的同一性问题，只好企图悬搁更高"价值"判断。虽然也主张文学独立和纯粹，但是周氏兄弟却在与王国维不同的方向上，倡导着一种"立意在反抗，旨归在动作"的文学。

在周氏兄弟这里，现代文学的主流必须现世为人生，倡扬基于近代市民社会开拓进取不断追寻的浮士德精神，因此在这种审美的现代性思路中，文学的理想不仅要表现积极进取的人生，而且有相应的社会承担。《论文章之意义》鼓吹文章不仅"裁铸高义鸿思"是天才的事业，"发扬神思"促人以高尚，而且文学对社会负有表现的责任和使命，文学要"阐释时代精神"，在衰世既"暴露时世神情，谴责群众"，又要发扬"排众而独起，为国人指导，强之改革"的"社会之力"。《摩罗诗力说》更以高度的爱国主义热忱和革命精神，专门介绍欧洲19世纪民主主义和民族主义倾向的摩罗诗人，"求新声于异邦"，企图借异国具有的自由精神和革命热情的文艺新声力，来鼓舞和激发国人的革命热情和理想，掀起一个改造中国的文艺革新运动，以打破"中国之萧条"：

> ……摩罗诗派……今则举一切诗人中，凡立意在抵抗，指归在动作，而为世所不甚愉悦者悉入之，为传其言行思惟，流别影响，始宗主拜伦，终以摩迦（匈牙利）文士。凡是群人，外状至异，各禀自国之特色，发为光华；而要其大归，则趣于一：大都不为顺世和乐之音，动吭一呼，闻者兴起，争天拒俗，而精神复深感后世人心，绵延至于无已。虽未生以前，解脱而后，或以其声为不足听；若其生活两间，居天然之掌握，辗转而未得脱者，则使之闻之，固声之最雄桀伟美者矣。

青年周树人希望学习西方文学中汹涌澎湃的摩罗诗派，盼望勇猛的精神界战士通过民族文学来打破中国的萧条，掀起一个真正震撼人心、改造社会的革新运动。

木山英雄认为，早期鲁迅的"反功利主义是为远大的功利服务的，而王国维所追求的是以席勒美学的'游戏'为极致的、于己是对深刻的厌世主义和忧郁症的直接的慰藉的纯文学"。①此言精准透辟。相对而言，王国维主要是适应西方文化合理化潮流，最终发现事实与价值之间的根本矛盾性，"可爱者而不可信，可信者而不可爱"，由此放弃哲学，再而放弃文学，最后走到实证考据式的国学研究中，乃至于无法在整体上克服其根本矛盾。而在周氏兄弟，他们希图借助文学的力量使同胞的灵魂觉醒，从而使衰弱的古老文明葆有再生再造的希望。他们的文学之思更多的是注重其内蓄的精神。正是基于审美现代性的积极思路，周氏兄弟期待着以诗人的心声来打破这种衰微的古文明的寂寞和萧条，如《摩罗诗力说》呼唤：

> 今索诸中国，为精神界之战士者安在？有作至诚之声，致吾人于善美刚健者乎？有作温煦之声，援吾人出于荒寒者乎？家国荒矣，而赋最末哀歌，以诉天下贻后人之耶利米，且未之有也。

青年周氏兄弟的"文学独立"诉求与"精神再造"理想，表现出在西方浪漫主义文学和人文主义文化思想混杂作用之激发下，而内在地诉求于民族文化精神重造的倾向。他们站在将文学工具化的梁启超之对立面，没有走向王国维"纯文学"的道路，而是在民族国家的"大功利"与文学本身的"无功利"之间维持一种平衡，或者说，一种与生俱来的张力。这样看来，早年周氏兄弟的文学诉求与文化批判，显然与章太炎"文学复古"思路在解剖革新、战斗进取的精神上是相通的。

王德威在近年主张对近现代文学观念发生期的诸多观念要认真梳理，并且认为需要在传统文化深层内涵的接续和百年革命的整体背景下加以重新认识："或者我们再思考鲁迅对'摩罗诗力'的想象。鲁迅所谓的诗人是能'撄人心者'，是可以耸动读者的心志，发出'真的恶声'的人。对于鲁迅而言，诗人'抒情'不是王朝礼乐之治的最高表现，而

---

① 参见[日]本山英雄：《文学复古与文学革命——木山英雄中国现代文学思想论集》，赵京华编译，224—225页，北京，北京大学出版社，2004。

是'释愤抒情'。这是躁郁不安的情，激发创作者与读者奋起革命的情，具有相当的辩证性……这些问题纷纷导向文学主体的重新塑造。更重要的，号召革命和启蒙外，文学真正'撄人心'的原因是召唤读者参与'文学'作为一种文明构造的维新。"①这一提法颇有新意，值得补充和进一步辨认。

　　清末民初时期周氏兄弟以"兴感怡悦"为基核的文学观念，可算 20 世纪中国文学现代性进程中"情感指标"的起源，但他们的文论心声在当时仍然处于喑哑的状态。在当时非常孤独寂寞，也受到老师思想的挤压甚至"默默不服"，但周氏兄弟仍以自己近乎喑哑的呐喊和沉潜的努力，独立自主地开拓一条力图突破中国固有传统和超越西方近代传统的审美现代性路线，其核心即在于标举摩罗诗力和文章使命，倡扬"民声"和"战士"，张扬现代刚健情感。在世界范围看，从 20 世纪初始之年开始萌发的，以周氏兄弟为代表的强调"兴感"和"诗力"的文学思想，既是对中国传统文化及其苦难现状的应对策略和文化变革思路，也是对世界范围内资本主义文化的初步回应。在这逐渐生长着的思路中，情感与审美不仅成为从传统文化世界中独立出来并获得文学自治权的合法依据，而且扩展为一种人的真正的存在方式，即独有文艺或以情感或以直觉的方式获得观照整个世界和日常生活的制高点，独有文艺能够穿越现代社会理性化的囚笼，成为制约、批判和反思古典文化与现代生活最可信赖的方式和武器。这条突出的审美现代性思路，在前五四的晚清民初即已潜伏隐行，在五四时代及以后涌出地表，全面显影，逐渐壮大为现代文学主流之一。

　　仅在 20 世纪初，在周氏兄弟的思想世界和文化格局中，其主观的探测、实验、冲撞和战斗，就已非常激进奋勇。作为兄长的周树人，其论文《文化偏至论》其实是对西方近现代文明和文化的总体判断，而《摩罗诗力说》着意于"摩罗诗力"，强调文学的精神在于那种上无视神性权威下蹂躏卑屈俗众的、"争天拒俗"的"摩罗"的抗争，《破恶声论》也是基于东西文化比较和判断而揆诸本土的文化批判。在兄长影响下

---

　　① 王德威：《现当代文学新论：义理·伦理·地理》，188 页，上海，复旦大学出版社，2014。

的周作人，其《文章之意义》奋力思考以文章和文学推进文化变革，确定文学发展的方向，而《哀弦篇》则着意于文章的"悲哀"，强调文学的精神在于那种弥漫于天地四方，而又无所苟且、径以"血书"，蕴蓄着无限激越的生机的"悲哀"之情。虽然兄弟间也呈现出某种精神上的差异，但他们热烈的话语及其内蕴的精神，共同体现了20世纪初十数年间学人世界观的急剧震荡，也说明其时作为未来之先驱的精英先进在应对笼罩全球东西方的近代化潮流的空间并置性。

不妨通过《文化偏至论》来领会周氏兄弟对世界范围内的民主主义、物质主义和个人主义诸社会文化和新兴思潮进行的整体把握和本土回应。大体而言，《文化偏至论》认为，从文艺复兴、宗教改革、工业革命和政治民主化一步步走来的西方近代文明，已经步入某种偏至、偏执的状态，其突出表现在于19世纪欧美文明与文化中形成的对"众治"和"物质"的迷信："曰物质也，众数也，其道偏至。"周树人直接描摹了迷信"众治"造成的是"众数"对个人的压制：

> 见异己者兴，必借众以陵寡，托言众治，压制乃犹烈于暴君。此非独于理至悖也，即缘救国是图，不惜以个人为贡献，而考索未用，思虑粗疏，茫未识其所以然，辄皈依于众志。

更有甚者，是"众数"掩盖下的"私欲"：

> 至尤下而居多数者，乃无过假是空名，遂其私欲，不顾见诸实事，将事权言议，悉归奔走干进之徒，或至愚屯之富人，否亦善垄断之市侩，特以自长营撮，当列其班，况复掩自利之恶名，以福群之令誉，捷径在目，斯不惮竭蹶以求之耳。呜呼，古之临民者，一独夫也；由今之道，且顿变而为千万无赖之尤，民不堪命矣，于兴国究何与焉。

对于"物质主义"，周树人在历史地梳理近代文明借重科学和学术以致"学理为用，实益遂生"的线索后，沉痛指出这一进程同时导致的陷溺于"物化"的人类生存状态：

> 久食其赐，信乃弥坚，渐而奉为圭臬，视若一切存在之本根，

且将以之范围精神界所有事，现实生活，胶不可移，惟此是尊，惟此是尚，此又 19 世纪大潮之一派，且曼衍入今而未有既者也。

对西方文明和文化的诊断，周树人有着非常清醒的概括：

递夫十九世纪后叶，而其弊果益昭，诸凡事物，无不质化，灵明日以亏蚀，旨趣流于平庸，人惟客观之物质世界是趋，而主观之内面精神，乃舍置不之一省。重其外，放其内，取其质，遗其神，林林众生，物欲来弊，社会憔悴，进步以停，于是一切诈伪罪恶，蔑弗乘之而萌，使性灵之光，愈益就于黯淡：19 世纪文明一面之通弊，盖如此矣。

周树人的批判诘问和回心自省也非常有力："理若极于众庶矣，而众庶果足以极是非之端也耶？""事若尽于物质矣，而物质果足尽人生之本也耶？""顾横被之不相系之中国而膜拜之，又宁见其有当也？"

文章用不少篇幅绍介西方人自己对 19 世纪文明弊端的批判，其中以"19 世纪末思想"为代表，包括以施蒂纳、叔本华、尼采和戈尔恺郭尔等为代表的个人主义思想。年轻的周树人指出，19 世纪末思想的先声正是"19 世纪初叶神思一派"，也就是 18 世纪末 19 世纪初德国唯心主义哲学及浪漫主义思潮："然其根柢，乃远在十九世纪初叶神思一派；递夫后叶，受感化于其时现实之精神，已而更立新形，起以抗前时之现实，即所谓神思宗之至新者也。"基于对西方 19 世纪末新思潮的全面深入了解，又受章太炎先生思想的影响，他在文章中试图给出自己的文化应对思路："今为此篇，非云已尽西方最近思想之全，亦不为中国将来立则，惟疾其已甚，施之抨弹，犹神思新宗之意焉耳。故所述止于二事：曰非物质，曰重个人。"

"非物质"和"重个人"是《文化偏至论》给出的解决中国文化问题的基本要点，这一思路突出了基于两组二元对立整体的倾向。一者是相对于"众数"的"个人""个性"，周树人强调要"任个人而排众数""尊个性而张精神"，二者是相对于"物质"的"灵明"和"精神"，周树人突出"掊物质而张灵明""尊个性而张精神"。在这里，如果将这两组二元对立沟通和合并起来，其实是统一于新思潮中的主体性："时乃有新神思宗徒出，或崇奉主观，或张皇意力。"在《文化偏至论》中，周树人竭力分析"主观"，鼓吹"意力"：

> 顾至十九世纪垂终，则理想为之一变。明哲之士，反省于内面者深，因以知古人所设具足调协之人，决不能得之今世；惟有意力轶众，所当希求，能于情意一端，处现实之世，而有勇猛奋斗之才，虽屡踣屡僵，终得现其理想：其为人格，如是焉耳。故如勖宾霍尔所张主，则以内省诸己，豁然贯通，因曰意力为世界之本体也；尼佉之所希冀，则意力绝世，几近神明之超人也；伊勃生之所描写，则以更革为生命，多力善斗，即近万众不慑之强者也。

在他看来，"意力"显然是"个人"价值的源泉和动力。[1]

青年周树人畅想新的 20 世纪世界文化的潮流必赖"个人"之"意力"以开拓：

> 意者文化常进于幽深，人心不安于固定，二十世纪之文明，当必沉邃庄严，至与十九世纪之文明异趣。新生一作，虚伪道消，内部之生活，其将愈深且强欤？精神生活之光耀，将愈兴起而发扬欤？成然以觉，出客观梦幻之世界，而主观与自觉之生活，将由是而益张欤？内部之生活强，则人生之意义亦愈邃，个人尊严之旨趣亦愈明，二十世纪之新精神，殆将立狂风怒浪之间，恃意力以辟生路者也。

而中国如何得以拯救而新生，端在于个人的"自觉"和"个性"的张扬：

> 外之既不后于世界之思潮，内之仍弗失固有之血脉，取今复

---

[1]　汪卫东认为，鲁迅是以"意力"翻译叔本华和尼采哲学的"意志"概念，同时进行了意义上的改造，他无措意于"意志"的形而上学旨趣，而看中了其中的"生命力"内涵，换言之，"意志"概念对于他来说就是"生命力"，他拿来"意志"，是要为委顿的国民性输入刚健动进的动力因素。对"力"的置重和强调，是晚清的一个普遍思潮，如谭嗣同的"心力"，严复的"民力"，在此视角中，鲁迅的"意力"正汇入晚清的这一普遍思潮。参见《"个人""精神"与"意力"：〈文化偏至论〉中"个人"观念的梳理》，《鲁迅研究月刊》2004 年第 5 期。

古，别立新宗，人生意义，致之深邃，则国人之自觉至，个性张，沙聚之邦，由是转为人国。人国既建，乃始雄厉无前，屹然独见于天下，更何有于肤浅凡庸之事物哉？

在此基础上回头来看周氏兄弟的文学观，所谓"文学独立"和"兴感怡悦"的观念其实正是在当时中国文化重建诸思潮中，寻求一条"意力"开辟、"个性"自觉和"精神"重建的道路。

在 20 世纪初的文化探索中踏勘一条完全的新路，确实是孤独而新峻的。关于"文学独立"的思路，一方面以现代西方的文教制度的学科分工为取向，另一方面又追求"个性""灵明"和"精神"的自觉和塑造。确如木山英雄所指出的，"所谓艺术和文学的'纯粹'独立的观念，只能是在思考人的存在时视'精神'为绝对内在性的西方思想带来的观念"。①这条审美现代性的思路，具有突出的受西来思潮影响的一面，显现出现代文化的理性分化的脉络。当然，如果将《文化偏至论》和《摩罗诗力说》结合起来看，也可以理解：张扬"个性"，欲求"意力"，追踪"诗力"的文学心声，以及"取今复古"的宣言，却也体现着对老师章太炎文化文学思路的共鸣和共振。对本土的古老文明的发掘和精求，是对民族精神的内在执着和刺激，激活民族文化的内在精神，以适应汉语民族在现代世界上的发展，发掘和创造一种新的文学和文化。②

因此，可以说，中国现代文学和文学思想在其发生时期，本身即已是对空间化世界范围内占主导性的文化潮流的回应。这一视角和观点在长期以来由于人们往往恪于时间性思维而径直忽略。学者们进行的往往是大量中西空间上的比较和时间性上的比附，得出的观点是百年中国现代文学不具西方同时代的形态样貌，所以落后于西方文化样式、思想潮流和文学风貌。比如，夏志清坚定地认为中国现代文学之于同时的西方现代文学完全是攀附，在联系上证据不足，在价值上品质不够。李欧梵对新文学与欧洲文学的相似性、同步性或应和性的努

---

① 参见［日］木山英雄：《文学复古与文学革命——木山英雄中国现代文学思想论集》，赵京华编译，226 页，北京，北京大学出版社，2004。

② 参见陈雪虎：《"文"的再认：章太炎文论初探》，309—313 页，北京，北京大学出版社，2008。

力也颇不以为然。①这一点上可资参证的是他们更愿承认中国现代文化文学与固有传统的联系。比如李欧梵正是从这一角度上理解捷克汉学家普实克的现代文学研究及其中国现代文学之"抒情传统"："普实克教授是为数不多的既熟稔中国传统文化又深谙中国现代文化的欧洲汉学家之一，他深刻地洞见中国文学的漫长历史对现代文学所产生的复杂影响。他对中国传统的通俗文学与民间文学所具有的多样性、自发性、艺术创造性和生生不息的活力印象深刻，但同时也没有忽略所谓的士大夫文化及其道德影响、语言的精确以及表达的微妙。民间通俗文化与士大夫文化这两支传统力量似乎令人想起胡适的裁断：文人文学逐渐僵化，而民间文学日趋活跃，因此，可以断言，自宋以来白话文学才是中国文学主要的活的传统。与包括胡适在内的五四新文学先驱不同，普实克着重指出，古典诗歌所集中体现的文人文学的抒情性也是一份经久不息的遗产，塑造了五四作家的文学感。"在普实克众多的思想线索中，他更愿意赞同普氏研究中所可能展示出来的"新文学与中国古典传统的紧密联系"，并且指出现代作家对主体（或可译主观）"某种程度的关注：主人公的个人情绪不是被弱化了，相反，在个人与历史力量的相互作用下，这些情绪表现得更为生动，往往也更痛苦。主观与客观、'史诗'与'抒情'的这种辩证结合，正是中国现代主流文学的重要标志。"②

但是，这种表彰其实也很可能是对普实克思想的简单化和狭隘化，因为普实克在勾勒中国现代文学"抒情"与"史诗"这两支"亚传统"的脉络时，还试图证明它们与欧洲文学可能存在的一致性或同步性。普实克在一方面强调新文学在相当程度上受到了19世纪欧洲文学的深刻影响，突出如茅盾的小说，而另一方面其《以中国文学革命为背景看传统

---

①　值得提到的是以王德威及其名著《被压抑的现代性：晚清小说新论》（北京，北京大学出版社，2005）为代表，力图申明现代性在其萌发之初的多元性、复杂性和不稳定性。这种观点颠覆其师辈以时间性为主线的现代观，及其形态论为主要方法的中西文学比较，却又显现出另一种有意味的思路，有打开空间化思维的可能性。但如前述李杨所质疑的，完全以空间化思维来代替历史化的思维，则又有可能完全消解现代的方向感而不仅仅是进化论。

②　李欧梵：《1979年序言》，载[捷克]普实克：《抒情与史诗：中国现代文学论集》，李欧梵编，郭建玲译，2页，上海，上海三联书店，2010。

东方文学与欧洲现代文学的相遇》(1964)中又指出："当时在中国兴起的文学，在本质上确实更接近第一次世界大战后的欧洲文学，而不是19世纪的欧洲文学……主观成分突出是文学革命以后中国文学最显著的特征……作家们摆脱了传统桎梏，愈益彰显出个性……抒情诗是旧文学的主流，这一倾向在新文学中也得到了发展，因此主观情感占据了统治地位，并常常打破叙事形式的界限。第一次世界大战后的欧洲文学中也有同样的抒情主义思潮，这种思潮对传统的客观形式同样产生了分化作用，尤其是打破了19世纪古典小说的叙事模式。纯抒情片断或抒情与故事的自由组合，取代了严格的叙事结构。在这一点上，中国的旧传统与欧洲的当代情绪汇合到了一起。在中国，这股合流促使作家们开始去探索错综复杂的人类心理，不是以客观的眼光去研究人类的普遍特征，而是主要以内省和分析的方式，去描写作者自我的内心世界……更重要的是，对个人体验的加工处理造就了中国新文学最完美的形式……侧重反映社会的短篇小说，其中也投射了作者个人体验的影子，因此，它在某些方面也反映了人类生存最基本的问题和当时社会的状况……新文学中这些貌似新颖的形式，其实也是深深地扎根于文学传统的。"①普实克虽然保留着黑格尔、卢卡契以来以欧洲时间性为主导的历史观，但在其唯物主义思想及形式比较的论述中，仍然体现出注重时空并置、世界联系的意识，以及对宏阔的世界史的领悟和世界文学的自觉。这个判断在大体和方向上是独到而深刻的。

　　在20世纪初十余年，中国现代文学在其发生期对西方现代文学潮流的呼应，其后数十年中，中国现代文学感应激进，并迅速实现知觉转型，由此进入了一个较为长期的激烈变化的文化变革期。一方面中国现代文学与世界文化与文学有着同步发展、共相应和的现代节奏，另一方面又展现出更为激荡、长期变革的彻底性。

　　当然，回过头来也得强调，新的文化实在是一代新人基于特定文明批判的文学想象，并且是对全球语境的初步回应，乃至想望中的回应。在留日时期的周氏兄弟这里，这种文学想象，无疑是先进、激烈

---

　　① ［捷克］普实克：《抒情与史诗：中国现代文学论集》，李欧梵编，郭建玲译，82—84页，上海，上海三联书店，2010。

的，而这种文明批判也是预言性的。也就是说，这种思想和批判仅出于先进的一二年轻学人，对文学的想象也仅止于应然的道理，仅仅是理论的先设，甚至是完全模仿和横移西人的说法。他们对中国传统的再认识和对人类普遍道路的思考，仍然是孤独、寂寥而不接地气的。

三、"人的文学"：新兴话语、思想启蒙与知觉构型

真正的历史关联确实要到五四时期才能出现。由于新文化派尤其是《新青年》同仁之间，毕竟更成其为一有强烈态度和倾向的启蒙文化共同体，他们在20世纪初到20年代初这一极为短暂而又黄金的时期，在思想启蒙、教育改良方面借助历史给予的形势和体制的力量，毕数十年之功于一役，推进了新文化运动和新文学革命的诸多重大进展。虽不若政治斗争、政权建设及生产调整、社会改造等基础变革为探本，但终究对新一代青年之思想形塑和知觉构型有莫大的建设之功。

这里要强调的是，由于对现实多有照应，并且受到具体形势的格制，这一阶段的文学思想和文化批判有了更具本土性和现实性的内容，即现实感迫使"文学革命"呼吁崭新的主体性，也就是出现了过去时代未及出现的对"新人"的诉求。新的主体性和"新人"诉求的出现，是在五四前后世界和中国双重背景中文化与政治的相互拉扯和形塑中，在当时世界范围战争的危机和中国国内文化的危机中生成的。

新兴话语和主体性诉求的标志就是"人的文学"这一命题的出现。在思想和文学领域内，五四时代"人的文学"话语作为一面崭新的旗帜，突显了现代文学、五四一代新文化派，及其召唤下的"新人"的全面出场。"人的文学"口号的提出，意味着知识型的全面转换和知觉型的逐步构型。

所谓知识型的转换，不仅仅是指白话文运动或国语运动。确实，积数十年蓄势之功，借政权之力，以语体文为导向的语文体式终于强势得胜，这种新兴语文体式迁就的是这种语文体式召唤下的新兴一代的知识人。但这里强调知识型的转换，主要指向与新兴语文体式相表里，而更全面坚决的文化革命的意志，及其所造成的对19世纪中国和世界的断裂。一方面，相对于此前逐步演化中的诗学流派或文化社团，

五四新文化派有着更为激进的思想突破、文化变革和政治主张，力求塑造新世界所需要的"新人"。另一方面，相对于此前数十年，文化人的知识型转换更为全面深入地介入到世界形势的变化和全球思潮激荡的进程中，更进一步地参与到当时对纷繁多样的西来思潮的汲取和演练。

在这里，就不仅是 19 世纪欧洲世界近乎强迫呈现给国人的船坚炮利、条约公法、工农产业、宗教文化、科学技术、文明制度乃至其后隐约闪现的民主、自由、平等诸多价值，更是在第一次世界大战前后迸现的新兴思潮，新兴一代知识人参照欧洲冲突和欧洲各国在战后的新局面，在思考着文化与政治的重要议题，包括劳工、青年、妇女、资本主义、社会政策、以工立国还是以农立国、社会主义等。这就是五四新文化派在白话文运动之外的另一面旗帜，即"思想革命"。

早在 1915 年，陈独秀就在《青年杂志》发刊词《敬告青年》中鲜明提出"人权、平等、自由"的主张，大力倡导民主与科学精神，提出要从西方请进德先生和赛先生来"救治中国政治上、道德上、学术上、思想上一切的黑暗"。1917 年初，陈独秀被聘为北京大学文科学长，《新青年》编辑部随后迁京，集结了一批推进新文化和新文学运动的干将。从 1918 年 1 月号起，《新青年》改为陈独秀、李大钊、胡适、刘半农、沈尹默、钱玄同等轮流编辑，周作人、鲁迅也给该刊撰稿，实际上就形成了反传统的思想文化战线。① 由于当时北大校长蔡元培实行"思想自

---

① 有学者认为，尽管《青年杂志》的出现有一些偶然因素，但对杂志的受众和使命的自觉（特别是改名《新青年》之后），的确是陈独秀等在新的历史状况下一种有意的实践。这种实践既是在回应民国建立后的乱局及共和的蜕变，更普遍地，是在反思和总结晚清以来各种竞争性的救国方案的困境，进而寻找新的可能性。《新青年》的自我理解已经不是简单地要成为一本"政论杂志"，或者说，《新青年》所理解和期待的"政论"乃至"政治"本身已经与晚清以后流行的"政论"乃至"政治"本身有了一些差异。这是意味深长的，表明知识分子对于政治的理解以及讨论和介入政治的方式发生了一种转变。《新青年》把社会生活的诸多方面乃至语言文字本身都作为了具有"政治性"的问题纳入自己的话语系统，或者说从它们与政治变革的内在关系上来处理这些问题。同时，《新青年》在启蒙的主客体关系、启蒙与革命的关系上，都是持一种更为彻底和激进的姿态，已经把"启蒙"牢牢安置在了"自觉"的根基之上。明乎此，有助于回应后来关于"启蒙"与"救亡"，"激进"与"保守"，以及基于后现代立场对于"启蒙"的质疑等一系列问题的争论。参见张春田："第二维新之声"——《新青年》中的文化、政治与"启蒙"（思勉午餐沙龙 83/思勉 2015 年校庆报告），网址：http://www.si-mian.org/lectureDetail.asp? newsId=948。

由、兼容并包"的办学方针，新旧思潮在北大课堂和讲坛竞争的结果，大大促进了"新思想，新学术"的发展，新文化运动也就借北大的学术自由空气而推波助澜。通过以白话文运动为核心的"文学革命"运动，并借由 1919 年五四运动，整个新文化与新文学运动声势大振，而在全国范围内形成强大的新文化运动潮流。这样，在现代民族国家的大众传媒、文化教育和制度建设的辅助下，一个力图突破传统士子文化、以现代市民和学生为主要诉诸对象、以塑造时代新人和近世通俗国民文学为主要取向的思想构型运动，一步步走向深入。

五四新文化派在思想构型方面，有着基于世界进步的意识，而力争与 19 世纪的政治—经济体制及其治下中国混乱情势相诀别的战斗意志和政治取向。陈独秀倡导"伦理革命"，鼓吹"反对旧道德，提倡新道德"。1915 年《青年杂志》创刊号上发表《敬告青年》的文章，其中云：

> 予所欲涕泣陈词者，惟属望于新鲜活泼之青年，有以自觉而奋斗耳！……自人权平等之说兴，奴隶之名，非血气所忍受。世称近世欧洲历史为"解放历史"：破坏君权，求政治之解放也；否认教权，求宗教之解放也；均产说兴，求经济之解放也；女子参政运动，求男权之解放也。解放云者，脱离夫奴隶之羁绊，以完其自主自由之人格之谓也。我有手足，自谋温饱；我有口舌，自陈好恶；我有心思，自崇所信；绝不认他人之越俎，亦不应主我而奴他人；盖自认为独立自主之人格以上，一切操行，一切权利，一切信仰，唯有听命各自固有之智能，断无盲从隶属他人之理。

为什么要鼓吹"伦理革命"？在陈独秀看来，当时社会总形势已坏到极点：虽然帝制推翻民国肇造，民主共和体制并不巩固，并且传统观念特别是道德礼俗没有被清算，所以旧的思想习惯根深蒂固而束缚人们的头脑，一般民众的文化观念和道德伦常仍然是奴隶式的，因而不能适应从西方引入的、在当时引为先进的民主制度和法律。如果要坚持民主共和，把新的制度和法律坚持下去，就必须进行伦理革命和思想革命，所以陈独秀《吾人最后之觉悟》一文说：

> 吾人果欲于政治上采用共和立宪，复欲于伦理上保守纲常阶

级制，以收新调和之效，自家冲撞，此绝对不可能之事……自西
洋文明输入吾国，最初保吾人觉悟者为学术，相形见绌，举国所
知矣；其次为政治，年来政象所证明已有不克守缺抱残之势。继
今以往，国人所怀疑莫决者，当为伦理问题。此而不能觉悟，则
前所觉悟者，非彻底之觉悟，盖犹在惝恍迷离之境。吾敢断言曰：
伦理的觉悟，为吾人最后觉悟之最后觉悟。①

显然这里的"伦理的觉悟"，既是一种文化思想的自觉运动，也是一种
更广阔范围和深远意义上的政治革命。

　　新文化运动作为思想启蒙，其内容概而言之即针对"吃人的礼教"，
而高调倡以各种启蒙信条。所谓礼教，自今天换以别样的社会语境和
文化压力看来，其实内涵相当复杂。历史地看来，它主要是宋元明清
以来由儒家知识分子所鼓吹而被统治者吸纳为社会主流价值，统贯起
士大夫官僚阶层和一般庶民阶层，而在整体上起着维护传统社会的，
以本土在地的地主阶级和乡绅阶层为主轴的地主制乡村秩序。②礼教作
为这一结构的文化体现，以体制化的思想即宋元理学及其士庶礼学为
代表，它不仅仅是上层官僚遵从的道德与政治，也是在一般士人的民
众乃至下层民众和所谓"愚夫愚妇"之中灌输教化，它是至于必须遵守
的礼法律条和道德思想。礼教不仅从经济和政治上维持着传统的统治，
而且从文化和心理层面上控制和压抑着普通民众的身与心。随着社会
的发展，礼教在整个中国社会中，已经成为历久经年"从来如此"的、
以道德为基础的，并且强制所有阶层参与其中的政治的、文化的结构，
沦为消极否定性的统治秩序和思想桎梏。在清代有不少有识之士对体
制化的礼教及其理学的抨击。最著名的是戴震在《孟子字义疏证》中的
指责："今虽至愚之人，悖戾恣睢，其处断一事，责诘一人，莫不辄曰
理者。自宋以来始相习成俗，则以理为'如有物焉，得于天而具于心'，
因以心之意当之也。于是负其气，挟其势位，加以口给者，理伸；力

　　① 陈独秀：《吾人最后之觉悟》，《青年杂志》第 1 卷第 6 号，1916 年 2 月 15 日。
　　② 参见［日］沟口雄三：《中国的思维世界》，刁榴、牟坚等译，366—367 页，北京，生
活·读书·新知三联书店，2014。

弱气慑，口不能道辞者，理屈……尊者以理责卑，长者以理责幼，贵者以理现贱。"①至清末民初，在传统经济生产无以维系，而西来器物和文化强劲冲击之下，礼教和理学已进退失据，处于风雨飘摇之中。在这个过程中，孔子思想、传统礼教以及与正统文化一起伴生的种种物事和制度，乃至它们在中国传统社会中的影响，已经都被估定为负面的，整体乏力和没有信用的。

在陈独秀及其战友们看来，因为任何一种政治制度的建立和文化势力的维持，都有其思想的根本建构或曰"元话语"，中国传统的制度和所谓"封建礼教"的根本即是以孔子为代表的儒家思想，不清除儒家思想的影响，想要确立和坚持西来的民主共和体制，是万万不可能的：

> 吾国人倘以为中国之法，孔子之道，足以组织吾之国家，支配吾之社会，使适于今日竞争世界之生存，则不徒共和宪法为可废，凡十余年来之变法维新，流血革命，设国会，改法律，及一切新政治、新教育无一非多事，且无一非谬误，应悉废罢，仍守旧法，以免滥废吾人之财力。万一不安本分，妄欲建设西洋式之新国家，组织西洋式之新社会，以求适今世之生存，则根本问题，不可不首先输入西洋式社会国家之基础，所谓平等人权之新信仰；对于此新社会、新国家、新信仰不可相容之孔教，不可不有彻底之觉悟，猛勇之决心，否则不塞不流，不止不行。②

陈独秀鼓吹彻底革命，并寄望于全面激进的思想启蒙。所谓启蒙，在五四新文化运动这里，主要指它作为思想革命，倡导民主和科学，反对专制和愚昧、迷信，提倡新道德，反对旧道德。而在文学方面，陈独秀攻击旧文学"其形体则陈陈相因，有肉无骨，有形无神，乃装饰品而非实用品。其内容则目光不越帝王权贵，神仙鬼怪，及其个人之穷通利达。所谓宇宙，所谓人生，所谓社会，举非其构思所及"，其正面主张则以《文学革命论》所谓的"文学革命军"之"三大主义"为概括：

---

① 戴震：《孟子字义疏证》，4 页，北京，中华书局，1982。
② 陈独秀：《宪法与孔教》，《新青年》2 卷 3 号，1916 年 11 月 1 日。

> ……曰推倒雕琢的阿谀的贵族文学，建设平易的抒情的国民文学；曰推倒陈腐的铺张的古典文学，建设新鲜的立诚的写实文学；曰推倒迂晦的艰涩的山林文学，建设明了的通俗的社会文学。

陈独秀将"国民文学"与"贵族文学"对举，"写实文学"与"古典文学"对举，"社会文学"与"山林文学"对举，强调文学要有现代内容、现代手法，并且以民众化、社会化为主要取向，而以"国民文学"为整体定位，也突显了老革命党人在鼓吹文学革命推翻礼教时以重建国家和塑造国民为基本取向的坚决态度。胡适在《〈尝试集〉序》中，更加明确五四时期新文学运动的主张：

> 现在我们认定白话是文学的正宗；正是要用质朴的文章，去铲除阶级制度里的野蛮款式；正是要用老实的文章，去表明文章是人人会作的，做文章是直写自己脑筋里的思想，或直叙外面的事物，并没有什么一定的格式。对于那些腐臭的旧文学，应该极端驱除，淘汰净尽，才能使新基础稳固。

话语的大破大立及诸多操演，表明其间激进而又复杂的斗争。从整体上看，这一文化运动和思想启蒙的脉络与形态是清晰可寻的，就是向过去决裂，推翻传统文化和儒家经典的正统地位及其僵死统治。①

陈独秀和胡适的说法和主张，主要是主义信条、文体风格和语言体式这样抽象的层面和角度。文化变革必须与新的思想构型运动相互结合，内容与形式表里合一，文化变革才能成立和实现，白话文运动的语文变革才能真正有所依托。五四新文化派也认识这一点，只有在

---

① 近数十年来，将"五四"新文化运动界定为激进主义似乎成为共识，其中著名的提法有"启蒙与救亡的双重变奏"、五四"激进主义"，以及"中国意识的危机"等多种说法。其中"中国意识的危机"说主要彰显"五四"的反传统主义和激进主义的一面，认定其实是传统思维方式"藉文化思想以解决问题的方法"的现代呈现。其实重要的是思想的内容、实质和现实性，这些才真正相关于历史，而所谓思想之方法、思想方式及内在理路之类，其实只是方便历史研究的中介和工具而已，与历史的真正问题相关并不大。相关概括和研究，参见汪晖：《文化与政治的变奏：一战和中国的"思想战"》，15—16 页，上海，上海人民出版社，2014；罗志田：《权势转移：近代中国的思想、社会与学术》，163—166 页，武汉，湖北人民出版社，1999。

具体的思想上实现革命，只有大破大立，突破传统的桎梏，才可能使现代民族国家的国民文学、写实文学或社会文学获得现实的内涵，"白话文"也才能真正地成立或巩固起来。正是在这种背景下，1919 年 3 月 2 日周作人在《每周评论》第 11 号上发表《思想革命》的小文，进一步指出：

> 文学这事物本合文字与思想两者而成，表现思想的文字不良，固然足以阻碍文学的发达，若思想本质不良，徒有文字，也有什么用处呢？我们反对古文，大半原为他晦涩难解，养成国民笼统的心思，使得表现力与理解力都不发达，但别一方面，实又因为他内中的思想荒谬，于人有害的缘故……我们随手翻开古文一看，大抵总有一种荒谬思想出现。便是现代的人做一篇古文，既然免不了用几个古典熟语，那种荒谬思想已经渗进了文字里面去了，自然也随处出现……不过从前是用古文，此刻用了白话罢了。话虽容易懂了，思想却仍然荒谬，仍然有害……这单变文字不变思想的改革，也怎能算是文学革命的完全胜利呢？……因为从前的荒谬思想，尚是寄寓在晦涩的古文中间，看了中毒的人，还是少数，若变成白话，便通行更广，流毒无穷了。所以我说，文学革命上，文字改革是第一步，思想改革是第二步，却比第一步更为重要。我们不可对于文字一方面过于乐观了，闲却了这一面的重大问题。

这是五四新文化运动和新文学革命的深刻自觉。同样也是在这个角度上，鲁迅当时具有突破性的小说创作以及当时新文化派的诸多随笔、随感，都一起竭力地把反对"死文字"和反对"旧思想"联系起来，其战斗的锋芒是相当峻急和锐利的。鲁迅 1919 年直接攻击反对白话文的人为"现在的屠杀者"，说他们"做了人类想成仙；生在地上要上天；明明是现代人，吸着现在的空气，却偏要勒派朽腐的名教，僵死的语言，侮蔑尽现在，这都是'现在的屠杀者'。杀了'现在'，也便杀了'将来'——将来是子孙的时代。"①

自近代以来，在文学领域内进行的种种形式的文学革命，经过很长一段时间才找到自己的立意中心和精核表述。这是因为文学作为最为幽深难言而又辐辏入理的部分，长期的传统文化浸染，对西来文学在语文的根本隔阂，以及西方文潮的众多门派和更新浪潮的不断涌现，使得新知识人一直难以找到攻击传统而又树立新统的概括和入手。只是有了新文化派在思想鼓吹和知觉塑造的自觉意识，文学革命被极大地向纵深推进发展，思想和文字的双重改革也才真正实现了从古典向现代的转型。

五四时期周作人提出的"人的文学"是个响亮的口号和精辟的命题。彼时周作人对欧美文学与文论素有研究，颇有心得，找到了对近代文化和文学思潮的精妙概括。对"人的文学"这一命题，胡适后来在《新文学大系·建设理论集》导言中指出，文学革命的中心思想不外两个东西：一是"活的文学"，二是"人的文学"，"周先生把我们那个时代所要提倡的种种文学内容，都包括在一个中心观念里，这个观念叫作'人的文学'。"句句不离相关功绩的胡适承认自己只是推动"文字工具的革新"，强调周作人"人的文学"的口号是鼓吹"文学内容的革新"，并且"人的文学"的革新立意和方向感很强，是一个"中心观念"，从总体上可统摄两个口号。胡适的这个定位，充分证明周作人这一命题对新文学的塑造及其未来走向的重要意义。

《人的文学》一文最初是周作人为《每周评论》撰写的，因陈独秀看过后觉得十分重要，遂直接刊载于 1918 年 12 月 15 日《新青年》第 5 卷第 6 号上。该文开宗明义不久就强调首先必须解决"人"的问题，因为国人"偏不肯体人类的意志"，走"人道"的正路，"迷入兽道鬼道里去，彷徨了多年"，所以必须要重新学习"人"的真理：

> 欧洲关于这"人"的真理的发现，第一次是在十五世纪，于是出了宗教改革与文艺复兴两个结果。第二次成了法国大革命……

---

① 《热风·随感录第五十七》，《鲁迅全集》第 1 卷，366 页，北京，人民文学出版社，2005。

> 中国讲到这类问题，却须从头做起，人的问题，从来未经解决，
> 女人小孩更不必说了。如今，第一步先从人说起，生了四千余年，
> 现在却还讲人的意义，从新要发见"人"，去"辟人荒"……我们希
> 望从文学上起首，提倡一点人道主义思想，便是这个意思。

周作人体认的是欧洲资产阶级革命关于"'人'的真理"，将以前的中国
比拟为西方黑暗的中世纪。在他看来，欧洲通过文艺复兴、宗教改革
将人从神权的压制中解放出来，后又经启蒙运动高扬理性，张扬"人"
的精神，进入现代社会，而中国在四千余年的历史中，却从未发现
"人"的真理。因此，新文化和新文学必须担负起"辟人荒"的使命，基
于西来"发见"而追究和演绎"人"为何物。他尝试重新定义"人"，由此
开始在汉语世界里把"人"作为现代发明，重构起关于人的知识：

> 我们所说的人，不是世间所谓"天地之性最贵"，或"圆颅方
> 趾"的人。乃是说，从动物进化来的生物的人类。其中有两个要
> 点，（一）"从动物"进化，（二）从动物"进化"的……我们承认人是
> 一种生物。人的生活现象，与别的动物并无不同。所以我们相信
> 人的一切生活本能，都是美的善的，应得完全满足。凡是违反人
> 性不自然的习惯制度，都应该排斥改正。

在这种进化论视野中，兽性与神性都是人的特征，"灵肉一致"是"新
人"的理想追求。人的一切生活本能都是美与善的，只要保证人自然本
性的自由生长，其精神生活就一定能达到"高上平和的境地"。周作人
主张，应当在人的肉体欲求和健康的自然本能都得到充分满足的基础
上，实现人的精神的自由发展。

在以进化论为基础解释"人"为何物，确立人与非人的新标准之后，
周作人进一步论述人的理想生活应当如何，提出主张"个人主义的人间
本位主义"，将个人利己的发展与利他的人类之爱联系起来。同时，周
作人又在对两性之爱和亲子之爱的讨论中继续说明何为合乎人性的道
德，就妇女问题和儿童问题进一步明确了新文化运动对封建礼教的批
判态度。周作人借引"人"的真理，是以为战斗武器的。在他看来，"凡
兽性的余留，与古代礼法可以阻碍人性向上发展者，也都应该排斥改

正"，但是进化论的科学依据似乎已经确认了从兽向人类进化的必然性，"所以我们相信人的一切生活本能，都是美的善的，应得完全满足"。因此，人的生活不应该表现为"灭了体质以救灵魂"，因为这种禁欲的、苦行的观点正是传统文学激相标榜的。当然，人的生活也不应该表现为"不顾灵魂"，因为这种纵欲的、享乐的观点同样是传统文学"玩弄与挑拨"的游戏立场。周作人认为，阻碍人性生长的最大敌人不是兽性，而是外在于人的不合理的社会制度——"不自然的习惯制度"，封建礼教给个人制造了沉重枷锁，有违人性，甚至有必要更侧重于强调人的"生物性"的一面，肯定人正当的肉体欲望与自然本能的满足。

西方近现代以来的"人"和"人道主义"话语，大抵都属于启蒙哲学的范畴。在五四时代新思潮蜂拥之时，其中影响最大的就是这些关于人的自然权利和人的理性自由的思想。五四时期以周作人重新发现"人"，其用意即在于将人的生物性即人的自然属性作为人的本质，在自然人性论的基础上，建立起资产阶级市民社会的"自然秩序"，由此批判传统文章观念背后的一套封建礼法和儒家伦常，在思想革命的层面上揭穿旧社会的"非人"本质，从而否定并打开封建道德和礼教制度对这种"自然人性"的束缚。[①]

从整体上看，五四时代正是把"人作为人本身"这一人学命题当作思想询唤和知觉构型的总原则。五四重新发现"人"，其实就是询唤"新人"，力图把人们从各种传统的实体或观念桎梏中解放出来。与此同时，文学上出现内面化和浪漫主义倾向，伦理领域出现非道德化的自然主义，政治哲学领域内出现无政府主义大流行。这些都必须在"人"的新原理的"发现"这一共时性的文化和知觉构型浪潮中获得理解。

周作人鼓吹"人的文学"，其思想资源博杂繁多，有灵肉一致的进化人性论、形形色色的个性主义、博爱型人道主义，甚至一度作为理想的"新村主义"。而在 1918 年、1919 年前后的文论思想的论述，花费了很大的笔墨强调一种个人主义和人道主义的文学。所谓个人主义，

---

① 相关辨析参见罗钢：《历史汇流中的抉择》，15 页，北京，中国社会科学出版社，1993；旷新年：《中国现代文学理论批评概念》，148—151 页，北京，清华大学出版社，2014。

其实是基于"个人"与"社会"的二元对立分疏，这种对立和分疏是五四时期主张个人主义思潮的产物。1918 年 6 月 15 日胡适在《新青年》上发表了《易卜生主义》一文，介绍和提倡易卜生笔下娜拉式的"真正纯粹的个人主义"，"他主张个人要充分发达自己的才性，要充分发展自己的个性"，并指出改造旧社会、建设新社会是实现个性解放的唯一道路。在《人的文学》中，周作人也主张个人主义，在他看来，个人主义的文学也就是人类的文学。但是受日本白桦派作家武者小路实笃等人主张新村主义的影响，周作人特别提出"人道主义"的概念，来避免个人主义陷入利己主义的歧途。所谓人道主义，周作人的解说是：

> ……我所说的人道主义，并非世间所谓"悲天悯人"或"博济众生"的慈善主义，乃是一种个人主义的人间本位主义……所以我说的人道主义，是从个人做起。要讲人道，爱人类，便须先使自己有人的资格，占得人的位置。

在周作人看来，那种"无我的爱"和"纯粹的利他"都是不现实的，不是人道主义。因为人在社会上，如同树木在森林中，都是部分与整体的关系，个人爱人类，因为他是属于人类的一份，但要注意的是自己亦在其中，也就是说，对他人的爱不应该排除自己。周作人指出，与墨子的"己亦在人中"的观点自然要比耶稣的"爱邻如己"的说法好，因为"人为了所爱的人，或所信的主义，能够有献身的行为。若是割肉饲鹰，投身给饿虎吃，那是超人间的道德，不是人所能为的了"。周作人强调个人是人类中的一员，个人的理想生活应当将利己的自由发展与利他的博爱主义结合起来，真正的"人道主义"是一种"个人主义的人间本位主义"。[①]

从对"人"的要求过渡到对"文"的要求，周作人最后给出了"人的文学"的定义，即"用这人道主义为本，对于人生诸问题，加以记录研究

---

① 周作人的逻辑在"五四"时期有其一定的连贯性，后来在《晨报副刊》1922 年 1 月 20 日的《文艺的讨论》通信中仍然重申："我想现在讲文艺，第一重要的是'个人的解放'，其余的主义可以随便；人家分类的说来，可以说这是个人主义的文艺，然而我相信文艺的本质是如此的，而且这个人的文艺也即真正的人类的——所谓的人道主义的文艺。"

的文字，便谓之人的文学"。在这里，"人的文学"是同宣扬"儒教道教"和"兽道鬼道"的封建迷信的"非人的文学"根本对立的。周作人将封建传统的旧文学概括为"贵族的文学"，认为新型的"平民的文学"恰是反其道而行之的。其两者间的区别并非说"这种文学是专做给贵族或平民看，专讲贵族或平民的生活，或是贵族或平民自己做的"，而主要是指"文学的精神区别，指它的普遍与否，真挚与否"。周作人指出，平民文学应以通俗的白话语体描写人民大众生活的真实情状，真实地反映"世间普通男女的悲欢成败"，描写大多数人的"真挚的思想与事实"。周作人提倡"人的文学"或"平民文学"是以人道主义为本的"为人生的文学"，强调文学是人性的，是人类的，也是个人的。

周作人强调新式"个人主义的人间本位主义"，为的是用"人的文学"这一观念来排斥中国一切"非人的文学"。依这个标准，"中国文学中，人的文学，本来极少"，以儒家思想和道家思想为根基的作品几乎都不符合要求，而《西游记》《水浒传》与蒲松龄的小说都必须判定为"非人的文学"。周作人把通俗文学分为十类："一、色情狂的淫书类，二、迷信的鬼神书类，三、神仙书类，四、妖怪书类，五、奴隶书类（'甲种主题是皇帝状元宰相'，'乙种是神圣的父与夫'），六、强盗书类，七、才子佳人书类，八、下等谐谑书类，九、黑幕类，十、'以上各种思想和合结晶的旧戏'。"在他看来，"这几类全是妨碍人性的生长，破坏人类的平和的东西"，"统统应该排斥。这宗著作，在民族心理研究上，原都极有价值。在文艺批评上，也有几种可以容许，但在主义上，一切都该排斥。"

周作人旗帜鲜明地启用"人的文学"和"非人的文学"这一对子来进行区分，将旧文学贬斥为"非人的文学"，而将新文学定义为"人的文学"。其主张虽然有些抽象，但恰与五四时期个性解放的热潮相合，成功地将文学革命从"死""活"对立的语文转型之革命，推向了更为深层的思想解放，从而在内容上最终确立了现代文学的基本范型，对文学革命的深化和推进起到很大的作用。

紧接《人的文学》，周作人又在1919年《每周评论》第五号发表《平民的文学》一文，实际上是对自己鼓吹的"人的文学"和早先陈独秀鼓吹的"国民文学"的具体化。他鼓吹"人生的艺术派的主张"，强调以"普遍的""真挚的"文体写"普遍的""真挚的"思想与事实，内容上要求写普通人的、切己的生活，手法上要求"只须以真为主，美即在其中"。依照文学内容和精神上的"普遍与否"和"真挚与否"的标准，周作人强调平民文学与贵族文学不是一种语言选择、内容材料和读者群适应性上的差别，而是一种根本上的"精神的区别"，这种"精神的区别"决定了"平民的文学"既要反对"偏于部分的，修饰的，享乐的，或游戏的"贵族文学，也要反对"纯艺术派"的文学。《红楼梦》描写的虽然是贵族生活，周作人却认为是中国文学史上够得上"平民文学"资格的唯一杰作："因为他（它）能写出中国家庭中的喜剧、悲剧，到了现在，情形依旧不改，所以耐人研究。"

1920年1月6日，周作人应北平少年学会之请发表讲演《新文学的要求》。这篇文章从否定的方面进一步讨论"人的文学"："一，这文学是人性的，不是兽性的，也不是神性的"；"二，这文学是人类的，也是个人的，却不是种族的，国家的，乡土及家族的。"前者在《人的文学》和《平民的文学》中多有讨论，后者进一步强调"新文学"要立足于"个人"的"人类"，因为：

> 人间的自觉，还是近来的事，所以人性的文学也是百年内才见发达，到了现代可算是兴盛了，文学上人类的倾向，却原是历史上的事实；中间经过了几多变迁，从各种阶级的文艺又回到平民的全体上面来，但又加了一重个人的色彩，这是文艺进化上的自然的结果，与原始的文学不同的地方，也就在这里了……上古时代生活很简单。人的思想感情也就大体一致，不出保存生活这一个范围；那时个人又消纳在族类里面，没有独立表现的机会，所以原始的文学都是表现一团体的感情的作品……古代的人类的文学，变成阶级的文学；后来阶级的范围逐渐脱去，于是归结到个人的文学，也就是现代的人类的文学了……古代的文学纯以感情为主，现代却加上了多少理性的调剂，许多重大问题，经了近代的科学的大洗礼，理论都能得到了解决，如种族国家这些区别，从前当作天经地义的，现在知道了都不过是一种偶像。所以现代

> 觉醒的新人的主见，大抵如此："我只承认大的方面有人类，小的
> 方面有我，是真实的"……这样的大人类主义，正是感情与理性的
> 调和的出产物，也就是我们所要求的人道主义的文学的基调。

在这里，周作人强调西方同时代的新型"现代"观念，所谓"现代觉醒的新人的主见"其实是在19、20世纪之交以尼采、易卜生、弗洛伊德和蔼理斯为代表的哲学、文学和文化的最新思潮。显然周作人辨析不甚清楚，但却从大体感应到西方现代之古典与"现代"（近代或现代）的区别，并将之向个人主义的人道主义角度进行解释和强调。同时，也正是因为由西方启蒙运动和法国大革命带来的思想、文化和政治上的稳定的"资产阶级世界"的模型和典范效应，周作人同样透露出五四一代新型文人和知识精英开始勇于大谈"个人"甚至以"个人"来代表"人类"的讯息。在这一点上，德国思想家卡尔·施密特痛指第一次世界大战后德国大量出现的政治上的"个人主义的天真"，与中国五四时期出现的"个人主义的人间本位主义"真可有得一比。①由此也不难理解，在新青年思想者也出现了否弃或无视当时西方的"种族的""国家的""乡土及家族的"维度。而这在当时内忧外患、民族生存都面临危机的现代中国，显然是一种"反现代性的现代"的态度，只能解释为激进思想的理想狂热或唯心意志，自然会遭遇到现实的牵绊纠葛，即使在数十年后的文学史家眼中，纠葛和不适也是鲜明而突出的："身处种族、国家、乡土及家族等诸多'群体'危机中的新文学家们，其内心种种的惶惑不安和矛盾挣扎，却因之而生。"②

---

①　卡尔·施密特指出："只有在因个人主义而导致解体的社会里，审美创造的主体才能把精神中心转移到自己身上，只有在市民阶级的世界里，个人才会变得在精神领域孤独无助，使个人成为自己的参照点，让自己承担全部重负，而在过去，重负是按等级分配给社会秩序中职能不同的人。在这个社会里，个人得成为自己的教士。"参见［德］卡尔·施密特：《政治的浪漫派》，冯克利、刘锋译，17—18页，上海，上海人民出版社，2004。另可参王钦译文："只有在一个个人主义的解体社会中，审美上具有生产性的主体才能将思想中心转移到自身，只有在一个布尔乔亚的世界里才有可能将个人独立在思想领域中，使个人成为自己的指涉，并且，原先在等级社会中分派给社会秩序中各个功能的全部压力，如今都落到了个人头上。"文载《从"完成的主体"到"失效的主体"》，见《读书》2015年第10期。

②　参见许道明：《插图本中国新文学史》，前言2页，上海，上海古籍出版社，2005。

《人的文学》等作为文论，其重心其实在于冲破传统，建构一种人学话语，而与其时新兴的文学革命和知觉构型进程相互形塑。这种话语抛弃了传统人性假说及其宇宙观，试图在自然人性论的地基上，搭建进入五四"新人"及其新世界的理性通道。显然此种理论建构并不完善，杂糅的西方传统人文主义、日本新村主义的思想资源，以及突出的西方启蒙传统，这些资源和传统并不能使其思想背景和学理辩证更为充实。但是，"人的文学""平民文学"以其强调社会功利性的人道主义精神，强调真，突出美，改写善，主张重建以真和美为主导、以善为辅应的统一，却迅速成为文化运动和文学革命的理论口号。可以看到，"人的文学"体现了新兴文化精英对"真"和"自然"导向的追求，彰显了近现代市民阶层的世俗化、平民化和超越性诉求，由此直接启发了文学研究会"为人生而艺术"的主张。当然，周作人成为新文学运动代言人的时候，也进一步鼓吹"人生的文学"的同时，开始反思"为人生的艺术"的流弊，比如《新文学要求》的讲演即已指出"人的文学"和"平民的文学"可能因为"容易讲到功利里边去"而忽略文学的艺术性。到1923年写作《自己的园地》的时候，表明他已开始有意退到时代主潮之边缘的意向。

四、从"人"到人道、人文：人学话语的结构与张力

五四时期是中国文化从传统走向现代的一个重要时刻，是现代文化、文学和文论在其发生时代的一个重要阶段。就本卷而言，从总体上把五四时期视为中国现代文化与文论发生阶段的收束时期。五四新文化运动与文学革命是中国文化在其现代发生期的一个连续的和直接的结果。也就是说，五四新文化运动是经过彼时西方帝国主义强权主导下的世界格局的转型、孕育和激发，继而在19、20世纪之交更为强劲的西方范型影响与中国本土本能因应的形势中，又经十数年冲决、荡漾和分析，由新一代知识分子（相对于康有为、梁启超、章太炎和王国维等第一代知识分子而言）的人文言说为代表，而在新旧东西等思想

模式上渐趋固化，基本"态度"渐趋明确，相应知识生产、话语争竞和知觉构型逐渐稳定并上升为主导地位，通过新型国族文教制度重建而在20年代终告树立的进程。

这里值得强调和关注的是两个方面。一方面，在文学的话语、观念、思想和知觉构型方面，一个主导的趋势就是，将文学系于"感情"，认定文学的感性质地，确立"人的文学"关注"人生诸问题"，希望文学"养成人的道德，实现人的生活"，这是五四时期形塑并树立的文学想象的核心内容。另一方面，是需要进一步分析的，即在"人的文学"口号背后有一个锚定其思想基底的知觉构型。这就是整个五四新文化运动的思想领域所呼吁和想象的"人道主义"和"个人本位主义"。

有必要强调此间思想基型和知觉构型的历史性。新文化运动和文学革命其实是一个从晚清以迄20世纪20年代知识精英的思想和知觉变革的长期进程。按照王汎森的研究，此间"有两波运动与自我的塑造有关"。第一波以梁启超的"新民说"为主，其影响非常深远，讨论者也比较多。不过它关心如何塑造新的"民"，这新的"民"是国民，是脱离奴隶状态的现代"国民"，"新民"就是"要把老大的中国民族改造成为新鲜活泼的民族，把自私自利的人民塑造成现代的'国民'"，其中心内容是推进和采补"公德"、国家思想、进取冒险、权利思想、自由、自治、进步、自尊、合群、生利的能力、毅力、义务思想、尚武、政治能力等，每一个国民经过精细的心理锻炼，超脱流俗的日常世界，而提升为有意识的、对群、团体和国家有奉献的"国民"。第二波则是五四时期的"新人"，它没有《新民说》那样的里程碑式文献，但其时各种文字在提到"人"这样的字眼时，往往加上""或「」的方式来定义他们心目中理想的"人"：新的"人"，加上引号的"人"，才是自我完善的、理想的"新人"。王汎森指出："比较可以确定的是，新'人'的心理特质形成了巨大的驱动能量，促使一代青年们自问理想上的'我'应该如何认知这个世界，理想上的'我'应该追求何种价值。"①

清末民初精英界从"新民"到"新人"的呼吁，有其理路渊源，此中

① 参见王汎森：《从新民到新人——近代思想中的"自我"与"政治"》，载王汎森等：《中国近代思想史的转型时代》，172—176页，台北，联经出版事业股份有限公司，2007。

由"群"到"人"的话语重心的挪移更值得深究。在五四以前的十数年间，维新变法运动和辛亥革命时期先进思想者们突破了传统观念中王朝天下与个体之间不可缺少的中间环节"家族"，而开始直接以"国民"的概念将个体生命与民族国家联系起来。由此，强调个体自由、人的主体性和独立性的议题出现不少，梁启超、严复、章太炎、周树人等都以各自不同的语言分别在具体的背景中讨论过。但至五四时期，新一波的人学话语集中出现，气势夺人，横扫一切，在汉语文化界内形成了强大的共振效应。新文化运动思想者们发现"国民并不属于自己，他属于'国'，属于'群'"，五四的文化志士要求做回自己，也号召人们做回个体的自己。在新文化运动兴起之初，陈独秀作《偶像破坏论》(1918)称："今日'国家''民族''家族''婚姻'等观念，皆野蛮时代狭隘之偏见所遗留"，明确地把"国家"列为应予"破坏"的偶像之一。在 1919 年 7 月 1 日，李大钊在《每周评论》第 29 期发表《我与世界》一文这样召唤："我们现在所要求的，是个解放自由的我，和一个人人相爱的世界。介在我与世界中间的家园、阶级、族界，都是进化的阻碍，生活的烦累，应该逐渐废除。"也是出于对当时"爱国"口号腾嚣而个性自由却更多地被剥夺的警惕，李大钊甚至在《"少年中国"的"少年运动"》中提出："我们应该承认爱人的运动比爱国的运动更重。"

在新一轮的人学话语和自我塑造运动中，"人""个人"或"我"的话语得到了最为正面、认真和积极的看待。即连思想相对和缓稳健的朱希祖，到了 1919 年也开始大谈用"世界智识进步"的标准，来张扬和突显"人"和"我"的时代意义：

> 世界智识的进步，到如今约计有三个阶级，就叫作"神""人""我"的三个便是。我今研究孔子的文艺思想，就把这三个来做较量的标准。这三个阶级怎么讲呢？大凡人的智识幼稚时代，自己觉得毫无智识，唯以"神"为全知全能，倾心去信仰他，全以神的意志为自己的意志，不敢稍怀疑惑。到了人的智识稍进，觉得神道不近人情，方才发明一个"人"字，去从人事着想……发明一个"我"字，知道我之可尊可贵，从前一切皆是盲从了人家，自己的聪明智慧，一点儿未尝用出来发明什么真理，全是把圣贤豪杰的

> 说话翻来覆去说个不了，一辈子做他的奴隶；如今自己解放自己，努力用自己的耳目，用自己的心思去辨别那真理……我认定真理，说人所没有说的话，说人所不敢说的话……那才算到了"我"的阶级了。①

朱希祖概括智识进步有三个阶段，颇为宏阔粗放，指出西方思想史从传统走向现代的总体进程。有意思的是，朱希祖用来判断孔子之文艺思想。由此看来，孔子文艺思想的好处即在于"脱出'神'的一阶级，进入'人'的一阶级"，使中国文艺较少受宗教话语的控制，颇合于近现代的人世化和理性化进程。这些思想和观点其实很大部分仍然是承继自章太炎。

不过，朱希祖又有跟进五四新潮诸君的一面。这时候，他认为，根据智识进步三阶段，孔子文艺思想最坏的一点，"就在《论语》所谓'述而不作，信而好古'八个字"，孔子文艺思想上的坏处"还是在思想上的因袭。讲到他文艺的形式上，亦多因袭"："要晓得极端信古，崇拜圣知，必致把自己创作的才能、独到的智慧都涸萎了。使一国的人皆如此，必致社会一日退化一日，人才一代不如一代，日日摹仿古人，日日不如古人，于是格外羡慕古人，以为古今人不上及了。使孔子之道得行，人人尽失其我，思想束缚，必不能开展的。"一句话，孔子文艺思想的坏处即在于"不能脱得'人'的一阶级，以进于'我'的一阶级"。朱希祖甚至由此对比东西方：

> 反观西洋，他们虽然受了神教的累，黑暗时代过了一千年之久，然而到了文艺复兴时代，他们已经醒悟了。从前全副精神都归到信"神"一边，把"人"的意义都忘了，只祈望着天国；到了此时，就发见了一个"人"的意义……神道主义因此渐衰，人生主义因此渐兴。斯时他们讲求人事，佩服希腊，崇奉古典，外面看来，好像是方才到了我们孔子所主张的地位；其实他们一方崇拜圣贤、

---

① 朱希祖：《研究孔子之文艺思想及其影响》，《北京大学月刊》1919年第1卷第2号。下引亦同，不再一一作注。

研究古典，一方注重自我，推出新理，所以由"人"的一阶级跳到"我"的一阶级实来得很快……所以"自由主义""实验主义"与"现世主义""人生主义"差不多同时并兴了，盲从"神"的思想，与盲从"人"的思想一齐都打破了。这种意义，就叫"我之自觉"。虽然后来又有宗教改革与古典主义的反动，然而各项科学和哲学，总是一天进步一天，到了现在的地位，犹是进步无已……据此看来，他们发见"人"的意义和"我"的意义，实在是差不多同在一个时候。

朱希祖的结论是，一方面，在孔子"所主张'人'的问题和'生'的问题，排斥'神'的问题和'死'的问题"上，还应该"尊敬"他，但在另一方面，"不过他要信古重'述'，非排斥他不可。假使孔子信古重'作'，我就尊敬他了"，因为：

> 我们现在要创作新文艺、创造新思想，非把我们中国自古以来所有的文艺思想，及西洋自古以来所有的文艺思想整理研究，断不能创作的，所以"古"是并非不可研究的；只要知道有我，所重在作，虽中国古来学术，何尝不可推出新的。不知有我，不重在作，虽西洋最新学术，亦可变作古的。

这样朱希祖思想显得相当辩证，也适应了五四时期新文化运动启蒙思潮。毫无疑问，时代最强音是"我是我自己的，谁也没有干涉我的权利"。这里所张扬的是一种完全自觉的个性意识和主体精神。

可以说，"人"的发现和"人的文学"是个构型的过程，它主要是从晚清以降而来，而非凭空而起。所以"'人的文学'虽由周作人提出，却又是新文学先驱者的共识，并非周作人的独特发现"。[①]"人的文学"的文论辨析，与当时国族文教变革及制度建设一起，建构和塑造了当时文化精英和知识生产者的知觉形态和感情结构，是谓一代新文化人的知觉构型。从这个意义上讲，"人的文学"的命题并非是五四新文学的开始，而是先前晚清的文化新民和文学启蒙运动进入民国时期的延伸、扩展和激化，"人的文学"这一人学话语的发生，意味着市民阶层在现

---

① 温儒敏：《中国现代文学批评史》，32页，北京，北京大学出版社，1993。

代中国的深度发育，以及更为新型的文学品类在国族建制上的树立。

五四前后文化变迁、文学革命、体制生成和制度建设的进程具体而微，有待具体个案的一一展开。不过，这里需要体认的是，吾辈大有必要关注此间与思想理路相辅而行的知觉构型进程，以及逐渐生成和日渐主导的感情结构。一者，知觉构型是立体而多方位的，就文学方面而言，需要细细参悟文论话语之于文学想象的相互形塑之功，从晚清到五四文论的主流趋势就是将文学系于"感情"，认定文学的感性质地，确立"人的文学"关注"人生诸问题"，希望文学"养成人的道德，实现人的生活"，这是五四时期形塑并建构文学体制的核心议程。议程设置之后的文化实践则更为细腻多元，并且此后二十年间民国时期的感情结构及其变迁大体以此为主导，传统的结构残留着并未完全消失，而新兴的结构则与传统的和主导的时时龃龉，发生冲撞，并日渐显现出强劲的生命力。[1]另者，主导性的知觉构型和感情结构也需要进一步分析。比如五四所想象、呼吁和树立的新文学体制和"人道主义"话语的内在格局，在五四以后有其进一步的、具体的、亚文化的分化，其中一再发生"人道"与"人文"维度之间的张力和冲突，日渐成为民国时期文学因应现实纠缠于怀而挥之不去的阴影。[2]

平情看来，时值20世纪一二十年代之交的"人的觉醒"态度和人学话语，十足表现出其时新兴文化精英对"人""我"的信任和期许。这里值得探究的是，此间新一代知识阶层对人学话语的弘扬、自信，及其对传统话语针对的激进反动，其动力从哪里来？为什么力度如此强劲，得以确立并主导中国现代文化的主潮？

有学者认为，五四新文化运动的成功，除了有一般研究者归因的"民主"与"科学"口号，以及其蕴含的意识形态内涵在历史上的进步意义，还可能在于新文化倡导者优越的社会角色和经济地位。在传统中国处中心地位的"士"，进入20世纪，转化为日渐边缘化的"知识分

---

① 参见程凯：《"社会史视野下的中国现当代文学研究"的针对性》，《文学评论》2015年第6期。

② 参见杨晓帆：《"新文学"与"现代人"：〈人的文学〉的人文话语透视》，见《文化与诗学》2009年第2期（总第9期），225页，北京，北京大学出版社，2009。

子"。从晚清到二三十年代，知识分子仍然在历史舞台上扮演重要角色，其思想、言论及倡导的文化运动，仍是整个社会变革的导向，不管是北洋军阀还是国共两党，都不能不心存敬畏并有所顾忌。其时文人振臂一呼，武人仓皇失措的状态，"除了因民族危机而产生的种种客观条件之外，在很大程度上还托庇于士大夫文化的余荫"。一方面是"士为四民之首"的传统观念；另一方面是"尊西人若帝天，视西籍如神圣"的西化狂潮，使得新文化人占据极有利的社会地位，出则可以组成专家治国的"好人政府"，入则可以评议朝政指点江山。北伐成功，国民政府推行党化教育，舆论日趋一律，新文化人处境也因而日渐窘迫；连大名人胡适也都丧失言论自由，余者可想而知。丁文江于是慨叹我辈读书人"治世之能臣，乱世之饭桶"。这一自嘲不幸而言中，此后 20年炮火连天，知识分子微弱的声音几乎全被枪林弹雨所淹没。①这一观点的启发，在于对五四新文化运动的参与者的社会定位，强调尊士重教传统在中国文化乃至现代延续中深入骨髓的结构化功能。不过，似乎更有必要强调民国肇造后新兴市民阶级及其代表在文化领导权争夺上的现实性和紧迫性。五四时期话语斗争、思想革命和知觉构型的急迫性，可以从社会学、教育史乃至思想史的背景上加以透视。

这里尝试提供的解释是整体上文化圈层的现实际遇，以及知识生产对新兴阶层感知觉的形塑作用。正是因为受到西方列强带来的压迫，以及西方国家在国族文化建设所带来的典范作用，中国社会中的传统文化失却了信用，文化圈层受到了巨大的压力。与此同时，本土文化圈层经过自甲午战败以来近二十年的感知觉紊乱和不断调整，新兴一代人受西方思想冲击和人文意识的影响，终于找到与其市民阶层身份相合的人学话语和语文体式，通过实施文化上的自我爆破，最终夺取了话语权，并借助政权的力量上升为国族文教建设的国家意志，取得在全国推广开来的机会。

纵观晚清民初的变革，精英士子的文化立意恰恰在教育变革的思路上，也就是说他们试图建设国民教育，而恰恰这种国民教育冲毁了

①　参见陈平原：《当代中国人文观察》（增订本），7 页，北京，北京大学出版社，2010。

传统文教的基础，而使民族国家和国民建设进入了历史的快车道。从晚清以来，外访的政府官员注意到外国广设学校的现象，精英人士则惊觉传统的中土文教并不重视国家教育。西方列强之强盛全赖教育普及和国民教育，这种认识一经建立，广设学校而普及教育即成为清末士夫的共识。由国家来组织和安排国民教育，人民必须受到国家组织和安排的教育，以培养现代国族所需要的国民。这是一种以西方制度为蓝本的全新变革。① 在这个背景下看，当时陈独秀直陈的"国民文学"，其实即是顺应晚清以降的国民教育、文化普及的潮流。其中的文化逻辑是追求"国民文学"，而突破传统精英文学的统治。至民国初年，这个要求显得尤为迫切。如果说，晚清维新变法和排满革命时期的白话文运动正如胡适在《五十年来之中国文学》中所说是突出的某种二元论："一边是应该用白话的'他们'，一边是应该做古文古诗的'我们'。我们不妨仍旧吃肉，但他们下等社会不配吃肉，只好抛块骨头给他们去吃罢"，那么到民国初年，尤其是大学教育逐步走向现代国民教育和文化普及之正轨的时代，这新一波的白话文运动和思想解放运动的诉求其实是一批新文化精英现身说法，启蒙者要"启"自己的"蒙"，从那种已死的古典文言中走出来，走到活生生的民众的白话中去。在五四新文化人看来，这是传统文化圈层面对西潮的进一步自我爆破，其取向就是民众化和通俗化。

这样的追求既是文化的自我爆破，这在历来文化相对传统保守的大学里又如何可能呢？传统中对"大学"道德的高标和精深学术的追求仍然是社会的期望，而传统士大夫在晚清民国易代之际，也已有相当多人士退居到大学中。北大已积聚一批桐城派的耆宿，如姚永概、姚

---

① 可以想见当时变革之剧：1902 年张百熙拟定颁发各省的高等学堂、中学堂、小学堂章程；1903 年张之洞、张百熙、袁世凯奏请递减及至全面废除科举制度；1904 年张百熙、张之洞等重新拟定《奏定学堂章程》；至 1905 年"停罢科举，专重学堂"遂成事实，整个文教制度即告推翻，而另行重构。由此在中土延续千年，与整个知识阶层、官僚体系、社会组织相互关联、盘根错节，极为复杂而庞大的制度解体，在从倡议到实现不到二十年的时间里，即告废止，文教改革声势之大、力道之猛，在中国文化史上的意义非同一般。相关思路和研究参见龚鹏程：《近代思潮与人物》，237—239 页，北京，中华书局，2007；叶文心：《民国知识人：历程与图谱》，6—45 页，北京，生活·读书·新知三联书店，2015。

永朴、马其昶等，而接绪传统学问的大家，如章太炎的朋友或门下，也有不少正逐渐进入北大，如陈汉章、林损、刘师培、黄侃等。这些人虽然同意沟通雅俗和启蒙民智，但他们的才学和素养又有多少愿意在大学里以浅俗文学相教授？这仍然是从新文化运动的生发者和新文化的先驱人角度而言。

　　如果考虑到新文化的接受或动员的方面，则可见其中所谓新文化的社会阶层性质、话语转型的急迫性乃至新文化自身的结构性。如同学者指出的，在五四时期的陈独秀、胡适和钱玄同鼓吹白话文运动，很有可能是依其认知或拟想中的"一般人"的标准来做判断的。因为新文化运动精英们那种以白话文学为活文学的主张，事实上在相当时期内，并未得到基层老百姓的认可和接受。"引车卖浆者流"的读者，反而在相当时期内并不十分欣赏白话文学。张恨水就同样用古文写小说，反而能在新文化运动之后广泛流行，而且张恨水写的恰恰是面向下层的通俗小说。所以胡适等新文化运动人一方面非常认同于现代国民教育和国民文学要"与一般人生出交涉"的文化取向，一方面又要保留裁定什么是"活文学""国民文学""写实文学"或"社会文学"的导师角色。这就造成了文学革命和新文化运动诸君难以自拔的困境：既要面向大众，又不想追随大众，更要指导大众。这实在不能不说是新文化和新文学自身的结构性问题。这方面，有学者的分析颇多启发：

　　　　……实际上成为整个五四新文化期间及以后相当长一段时间里努力面向大众的知识精英所面临的一个基本问题，也是新文化人中一个看上去比较统一实则歧义甚多的问题。新文学作品的实际读者群是处于大众与精英之间的边缘读书人……若仔细观察，陈独秀所说的白话文的社会背景，实际上就指谓那些向往变成精英的城镇边缘知识分子青年。以白话文运动为核心的文学革命，无疑适应了读书人的需要。①

----

　　①　参见罗志田：《权势转移：近代中国的思想、社会与学术》，133 页，武汉，湖北人民出版社，1999；罗志田：《文学革命的社会功能与社会反响》，《社会科学研究》1996 年第 5 期。

从文学革命的社会功能和文化反响角度上解释，五四新文学运动和"文学革命"实际上是一场精英气十足的上层革命，故其效应正在精英分子和想上升到精英的"边缘知识分子"中间。该学者由此拓展到对作为新文化和新文学之接受群体的"向往变成精英的城镇边缘知识分子或知识青年"的辨析：

> 民国初年的中国有一班不中不西，中学和西学的训练都不够系统，但又初通文墨、能读报纸之辈，因科举的废除已不能居乡村走耕读仕进之路，在城市又缺乏"上进"甚至谋生的本领，既不能为桐城之文、同光之诗而为遗老所容纳，又不会做"八行书"以进入衙门或做漂亮骈文以为军阀起草通电，更无资本和学力去修习西人的"蟹行文字"从而进入留学精英群体，但其对社会承认的期望却不比上述任何一类人差。他们身处新兴的城市与衰落的乡村以及精英与大众之间，两头不沾边也两头都不能认同。①

这种描述承接了对中国士子文人阶层百年现代遭遇的总体理解，刻露的语言精准地突出了士子文人阶层在清末民初以来的巨大断裂和转型。

由此可窥，文学革命、"人"的"发现"和"人的文学"的成功，正在于陈独秀所强调的"中国近来产业发达，人口集中，白话文完全是应这个需要而发生而存在的"社会现实和生产方式的基础。新兴的文化和文学通过话语爆破和体式变革，颠覆了传统文人精英的言说方式和生活意态，使原先相对于传统文人精英的近现代边缘知识分子取得了话语的主导权。从晚清以降，经清末民初，以迄五四新潮，在国族文教制度重建、国教通过政权推动的过程中，传统文教的精英化思路已越来越不见容于世，白话文运动成为语体变革进程的核心关节，"人的文学"的运思成为知觉构型的关键枢纽，其间通俗化、文化下移、以普及民众的取向却已沛然成为主流。②

---

① 参见罗志田：《再造文明的尝试：胡适传(1891—1929)》，120—128 页，北京，中华书局，2006。

② 参见李孝悌：《从中国传统士庶文化的关系看二十世纪的新动向》，见《清末的下层社会启蒙运动》，石家庄，河北教育出版社，2001。

新自是新并且确乎已然树立，但新文化和新文学自身的结构性问题也同时体现出来。上述解释在彰显新文化和新文学在向着"与一般人生出交涉"这个取向发展的同时，其实也已透露出太多的讯息和趋向。马克思早已揭示，启蒙哲学的"自由的人性"和"理性"，不过是"资产者的中等市民的悟性"和对"利己的市民个人"及其社会生活内容的承认罢了。①历史汇流中"人的文学"也是如此，理智上和口号上"要求与一般人生生出交涉"，但同时又在感情和无意识中与"一般人"产生疏离，这实在是五四人学话语自身的尴尬。

不妨从人学话语在周作人举擢"人的文学"而出后，人学话语由一体裂解为人道话语和人文话语两端，并且相互搏击的遭遇来理解。在一二十年代之交，围绕着之前提出的"人的文学"命题，周作人还发表了《思想革命》《儿童文学》《圣书与中国文学》《新文学的要求》等文章，进一步疏解和阐释。这些新兴观念的传播和人学原则的确立，进一步加强了自我话语的权威性，明确了"人的文学"的思想导向，为新文学发展注入了新的活力。

但是，随着一二十年代中国社会进一步卷入世界政治经济格局，整体的文化形势也迅速变化，中土话语进一步受世界局势、国内政局和文化政治思想的强烈激荡。在这个过程中，人学话语在逐渐占据主导地位的同时，也越发多元化，新兴的文学势力和各路言说者站在前一代思想者基础上，将周作人的人性假说的时代利好进一步发扬出来，同时也将其中的内在矛盾彰显到极致。新兴的文学作家和评论家借引不同的西来资源，做不同的思想解释、文学演绎和文化批判。在充实和发展"人的文学"的思想方面，大抵有两个大方面和脉络。

人学支流的第一个方面和脉络强调"人道主义"，鼓吹"为人生"的文学或浪漫的艺术人生，可以文学研究会和创造社为代表。一般而言，在"人道主义"的旗帜下，两者的艺术倾向虽有所不同，终究在殊途同归。文学研究会成立于1921年1月，多数成员鼓吹"文学应该反映社会的现象，表现或讨论一些有关人生一般的问题"。②文学研究会的"为

① 《马克思恩格斯选集》，第3卷297页、第2卷145页，北京，人民出版社，1972。

② 茅盾：《〈中国新文学大系·小说一集〉导言》，上海，良友图书印刷公司，1935。

人生"思想并不拘泥于周作人建基的新村主义理论，他们中不少人引西方来的博爱主义和"爱"的哲学为精神食粮。当时大量西方和俄罗斯的人道主义作家与作品译介进入中国。托尔斯泰、陀思妥耶夫斯基、屠格涅夫、契诃夫等人的小说，对文学研究会作家和批评家产生重要影响。茅盾自承从魏晋小品和齐梁词赋的梦游世界里伸出头来，睁圆了眼睛阅读苦苦追求人生意义的俄罗斯文学，继而自觉区隔于古典文学和传统文化而痛陈："文学属于人（即著作家）的观念，现在是成过去的了；文学不是作者主观的东西，不是一个人的，不是高兴时候的游戏或失意时的消遣。"①继 1908 年周作人大量借鉴美国人宏德文论之后，郑振铎在 20 年代初再次征引——这次译作"亨德"和《文学的原理与问题》"。他进一步呼吁文学的使命就是"扩大或深邃人们的同情与慰藉"，并且用"血与泪的文学"来"安慰我们被扰乱的灵魂与苦闷的心神"。②文学研究会的人道主义呼吁的影响是巨大的。一时间，底层民众的生活和遭遇被大量搬上文学舞台，出现了繁荣一时的"劳工文学""人力车夫文学"，塑造了一系列经受着苦难的底层民众形象。这种"为人生的文学"，接受了西方近现代文化和文学的基本面，张扬人道主义，关怀现实生活，同情市民阶层乃至中下层民众，其思想情怀和知觉形态在西方近现代三百年中一度占主导地位，其自由、平等和博爱的精神取向则是现代文化的积极性和精华所在。

创造社在 1921 年 7 月宣告成立。创造社标举人生"为艺术"的旗帜，推崇抒写自我情怀。创造社作家和批评家早年多留学日本，而当时德国、法国思想和欧美文艺风靡日本，他们所喜欢的诗人如雪莱、惠特曼、柯勒律治、华兹华斯等所代表的思想情怀有突出浪漫主义的某种特点。创造社成员大多接受卢梭的人性观，而卢梭作为西方浪漫主义的鼻祖，主张远离现代社会，"返回自然"，倡导一种"自然人性论"。郭沫若认为文学是"精赤裸裸的人性"的表现，"精赤裸裸的人性"

---

① 茅盾：《文学与人的关系及中国古来对于文学者身份的误认》，《小说月报》第 12 卷第 1 号，1921 年 1 月 10 日；《契诃夫的世界意义》，《世界文学》1960 年第 1 期。

② 郑振铎：《文学的使命》，《文学旬刊》第 5 期，1921 年 6 月 20 日。

是真的也是善的和美的。①郁达夫认为生活本身没有污点，可以随心所欲，顺着自己的意志作为的，国家偏要造出法律来，禁止个人的行动。②从整体上看，"为艺术而艺术"的文艺思潮具有审美现代性，在西方近代化以来独立一格，而与整体资本主义精神显得格格不入。创造社文学倡导"自然人性论"，推崇情感，适应求新求变的时代要求，符合突破传统持人情性之束缚，推动了个人观念和艺术思想的发展。虽然相对于文学研究会注重表现"民众"之情、"平民之情"或"人类情感"，创造社突出了个人之情和自我之情，但在浪漫情感的背后，其实也深藏着对现实的关切与情思。

文学研究会提出文学"为人生"的口号，鼓吹推己及人和人间博爱；创造社鼓吹"自我表现"，推崇个人想象和艺术才情。文学研究会和创造社主张人生和艺术，前者重视写实，后者比较浪漫，但皆以人道为基核。所以说，两者之间虽有争议，但其实都是五四"人的文学"观念的延续和深化，推衍的是"人道话语"，是新文化运动和文学革命推动下知觉构型步步深化的扩展，也是"人的文学"逻辑上的必然结果。

人学支流的第二个方面和脉络，几乎与"人道话语"同时共生的"人文话语"。在五四时代，人文话语也是人学话语的一个方面，不过其脉络因缘却是受人道话语的一再刺激而生成，结果反过来诘疑人道话语的人性假设及其推衍逻辑。人文话语突出"人文主义""理性"与某种文化新传统，攻击人道主义话语推布开来在社会上造成的形而下的人生扩张或浪漫虚矫。人文话语在20年代中国，因为与中国文化传统及其各种小传统本身有千丝万缕的联系，所以有多种混杂的形态的话语，但大体可以与西来人道主义话语同时共生而略显中西合璧的学衡派为代表。

1922年1月梅光迪、吴宓、胡先骕、刘伯明、柳诒徵等人在东南大学创办《学衡》杂志，他们对五四新文化运动所引发文化失序的现状大加批判。20年代涌动并在其后数十年大学文化中占据主流地位的人文话语，主要凭借的是以白璧德为代表的西方人文主义话语，并参酌

---

① 郭沫若：《论文学的研究与介绍》，《时事新报·学灯》1922年7月27日。
② 郁达夫：《艺术与国家》，《郁达夫文集》第5卷，149页，广州，花城出版社，1982。

中国固有士大夫文化传统，而对五四语境中的人道主义浪潮做批判性修正。

白璧德在 20 世纪初年发表《文学与美国大学》《卢梭与浪漫主义》《现代法国文学批评大师》等著作，依据人文主义的法则，清算近代西方以培根为代表的科学人道主义和以卢梭为代表的情感人道主义（白璧德习惯上称为"自然主义"）。于是，在周作人《人的文学》那里的灵与肉、兽性与神性二元一体却并非对抗的人性观，就遭到新的人文话语代言人吴宓的批判。在吴宓看来，人性中必定包含着"放纵之欲"与"制约之理"这两种互相冲突的成分，人心中高尚的部分常向善而从理，其劣下的部分则趋恶而肆欲，二者恒相争，永无止息。也就是说，人性是二元的，一个是以想象情感为代表的"需要被控制的自我"，另一个则是以理性为代表的"施加控制的自我"。因此，西来的人性学说就被分别选择并坚持，周作人主张突出"我们所说的人，不是世间所谓'天地之性最贵'"，强调重视人"兽性"和"肉性"，倡导"自然人性论"。而吴宓、梁实秋等人固执灵肉二分，更注重"人"的神性，讲"人是万物之灵"。周作人等强调灵肉的一致，主张"人间本位的个人主义"，而吴宓则强调"个体的完善"，主张要以纯正的人生观作指导，以理制欲，修身克己。

基于其人性设定，以学衡派为代表的人文话语左右开弓，对五四新文化和文学革命大力引进的写实主义和浪漫主义潮流大加抨击。一方面，人文话语对新文化派引进的科学崇拜以及科学主义、客观主义潮流表示不满，对其影响下的写实主义与自然主义的文艺潮流也进行了批判。人文话语哀叹现代科学技术的飞速发展和科学主义思潮的盛行，社会生活中到处横行的实用主义更是导致人文精神的失落及文化的衰退。而在文学中，写实主义和自然主义鼓吹客观描写与实地观察，其实也是历史潮流中的一偏之说，"客观描写"的写实小说缺乏一种"平正通达的人生观"作后盾，过度暴露人类弱点、社会罪恶，会引导大家同入魔道，永堕悲观；另一方面，人文话语猛烈批判"浪漫主义"在情感方面的扩张，所谓现实主义也都是"浪漫主义"的，因为其实质都有情感上浪漫的扩张倾向。胡先骕批评浪漫派文学"情感之胜于理智，官骸之美感胜于精神之修养，情欲之胜于道德观念，病态之现象胜于健康之现象，或为幻梦之乌托邦，或为无病之呻吟，或为无所归宿之怀疑主义，或为专事描写丑恶之写实主义，或为迷离惝恍之象征主义"。①吴宓认定浪漫派任凭情感之冲动，无视理性之制约，他主张应当把浪漫派的内容与古典派的形式结合起来："然想象力亦有其功用，当如乘马然，加于衔勒而控御之，可以行远，否则放纵奔逸，人反而为所制矣。"②

　　五四以降的人文话语在早期以学衡派为代表，但与人道主义抗衡的又不仅限于此。新月派一些成员，如闻一多、梁实秋、叶公超等，都曾受过人文主义影响，他们也都发表了许多观点契合的文章。1926年3月25日《晨报副刊》发表梁实秋的论文《现代中国文学之浪漫的趋势》。这篇论文具有相当的理论色彩，他批评现代中国文学"惟选西洋晚近一家之思想，一派之学"而使少年学子"不暇审辨，无从抉择，尽成盲从"，同时"处处要求扩张，处处要求解放，要求自由……情感就如同铁笼里的猛虎一般，不但把礼教的桎梏重重地打破，把监视情感的理性也扑倒了"。不仅如此，五四文学一味追求个性解放，于是把"印象主义""皈依自然"与"侧重独创"奉为圭臬，结果导致中国文学的"浪漫混乱"。在他看来，"伟大的文学亦在不表现自我，而表现一个伟大的人性"。在另一篇文章《文学的纪律》里，梁实秋指出：

　　　　文学发于人性，基于人性，亦止于人性。人性是很复杂的。（谁能说清楚人性所包含的确几样成分?）唯其因复杂，所以才有条理可说，情感和想象都要向理性低首。在理性指导下的人生是健康的、常态的、普遍的；在这种状态下表现出的人性亦是最标准的。在这标准之下所创作出来的文学才是有永久价值的文学。③

_____

　　①　胡先骕：《文学之标准》，《胡先骕文存》，254页，南昌，江西高校出版社，1995。

　　②　吴宓：《〈红楼梦〉新谈》，《民心周报》第1卷第17、18期，1920年3月27日、4月3日。

　　③　梁实秋：《现代中国文学之浪漫的趋势》《文学的纪律》，载徐静波编：《梁实秋批评文集》，32—51、105页，珠海，珠海出版社，1998。

梁实秋的观点大抵是其老师白璧德《卢梭与浪漫主义》一书的浓缩，在五四晚期可视为当时人文话语反对浪漫主义、鼓吹人文主义的宣言。

在 20 年代，受人道话语刺激而出现的人文话语及相关脉络，主要是以引进人文主义话语，并对新文化运动、文学革命及其必然衍生的人道话语进行批判的面目出现的。在西方，人文主义话语主要作为对迅猛发展的西方近现代文明之反思和平衡而出现的，至 20 世纪初年白璧德的人文主义仍然在鼓吹理性、传统和文化，强调在宗教之外开辟"文雅传统"，因此，在文化政治光谱上大体属于从近代传统中流衍而出的欧美自由主义右翼。但在中国，经过学衡派转译和介绍而进入中土的人文话语，往往衍生出刺人眼目的卫护"礼教"和"以理制欲"等提法，各类文章中也渗透着相当程度高高在上的精英立场。[1]所以，这一脉络上的人文话语，长期被知识界视为"假古董"。虽然有文化守成人士和学院学者给予同情和理解，但大多数新文学家和文学青年较少重视。[2]

这里需要强调的是，如果超越具体实在的论争和人事，而从社会学和思想史的角度，可以在逻辑上把"人道话语"和"人文话语"这两种看似对立的话语，理解为同一个母体之新文化新文学的发生及其发展的必然结果。表面上看，人道话语和人文话语分属不同立场之两种话语，但它们其实是人学话语之说话者主体身上必然存在的张力和矛盾。也就是说，人道与人文，两种话语的内核主要都是作为对中国近现代国情之多重反应而各具特色的"个人主义"，并且二者其实是同一个人主义主体之"一体两面"。因此，这些话语在追求自由、强调人生和张扬主体的同时，又逐渐显露其自身存在的内部张力。

这样，从这个大的脉络和背景上说，新文化运动和新文学革命本

①　白璧德的人文主义及其进入中国情况的相关研究和定位，参见张源：《从"人文主义"到"保守主义"——〈学衡〉中的白璧德》，71—86、292—297 页，北京，生活·读书·新知三联书店，2009。

②　但是，人文话语也需要在特定语境和文化实践中具体分析。自近现代以来，作为资本主义的伴生物，人文话语重视人的整体性和一定的超越性，往往以资本主义市场及其个人主义价值观为批判对象，这是值得注意的。参见汪晖：《中国的人文话语》，载汪晖：《死火重温》，北京，人民文学出版社，2000。

身即深藏着一种近乎矛盾的宿命，即一方面在意识层面上要面对大众，这时候新文化与新文学更多地倡发人道话语，突出启蒙民众，走向民粹，乃至鼓吹社会革命和文化革命。而在另一方面，在无意识层面，新文化与新文学又有着浓厚的文化主义色彩和传统贵族化的精英取向。

五四新文化和新文学话语存在着自身的结构性，这种结构性自然不容易为从传统中走来而试图颠扑传统的五四新文化派所自觉。人学话语自身的结构性问题，只有在马克思主义和十月革命的映衬下，在新的历史形势的挤压下，在新的主体境遇中，经由瞿秋白这样的新兴思想者，才能得到认真的思考和反省。

思考和反省，必须要通过对五四以来智识阶级的自我批判，以及对知识分子在政治运动中的自我定位来进行。在 1923 年发表的《政治运动与智识阶级》一文中，瞿秋白严厉地批判知识分子自以为独立客观超越其实必然有机地附属于相应的主导社会集团的依附特性。一般认为五四运动在一二十年代成为中国社会革命一大高潮，实有赖于以学生为主体主要靠"良心"发动的智识阶级，如胡适之所说："在变态的社会之中，没有可以代表民意的正式机关，那时代干预政治和主持正义的责任必落在智识阶级的肩膊上。"然而，按照当时中国的历史发展状况，瞿秋白重新对当时中国知识分子进行初步的类型划分：一是在中国传统宗法社会里产生的"士绅阶级"，二是在新经济机体里膨胀发展的"新的智识阶级"。前者在以往的宗法社会里或许曾是"中国文化"的代表，但经历了外国资本主义、帝国主义的入侵以后，宗法社会制度在 1900 年前后已经渐露崩坏之象。随着科举的废除，世家的败落，"士绅阶级"也日趋没落，不得不成为社会的赘疣，用瞿秋白惯用的术语形容，便是"高等流氓"。他们在 20 年代的中国，只能以政客和议员为职业；在官僚式"财政资本"的畸形社会状态中，无可避免地成为"军阀财阀的机械"。至于"新的智识阶级"，指的是学校的教职员、银行的簿记生、电报电话汽船火车的职员，以及青年学生，他们既是"新经济机体里的活力"，也是为劳动平民发言争取的喉舌和利器。换言之，对于瞿秋白来说，知识分子从来都不是独立自主的"主体"，他们不过是"社会的喉舌"，代表着不同的政治倾向和社会集团。他说："一方是军阀的兵匪，一方是平民群众，政客和学生不过是双方之'辅助的工具'，此等辅助的工具往往先行试用，不中用时，主力军就非亲自出马不可。"说到底，无论"士绅阶级"还是"新的智识阶级"，都不过是军阀财阀和劳动平民两大社会集团的辅助工具而已。[1]

这样说来，辛亥革命并未真正造就中国的民主和自由，五四新文化运动也并未塑造全新的真正代表中国民众的五四新人。如何在社会生活、政治斗争和文化革命中，重建中国人真正的主体性，或者说培育出真正的"人民"和"群众"，这是五四新文化和文学革命未竟的事业。这个事业，必须经由具有新型政治觉悟的、有着新的文化自觉的马克思主义者及其政党来进行，这是一个后来的长期的再启蒙、再政治化和再革命的过程。

※　　　　　※　　　　　※

五四的人学构型，其实是在面对结构性的世界性资本主义文化进一步加强其帝国主义统治的时刻，从传统中华帝国解体而重构中华文化共同体主体而形塑出的文化生活方式。此间的主体性是一个既受结构制约不能畅发心声，而又因应形势能动变化的共同体及其场域，也就是说，它既像具有独立之精神的实体，又是过程性的、变化着的时空场域。如果说，直至晚清末季所呈现出来的内外政治乱象、经济困局和制度紊乱，都还是欧美主导的西方资本主义生产方式、文化结构持续冲击具有深厚传统然而日趋衰微的东方中国的必然过程，那么，从清末民初的政治鼎革到五四新文化运动，这两者所引发的中国民众思想变化和精神震荡，则更多地带有某种主体性的特点。这种主体性展现为社会民众和文化自我在日益降临的强大结构及其制约面前，仍然力图展出自我的被动而又主动的奋斗。新文化运动和文学革命带来的是传统文化的崩解和人学话语的盛行，这种重构的话语是历史之手

---

① 以上引文参见瞿秋白：《政治运动与智识阶级》，载《瞿秋白文集（政治理论编）》第2卷，1—5页，北京，人民出版社，2013。相关研究参见张历君：《现代君主与有机知识分子：论瞿秋白、葛兰西与"领袖权"理论的形成》，《现代中文学刊》2010年第1期。

作用下、以"人"作为伟大目标、压迫和鼓舞着把个人从传统社会秩序中"解放"出来，从而组织进以西方现代生产和生活方式为模范的现代市场、社会和国家乃至"世界"中去。或许，倒也不完全是某个特定的阶层明确地立意如此并如此作为，而是现实中各种力量在晚清民初的具体形势中，一起躁动发声，生产互动，而塑造成就如此这般的人学构型。

如前所析，人学话语、相关思维和种种主义，由此强悍切入中土文化，并且影响力巨大。五四新文学话语对西来人学话语的征引和挪用显而易见，其后果也极其深远。可以说，这种使用促成了百年来人学话语的时时兴盛，而这样的知觉构型所塑造而成的思想意识、生活方式和文化意趣也相当之牢固。此后数十年，当报人、文人、学者和教授们及其影响下的青年学子，每每在这类的人学思想架构、人生意识和知觉形态中，挣扎奋斗，流离颠沛，辗转前行，而此中感觉到的、知觉到和思想到的问题或要素，往往是相似的、相近的。然而，由此现代人道或人文之起点，向着未来走去的各自方向和征途，却又是大不相同，甚至从此咫尺天涯，天各一方。这说明，人学话语不管是人道话语还是人文话语，在百年中国确实有其巨大的适应面。当然，同时也必须看到，人学话语及其知觉构型，既是近代民主化潮流给民众带来更多选择的必然产物，也是歧见顿生，政治相左，文化差异化乃至走向你死我活的冲突和矛盾的渊薮。这种文化纷争和话语的冲突，不能不归结于处于 20 世纪这一"极端的年代"里的百年动荡之中国这一绝对的前提。

由五四形塑而成的人学话语及其知觉形态，有其不适应 20 世纪中国的一面，尤其是无法面对中国社会所遭遇的世界格局、整体结构和文化困境时表现出革命动力不足和革命不彻底的一面，五四文学革命彰显了这种话语在人文论空间上的极致，但也映照出其人文论上的困境。而这些，在后来由传统所滋养、以集体主义为基核的团结话语的衬托下，显现得愈发清楚。

结　语　文论的当代重审及其前途问题

　　自当代看来，作为现代文论的发生时刻或时代，清末民初是一个从传统绅权走向现代民权的民主化时代，也是一个由古典政教浑融走向现代文化分析的科学化时代。在这个时代，民主化是以个人化为主要方向，因而民主化其实是市民阶级的民主化，学科化体现了文化的理性分化和现代反思，适应了以西方文化为基本榜样的文化西方化的世界潮流。但是这种民主化和科学化又不能不与现实交融而具有战斗性，并且带着被压迫的东方民族和中国本土的国情。

　　就文论学术而言，由清末民初而至五四时期所树立的新思想和新话语，是以人学为主要基调而洋溢着战斗精神的。但在后来，在中国化的市民文化和学院体制中，文论、批评和文学思想很快在二三十年代转换为考据化和历史学的思路，而以实证化和审美化为主要特点。这固然有清代以来长期形成的传统学术的影响，更有以西方学术之实证主义和精神科学为主导范型的缘故。也正是在这种实证化和审美化的两个征途中，中国现代文论征用西来的现代文学概念，力图解释和介入中国文化的生产，但也很快触碰到以西方为范型的现代文学的底线。而另一方面，社会科学方法和马克思主义开始广泛影响到中国现代文论的思想进程，分别以西方文论的形式主义和苏联文论为代表，前者以瑞恰慈和燕卜荪文论思想的中国旅行为主，后者则经日本学术和文论的中转并在中国逐渐本土化。由于五四时期所确立的人学话语与文化现实之间的张力愈显紧绷，也缺乏对文化现实的适应性和战斗力，"科学的文艺论"逐渐占据主流。①此后有更为强劲的中国化马克思主义的冲击和塑造，中国现代文论的发展又步入新的时代，直至 20 世纪八九十年代中国现代文论逐渐走向学科化的改革开放年代。

一、"文学""理论"的当代重审

1997 年有美国学者在中国发表了《论全球化对文学研究的影响》的报告，指出正在发生的全球化有三大结果，即民族国家的衰落，新的电子通信的发展和超空间团体的出现，以及可能产生人类的新的感性、体验变异和新型的超时空体验。在全球化的冲击下，"传统意义上的文学在新型的、全球化文化的世界范围内，其作用越来越小。"② 2001 年又有《全球化时代文学研究还会继续吗》一文对德里达 "在特定的电信技术王国中（从这个意义上来说，政治影响倒在其次），整个的所谓文学的时代（即使不是全部）将不复存在"的观点作出回应："在西方，文学这个概念不可避免地要与笛卡尔的自我观念、印刷技术、西方式的民主和民族独立国家概念，以及在这些民主框架下言论自由的权利联系在一起。从这个意义上说，'文学'只是最近的事情，开始于 17 世纪末 18 世纪初的西欧。它可能会走向终结，但这绝对不会是文明的终结。事实上，如果德里达是对的（而且我相信他是对的），那么，新的电信时代正在通过改变文学存在的前提和共生因素（concomitants）而把它引向终结。"③ 也就是西方学者已经在质疑全球现代以来"文学"这一整体性文化装置及其内在结构了。

如果从这个"终结"的视角看，现代"文学"确实也就显露出其"起

---

① 参见程正民、程凯：《中国现代文学理论知识体系的建构——文学理论教材与教学的历史沿革》的第四章"'科学的文艺论'：文学的重新定义"，63—86 页，北京，北京大学出版社，2005。

② ［美］希利斯·米勒：《论全球化对文学研究的影响》，郭英剑译，《当代外国文学》1998 年第 1 期。

③ ［美］希利斯·米勒：《全球化时代文学研究还会继续存在吗》，国荣译，《文学评论》2001 年第 1 期。

源"或它本身存在的条件。文学被"历史化"了。文学及文学的观念是历史地生成的和不断变化的这一事实，令我们必须去历史地思考现代文学产生的具体条件、物质依据和观念支撑。这样看，所谓当代其实并不是一个谁都能承诺的历史新阶段，也不是相对过去任何一年代自然天赋而获得的当代，当代其实是一个界面，在这个界面中实现了对时间、理性、主体和世界的重组。因此，当代这个界面其实是一个基于当下生命和现实的决断，是与诸多一道存在的当代性共存的决断。反思现代文论只是获得"当代"的第一步，对中国现代文论进行整体的检视更是我们理解"当代"至为重要的部分。

在当代中国，文学理论或理论或文论一直不容易获得其整体高度的自觉。如果不拘泥于专业视野而回归现实生活的基本面，可以发现，大凡在生活中习用经验多取实用者，就容易质疑理论，就容易出现对理论的抵制。这种抵制体现在若干方面。首先是一种基于文学阅读与理论思想之关系的朴素理解。在现代，由于文学阅读很大程度上是基于占统治性地位的印刷文学，这种阅读绝大多数采用纸本的商品流通及文字媒介传播的样式，以及个体私人阅读和情思互动的精神活动方式。所以，这种文学观念突出强调个人性、私人性和感受性，往往坚持私人阅读与社会、集体和理论无涉。不少人坚持：文学阅读明明是个人的感性活动和精神意会，为什么在解释时非得进行理论把握和分析呢？理论本身究竟有何现实性？在日益市场化和体制化的当代中国，这种比较朴素的理解，在世界资本主义全球化大扩展、当代中国经济活动市场化和文学活动体制化的背景下，越发显得强劲。由此而生发的对理论的怀疑、疏远甚至指责，也越发显得底气中充，力道炙人。

其次，在当代中国学界日益体制化和精细分工背景下，实证思维与理论探讨之间出现隔绝的冷漠或思想的冲突。近30年来，中国学术迅猛发展，据说成果斐然。就人文学科而言，一方面出现了大量的门类、学科、专业和方向，国家和社会也设立了大量的课题和项目，科研机构和大专院校也投入大量人力和财力从事学术研究。这些研究往往突出人文学科的应用性，追究人文思想的现实功能甚至经济效益。另一方面，受社会现实和学术风气的影响，学术研究中的实证主义和历史主义大行其道，据说有价值的问题和扎实的成果也都出现在这些历史研究和实证学术之中。这两个方面的新发展，使得基础研究和理论探讨就显得相对弱化和边缘化。在这种情况下，不少理论研究也匆忙转型，大讲跨学科和应用性，甚至吃相难看地穿上社会科学乃至自然"科学"的外衣。学术界中理论无用、事实至上和"为决策服务"的思想是很有市场的。

最后，在"革命之后"各种思潮的影响下，对既有的理论和百年中国现代文论的评估出现反思。在经济利益全球化博弈、地缘政治风云激荡、文化思潮中外交流加快且急剧变幻的影响下，不少人有意无意地怀疑：不基于日常生活的"革命"的现代文论能成立吗？其内在逻辑何在？该如何理解？当然也有一些学者激于现实而追问：就当代理论而言，如何汲取中国现代文论的滋养，在既有惯习中又突破惯习而形成理论的自觉呢？

二、理解"抵制"：反思当代惯习

当代学界不少人认为，理论把握与具体事实之间、理论透视与具体阅读之间，总是那么"隔"，似乎总缺乏合用的整体视角和理论观察，无法找到令阅读者和阐释者感到神与理、多与一、群与个、实体与关系相结合的那种骨肉相连、水乳交融，或者说神骨肉俱足而一的知情意状态。这该如何解释？

在当代文学研究中出现对理论不很适应甚或"抵制"的现象，有几种可能性。其一，把本该具有生命活力和现实战斗精神的"理论"，简单理解为体制化大学讲堂里的理论课程和"文学概论"讲义了。从根本上讲，理论并非根据学科畛域严格细密地孤立起来并狭隘化起来的"理论""批评"和诗论、小说论及其"……史"的专门领域。也就是说，现代中国的文学理论，其实应该具有文学和文化的整体立意。理论可以是对具体作家、作品的批评，也可以是对特定文学现象或思潮的主张，还可以是对文学批评和理论研究的自我理解，更可能是内蕴着对现代社会架构及其文学体制的安排和设计。理论本来即是对中国文学发展和文化重建的理解和设计，其中洋溢着整体文化反思、改造或创制的激情，它熔理论与批评于一炉，而并不如当代学术分工日趋强化般的壁垒森严，这是一方面。另一方面，理论是在世的、沟通的、社会化的，甚至是斗争的和革命的，它是近现代条件下人们在大体上从普遍的角度对文学进行理解、对社会进行干预、对历史进行塑造的努力。理论活动的这种理解、干预和塑造本身，渗透着突出的现代性内涵，在中国它具有革命性的内涵。因此，理论在历史上本该具有现实的社会价值，也发挥着某种必然的历史影响。

其二，百年理论和人文学术中不绝于缕的实证主义与历史主义，在 20 世纪八九十年代以来，不期然已成为笼罩一切思想和学术的大气候。百年学术中的实证主义和历史主义，一方面有承传自清一代的学术主流，当然更有大幅度以西方学院学术为主要指针的原因。其突出代表可以举胡适。自然其思想在现代化进程的历史意义固不容抹杀，但如果看不到这种完全踱进书斋的整理和研究，而陷于一厢单维的历史同情，看不到这种单靠理性和论说来进行个体启蒙，而无视思想变革、社会改造的社会联结性，只停留在局部的资料收集和具体问题的追逐上，而不准备在世界整体格局视野中和历史唯物主义基础上，结合政治经济学来考察总体性问题，其实于理论学术的反思没有进益和功用，于具体问题也无法给出较为妥切的答案。更有甚者，只顾适应西方市场化潮流和个体化意识，而挖掘指认实证主义和历史主义为学术之正宗，影射作为百年思潮之革命主流为"没学问"和意识形态化。基于当代日益体制化的学术分工和学院作派，而完全无视百年理论与现实社会的紧密结合，以及相关理论在民族国家现代化进程中的族群动员或阶级团结功能。这种武断和作派，其实也是无益理论学术本身的开放、反思和沟通的。

其三，是理论的混杂性问题。其实只要不执着于一己或一物或一地的本真性或具体性，而勇于从关系性思维或结构性角度切入对世间事物的理解和把握，就可以发现，混杂的事物更具有生命力和现实性。因此从理论上把握世间万事万物，只能是由绝对的杂多而走向相对的

统一。那么，有勇气采用异者或他者的角度和质素，无论外来的事物
还是过去的自我，都有利于当代自我对事物的理解和把握，进而推进
世界的变革。当代西方的后殖民研究对混杂性问题的探讨，也有助于
对第三世界文化混杂性问题的理解。按照这种理解，混杂不但可以去
除模式化的想象和疆界，在交混杂糅的暧昧地带之间，混杂更可以提
供各种多元想象和抗拒力道的发声空间。霍米·巴巴甚至认为，由殖
民和后殖民情境交织而后生成的"第三空间"，不仅足以产生新兴的创
意和力道，还可以将阶级等的纯粹性与权威性予以粉碎。多元文化的
交混杂糅，不但使异文化之间有彼此交织和交错的可能，在这种跨疆
界文化的能量释放过程中，许多新的意义也得以诞生。①这些观点虽则
有过甚乐观而无法排除主流文化强势介入弱势文化而削弱着抗拒空间、
使文化本质性和纯真性逐渐消失的可能，但自中国强劲悠久的文化传
统及其在现代百年的不时强力反弹看来，这种通过开放交流而接受新
质再造新身的信心和大度应该还是要有的，并且也只有这样，文化的
生命力才能更得扩张而恢宏。求纯求粹、过于民族主义的思维，似乎
并不足取。

　　自20世纪80年代以来，中国社会进入新的时代调整期，理论越
发受体制性学术分工影响，再加上思想资源的一度匮乏，当代理论研
究往往出现为理论而理论，一味引进而没有细致消化和批判吸收，或
者就事论事，仅为文学而文学，未触及深厚的社会生活和现实的文化
交流。也就是说，在当代思想进入所谓和平年代，学术进入深水区的
时候，"理论"日益建制化，真是成为布迪厄所针对的惯习了。一方面，
研究的学科细切和叠床架屋，越发影响到学人沟通现实和社会的信心。
而理论在体制中的所谓创新，往往不过是务虚地介绍、引进外来理论，
这一做法虽具有实验性，却也容易丧失理论之于社会生活的现实性。
另一方面，在近数十年来求实致用的炙人风气中，理论越发不受到急
功近利者的待见。当理论成了布迪厄眼中最具有负面意义的"惯习"时，
理论在整个社会生活的位置和境遇就越来越尴尬了。

_____

　　① 廖炳惠：《关键词200：文学与批评研究的通用词汇编》，127—128页，南京，江苏
教育出版社，2006。

三、文论的前途与当代文化自觉

从中外文化的关系角度研究中国现代文论和文化，目前出现了不少有穿透力的思路，已不是停留在简单译介的起点上。其中有一种思路，力图彰显西来文化的冲击及其诸种效应，比如在比较文学领域早有基础的影响研究，以及近年来比较盛行的后殖民批评。影响研究突出外国文化、思想或批评在中国的传播状况或中外文学思想之间的关联，而后殖民批评作为新兴视角，一般较多措意于西来文化和文学思想在中国的影响、内化乃至挪用状况。比如90年代对相关电影往往取径欧美奖项而转内销风行的现象分析，再比如世纪之交一度出现的对鲁迅"国民性"问题的追索及其思想脉络的辩证等，都是这一研究进路的体现。这一角度的研究，不满足于强调特定西来文论或思想与本土的表面关联，力图彰显特定思想在本土情境中的张力或"隔"与"不隔"，体现出对思想实践及其现实际遇的深度反思，殊有胜意。当然也可能会出现一定的偏转，成为当代观念的后设推演，或近乎知识产权的追究。譬如，如果论断和指摘意境理论只是德国美学在王国维头脑中的搬演，而不去追问这些西来思想为什么会在本土语境中发生渗透和化合，又如何一步步发生变化和影响，不去研究这些新兴思想在中国文化变迁中的现实意义和后果，则很可能会把后殖民批评局限在其困境里，而忘记发挥后殖民批评和现实论争的活力。强调文化自身的主体性是非常重要的，但一味地把主体性固化、纯洁化，只强调传统的稳定性和惯例的影响力，往往容易无视主体在困境中所可能迸现出来的自性和生力，忘却时代现实所具有的鬼斧神工、挪移乾坤的力量，并且这样也很容易导致形成西方永远西方、东方自是东方、思想永远隔绝的判断。后殖民批评的思路及其问题，提醒我们有必要在更复杂、辩证和动态的思想中，理解中国现代文化与文论的流变。

相形之下也有另一种思路，强调要超越家国意识，有所超脱地考察中外文化交流的诸种情形，比如近年影响较大的许倬云著述。《许倬云谈话录》自承"五十岁以后警觉到不能盲目地爱国"，认为只有人类社会全体和个别的个人具有真实的存在意义，"国和族，及各种共同体，都是经常变动的，不是真实的存在"。①在其文化史著述《万古江河》中，许倬云则指明要警醒于19世纪以降中国在国际交往上经历挫折屈辱所造成的"自卑与虚骄的复合情绪"，以及在"本国史"和"外国史"中强化和深化的"内外有别"的"中外隔离冲突的心态"。他强调，"中国从来不能遗世而独立；中国的历史也始终是人类共同经验的一部分。在今天，如果中国人仍以为自己的历史经验是一个单独进行的过程，中国将不能准确地认识自己，也不能清楚地认识别人。中国人必须要调整心态，从中外息息相关的角度，认识自己，也认识世界别处的人类。"②由此，该著化用梁启超将中国文化圈视作不断扩张过程的思路，"由中原的中国，扩大为中国的中国，东亚的中国，亚洲的中国，以至世界的中国"，强调需要突破"中国文化中心论"而建立"世界的中国"的意识："中国文化，本有内华夏、外诸夷的传统。近世以来，民族史学与民族国家的建构同步进行，是世界近代史上的重要现象，近代中国史学不能自外于这一潮流。于是，中国人的历史观承受上述两项因素，每每有中国文化自我中心的盲点，以为中国文化既是独步世界，又是源远流长。中国史学对于中国以外的事物，大多不大注意，甚至于中国文化与其他文化交流的史实，也往往存而不论。"在他看来，"中国文化的特点，不是以其优秀的文明去启发与同化四邻。中国文化真正值得引以为荣处，乃在于有容纳之量与消化之功。"③

从理论模型上看，这种长时段的视角颇不同于过去的影响研究和后殖民批评。如许倬云自承，有相当部分采用了以空间为主题的地区研究中所惯用的"文化涵化"理论。所谓文化涵化，主要借引自美国人类学家雷德菲尔德（Robert Redfield）、赫斯科维茨（Melville Herskovts）和林顿（Ralf Linton）所著《涵化研究备忘录》（1936）中"acculturation"这一概念，这一概念强调由两个或更多的自律性文化系统的联结

---

①　《许倬云谈话录》，3、159页，桂林，广西师大出版社，2010。

②　许倬云：《万古江河·后言》，357—358页，上海，上海文艺出版社，2006。

③　许倬云：《万古江河·序》，6页，上海，上海文艺出版社，2006。

所引发的文化变迁，因而主要是一个彰显较长时段内异质文化交流过程及其结果的理论模型。鉴于两种或两种以上文化系统之间的交汇过程是明显不同的、众多的和复杂的，雷德菲尔德们发明出诸多概念来处理诸多动态现象，比如在过程性方面主要有跨文化传播、文化创造、文化瓦解和反向适应（reactive adaptations）；在结果方面有融合和同化以及趋于稳定的多元化发展等。①与雷德菲尔德的"大传统与小传统"理论一样，"文化涵化"其实暗含世界史进程中文化发展的潮流和逻辑（即以西方为中心的某种文化发展的总体性），比如大传统（比如某种精致的、高度的、现代的文化）对小传统（比如某种在地的、平俗的、低度的文化）的影响，如同在现代文明中，城市就是大传统，而农村是小传统，随着文明的发展，农村不可避免地被城市所蚕食和"同化"。许倬云化用此概念，是要求拉开距离看历史，把人类文化看成是透过"接触→冲突→交流→适应→整合"的延续阶段而不断演进的进程，把中国历史文化视为"我者"与"他者"之间的异质文化交往过程，从而逐渐超越主体的"我"性，而达至所谓"人类文化"和全球文化圈之间的交往："今世所有的文化体系，都将融合于人类共同缔造的世界文化体系之中。我们今日正在江河入海之时，回顾数千年奔来的历史长流，那是个别的记忆；瞩望漫无止境的前景，那是大家应予合作缔造的未来。万古江河，昼夜不止。"②

应该说，这种文化省思在相当程度上闪现着智慧和超脱。虽然自居海外写史的立场，略显某种历史之后的浑茫或寥落，透露某种文化边缘处的漂泊感，但颇有其独到的整体高度和思想框架。这里看来鼓吹的不是过去的对抗性思路（如晚清时代的华与夷，或民国时期的中华与列强，或共和国时期的社会主义中国与美帝苏修），似乎也不同于作为资本主义全球化进程之伴生物的形形色色后现代式嬉戏（表现为种种取消历史深度的空间并置、差异化运动或游击主义）。它展现的是更进一步的涵容异质的雅量和超越我执的史家风度。从这个进路去回望中

---

①　相关梳理和把握，参见王一川：《层累涵濡的现代性——中国现代文艺理论的发生与演变》，《文艺争鸣》2013年第7期。

②　许倬云：《万古江河·序》，8页，上海，上海文艺出版社，2006。

国近现代的文化进程，显然会具有较强的包容性。一方面，如许倬云自称，要力图有所超脱而总揽全局，要彰显异质文化交流的过程性和复杂性。另一方面，客观地讲，既以我中华汉语出之，则又必然对本土文化的波动、转型及发展多一份关爱、凝视和反思，所以事实上，也隐隐然兼有经由充满世界感的主体间性而复归更高形态主体性的意味。

　　文化涵化的视角在一定程度上超越于过去单维的对抗思路，突显了全球化时代中当代自我的文化自觉。以这种进路来考察清末民初的现代文论发生阶段及其格局，辨析此中诸多思想新质的时代内涵和历史意义，则可能会有更多的同情之理解，可能会有之于当下的思想创获，而不只是某些事实影响的判定或文化同化的论断。清末民初社会思潮纷纭动荡，种种文化思想和价值重建的思路蜂拥而出。从文化涵化的角度看，各路代表性的文化与文学思想其实既是对西来思潮的回应和调整，也是对自身固有思潮的发展和变化，在中西方位之间原来似乎也是判然可识的。但作为后见之明，一个世纪之后的重新理解并不在执着于辨析文化涵化过程中的正向适应或反向适应（因为这辨析似乎太雷同于立场表态，也无视对象的复杂性），也不在于判定你我分明的融合或同化（因为这判定仿佛有功能和效果就可以抹杀过程及其意义）。比如，梁启超自承在清末民初"我们当时认为中国自汉以后的学问全是要不得的，外来的学问都是好的"，文学上鼓吹诗界、文界和小说界"革命"，其实是将文学、学术、文化和启蒙混搭融合起来，在想象中等量齐观起来，确实起到政治启蒙和文化诉求的作用。这看来固然属于引进西方学术和思想的"正向适应"，但从另一角度看，其实也是在传统文化经世、礼乐化育思路主导下的兼收并蓄，颇有复古更新"反向适应"的特点。再比如，王国维若干"文学小言"、《〈红楼梦〉评论》乃至《人间词话》等，颇多采择德国古典美学框架以及西方知识与价值二分理路，有着某种被西来思路同化而被殖民内化的危险，但其解析审美可为"上流社会之宗教"，强调"古雅""可由修养得之，故可为美育普及之津梁"等思路，以及同期撰就诸多"教育小言"，梳理传统学说，其实已力图替本土文化理念在西方价值理念面前辩护，故而也不能看成纯然的正向适应。至于胡适之在学术的贡献确实是鼓吹西方价值、引进西学样式为主，其诸多"……史"著述，多是取向某种内在的理路分析而不注重社会经济分析，分析框架多以西方哲学横断本土文化。但值得注意的是，其学术中也掺入传统学术（包括乾嘉诸儒）知人论世的思路，并且往往在不知不觉中进行外在分析。比如，他说不是宋学打败考证学，而是太平天国打败考证学，这虽是研究哲学史，但也注意到外在分析。

所以，从文化涵化的角度理解历史上的文化交流，其实很大程度上是要求深入把握中国文化在近现代转型过程中的"容纳之量"与"消化之功"，而非纯粹字面的或事实上影响，亦非一味追踪"他者"是否被原汁原味地容纳和吸收。尤其是那些在表面上看似以反向适应为主要风貌的思想文化。许倬云在《知识分子：历史与未来》中说："在他们（指康有为、梁启超、章太炎等——引者注）身上，中国圣人的传统太鲜明，传统学问的刻痕又大又深，到最后老学问就跑出来了。章太炎、康有为等人，得到的西方文明的资料极为微薄。章太炎的西学知识，有的是从日本捡来的第二手资料，有的是来自租界上出版的第二资料的书。"①这段话后几句，就事而言或是实情，前几句则颇有以后来人"言必称希腊"的高度，睥睨康有为、章太炎一代未及尽得西学真髓的气势。但果真从文化涵化的角度看，其实正是康有为、章太炎一代以其浑厚学统吸纳西学他者，化合成就"新学"和"国学"，一个解释原典来推阐圣教、托古改制、张扬维新变法，一个从考证征信中鼓吹自性、肯定内圣、塑造文化国族，并且两位文化英雄在当时都极大地左右士林风气，推进了民族文化的变革。这些恐怕不是今世学院学术自以为是的"真解"或"正见"所能概括。

诸多反向适应的情况其实容易撑破西来的文化涵化理论。因为在这里，为自居客观超脱的文化涵化理论所不愿涵摄或已直接无视的"主体性"往往不可遏止地迸发出来。现在学界越来越接受的多元现代性的思想，其实也说明了此中的原理。所谓现代性，实在是以欧美社会生

① 许倬云：《知识分子：历史与未来：许倬云台大讲演录》，76 页，桂林，广西师大出版社，2011。

活和组织模式为模范格套的文化样貌，数世纪来以雄霸天下之势席卷全球，催促并"迫使一切民族在唯恐灭亡的忧虑下采用资产阶级生活方式"。中国人不得不在逐步学习到的全球视野中，与他者打交道，求生存，抓发展，这已近乎 20 世纪中国人的宿命和使命。但要紧的是，这一进程令有数千年悠久文化的中国人并非情愿接受，中国人在既本能地内外抗拒又不得不然地与时变迁中，迸发自己的"主体性"，走出了一条具有自己特色的中国现代性（甚或所谓"反现代性的现代性"）追求之路。毕竟人都是有背景有传统的，在现代性进程中，传统文化并没有完全绝迹，而是作为传统残片生存下来。这样，带着背景的主体性决定了现代人既回瞥传统文化，又依照当代的形势采取改写着传统。也就是说，在回望的过程中，凝视什么忽视什么，张扬什么抑制什么，都不再单纯取决于传统本身，而是从根本上取决于当代自我的需要。不可卑视的是，文明的繁盛和风光已成国族的集体无意识，古国子民仍渴望重返过去的辉煌。自然，这种文明古国的复兴之梦谈何容易！但明知谈何容易，也要梦下去，并时时求证，这就是现代百年的中国人。中国现代文化的诸多脉络都映现出中国现代性的内涵和追求，而中国现代文论也正是这种世界化进程中的文化涵化和中国现代性追求的镜像。

对近现代文化和文论的考察，既需要拉开距离，采用文化涵化的长时段客观视角，也要尊重和涵摄此中诸多内涵和样态的现代性诉求，尤其是那些内蕴着文化自性和主体诉求的诸多话语。有必要在此张力中，带着现实的在地感和未来的远景祈向，去理解作为对象和历史的近现代中国文化与文论话语。这里不妨以青年时期鲁迅为代表，留日时期的鲁迅著有《斯巴达克之魂》《中国地质略论》《人之历史》《科学史教篇》《文化偏至论》《摩罗诗力说》《破恶声论》等论文，其中以《摩罗诗力说》对文学的阐扬和期望最为突出。该文主要引介西方文艺界战士的事迹，借助西来浪漫主义文化和文学，鼓吹对文章"职与用"的新理解，鼓吹文学的"摩罗诗力"，企图激发国人通过文学引发民众自觉，发挥文化自性，张扬民族心声。"伟美之声，不震吾人之耳鼓"已远非一朝一夕，当代情势中只有"别求新声于异邦"，借火助燃，洋为中用，才可能醒悟。然而西来异邦之声又何其繁杂，深切感受自身文化际遇而能基于文化自觉的青年鲁迅发现："力足以振人，且语之较有深趣者，实莫如摩罗诗派。"青年鲁迅称颂摩罗派诗人"立意在反抗，指归在动作"，"为世所不甚愉悦"，"大都不为顺世和乐之音，动吭一呼，闻者兴起，争天拒俗"。鼓吹"摩罗诗力"，以文学疗救国民精神，这种诉求适应了后发现代型国族文教的总体走向，可算是正向适应。但更值得注意的是，鲁迅从尼采那里发现"新生之作，新泉之涌于渊深"，"新声"很有可能是从"古源"奔流而来，而且也是真正的"心声"："盖人文之留遗后世者，最有力莫如心声。古民神思，接天然之閟宫，冥契万有，与之灵会，道其能道，爰为诗歌。其声度时劫而入人心，不与缄口同绝；且益曼衍，视其种人。"也就是说，在自性的追求中，新声、新生、新泉和新力，其实是属于自己的对"古""今"的沟通，对"新"和"旧"的抉择，渊深和古源都可能焕发为新泉，因为有文化创造力的我们如同尼采所谓的"野人"一样，"中有新力，言亦确凿不可移"。反过来，"文化已止之古民"则不然，"发展既央，颓败随起，况久席古宗祖之光荣，尝首出周围之下国，暮气之作，每不自知，自用而愚，污如死海"。在这种情况下，也有出现"追新逐异"的人和势力，"追新逐异"的逻辑使得他们的见闻不过是重复他人的旧习惯、旧道理、旧知识、旧规则，他们引以为"新"其实出于"无自性"。①所以，"别求新声"不是震于外缘的行动，而是通过审己、知人和比较而产生自觉，发现"心声"的过程："意者欲扬宗邦之真大，首在审己，亦必知人，比较既周，爰生自觉。自觉之声发，每响必中于人心，清晰昭明，不同凡响。非然者，口舌一结，众语俱沦，沉默之来，倍于前此。盖魂意方梦，何能有言？即震于外缘，强自扬厉，不惟不大，徒增欷耳。故曰国民精神发扬，与世界识见之广博有所属。"此"心声"亦即"新声"，亦即"自觉之声"。因此可以说，鲁迅所强调的"自性"和"自觉"，既是对现代性的适应，又是对现代性的批判。从中国现代文化和文学的总体走向来看，应该引为文化自觉和当代自我重建的基点。

---

① 参见汪晖：《别求新声：汪晖访谈录》，2页，北京，北京大学出版社，2009。

这样看来，当此后"冷战"和全球化的时代，中外相关的意识是迫切需要的，但在历史的审察方面，主体性和自性的角度更是不可或缺的，因为只有做到这样的文化自觉，才能既适应现代潮流，又超越现代局限，从自己的角度拓展出普遍性及其价值。从积极的意义上看，与此类似但更具本土感、现实性和主体性的思路，是费孝通先生在世纪之交倡导的"美美与共"的提法。当今世界不同国家、民族、宗教、团体间的交融和冲突屡见不鲜，全球化过程造成的矛盾和问题对世界构成多种多样的挑战，引发持久的文化震荡，也引发国际学术界和思想界对此作出反应。在中国，改革开放已然走过三十多年的历程，基于对全球格局、国际形势和中国自身的整体把握，费孝通认为，在处理文化思潮、文化发展和文明交往等诸问题的过程中，不妨把眼光放开、放远一些，思路变得灵活、广泛一些，不要总局限在一些常识性的、常规性的和褊狭的框框里。他指出，当今世界局势好比一个新的战国时代，在这个时代中，有必要呼唤具有孔子那样博大深邃广阔的思路、人文理念和思想境界的人物，以便推进当代世界各种文明的融合，反省和承传民族文化，建立对民族文化的自信和欣赏，同时也能欣赏、尊重其他民族的异质文明，最终达到"美美与共，天下大同"的未来理想境界。①费孝通先生考虑到了不可遏止的全球化进程和当代中国的复杂性，主张在呼吁更好地与世界其他文化和睦相处的过程中，将中国文化的千年古代传统、百年现代传统和当代改革开放的传统等融通结合起来的可能性和重要性。这种将传统与现代、民主化与世界化、本民族与他民族、文化生活与人类文明等综合起来而又彰显自身独特性的思路，更值得认真体会。

---

① 参见费孝通：《"美美与共"和人类文明》，见《费孝通在 2003：世纪学人遗稿》，北京，中国社会科学出版社，2005。

参考文献

一、著作

1. 陈国球：《文学史书写形态与文化政治》，北京，北京大学出版社，2004。

2. 陈国球：《文学如何成为知识：文学批评、文学研究与文学教育》，北京，生活·读书·新知三联书店，2013。

3. 陈建华：《"革命"的现代性：中国革命话语考论》，上海，上海古籍出版社，2000。

4. 陈平原、陈国球主编：《文学史》第2辑，北京，北京大学出版社，1995。

5. 陈平原：《中国现代学术之建立——以章太炎、胡适之为中心》，北京，北京大学出版社，1998。

6. 陈平原：《中国大学十讲》，上海，复旦大学出版社，2002。

7. 陈平原主编：《中国文学研究现代化进程二篇》，北京，北京大学出版社，2002。

8. 陈平原、山口守编：《大众传媒与现代文学》，北京，新世界出版社，2003。

9. 陈平原、王德威、商伟编：《晚明与晚清：历史传承与文化创新》，武汉，湖北教育出版社，2004。

10. 陈平原辑：《早期北大文学史讲义三种》，林传甲、朱希祖、吴梅著，北京，北京大学出版社，2005。

11. 陈平原主编：《红楼钟声及其回响》，北京，北京大学出版社，2009。

12. 陈平原：《当代中国人文观察》（增订本），北京，北京大学出版社，2010。

13. 陈平原：《作为学科的文学史》，北京，北京大学出版社，2011。

14. 陈平原：《"新文化"的崛起与流播》，北京，北京大学出版社，2015。

15. 陈其泰：《学术史与当代史学的思考》，北京，北京师范大学出版社，2011。

16. 陈万雄：《五四新文化的源流》，北京，生活·读书·新知三联书店，1997。

17. 陈雪虎：《"文"的再认：章太炎文论初探》，北京，北京大学出版社，2008。

18. 陈以爱：《中国现代学术研究机构的兴起——以北大研究所国学门为中心的探讨》，南昌，江西教育出版社，2002。

19. 陈寅恪：《金明馆丛稿二编》，北京，生活·读书·新知三联书店，2001。

20. 程凯：《革命的张力："大革命"前后新文学知识分子的历史处境与思想探求（1924—1930）》，北京，北京大学出版社，2014。

21. 程千帆：《文论十笺》，哈尔滨，黑龙江人民出版社，1983。

22. 程正民、程凯：《中国现代文学理论知识体系的建构——文学理论教材与教学的历史沿革》，北京，北京大学出版社，2005。

23. 董玥主编：《走出区域研究：西方中国近代史论集粹》，北京，社会科学文献出版社，2013。

24. 方汉奇：《中国近代报刊史》，太原，山西人民出版社，1981。

25. 费孝通：《费孝通在2003：世纪学人遗稿》，北京，中国社会科学出版社，2005。

26. 傅莹：《中国现代文学理论发生史》，上海，上海文艺出版社，2008。

27. 甘阳：《文明·国家·大学》，北京，生活·读书·新知三联书店，2012。

28. 龚鹏程：《近代思潮与人物》，北京，中华书局，2007。

29. 龚鹏程：《文化符号学：中国社会的肌理与文化法则》，上海，上海人民出版社，2009。

30. 何九盈：《汉字文化学》，沈阳，辽宁人民出版社，2000。

31. 贺昌盛：《中国现代文学基础理论与批评著译辑要》，厦门，厦门大学出版社，2009。

32. 侯外庐：《近代中国思想学说史》，上海，上海生活书店，1947。

33. 黄克武：《一个被放弃的选择：梁启超胡适思想之研究》，北京，新星出版社，2006。

34. 翦伯赞、郑天挺主编：《中国通史参考资料》，北京，中华书局，1980。

35. 旷新年：《中国现代文学理论批评概念》，北京，清华大学出版社，2014。

36. 李春青：《乌托邦与诗：中国古代士人文化与文学价值观》，北京，北京师范大学出版社，1995。

37. 李欧梵：《中国现代文学与现代性十讲》，上海，复旦大学出版社，2002。

38. 李孝悌：《清末的下层社会启蒙运动：1901—1911》，石家庄，河北教育出版社，2001。

39. 李扬帆：《涌动的天下：中国世界观变迁史论（1500—1911）》，北京，知识产权出版社，2012。

40. 梁启超：《清代学术概论》，上海，上海古籍出版社，1998。

41. 廖炳惠：《关键词200：文学与批评研究的通用词汇编》，南京，江苏教育出版社，2006。

42. 林少阳：《"文"与日本的现代性》，北京，中央编译出版社，2004。

43. 刘禾：《跨语际实践——文学，民族文化与被译介的现代性（中国，1900—1937)》，宋伟杰等译，北京，生活·读书·新知三联书店，2002。

44. 刘小枫：《现代性理论绪论》，上海，上海三联书店1998。

45. 柳春蕊：《晚清古文研究：以陈用光、梅曾亮、曾国藩、吴汝纶四大古文圈子为中心》，南昌，百花洲文艺出版社，2007。

46. 陆胤：《政教存续与文教转型——近代学术史上的张之洞学人圈》，北京，北京大学出版社，2015。

47. 罗钢：《传统的幻象：跨文化语境中的王国维诗学》，北京，人民文学出版社，2015。

48. 罗志田：《权势转移：近代中国的思想、社会与学术》，武汉，湖北人民出版社，1999。

49. 罗志田：《国家与学术：清季民初关于"国学"的思想论争》，北京，生活·读书·新知三联书店，2003。

50. 罗志田：《再造文明的尝试：胡适传（1891—1929）》，北京，中华书局，2006。

51. 罗志田：《近代读书人的思想世界与治学取向》，北京，北京大学出版社，2009。

52. 罗志田：《裂变中的传承：20世纪前期的中国文化与学术》，北京，中华书局，2009。

53. 马积高：《清代学术思想的变迁与文学》，长沙，湖南人民出版社，2002。

54. 蒙默编：《蒙文通学记》，北京，生活·读书·新知三联书店，1993。

55. 启功：《汉语现象论丛》，北京，中华书局，1997。

56. 钱基博：《现代中国文学史》，北京，中国人民大学出版社，2004。

57. 钱基博：《中国文学史》，上海，东方出版中心，2008。

58. 钱穆：《中国历代政治得失》，北京，生活·读书·新知三联书店，2001。

59. 钱穆：《中国学术思想史论丛》，合肥，安徽教育出版社，2004。

60. 钱锺书：《写在人生边上·人生边上的边上·石语》，北京，生活·读书·新知三联书店，2002。

61. 璩鑫圭、唐良炎编：《中国近代教育史资料汇编·学制演变》，上海，上海教育出版社，1991。

62. 任访秋主编：《中国近代文学史》，郑州，河南大学出版社，1988。

63. 商伟：《礼与十八世纪的文化转折：〈儒林外史〉研究》，北京，生活·读书·新知三联书店，2012。

64. 沈永宝编：《钱玄同印象》，上海，学林出版社，1997。

65. 孙静：《中国近代文学论集》，北京，北京大学出版社，2012。

66. 王德威：《想象中国的方法：历史·小说·叙事》，北京，生活·读书·新知三联书店，1998。

67. 王德威：《现当代文学新论：义理·伦理·地理》，北京，生活·读书·新知三联书店，2014。

68. 王尔敏：《近代文化生态及其变迁》，南昌，百花洲文艺出版社，2002。

69. 王尔敏：《中国近代思想史论》，北京，社会科学文献出版社，2003。

70. 王汎森：《从传统到反传统——两个思想脉络的分析》，石家庄，河北教育出版社，2001。

71. 王汎森：《近代中国的史家与史学》，上海，复旦大学出版社，2010。

72. 王晓明主编：《二十世纪中国文学史论》，上海，东方出版中心，1997。

73. 王晓明、周展安编：《中国现代思想文选》，上海，上海书店出版社，2013。

74. 王一川：《中国现代学引论：现代文学的文化维度》，北京，北京大学出版社，2009。

75. 汪晖：《死火重温》，北京，人民文学出版社，2000。

76. 汪晖：《现代中国思想的兴起》，北京，生活·读书·新知三联书店，2008。

77. 汪晖：《别求新声：汪晖访谈录》，北京，北京大学出版社，2009。

78. 汪晖：《文化与政治的变奏：一战和中国的"思想战"》，上海，上海人民出版社，2014。

79. 夏晓虹、王风等著：《文学语言与文章体式——从晚清到"五四"》，合肥，安徽教育出版社，2006。

80. 夏晓虹：《阅读梁启超》，北京，生活·读书·新知三联书店，2006。

81. 夏晓虹：《梁启超：在政治与学术之间》，上海，东方出版社，2014。

82. 夏志清：《新文学的传统》，北京，新星出版社，2005。

83. 谢樱宁：《章太炎年谱摭遗》，北京，中国社会科学出版社，1987。

84. 徐梵澄：《徐梵澄集》，北京，中国社会科学出版社，2001。

85. 许道明：《中国现代文学批评史》，南京，江苏文艺出版社，1995。

86. 许道明：《插图本中国新文学史》，上海，上海古籍出版社，2005。

87. 许倬云：《万古江河》，上海，上海文艺出版社，2006。

88. 许倬云：《知识分子：历史与未来：许倬云台大讲演录》，桂林，广西师范大学出版社，2011。

89. 严家炎主编：《二十世纪中国文学史》，北京，高等教育出版社，2010。

90. 杨国强：《晚清的士人与世相》，北京，生活·读书·新知三联书店，2008。

91. 杨国强：《衰世与西法：晚清中国的旧邦新命和社会脱榫》，北京，中华书局，2014。

92. 姚奠中、董国炎：《章太炎学术年谱》，太原，山西古籍出版社，1996。

93. 姚永朴：《文学研究法》，许振轩校点，合肥，黄山书社，1989。

94. 叶文心：《民国知识人：历程与图谱》，北京，生活·读书·新知三联书店，2015。

95. 袁进：《中国近代文学观念的变革》，上海，上海社会科学院出版社，1996。

96. 张法：《美学导论》，北京，中国人民大学出版社，1999。

97. 张法：《中国美学史》，上海，上海人民出版社，2000。

98. 张京媛主编：《新历史主义与文学批评》，北京，北京大学出版社，1993。

99. 张朋园：《梁启超与清季革命》，台北，"中央"研究院近代史研究所，1999。

100. 张朋园：《湖南现代化的早期进展》，长沙，岳麓书社，2002。

101. 张源：《从"人文主义"到"保守主义"——〈学衡〉中的白璧德》，北京，生活·读书·新知三联书店，2009。

102. 郑师渠：《晚清国粹派——文化思想研究》，北京，北京师范大学出版社，1997。

103. 周勋初：《当代学术研究思辨》，南京，南京大学出版社，1993。

104. 朱维铮：《求索真文明：晚清学术史论》，上海，上海古籍出版社，1996。

105. 朱维铮：《近代学术导论》，上海，中西书局，2013。

106. 朱元曙、朱乐川：《朱希祖先生年谱长编》，北京，中华书局，2013。

107. 朱希祖：《朱希祖书信集 郦亭诗稿》，北京，中华书局，2012。

108. 朱自清：《论雅俗共赏》，北京，生活·读书·新知三联书店，1998。

109. 左玉河：《从四部之学到七科之学：学术分科与近代中国知识系统之创建》，上海，上海书店出版社，2004。

110. 左玉河：《中国近代学术体制之创建》，成都，四川人民出版社，2008。

111.［意］阿甘本：《潜能》，王立秋、严和来等译，桂林，漓江出版社，2014。

112.［英］彼得·巴里：《理论入门：文学与文化理论导论》，杨建国译，南京，南京大学出版社，2014。

113.［德］本雅明：《德意志悲苦剧的起源》，李双志、苏伟译，北京，北京师范大学出版社，2013。

114.［日］柄谷行人：《日本现代文学的起源》，赵京华译，北京，生活·读书·新知三联书店，2003。

115.［日］沟口雄三：《作为方法的中国》，孙军悦译，北京，生活·读书·新知三联书店，2011。

116.［日］沟口雄三：《中国的思维世界》，刁榴等译，北京，生活·读书·新知三联书店，2013。

117.［法］房德里耶斯：《语言》，岑麒祥、叶蜚声译，北京，商务印书馆，1992。

118.［美］华勒斯坦等：《学科·知识·权力》，刘健芝等编译，北京，生活·读书·新知三联书店，1999。

119.［英］安东尼·吉登斯：《现代性的后果》，田禾译，南京，译林出版社，2000。

120.［美］乔纳森·卡勒：《文学理论入门》，李平译，南京，译林出版社，2008。

121.［德］朗宓榭、费南山：《呈现意义：晚清中国新学领域》，李永胜译，天津，天津人民出版社，2014。

122.［日］莲实重彦：《反"日语论"》，贺晓星译，南京，南京大学出版社，2005。

123.［美］列文森：《儒教中国及其现代命运》，郑大华等译，北京，中国社会科学出版社，2000。

124.［德］卡尔·曼海姆：《卡尔·曼海姆精粹》，徐彬译，南京，南京大学出版社，2002。

125.［日］木山英雄：《文学复古与文学革命——木山英雄中国现代

文学思想论集》，赵京华编译，北京，北京大学出版社，2004。

126.[捷克]普实克：《抒情与史诗：中国现代文学论集》，李欧梵编，郭建玲译，上海，上海三联书店，2010。

127.[法]沙畹：《沙畹汉学论著选译》，邢克超、杨金平、乔雪梅译，北京，中华书局，2014。

128.[德]卡尔·施密特：《政治的浪漫派》，冯克利、刘锋译，上海，上海人民出版社，2004。

129.[美]魏定熙：《权力源自地位：北京大学、知识分子与中国政治文化，1898—1929》，张蒙译，北京，北京大学出版社，2015。

130.[英]雷蒙德·威廉斯：《关键词：文化与社会的词汇》，刘建基译，北京，生活·读书·新知三联书店，2005。

131.[英]雷蒙德·威廉斯：《文化与社会：1780—1950》，吴淞江、张文定译，北京，北京大学出版社，1991。

132.[美]沃勒斯坦：《否思社会科学》，刘琦岩等译，北京，生活·读书·新知三联书店，2008。

133.[日]小森阳一：《日本近代国语批判》，陈多友译，长春，吉林人民出版社，2003。

134.[日]子安宣邦：《东亚论：日本现代思想批判》，赵京华译，长春，吉林人民出版社，2004。

135.[美]詹明信：《后现代主义与文化理论·台湾版序》，台北，合志文化事业公司版，1989。

二、论文

1. 陈方竞：《断裂与承续：对"五四"语体变革的再认识》，载王富仁主编：《新国学》2005 第 1 辑。

2. 陈雪虎：《从"文字文化"到"识字的用途"》，《中国图书评论》2011 年第 11 期。

3. 程巍：《文学革命发端史的几个版本》，《中国社会科学院院报》2007 年 12 月 27 日。

4. 程亚林：《龚自珍"尊情说"新探》，《文艺理论研究》2000 年第 1 期。

5. 丁伟志：《〈校邠庐抗议〉与中国文化近代化》，《历史研究》1993年第 5 期。

6. 柳春蕊：《论晚清古文理论中的声音现象》，《文艺理论研究》2008 年版第 3 期。

7. 罗志田：《文学革命的社会功能与社会反响》，《社会科学研究》1996 年第 5 期。

8. 彭春凌：《章太炎对姊崎政治宗教学思想的扬弃》，《历史研究》2012 年第 1 期。

9. 钱竞：《曾国藩、王夫之文论思想异同》，《文学遗产》1996 年第 1 期。

10. 王风：《林纾非桐城派说》，《学人》第 9 辑，江苏文艺出版社 1996 年。

11. 王风：《文学革命与国语运动之关系》，《中国现代文学丛刊》2001 年第 3 期。

12. 王富仁：《鲁迅前期小说与俄罗斯文学》，《鲁迅与中外文化的比较研究》1986 年版。

13. 孙洛丹：《汉文圈的多重脉络与黄遵宪的"言文合一论"——〈日本国志·学术志二·文字〉考释》，《文学评论》2015 年第 4 期。

14. 王一川：《层累涵濡的现代性——中国现代文艺理论的发生与演变》，《文艺争鸣》2013 年第 7 期。

15. 汪卫东：《"个人""精神"与"意力"：〈文化偏至论〉中"个人"观念的梳理》，《鲁迅研究月刊》2004 年第 5 期。

16. 吴调公：《兼得于亦剑亦箫之美者——论龚自珍的审美情趣与意象内涵》，《文学评论》1984 年第 5 期。

17. 杨琥：《同乡、同门、同事、同道：社会交往与思想交融——〈新青年〉主要撰稿人的构成与聚合途径》，《近代史研究》2009 年第 1 期。

18. 俞敏：《论古韵合帖屑没曷五部之通转》，《燕京学报》1932 年第 34 期。

19. 乐黛云：《鲁迅的〈破恶声论〉及其现代性》，《中国文化研究》

1999 年春之卷。

20. 夏杨：《向上的力量和独抒的性灵——德·昆西和周作人的文学两分观之比较》，《南京工程学院学报》2007 年第 2 期。

21. 熊月之：《略论冯桂芬在中国近代思想史上的地位》，《上海行政学院学报》2004 年第 1 期。

22. 张历君：《现代君主与有机知识分子：论瞿秋白、葛兰西与"领袖权"理论的形成》，《现代中文学刊》2010 年第 1 期。

后　记

梳理和写作"中国现代文论的发生"，对我来说是个挑战。在接受任务时，心中就很忐忑。在惴惴不安中，坚持写作了很长的一段时间，增删修改也颇费时日。至今能有这样一个粗糙囫囵的成果，实赖王一川老师的全力支持和同门胡继华、石天强、胡疆锋等师兄弟的时时砥砺。一切尽在不言中，在这里向各位谨致谢忱。

本书走笔到最后，准确说其实是在写作的后半段，发现需要加强和改善的地方仍有很多。研究清末民初思想文论，需要结合社会文化的整体性结构及其革命性变化，此间的思想选材、材料分析、整体透视和逻辑概括要进一步加强，才能挠到痒，做到位。因为从社会文化角度看，清末民初是百年现代中国革命进程的开始，整体结构并不是政治、经济和文化的简单相加，革命进程也不单指党派斗争、政权更迭和文化断裂，百年中国革命从整体上看，体现为一种社会结构的变化或者变化中的结构。清末民初作为革命的发生阶段，由晦暗而明晰，从传统向现代过渡，以"五四"为标志宣告初步的也是阶段性的树立，其间包含的信息、内容、环节和议题甚多。就思想和文论而言，需要从结构化的角度来审理现代文学思想和文论的发生，把握其与其他文化装置、时代语境、文化结构和社会基础的关系等诸多环节和问题。这样看，目前所做远非令人满意，本书的努力只是初步的直觉和笨拙的摸索而已。关键和准点需要更好的思路和书写，或许请俟将来吧。

本书的写作得到"2013年度教育部新世纪优秀人才支持计划"资助，谨此感谢相关评委会的支持和鼓励。同时感谢《文艺理论研究》《文艺争鸣》《文化与诗学》《河南社会科学》《福建论坛》《中国图书评论》等刊物的编辑朋友，正是他们的帮助，使本书中若干段落得以先期发表并得到讨论，进而使思想的完善成为可能。感谢北师大出版社的编辑王则灵先生，他们在后期的细致工作令人感动。感谢我的博士生程园同学的精细校读，使书稿避免了不少讹误。也感谢妻子和阿中的陪伴，正是他们的笑容，使我挣脱人生中最为艰难的时光。

陈雪虎于 2016 年 1 月

图书在版编目(CIP)数据

中国现代文论史.第二卷，由过渡而树立：中国现代文论的发生/王一川主编；陈雪虎著. —北京：北京师范大学出版社，2019.7

ISBN 978-7-303-21142-5

Ⅰ.①中… Ⅱ.①王… ②陈… Ⅲ.①中国文学－现代文学－文学批评史－ Ⅳ.①GI209.6

中国版本图书馆 CIP 数据核字（2016）第 179071 号

营 销 中 心 电 话　010-58805072　58807651
北师大出版社高等教育与学术著作分社　http://xueda.bnup.com

ZHONGGUO XIANDAI WENLUNSHI DIERJUAN YOU GUO DU
ER SHU LI ZHONG GUO XIAN DAI WEN LUN DE FA SHENG

出版发行：北京师范大学出版社 www.bnup.com
　　　　　北京市海淀区新街口外大街 19 号
　　　　　邮政编码：100875

印　　刷：北京盛通印刷股份有限公司
经　　销：全国新华书店
开　　本：787mm×1092mm　1/16
印　　张：23
字　　数：342 千字
版　　次：2019 年 7 月第 1 版
印　　次：2019 年 7 月第 1 次印刷
定　　价：138.00 元

策划编辑：王则灵　　　　　　　　责任编辑：李洪波
美术编辑：王齐云　　　　　　　　装帧设计：王齐云
责任校对：段立超　陈　民　　　　责任印制：马　洁